MW00980814

# L'école avec
# Françoise Dolto

Fabienne d'Ortoli
Michel Amram

# L'école avec Françoise Dolto

## Le rôle du désir dans l'éducation

Hatier

# Sommaire

# Épilogue : une école
# encore en train de se faire

# Annexes,

# Préfaces

Qu'est-ce qu'un milieu éducatif ? Qu'est-ce qui fait que là, on vit plus et mieux qu'ailleurs ? Qu'est-ce qui fait progresser enfants et adultes ? Et comment faire ?

Depuis un quart de siècle, nous essayons, à partir de la description et de l'analyse de classes « insolites » souvent isolées dans des écoles-casernes, de répondre à ces questions. Autrement que par des discours. « C'est à d'autres travailleurs, à ceux qui font ou tentent de faire que nous offrons ce travail... nous en sommes à la préhistoire... Cro-Magnon de la pédagogie, inlassablement, nous taillons nos silex, des outils qui pourront servir à d'autres. »

Brûlant tout, certains « révolutionnaires » ou se croyant tels, se sont improvisés pédagogues. Ils ont cru nécessaire et possible de tout réinventer, de repartir de zéro. D'où certaines écoles nouvelles ou parallèles qui ne valent pas beaucoup plus.

Dommage, car l'enthousiasme y était et à présent on peut faire l'économie de certains pataugeages ; des techniques bien rôdées permettent d'acquérir le primaire, c'est-à-dire le primordial : parler, lire, écrire, compter.

*D'autres techniques font de la classe, de l'école,
un milieu de vie institutionnalisé où la loi naît de la
parole des enfants, où la parole naît de la loi. D'une
loi autre, bien sûr, d'une loi qui autorise le désir.
Naît ainsi un milieu autre où l'organisation devient
la condition de la liberté, la liberté condition de
l'organisation. On ne comprend plus ? Tant pis.
Peut-être est-ce intraduisible en français.*

*Savoir qu'à présent autre chose est possible, qu'on
ne peut plus se permettre ou se contenter de rêver la
pédagogie.*

*Or voici que d'autres, marginaux comme on dit,
utilisent nos silex (et bien d'autres choses) et
réalisent, prudemment et hardiment, une école autre,
vivante, vivable, viable, où les enfants ne sont ni
écrasés ni abandonnés. Sommes-nous débarrassés du
modèle scolaire du XIXᵉ siècle, celui qui n'en finit
plus de faire ses preuves ? Et de ces caricatures
d'écoles nouvelles dont la nocivité ne va pas tarder à
apparaître en France ? Il est permis d'espérer.*

*Agréable impression de n'avoir pas travaillé pour
rien. Me reste à remercier l'équipe de la Neuville.*

FERNAND OURY,
Instituteur, formateur de maîtres,
psychanalyste.

*L*' *école de la Neuville... Son mode d'approche de l'enfant commence par lui donner des responsabilités dans la maison, un rôle actif dans l'ambiance éducative et des initiatives dans la vie quotidienne, et surtout, dans le Conseil qui réunit les adultes et les enfants, voix au chapitre, les petits autant que les grands. Ils ne sont pas seulement consultés, écoutés dans leurs critiques et suggestions, mais ils prennent part aux décisions. C'est la dignité humaine retrouvée ou plutôt découverte.*

*Rapidement, ces enfants assument les responsabilités auxquelles ils s'engagent volontairement, collaborant avec les adultes d'encadrement aux besognes nécessaires à la vie quotidienne : entretien, cuisine, service de table, relations avec les fournisseurs du village, entretien du jardin. L'effort motivé et persévérant leur devient connaturel.*

*L'ouverture sur le monde qui les entoure, l'attention à autrui, à commencer par le village, la commune, l'autonomie en famille (qu'ils retrouvent toutes les fins de semaine), l'esprit de collaboration avec les autres et la tolérance des difficultés de chacun, voilà l'effet sur tous de cette pédagogie vivante et du style démocratique, sans démagogie de la Neuville.*

*Bref, c'est une évolution maturante à laquelle on assiste pour chaque enfant en quelques semaines.*

*Parallèlement, c'est la prise en charge de soi-même dans l'acceptation d'un règlement de vie où chacun prend sa part à tour de rôle de la plupart des postes. Cette liberté de mouvement et la diversité successive des tâches développent chez l'enfant le respect des autres parce qu'il est respecté d'eux.*

*Il est certain que ce travail qui évolue doit être davantage connu et entraîner d'autres éducateurs vocationnés en leur montrant des réalisations qui, il y a quelques années, paraissaient relever de l'utopie.*

*Un livre de Michel Amram et Fabienne d'Ortoli aurait un gros impact sur ceux qui, en pédagogie, sont en sincère recherche et au service d'enfants qui dans un encadrement comme celui de la Neuville peuvent s'épanouir socialement.*

*Pour moi, psychanalyste, qui ai beaucoup travaillé avec les enfants précocement sur la touche, surtout les plus sensibles, je sais la part importante que joue le milieu extra-familial donc scolaire quand il aggrave les difficultés affectives et psychosociales d'un enfant perturbé; mais combien aussi un milieu scolaire, si l'enfant s'y sent respecté dans sa personne, indépendamment de « l'élève », peut soutenir un enfant et, la joie de vivre avec les autres trouvée, le conduire hors de ses impuissances.*

FRANÇOISE DOLTO

*L*a Neuville, ces quelques phonèmes ont longtemps flotté au-dessus de la famille Dolto sans évoquer quoi que ce soit de précis. Le téléphone sonnait : c'était « la Neuville ». Françoise était occupée plusieurs heures un samedi après-midi : c'était pour « la Neuville ». Peu à peu les choses se précisèrent et la Neuville quitta son statut de jeune fille errante pour prendre corps : c'était une école ! Dans les derniers mois de sa vie, « la Neuville » fut presque un sujet de tensions entre elle, toujours prête à lui accorder du temps, et nous, ses enfants, toujours soucieux de son repos. À la façon presque sauvage et en tout cas incontournable dont elle défendit ces rendez-vous, nous comprîmes l'importance que cette « Neuville » avait dans son cœur. Jusqu'à son dernier souffle ou presque, elle fut attentive à ce qui s'y passait, s'intéressant à chaque enfant et à chaque événement avec précision.

Après sa mort, j'ai découvert l'univers de l'école de la Neuville, en travaillant sur les textes rassemblés dans ce livre, avec Fabienne d'Ortoli et Michel Amram que j'ai appris à connaître autour de cette entreprise commune.

Alors j'ai compris pourquoi ce lieu et ces gens avaient fait battre si fort le cœur de Françoise, elle qui, petite fille, aurait souhaité devenir « médecin d'éducation ». Elle avait, je crois, trouvé en eux une

équipe qui, avec son génie propre, avait le courage
quotidien et l'audace fondamentale de réaliser un
projet utopique aux yeux de tous, mais dont elle était
sûre qu'il était viable et source de vie pour ceux,
enfants et éducateurs, qui le partageaient.

Une école qui soutient, qui permet à chacun de
s'épanouir en apprenant, une école qui prévient
d'éventuels troubles de la personnalité et une école qui
soigne même parfois : grâce à la Neuville, elle a vu
se concrétiser son rêve d'enfant.

C'est pour moi la clef de la passion qu'elle avait
pour ce lieu, qui fut pour elle comme un laboratoire
dans lequel se vérifiaient ou non ses certitudes et ses
interrogations, mais un laboratoire où les enfants
étaient toujours et avant tout respectés.

Ainsi du début à la fin, sa vie s'organisera
autour d'un souci essentiel : la prévention à tous les
moments de la trajectoire humaine. Il y a des choses
plus faciles à dire qu'à faire, elle le savait et on ne
se privait pas de le lui répéter. Parce que c'était elle
et parce que c'était eux, l'impossible est devenu
quotidien. Ensemble ils ont prouvé que le respect de
son désir était le plus beau cadeau qu'un adulte
puisse faire à un enfant. C'est aussi une leçon qu'elle
nous a donnée en se battant avec une telle intensité
pour que vive un tel projet, dont la réalisation
donnait sens à tout ce qui fut son combat.

*Ce livre raconte l'aventure de quelques humains de tous âges attelés ensemble à une tâche qui les dépassait chacun individuellement. Ainsi prenait corps le rêve de celle qui, toute petite fille, interpellait déjà son entourage.*

Catherine DOLTO-TOLITCH

## Remerciements

Les auteurs tiennent à remercier, tout particulièrement, Michel Plon et Étienne Lemasson pour leur collaboration à la conception et à la rédaction de cet ouvrage, ainsi que Fernand Oury pour ses annotations, ses remarques et ses écrits et Colette Percheminier pour l'aide amicale qu'elle nous a apportée tout au long de ce travail.

Nous remercions aussi tous ceux qui ont participé à la tradition orale du récit neuvillois dont ce livre s'est inspiré :

— les enfants de l'école de la Neuville et leurs parents qui ont fait confiance au projet,

— les adultes qui, par leur travail ou leur soutien, ont permis que ce projet devienne et demeure une réalité et en particulier *Pascal Lemaître* (cofondateur de l'école), *Yves Herbel*, *Étienne Lemasson*, *Catherine de Massé*, *Jean-Paul Vanderhaegen*, *Maryse Dagnicourt* et *Gladys Cabalo*.

Une partie des textes d'enfants et d'adultes utilisés sont extraits des *Cahiers de la Neuville*, publications conjointes de l'*Atelier Alpha Bleue* et de l'*École de la Neuville*. Nous tenons à exprimer ici notre reconnaissance à *Agnès Lagache* et *Antoine de Kerversau* pour leur action généreuse et désintéressée en faveur de la Neuville.

Ce livre est dédié à Colette Langignon,

Assistante sociale au Centre Étienne-Marcel
puis psychologue clinicienne et psychanalyste.
Cofondatrice de la Maison verte.

# Une école
# est née

# Fondations

## ▶ Rencontres avec Fernand Oury et Françoise Dolto

C'était en novembre 1975, nous avions tous les trois à peine plus de vingt ans et cherchions depuis des mois un local pour lequel nous n'avions pas le premier sou afin d'y habiter et d'y créer un lieu pour vivre. On ne disait pas école, à ce moment-là. Nous avions fini par le trouver et nous nous étions installés en Normandie, dans un petit village appelé La Neuville-du-Bosc.

Dès notre arrivée à la Neuville, nous avions écrit un texte pour faire savoir que nous étions prêts à accueillir les enfants et les adultes qui devaient venir grossir les rangs de cette entreprise. Nous l'avions intitulé : « Une école est née. »

À la fois informative et publicitaire, cette circulaire pressait tout ce que nous comptions d'amis et de clients potentiels de se manifester, en masse. Il semblait qu'il y en eût beaucoup.

Un long silence suivit cette missive. Un silence qui, s'il s'harmonisait bien avec la campagne normande, n'arrangeait pas nos affaires. Il allait falloir revoir la question autrement.

Pas un instant, nous n'avions pensé à plier bagages.

Fernand Oury nous avait invités chez lui, dans la banlieue de Paris. Nous connaissions les livres de cet instituteur et ses « théouries » avaient une influence certaine sur notre présence à la Neuville. D'emblée, il nous mit en garde : « Vous ne comptez pas faire un nouveau Summerhill ? » Il estimait que le livre de Neill, *Libres Enfants de Summerhill*, sorti de son contexte

historique, avait fait suffisamment de dégâts en caution-
nant des pédagogies prétendues « non directives ».

Nous ne comprenions pas très bien à l'époque...

Mais nous avons pu exposer longuement notre projet.
Nous parlions de ce que nous savions faire, de ce que nous
voulions faire. Oury, lui, parlait surtout de sa classe de
perfectionnement mais aussi de quelques expériences dans
des collectivités d'enfants : « Ne rien dire que nous
n'ayons fait. »

« Autre chose est possible aujourd'hui, aussi loin de
l'autoritarisme ordinaire que de l'école de rêve. Et
certainement pas entre les deux. »

Plus que la classe, c'était l'école qui nous intéressait.
Avec sa façon caustique de s'exprimer, Fernand Oury
scanda notre entretien de ses boutades contre l'école
caserne :

« Personne ne défend plus sérieusement les méthodes
''qui ont fait leurs preuves'', cette école qui fabrique à
présent plus d'estropiés scolaires que de producteurs-
consommateurs, citoyens alignés et respectueux. »

« Quand les nécessités immédiates du gardiennage
l'emportent sur les soucis lointains d'éducation, l'école du
peuple devient l'école caserne. »

« En se réalisant, le rêve du XIXe siècle est devenu le
cauchemar du XXe siècle. Qu'on le veuille ou non, dans
les écoles géantes, l'instituteur est d'abord gardien
d'enfants... Un chien était entré dans l'école, un gosse
m'avait dit : ''Faut le garder, M'sieur, il fera votre travail
et mieux que vous.'' »

Avec l'accent du Midi, il citait Freinet[1] : « Le
scandale, c'est qu'il n'y ait pas de scandale. » Ces
remarques nous amusaient par leur force et leur justesse

---

1. Célestin Freinet, pédagogue français. *Cf.* texte : « La Neuville, un
moment dans l'histoire de la pédagogie » (J. Pain), p. 369.

mais ne donnaient surtout pas envie de rire : allions-nous nous fourvoyer à la Neuville ?

« Alors, changer le métier ou changer de métier ? Ce qui m'intéresse en pédagogie, c'est le milieu éducatif, ce qui fait que, là, on vit plus et mieux qu'ailleurs. Comment on aménage, on équilibre, on répare, on modifie ce milieu... Créer de nouvelles institutions, construire une école sur mesure où, le désir retrouvé, chacun travaille à son niveau, à son rythme, selon ses capacités actuelles, ce n'est pas une rêverie : de tels milieux existent dans des classes sans intérêt statistique, étonnamment ignorées. »

À la fin du repas, Fernand Oury nous aida à rédiger une sorte de circulaire d'information. Il nous recommanda, aussi, d'aller voir Françoise Dolto, de sa part.

Mme Dolto, nous la connaissions à peine de réputation. Elle nous fixa rendez-vous à une heure très matinale, de sorte que nous étions obligés d'aller à Paris la veille au soir. La psychanalyste participait, ce soir-là, à un colloque sur la petite enfance. Nous y étions et, comme les autres spectateurs, fûmes fascinés par ses propos. Le lendemain matin à huit heures, nous nous rendions rue Saint-Jacques.

Notre projet, nous ne l'exprimions pas facilement en un discours, suivant notre habitude, issue de l'air du temps, de parler par ellipse ou comme on dit « à demi-mots », en laissant deviner le reste. En face d'une pareille interlocutrice, la tâche nous paraissait encore plus malaisée. On se trompait. De fait, on parla en se relayant, chacun ajoutant quelque chose de personnel, mais aussi de commun à ce qu'avaient avancé les autres. Ainsi, prit naissance, dès ce jour-là, un personnage essentiel : la Neuville, personne morale et physique, association des trois, qui était le Projet.

### « Un beau jour, sans que personne lui ait appris, le prétendu ignare sut écrire... »

F. Dolto ▪ Vous êtes Fabienne d'Ortoli ?

La Neuville ▪ *Oui, bonjour...*

F. Dolto ▪ Françoise Dolto... et vous, vous êtes...

La Neuville ▪ *Michel Amram... Pascal Lemaître...*

F. Dolto ▪ Entrez... Que puis-je faire pour vous ?

La Neuville ▪ *Fernand Oury vous a téléphoné pour vous parler de nous...*

F. Dolto ▪ Oui, mais je ne vois pas bien pourquoi c'est moi que vous venez voir... ni ce que je peux faire, c'est ce que je vous ai dit l'autre jour au téléphone... il y a sûrement des gens plus compétents pour répondre à votre demande...

La Neuville ▪ *C'est justement Fernand Oury qui nous a conseillé de venir vous voir... Il pensait que notre projet pouvait vous intéresser...*

F. Dolto ▪ Je connais les travaux de Fernand Oury : ce qu'il fait dans sa classe m'a beaucoup intéressée... Vous allez travailler avec lui ?

La Neuville ▪ *Non, pas directement... mais c'est un projet qui s'inspire des méthodes qu'il a mises au point... par ailleurs, nous avions très envie de vous rencontrer...*

F. Dolto ▪ Alors, puisque vous êtes là, parlez-moi de votre projet...

La Neuville ▪ *C'est-à-dire que ce n'est plus tout à fait un projet dans la mesure où nous sommes déjà installés en Normandie...*

F. Dolto. — Où ça ?

La Neuville ▪ *Dans un petit village, entre Évreux et Louviers, qui s'appelle la Neuville-du-Bosc... C'est un village de quatre cents habitants, fermiers, travailleurs agricoles. Il y a une petite école communale... C'est à un peu plus de cent kilomètres de Paris.*

F. DOLTO ■ C'est très important la campagne pour un projet éducatif. Vous avez des enfants de quel âge?

LA NEUVILLE ■ *Nous pensons faire une école primaire... mais cela va dépendre de la demande...*

F. DOLTO ■ Vous avez combien d'élèves pour le moment?

LA NEUVILLE ■ *Aucun... enfin, on en a un, mais c'est le fils de Pascal et Fabienne...*

F. DOLTO ■ Quel âge a-t-il?

LA NEUVILLE ■ *Quatre ans...*

F. DOLTO ■ En effet, le projet le concerne tout à fait.

LA NEUVILLE ■ *Ça n'a pas été une chose simple de démarrer; nous avons eu beaucoup de mal à trouver ce local. En fait, nous cherchions plusieurs maisons dans un village, mais il semble que ce soit presque impossible dans la région parisienne. Il nous a fallu aller jusqu'en Normandie pour trouver, et encore pas tout à fait, ce que nous voulions...*

F. DOLTO ■ Pourquoi la région parisienne?

LA NEUVILLE ■ *Parce que nous sommes parisiens et que nous ne voulons pas nous couper tout à fait de nos relations, de nos activités... Accueillir des enfants ne représente qu'une partie de notre projet... Nous avons l'idée de créer un lieu où vivraient des enfants et des adultes qui, chacun, travailleraient à leur niveau, et pas forcément d'ailleurs aux matières traditionnelles... C'est pourquoi nous avons pensé à un internat... où tous les adultes ne seraient pas forcément permanents, et pas forcément enseignants non plus...*

F. DOLTO ■ Pour l'instant, il n'y a que vous trois?

LA NEUVILLE ■ *Oui... On devait en principe être plus nombreux. C'est comme pour les élèves qu'on nous avait annoncés: le projet intéressait, paraît-il, beaucoup de parents mais lorsqu'il s'est concrétisé, chacun s'est trouvé une bonne raison de ne pas en être... Pas tout de suite, en tout cas... « Quand vous aurez d'autres enfants, prévenez-nous, ça nous intéresse toujours... »*

F. DOLTO ■ ...C'est parce qu'il s'agit d'une école « nouvelle ». Tout peut y advenir. C'est cette nouveauté qui angoisse les parents. Ils se sentent plus tranquilles avec les méthodes de l'école traditionnelle...

Avez-vous exposé à ces parents, et à leurs enfants, vos intentions ?

LA NEUVILLE ■ *Nous savons mieux dire ce que nous ne voulons pas que ce que nous voulons... Il ne s'agit pas pour nous de faire table rase de tout ce qui a existé, au contraire... L'envie de nous installer hors de Paris, pour vivre autrement, de créer un lieu où les adultes se sentent bien nous est venue avant même qu'on s'interroge sur ce que les enfants y feraient... Même le mot école nous dérange, nous paraît réducteur de ce que nous voulons faire, c'est pourquoi nous ne l'utilisons pas...*

*Nous désirons faire nous-mêmes la cuisine, aller au marché avec les enfants, faire participer les enfants à toutes les activités et en même temps, qu'elles ne soient pas obligatoires. Ne pas séparer, artificiellement, les sports, les jeux, les spectacles, les cours comme s'il s'agissait de choses différentes...*

F. DOLTO ■ Avez-vous déjà enseigné ?

LA NEUVILLE ■ *Non. Pas vraiment. Nous avons fait des stages dans des écoles « nouvelles ». Cela nous avait intéressés mais nous avions souvent l'impression que la pédagogie se contentait d'effleurer l'essentiel. Les méthodes actives peuvent représenter un progrès par rapport à l'école traditionnelle mais les établissements qui les pratiquent, du fait qu'ils sont souvent réservés à certaines classes sociales, deviennent des écoles bizarres, des sortes de clubs à l'ambiance assez fermée. On s'aperçoit qu'en fait, ce sont les parents qui utilisent les enseignants pour faire faire à leurs enfants ce qu'ils jugent utiles, eux...*

*Les activités auxquelles nous participions se passaient bien et c'était assez facile d'intéresser les enfants... mais tout ça se déroulait, pour ainsi dire, en marge de l'école pendant des temps de loisirs... Le reste des activités de l'école gardait les structures classiques avec un pouvoir « trusté » par les enseignants... Les enfants ne décidaient pas, ne s'exprimaient pas, et s'ils étaient parfois consultés, c'était dans le style : « Voulez-vous faire des fleurs en papier ou aller à la piscine »? Pas pour de vraies décisions...*

*À propos d'un superbe jardin potager, on avait demandé : « Ce sont les enfants qui font ça ?» Le directeur nous avait regardés, amusé par la question, l'air de dire : « On voit bien que vous manquez d'expérience... » Il avait sans doute raison, pourtant nous pensons qu'il y a sûrement moyen d'aller plus loin dans les responsabilités que l'on peut confier aux enfants...*

F. DOLTO ■ Ce que vous dites me fait penser à une histoire qu'une mère m'a racontée au début de ma pratique médicale. Avec la guerre, bien des familles avaient été contraintes d'émigrer à la campagne. Une fois installée dans un petit village, cette mère avait averti le maître de l'école, à classe unique, que son enfant ne savait ni lire ni écrire et qu'on avait recommandé pour lui des méthodes spéciales. Le test Binet-Simon donnait son quotient intellectuel comme celui d'un enfant irrécupérable.

Comme cet enfant recherchait la compagnie de camarades, l'instituteur proposa qu'il vienne tout de même dans sa classe : « J'ai des petits. Si ça ne va pas en classe, il pourra toujours rester dans la cour et se faire des copains. »

Il allait à l'école selon son gré et pour se distraire. C'est comme cela qu'il s'est réconcilié avec le milieu scolaire.

Il partageait les jeux et les activités des plus jeunes, choisissant parfois dans les exercices proposés, répondant aux questions dont il savait la réponse. Si bien qu'un beau jour, sans que personne lui ait appris, le prétendu ignare sut écrire, puis lire. En trois ans de vie à la campagne, au contact d'enfants et d'un maître ordinaires, il avait récupéré le niveau de connaissances des enfants de son âge.

Si je vous ai raconté cette anecdote, que je raconte souvent, c'est qu'elle m'a fait prendre conscience du rôle que peut avoir une école. Votre projet de petite école de campagne me paraît tout à fait intéressant, particulièrement de nos jours, où elles sont, hélas, de moins en moins nombreuses.

LA NEUVILLE ■ *Justement, on a l'impression qu'une histoire pareille ne pourrait pas arriver dans une école ordinaire parce que les responsables du système exigent que l'enfant s'adapte à l'école sans que celle-ci fasse l'effort réciproque.*

F. DOLTO ■ Oui, et le drame, c'est que maîtres et parents se félicitent de la réussite de ce dressage, alors que les tâches proposées par l'école traditionnelle peuvent être pour l'enfant un facteur de régression s'il les exécute passivement et avec zèle. Son évolution œdipienne et sociale risque d'être bloquée dans une névrose obsessionnelle scolaire, même si tout en lui paraît en ordre. Il s'est vidé de ses désirs, aime mieux étudier que jouer et l'ébauche de sa personne responsable est provisoirement, ou définitivement, détruite. Et ce sont ces comportements disciplinés de nourrissons gavés et sages qui plaisent et qui font que l'on qualifie un enfant de bon élève.

LA NEUVILLE ■ *Mais pourquoi ne fait-on rien pour que ça change ?*

F. DOLTO ■ Parce que la répétition a valeur sécurisante. On a promu un système permettant à certains d'obtenir des bonnes notes aux examens pour que ceux-ci désignent les élites. Ce qui est créatif est incomparable et fait courir des risques, ce qui n'est pas répétitif est injugeable, incodifiable. Voilà pourquoi, contraints par certains maîtres, des élèves avalent leurs leçons et les restituent sur commande, sans souci de leur contenu sensé. Voilà pourquoi il arrive qu'on n'autorise pas les enfants à chercher par eux-mêmes dans les manuels, à communiquer avec leur voisin, à questionner le maître... L'élève, qui veut être bien vu, sait qu'il a intérêt à répéter ce qui a été déjà dit par d'autres plutôt que de fournir pour réponse une réflexion personnelle...

LA NEUVILLE ▪ *Pourquoi ce système scolaire n'autorise-t-il pas les enfants mais aussi les adultes qui, eux aussi, sont là pour vivre et pour apprendre, à adopter un emploi du temps souple, tenant compte des âges, des saisons ? On devrait pouvoir faire des mathématiques pendant quinze jours de suite si ce qu'on fait est intéressant et ne reprendre le français que plus tard et sous forme de pièces de théâtre, de journaux ou de correspondance...*

*L'école n'a-t-elle pas la responsabilité de faire fonctionner autant les mains ou les jambes que la tête ?*

F. DOLTO ▪ Oui, bien sûr... Elle doit aussi faire bien d'autres choses dont je suis sûre qu'elles entrent dans vos intentions pédagogiques... Malheureusement, le système éducatif de notre pays ne laisse pas de place, dans l'organisation scolaire imposée aux élèves et aux maîtres, pour une intention du savoir, un projet de recherche culturelle. Il n'y a pas de temps pour poser des questions, flâner, se promener en groupe, discuter avec l'enseignant de son expérience personnelle...

Seule une authentique angoisse humaine peut être ferment de fécondité culturelle. L'école, la classe, ce devrait être cela : choisir et s'exprimer de façon ordonnée et avec justesse, que ce soit par la parole, le dessin, la musique, le sport ou toute autre forme librement exercée.

LA NEUVILLE ▪ *Quand vous la décrivez, l'école tradition-nelle paraît encore plus effrayante...*

F. DOLTO ▪ Dans les classes de campagne que j'évoquais tout à l'heure, la situation d'apprentissage était tout autre. La classe réunissait à la fois des petits et des grands autour de l'instituteur, des enfants qui étaient très différents les uns des autres. Ils disposaient d'un champ, presque illimité, pour leurs investigations : le village et la nature. Ils étaient laissés à leurs initiatives face à la réalité de ce qui était mis à leur disposition. D'eux-mêmes, les enfants sont créatifs et ludiques. Si personne ne les en empêche, ils explorent tout. Le rôle des adultes, c'est de prévenir l'enfant des dangers dont il n'a pas conscience.

Mais seulement parce que l'expérience de son corps dans l'espace lui fait défaut.

Or, souvent, l'adulte, sous prétexte qu'il a un corps d'adulte et que celui de l'enfant est moins aguerri, le traite en incapable. Il ne sait pas que l'enfant a parfois un sens de la vie, une intelligence, une richesse potentielle plus grande que ce qu'il en reste chez les hommes faits.

Souvent, le maître, la maîtresse, les parents se croient vigilants alors qu'ils ne sont que des geôliers. Ils se croient sûrs de savoir ce qui est bon pour l'enfant et le maintiennent esclave de leur pouvoir, allant jusqu'à interdire les actes que son imagination et son désir suscitent en lui, au lieu de laisser une liberté totale de découvrir.

Pourtant, les découvertes innombrables que fait l'enfant quand il circule librement lui servent ensuite d'expérience pour sa propre conservation, bien plus utilement que les interdictions. Surtout s'il se sent en confiance avec des adultes qui croient en lui et s'il peut dire ses frayeurs à mesure qu'il les éprouve au cours de ses investigations, sans être culpabilisé pour ce qu'il a fait et donc se retrouver ainsi piégé.

Évidemment, nous avons tous recours à des notions que nous n'avons pas expérimentées. Nous devons alors nous en remettre à l'expérience des autres... Mais alors, justement, il faut le dire. Surtout dans les situations d'apprentissage telles que l'école, la vie familiale, en créent quotidiennement.

Si l'on entreprend de dessiner la carte du monde, il convient d'abord de parler des hommes qui ont découvert ces pays, de parler des voyages qu'ont entrepris ces explorateurs. Les enfants sauront ainsi ce qui a été à l'origine de ce qu'on leur enseigne, ils comprendront ce que ça veut dire de faire une carte. Cela ne sert à rien de dessiner et de colorier les reliefs, d'apprendre les noms et les superficies si le maître ou les parents n'ont pas décrit en quoi cela consiste de remonter à la source d'un fleuve, d'escalader une montagne, s'ils n'ont pas dit la nécessité de ces entreprises humaines, traduit les noms de ces villes, situé ces régions parfois éloignées, inconnues, parlé des hommes qui y vivent et de l'histoire de ces peuples. Nous ne savons rien, dans quelque domaine que ce soit, que par le témoignage de ceux qui ont exploré et donné sens à ce qu'ils ont vécu. Toute connaissance n'a de sens qu'à travers les humains qui ont laissé témoignage... C'est la parole qui est fondatrice de l'être humain et je crois très important que nous ne restions pas dans notre tour d'ivoire, nous, psychanalystes, qui sommes témoins des résultats de tant de souffrances inutiles. Nous avons quelque chose à dire et il n'y a pas de raison pour que nous gardions cette expérience humaine pour nous, comme si nous étions les praticiens d'un savoir. Je crois, au contraire, que nous devons témoigner et contribuer à aider les personnes s'occupant d'enfants, afin qu'elles ne suivent pas aveuglément la façon de faire de ceux qui les ont précédées. Ce qui, finalement, donne sens au travail de ceux qui, comme moi, sont tout le temps confrontés à la souffrance humaine, c'est la possibilité de mettre tout ce qu'ils ont compris, grâce à ces êtres en souffrance, à la disposition des éducateurs et, à travers eux, au service des enfants.

LA NEUVILLE ■ *Il est vrai que nous n'avons jamais envisagé d'enseigner dans le cadre de l'Éducation nationale. Nous n'y aurions pas trouvé, nous semble-t-il, la liberté nécessaire pour faire ce travail comme nous l'entendions. Pas plus que nous n'avons réussi à trouver un terrain favorable pour faire des films comme nous le souhaitions. Mais nous n'avons pas perdu notre temps en faisant ces films ; nous avons fait ce qui nous plaisait, et surtout nous avons découvert, au cours de ces années-là, le travail en équipe. Pour nous, la solution n'était pas d'exercer un métier chacun dans son coin. Et puisque ce que nous voulions n'existait pas, pourquoi*

*ne pas essayer autre chose… ? Voilà comment nous avons atterri à
la Neuville.*

F. DOLTO ■ Justement, que puis-je faire pour vous ?

LA NEUVILLE ■ *Nous sommes venus pour savoir si vous
pourriez nous aider à trouver des élèves…*

F. DOLTO ■ Il arrive souvent, en effet, que des parents
me demandent conseil parce qu'ils sont dans l'embarras à
propos de leur enfant qui a pris son école en grippe.
Parfois aussi, dans l'une de mes consultations, j'estime
souhaitable qu'un enfant soit momentanément séparé du
milieu familial. Ce que vous désirez, c'est que je donne
votre adresse ?

LA NEUVILLE ■ *Oui, ce serait très bien…*

F. DOLTO ■ Eh bien, écoutez, cela me paraît tout à
fait possible… Vous me donnez l'impression de personnes
pleines de ressources… et je vous souhaite bon courage
dans la tâche difficile que vous entreprenez… Je commence à être un peu connue, si cela peut aider en quelque
chose… Et vous pouvez utiliser mon nom pour vous faire
connaître !

▶ **Après coup**

Nous sortîmes de cette rencontre euphoriques mais
sans savoir pourquoi.

L'accueil, le discours de Françoise Dolto à notre
endroit était plein d'encouragement. Oui, le projet était
possible, viable. Nous pouvions tout à fait le mener à bien
et nous étions même tout à fait placés pour le réussir, à la
fois parce que nous en avions le désir et les capacités et
parce que notre utopie répondait à un besoin, à une
nécessité.

Nous ne souhaitions pas avoir un projet strictement
éducatif, envisager le métier d'instituteur ou même

d'éducateur. Quelques jours auparavant, cela était nettement ressorti de notre rencontre avec Fernand Oury. Il avait admis cet état d'esprit sans pour autant manifester ses habituelles craintes pour les « spéculations » pédagogiques.

N'étant pas de la profession, Françoise Dolto, elle, n'avait pas une démarche éducative aussi précise : une tentative pour essayer de « faire autrement » lui paraissait porteuse d'espérance, de changement vers une évolution positive des états d'esprit.

Elle nous offrit la possibilité de projeter sur cette rencontre notre désir d'entreprendre. Nous n'avions jamais été reçus ainsi, considérés comme des interlocuteurs valables. Elle nous identifia à ce que nous avions affirmé vouloir être, en nous situant dans un monde où les choses étaient possibles et, pour certaines, même, souhaitables ; monde dans lequel elle-même occupait une place signifiante. Le tout ne pouvant être rendu crédible à des jeunes gens si sceptiques que par l'usage d'une désarmante confiance en son prochain et une absence de complaisance dont le moindre de ses propos était marqué. Cette première rencontre avec Françoise Dolto fit que l'école de la Neuville, jusqu'alors esquisse et plate-forme, devint chantier. Cette entrevue d'une heure fonda non seulement la relation entre Françoise Dolto et la Neuville mais aussi la Neuville elle-même, dans le sens où l'on parle des fondations d'une maison.

# En route pour
# la Neuville-du-Bosc

▶ **Paris, fin des années soixante**

Retour en arrière. Fabienne, fille de magistrat, avait songé à devenir juge pour enfants. Mais les études de droit ne l'avaient pas intéressée. Elle s'était alors orientée vers les lettres modernes pour pouvoir choisir un métier de l'éducation.

Pascal avait été élevé par sa mère et sa grand-mère. Il souhaitait faire une carrière artistique comme son père, qui avait été critique d'art. Il avait surtout envie de vivre autrement, à la campagne. L'enseignement ne l'intéressait pas particulièrement, tout comme Michel qui, bien que fils d'instituteurs, n'avait pas un goût prononcé pour les études classiques. Ses projets avaient bien souvent des allures de défi. Nous étions allés au lycée ensemble. Ensemble, nous avions fréquenté les salles de cinéma classées « Art et Essai ». Plus tard, ce fut la Cinémathèque, tous les soirs. Les prix en étaient modiques et quand nous n'avions pas d'argent, on nous laissait entrer gratis.

Nous avions vu et revu quelques milliers de films, entre 1966 et 1973, jusqu'à en connaître par cœur les dialogues, les cadrages, les montages. De Berkeley à Walsh, en passant par Ford, Hitchcock, Lang, Lubitsch, Ophüls, Renoir, Rossellini ou Sirk.

Nous appartenions à un groupe de bons amis qui vivaient ainsi et avaient l'impression tout en poursuivant leurs études d'être des personnages de roman, à la recherche de leur destinée, comme dans *L'Éducation sentimentale* de Flaubert. Dans notre cas, les événements « sociaux » influents avaient été ceux de Mai 1968.

Nous ne les avions guère attendus, pas plus que nous n'avions le sentiment de les avoir provoqués. Simplement ils ne nous avaient pas surpris : la société dans laquelle nous vivions nous paraissait archaïque, et spécialement le système éducatif puisque nous sortions tout juste du lycée. Les manifestations nous avaient impressionnés mais nous n'avions jamais pu en être vraiment partie prenante : nous ne savions où nous situer.

C'est plutôt l'espace créé dans Paris, dans notre vie qui avait été marquant. L'interruption de tout : des services publics, donc des cours, des transports, mais aussi des loisirs, pendant plusieurs semaines. Comme une pause, un temps laissant entrevoir autre chose. Puis tout rentra dans l'ordre comme si rien ne s'était passé.

Fabienne et Pascal s'étaient mariés et avaient eu un enfant. Ils avaient envisagé un moment de partir vivre à l'étranger. C'était une époque où beaucoup de jeunes partaient au titre de la coopération en Afrique ou en Amérique du Sud. Eux ne se décidèrent pas. De façon générale, nous ne voulions d'ailleurs prendre place dans rien de ce qui existait déjà. C'est une des raisons pour lesquelles nous avions exclu, entre autres, l'idée de travailler à l'Éducation nationale. Nous voulions utiliser notre liberté de penser, d'agir. C'est après le décès de la mère de Fabienne que celle-ci se sépara de Pascal et que l'on commença à parler du projet d'école. Mais il était sans doute un peu tôt dans nos vies pour un projet aussi complexe. François, leur fils, était encore très jeune. Les années passant, sa présence allait avoir une influence décisive sur la naissance de l'école.

Michel avait réalisé des courts métrages en 16 mm. Il s'apprêtait à entreprendre, avec Fabienne, Pascal et les quelques amis habituels, le tournage de deux films de long métrage. Ces tournages allaient nous contraindre à des prodiges de « bidouillages » et d'astuce car, bien souvent nous ne disposions même pas du montant du prix de la pellicule. Ce fut une très bonne école pour apprendre à travailler en équipe, prendre des initiatives, gérer au plus juste, savoir se présenter, etc. C'est pendant cette période de deux années où nous avions tout « misé » sur le cinéma que Fabienne et Michel avaient commencé à vivre ensemble.

Nos premières « œuvres » étaient certes maladroites et « fauchées », elles ne manquaient pourtant pas d'un certain charme comme on nous l'avait souvent dit. Les producteurs et distributeurs nous conseillaient « de rentrer d'abord dans le système... »

Mais nous préférions continuer à faire nos films. C'est cela qui nous intéressait, et non « travailler dans le cinéma » contre de l'argent. Le milieu ne nous plaisait pas malgré la fascination que les films, surtout les anciens, exerçaient sur nous.

Nous avions l'impression d'appartenir à une « génération perdue ». C'est d'ailleurs le titre que Michel avait donné à l'un de ses films. Nous n'étions pourtant pas prêts à « rentrer dans le rang ».

## ▶ Le projet

« Et si nous allions nous installer à la campagne, on pourrait y ouvrir une école... »

Depuis le début de l'année 1973, on commençait à réfléchir concrètement à notre projet d'école, à se poser des questions : où s'installer ? Combien de personnes fallait-il au minimum pour que le projet soit viable ? Comment recruter les enfants ? Le plus important nous paraissait, sans conteste, être la recherche du local et l'on résolut de commencer par là. Avant tout, ce serait notre maison...

Après une année de recherche, deux possibilités se présentèrent : la prise en charge du projet par une collectivité locale, en Bretagne, solution intéressante quoiqu'un peu trop éloignée de Paris et manquant d'autonomie ; une école modèle située dans une somptueuse propriété varoise financée par un comité de prarents d'élèves qui étaient prêts à nous laisser expérimenter nos méthodes et dont nous aurions été les « esclaves ».

C'est une troisième solution qui fut adoptée : louer une modeste propriété et recruter des élèves en nombre suffisant pour en payer le loyer. Durant ces démarches, nous avions sillonné la région parisienne, en vain. Aussitôt que les propriétaires ou responsables d'agences immobilières apprenaient que nous voulions obtenir leur local pour y créer une école, ils refusaient de nous le louer.

Été 1973. Nous nous réunissions chaque matin pour définir ce que nous comptions faire, un peu comme nous procédions pour nos scenarii. Nous faisions ce travail tout à fait sérieusement et, de semaine en semaine, nous avancions dans notre réflexion.

La formule de l'internat paraissait bien plus difficile à mettre en place mais elle correspondait à la façon de vivre que nous avions choisie : « Des activités comme les repas, les jeux, le coucher doivent favoriser la vie de groupe et permettre d'envisager un milieu éducatif plus facilement qu'en utilisant les seuls domaines scolaires. »

Nous voulions que les enfants participent aux travaux de la vie quotidienne, fassent du sport, pratiquent des arts parce que nous avions des compétences dans ces domaines.

Nous pensions, bien sûr, à une école fonctionnant avec un effectif de type « école nouvelle », constitué d'enfants dont les familles souhaitaient trouver une alternative à l'école traditionnelle uniformisante. Nous n'avions pas envisagé que cette clientèle, a priori, ne fréquentait guère les internats.

Nous souhaitions former une équipe de six personnes et espérions pouvoir compter sur plusieurs amis pour la constituer. Ce groupe assurerait toutes les activités, aussi bien scolaires que matérielles ou sportives. Nous n'avions entamé aucune démarche publicitaire, ni effectué de recherche de financement. Nous comptions nous débrouiller seuls : quantité de gens se déclaraient intéressés par ce projet et prêts à inscrire leurs enfants dans notre école.

La date de la rentrée était passée. Nous continuions encore à faire des projets dans notre banlieue parisienne. Fin octobre, nous avions fini par trouver un homme peu commun qui proposait de nous louer une de ses propriétés. Il appartenait à une longue lignée de propriétaires terriens et était maire d'une petite commune de Normandie. C'était un homme imposant et très distingué, portant favoris. Il s'appelait M. Conard. L'entrevue pour la signature se déroula comme une scène d'un film français d'avant-guerre.

— Avez-vous les diplômes pour ouvrir cette école ?
— Oui, nous les avons.
— Avez-vous l'argent nécessaire ?
— Bien sûr !
— Alors, c'est parfait. Quand voulez-vous entrer dans les lieux ?
— Le plus tôt possible.
— Disons à la fin du mois.
— Pourquoi pas le quinze ?

Il ne demanda ni caution ni aucun des documents en question. La parole donnée lui suffisait. Son nom ne nous donna plus envie de sourire.

## ▶ Installation à la Neuville

Quinze jours plus tard, nos affaires réunies dans une camionnette de location, nous voilà chez nous à la Neuville-du-Bosc, petit village de l'Eure qui semblait venir tout droit d'un roman de Maupassant et ne pas être sorti de son siècle !

Il ne s'agissait pas de créer un lieu de rêve mais de rêver à ce que pourrait être ce lieu.

Nos lectures, notamment celle du livre de Neill, et un échange de correspondance avec Fernand Oury, nous avaient incités à tenter l'aventure. Ouvrir une école n'avait pas l'air simple et pourtant, concrètement, on voyait assez bien comment ça pouvait marcher. Un autre fait, essentiel, avait influé sur notre décision : si Fabienne et Pascal étaient séparés, l'éducation de François faisait partie de leurs préoccupations prioritaires. Il avait été jusque-là un enfant «facile» à élever. Or, il avait demandé à aller à l'école du quartier, à Bourg-la-Reine, et cet essai ne s'était pas très bien passé. Au bout d'une semaine, il ne voulut plus y retourner. Comme sa présence à l'école n'était pas alors une nécessité, on décida d'attendre un an ou deux. François avait quatre ans quand nous nous sommes installés à la Neuville.

Renseignements pris, la législation des écoles ne s'avérait guère contraignante : il fallait se constituer en association et faire une déclaration à la mairie. Le responsable légal devait, en outre, avoir vingt-cinq ans, posséder le bac et être dégagé des obligations militaires. Nous étions d'accord pour que Fabienne soit la directrice en titre. Comme elle n'avait pas l'âge requis, on décida d'attendre un peu avant de légaliser. C'était d'autant plus facile que nous n'avions pas d'élèves du tout. Les quelques amis désireux de nous rejoindre avaient, entre-temps, renoncé et les parents qui s'étaient déclarés enthousiasmés par le projet attendaient que nous ayons d'autres enfants que les leurs avant de nous confier leur progéniture.

Il devenait urgent de faire connaître notre existence. On loua une vieille « Japy » pour ne pas envoyer nos lettres manuscrites. Nous survivions, d'ailleurs, grâce à l'aide de nos parents et amis après notre circulaire : « Pour que l'école dure, amis, donnez. »

Nous avions même fait imprimer mille exemplaires d'un texte publicitaire. C'était cher mais propre et satisfaisant. La facture, elle, était le double de ce qui était convenu. Que faire ? Nous nous sentions désarmés. C'était le premier incident lié à l'argent, il allait être suivi de nombreux autres et nous allions apprendre très vite à nos dépens que gérer une école ne relevait pas seulement de compétences pédagogiques.

On consulta des associations de consommateurs : il aurait fallu demander un devis, nous dirent-elles. Nouvelle visite à l'imprimeur, peine perdue :

« Beaucoup de choses ont été changées après que nous ayons parlé du prix », affirma-t-il. Finalement, on se rallia à la suggestion du père de Fabienne, un expert puisque procureur de la République : adresser un chèque du montant convenu au départ : 125 francs[1]. Le chèque fut encaissé et l'affaire classée.

Le texte imprimé était la circulaire que nous avions mise au point avec l'aide de Fernand Oury lors de notre visite chez lui. Tout en annotant le document que nous rédigions ensemble, il eut ce mot : « Votre projet d'école, ça pourrait marcher... vous avez des gueules vachement humaines. » La semaine suivante, ce fut au tour de Françoise Dolto de nous encourager. Rien ne pouvait autant nous stimuler que son autorisation de nous servir

---

1. Il convient de multiplier les sommes indiquées dans ce chapitre par 3,5 pour avoir leur équivalent approximatif en francs actuels.

de son nom pour nous faire connaître. Ce fut au point que l'on n'osa pas...

## ▶ Premiers élèves

Nos efforts pour attirer l'attention ne permirent pas même un début de recrutement. Nous n'avions trouvé qu'une solution pour faire rentrer de l'argent et établir un contact avec des « clients » potentiels : pendant les congés scolaires, nous « gardions » des écoliers parisiens. Ce n'était ni très simple ni très enthousiasmant. Nous avions envie de commencer à travailler, eux non, ils étaient en vacances. Néanmoins, ce qu'on leur proposait leur plaisait et certains souhaitaient rester. Les parents, eux, hésitaient... Les premiers à tenter cette « expérience » de séjour prolongé furent trois sœurs dont les âges s'échelon-naient entre six et dix ans. Nous les connaissions depuis qu'elles étaient toutes petites. Très vivantes, elle n'appré-ciaient pas vraiment les écoles, dites « nouvelles », dans lesquelles elles étaient allées jusque-là. C'était tout à fait le genre d'élèves que nous souhaitions avoir. Ève, neuf ans, écrivit dans le journal de l'école de cette année-là :

● *« Fabienne, Michel et Pascal, un jour, sont venus chez nous et ils ont dit : "On voudrait faire une école" et ils ont demandé si on voulait venir, alors on a dit : "Oui." D'abord c'est Anne-Sophie et moi qui sommes allées et on a vu que c'était très bien. Alors en revenant chez nous, on l'a dit à Maïté. Alors Maïté est venue. On a quitté notre école à Paris et on est venues en Normandie. »*

Maïté, l'aîné, gaie, dynamique, exubérante même, était toujours curieuse de tout, elle avait aussi une fâcheuse tendance à ne rien achever. C'est elle qui avait été la plus enthousiaste pour aller à la Neuville après un bref temps d'hésitation. Ève, sa cadette d'un an, suivait sa grande sœur pour l'essentiel. Mais elle ne manquait ni d'esprit ni d'habileté. Anne-Sophie était timide, fragile et un peu sauvage, souvent en opposition avec les deux autres. Elle n'aimait pas l'école mais elle voulait bien venir dans celle-ci parce qu'elle lui semblait différente. Au fond, elle n'avait suivi les autres que pour ne pas rester seule à Paris.

Un jour où nous recevions des parents en vue d'une inscription, nous étions allés les chercher pour « meubler » l'école. Les enfants devaient ranger la classe. Maïté, pour faire chic, avait mis une sorte de « couvert scolaire », un cahier de chaque côté avec, de part et d'autre, une règle et un crayon et au-dessus, une gomme. Toutes les chaises que nous avions avaient été mises là. De sorte que leur visite terminée à l'autre extrémité de la maison, les visiteurs étaient restés debout ! Ils n'inscrivirent pas leur fille... Les élèves « d'emprunt », par contre, étaient ravies et décidées à rester...

Nous faisions tous nos trajets dans la voiture de Pascal, qui était trop petite. Nous voulions un minibus. Solution chère mais ne demandant pas d'apport, on donnait la voiture en reprise. Les mensualités du minibus étaient de 850 francs par mois. Ce qui était notre plus grande dépense mensuelle après le loyer (1 500 francs). Ce minibus nous donnait une formidable autonomie de déplacement. Il suffisait d'embarquer tout le monde et nous pouvions, à tout moment, nous rendre où nous le souhaitions. C'était très commode de se déplacer ainsi au gré des événements. Du coup, tout ou presque devenait pédagogique : aller au marché, rapporter du bois de la ferme voisine ou visiter les usines désaffectées d'Elbeuf et y acheter des draps.

Nous allions aussi, avec les enfants, dans les librairies spécialisées à Paris pour choisir nos livres et le matériel pédagogique dont nous avions besoin. Un jour, la responsable du magasin OCDL[1], que nous fréquentions assidûment, voyant que nous hésitions avant de faire un achat, nous proposa de lui vider sa cave et d'en emporter le contenu. Ce jour-là, le bus suffit à peine tant il y avait de choses...

## ▶ Arrivée de Paul

À la Neuville aussi, on s'organisait. Les enfants étaient à l'aise, un peu comme dans la maison de campagne d'un oncle ou d'une tante. Ils s'occupaient gentiment, acceptaient volontiers d'aider et ne posaient pas de problèmes particuliers. Nous étions, nous aussi, contents d'être là, en « vacances » par rapport à nos projets antérieurs. Cela ne ressemblait pas à ce que l'on appelait alors « un lieu de vie », ce n'était pourtant pas une école au sens social du terme, bien que chaque matinée fût occupée uniquement par des activités scolaires. Nous allions nous en rapprocher avec l'arrivée, durant l'hiver 1974, de notre premier élève payant : Paul. Un garçon de onze ans que Françoise Dolto suivait en psychothérapie et qu'elle nous adressa quelques semaines après notre rencontre, comme elle nous avait laissé espérer qu'elle le ferait. Maïté, dix ans, raconte l'arrivée de Paul :

> ● « *On nous avait prévenus qu'un garçon viendrait, alors on était contents. Puis, il est arrivé. On lui a fait visiter. Puis tout d'un coup, il s'est arrêté devant une glace et il s'est mis à parler tout seul. Nous, on était étonnés. Alors, on l'a dit à Fabienne et elle a dit : "C'est une blague qu'il vous fait !"* »

Passé notre premier étonnement, la présence de Paul nous plongea dans la perplexité. Nous étions saisis par un sentiment angoissant d'incapacité. Quelle disproportion

1. Librairie spécialisée dans les ouvrages pédagogiques.

entre notre inquiétude et la présence effective dans nos murs d'un garçon maigrelet qui sortait d'une longue période d'anorexie et se parlait à lui-même.

Son comportement n'avait rien d'inquiétant en soi. C'était notre imagination sans doute qui était dépassée par ce phénomène. Rien de particulier, il arpentait les couloirs ou le jardin en tenant une sorte de discours chantonné, un peu à la manière d'un radioreporter qui ferait le compte rendu d'un événement en tournant, d'assez loin, autour de ce qu'il décrirait. Sauf qu'il ne décrivait pas ce qu'il voyait, il manifestait une émotion, en rapport avec ce qui se passait, avec des mots qui ne « collaient » pas avec la réalité.

Il demandait qu'on lui attache ses lacets, les défaisait aussitôt et renouvelait sa demande. Il suivait les autres, mangeait avec eux. Il finissait tout ce qui restait dans leurs assiettes en disant : « Mais il faut bien le nourrir, ce garçon ! » Les enfants n'étaient pas dérangés.

Au bout d'une semaine, Fabienne téléphona à Françoise Dolto et demanda ce que nous pouvions faire. La réponse allait indiquer le chemin à suivre, durablement :

— Est-ce qu'il mange ?
— Il dévore !
— Très bien, s'il mange, c'est que ça va. Pour le reste, ne vous inquiétez pas et traitez-le comme n'importe quel autre enfant.

C'est ce que nous nous sommes efforcés de faire. Établir le contact ne fut pas très difficile : Paul était un garçon chaleureux, convivial, plein d'humour. Il se sentait bien à la Neuville.

Il eût été plus difficile de l'aider à sortir de sa souffrance au quotidien. On n'essaya pas et on était d'autant moins tentés de le faire que la seule chose qu'il demandait, c'est « qu'on lui foute la paix ! » Il vivait dans notre école, c'était tout.

# Une autre
# manière d'être
# à l'école

# Où commence
# la pédagogie,
# où finit-elle ?

Hiver 1974. Nous sommes à pied d'œuvre mais notre effectif est toujours incertain : nous ne savons pas, chaque semaine, combien il y aura d'enfants, ni lesquels parce qu'il n'existe aucune inscription formelle à l'école. Nous sentons bien que certains parents sont seulement d'accord pour que leurs enfants passent quelques semaines à la campagne, comme une récréation dans leur scolarité. Pour d'autres, c'est en fonction de leurs déplacements, lorsqu'en fait cela les « arrange » professionnellement. Personne ne prend au sérieux cette école « d'amateurs ». Nous faisons pression pour que cela change et quelques-uns restent de façon permanente, constituant le premier noyau d'élèves.

On prend alors l'habitude d'aller chercher nos élèves, chaque lundi matin, en bas de chez eux plutôt que d'attendre à un point de rendez-vous. Comme ça, on sait à quoi s'en tenir et puis de cette façon, nous allons à la Neuville par le « chemin des écoliers » et nous passons, parfois, une partie de notre lundi au musée où à la Cinémathèque.

Notre emploi du temps est très simple : cours le matin, activités libres le reste du temps, le tout étant très souple et supportant fort bien improvisations et inversions. Il y a une classe unique, de huit enfants, entre quatre et dix ans, avec trois professeurs ! Tous les enfants sont en effet regroupés dans la grande pièce de la maison et nous faisons cours ensemble. Ça se passe bien mais l'effectif est si réduit qu'il est bien difficile d'en tirer des conclusions.

En dehors des cours, chacun des adultes fait ce qui lui convient le mieux, ce qu'il sait ou aime faire, le plus souvent aidé ou simplement accompagné d'un ou plusieurs enfants, ce que l'on appellera plus tard les « ateliers ». Pascal fait la cuisine et du bricolage. Fabienne s'occupe de la vie dans la maison, du téléphone, c'est elle qui veille aux horaires et aux relations avec les parents. Michel organise les sports, les jeux, il est responsable du courrier et des questions d'argent. On accompagne Pascal quand il va faire ses courses et il aime entraîner tout le monde dans de longues promenades à travers la campagne; Fabienne a mis au point un « tour » pour la vaisselle et les rangements et un emploi du temps. Le soir, tous les trois, nous relisons les textes de Michel pour nous faire connaître ou le courrier destiné aux parents: nous leur adressons toutes les six semaines des commentaires pédagogiques; puis chacun les annote. Nous finissons par avoir un texte unique au bout de quelques heures, ou quelques jours, suivant l'importance du document.

## ▶ Un si charmant village

La vie à la Neuville était austère. Nous étions entourés de voisins, paysans, fermiers, qui ne levaient pas la tête de leur travail sinon pour regarder le ciel et savoir ce que le lendemain leur réservait. Généralement de la pluie.

Des gens qui travaillaient tous les jours même le dimanche, toutes les saisons, même l'été. Et avec notre vision moderne de la vie, du progrès, nous les plaignions sincèrement sans nous rendre compte que nous allions être de plus en plus influencés par leur style de vie, leur rythme. Leur rapport au temps qui passe et aux saisons.

En venant nous installer à la Neuville, nous avions fait un choix dont nous ne mesurions sans doute pas les effets et que nous n'étions pas tout à fait prêts à assumer. Nous pensions aller à la campagne pour «fabriquer» un nouveau métier, de façon à vivre comme on le souhaitait mais nous ne pensions pas changer de vie, complètement. Au cinéma, on avait vu les pionniers partir vers l'Ouest. Un fondu enchaîné, ils étaient installés dans leur ranch. Mis à part le fait de gommer la difficulté de l'installation, le fondu enchaîné, dans notre cas, s'avérait un marché de dupes.

Nous étions installés mais le projet n'était pas là avec nous, il restait à construire. Vivre en harmonie avec ses idées était le grand mythe de notre jeunesse. Vu de Paris, fonder une école à la campagne avait l'air formidable. Sur place, c'était peu enviable socialement. Se serait-on fait «rouler»? Il était encore temps de rebrousser chemin. L'école «oasis respirable» se trouvait au fin fond d'un désert et une tâche dont nous n'évaluions pas l'ampleur commençait. Heureusement, nous ne le savions pas.

La Neuville était un très charmant village. Il y régnait un silence, une paix dont nous n'avions pas l'habitude. Agréable dépaysement, pensions-nous dans les premiers temps. Mais on ne s'en lassait pas; au contraire, on en avait de plus en plus besoin. Quand on rentrait de Paris, qu'on descendait de la voiture, on était content de respirer, d'être «chez nous». Chaque jour qui passait nous éloignait d'un possible renoncement.

Cet isolement, dont nous avons souffert, fut un des éléments essentiels de la construction et de l'aboutissement du projet. Hors du temps, hors de la société, refermés sur nous-mêmes, nous avions investi le projet autant que possible. Nous avions trouvé un rythme propre aux besoins de l'école. Ce que nous n'aurions jamais fait ailleurs que là.

# ▶ D'abord, se mettre d'accord...

Parfois, au beau milieu d'une activité, l'un d'entre nous n'approuve pas ce qui se passe et en interpelle un autre. Les deux protagonistes adultes argumentent leur différend. Le plus souvent le troisième ne tarde pas à rappliquer. Et ça y va ! Ça parle haut et fort !

— Alors tu laisses un marteau, des clous, une scie... comme ça... à des gosses, sans aucune surveillance !

— Absolument ! Comment veux-tu qu'ils apprennent !

— Avec toi...

— Mais ils apprennent avec moi... seulement je n'ai pas que ça à faire et il faut bien qu'ils continuent ce qu'ils ont commencé !

Et ainsi de suite. Cette discussion opposait Fabienne et Pascal mais des dizaines d'apartés similaires nous ont mis aux prises au gré des événements. Le plus souvent, les enfants quittaient la pièce au bout d'un moment et parfois même venaient fermer la porte pour que nous soyons bien tranquilles.

Les réunions entre adultes étaient fréquentes, toujours informelles. En outre, chaque repas faisait office de réunion, et nous prenions tous nos repas ensemble. C'était l'espace-temps pour faire passer informations et observations. Faire le point, faire l'emploi du temps. On prenait d'ailleurs, à tout instant, toutes sortes de décisions pédagogiques. Le repas paraissait aussi un moment privilégié parce qu'on y mangeait bien. Pascal, excellent cuisinier, ne « sautait » jamais un repas. Même dans les périodes les plus difficiles financièrement, il s'est toujours débrouillé pour qu'il y ait ce qu'il faut à table, pour que la convivialité soit à l'honneur. Les adultes mangeaient avec les enfants, comme partout. Mais pas à la même table. Il apparut que ce que nous avions à nous dire était confidentiel. Ce qu'ils avaient à se dire l'était aussi. On leur proposa donc de prendre leurs repas dans la pièce à côté. Ils en furent contents, nous aussi, à cause du volume sonore.

Passée la surprise des premiers accrochages entre nous, il fallut bien trouver un moyen de mettre fin aux discussions. On admit donc, entre adultes, qu'on ne prendrait pas de décisions à deux contre un.

Quand on voulait faire quelque chose et que nous n'étions pas tous d'accord, c'est l'adulte minoritaire qui avait gain de cause car on n'avait pas su le convaincre. Cette règle a été appelée le droit au fantasme, parce que les discussions surgissaient toujours à partir d'une forte angoisse : danger, interdiction, santé...

Il n'y avait pas d'abus à craindre. Quand on reprenait le débat, plus tard, dans le calme, c'est le plus souvent celui qui était seul qui « laissait tomber ». Suffisait-il d'écouter l'autre pour qu'il devienne « raisonnable » et « n'empoisonne » pas les autres avec ses névroses ?

## ▶ Un rude hiver

Le loyer pesait lourd sur notre budget et chaque mois nous devions vendre ce que nous pouvions pour parvenir à le payer.

La maison que nous habitions était une bâtisse normande typique, solide et assez confortable. Elle avait trois niveaux : au rez-de-chaussée étaient les classes, la cuisine et la salle à manger. Au premier logeaient les enfants, au second, les adultes ; « la Maison », comme nous l'appelions, était entourée d'un grand jardin dans lequel nous avions même aménagé un petit terrain de sports. Cela nous convenait bien mais on ne pouvait imaginer d'y vivre plus nombreux et il nous fallait augmenter sensiblement notre effectif. Le maire allait mettre en location une autre de ses maisons dans le village, on se mit aussitôt sur les rangs, utilisant le raisonnement suivant : « Si le projet marche bien, nous en aurons absolument besoin, et si on se ''casse la gueule'', de toute façon on ne sera plus à ça près ! » Ce raisonnement a resservi de nombreuses fois depuis...

On appela cet autre bâtiment « le Château ». Distant de la Maison de deux cents mètres, il donnait également dans la rue principale, qui était une petite route départementale. Entre les deux propriétés de surface sensiblement égales, deux fermes et quelques champs. Le Château se composait de deux bâtiments dont l'un servit plus tard uniquement pour la cuisine et les salles à manger. Les appartements comprenaient de nombreuses chambres et pièces communes, mais leur état de fraîcheur laissait à désirer. Comme nous n'étions pas pressés d'en devenir les locataires, on proposa une série de travaux, que le propriétaire financerait et que nous exécuterions. Ce fut accepté et l'on gagna ainsi trois mois et des locaux en meilleur état. Crise du pétrole. Le prix du litre de fuel passa de 27 centimes à un franc puis un franc cinquante en quelques semaines. Notre budget « hiver » avait décuplé. Les fournisseurs ne faisaient plus de crédit sur les carburants. Parfois, quand nous n'avions pas les moyens de nous faire livrer, Pascal et Michel allaient acheter notre fuel à une station-service, par bidons de dix ou vingt litres, empruntés à la coopérative agricole, notre voisin, et les versaient dans notre cuve. Et ce, plusieurs fois dans la même semaine.

Il avait neigé cet hiver-là et gelé si fort que toutes les routes étaient verglacées, impraticables. Pascal et Pierre, un ami, avaient tout de même ramené les enfants depuis Paris. À travers champ depuis le Neubourg car on ne distinguait plus la route.

Le village était désert et silencieux. Tout était gelé. Les arbres cassaient sous le poids de la glace.

Bien sûr, il n'y avait plus d'électricité et donc pas de chauffage. Cela arrivait fréquemment, mais cette fois-là, il faisait vraiment froid ; autour de moins vingt degrés dehors et deux dans les bâtiments, sauf dans la salle de réunion où nous étions tous blottis près de la cheminée. C'est là qu'on faisait cours, qu'on mangeait. On ne sortait que pour aller dormir. Brrr... Le quatrième jour vint le dégel. Tout le monde voulait sortir pour faire un peu de sport. À notre retour, l'électricité était revenue et, avec elle, le chauffage.

## ▶ Premier incident, première réunion...

Quelques mois plus tard, la première année scolaire tirait à sa fin. Nous attendions un important contingent d'enfants, une demi-douzaine, qui venaient au mois de juillet, leur année scolaire achevée, faire un « essai » en vue de la suivante. Avec ce nouvel apport, l'effectif atteindrait la douzaine d'enfants, ce qui nous permettrait de survivre et de payer la seconde location. Les enfants arrivent le dimanche soir. Assez tard, vers dix heures et demie, passablement énervés. Il n'y a pas encore l'institution d'accueil que sera plus tard la répartition, pour les informer, les rassurer à leur arrivée. Il n'existe pas, non plus, de règlement horaire ou physique du coucher, des chambres. Jusqu'à présent, on n'en a pas eu besoin.

Pascal venait de s'installer au Château. L'on décide que les trois plus grands parmi les nouveaux s'y installeront aussi tandis que les autres dormiront à la Maison, comme les habitués. Plus avisés, nous n'aurions pas séparé les nouveaux du noyau « d'anciens ». Les trois garçons, un peu livrés à eux-mêmes, sortent des chambres

pendant la nuit. Ils ne font pas de bêtises mais du chahut.
Ils réveillent Pascal par leurs cris jusque devant sa porte.
Fabienne et Michel, prévenus, ne savent pas non plus
comment intervenir. Nous ne voulions pas d'une discipline imposée par la force et la loi tacite. Nous voulions
faire autrement.

Pascal retourne seul leur parler et les reconduit dans
leur chambre :

— Allez vous coucher, maintenant. On reparlera de
ça demain.

Ce matin-là, l'ambiance est animée. La nouvelle a
vite fait le tour de l'école. « Ils vont se faire virer », disent
certains.

Nous décidons de réunir toute l'école pour préciser le
règlement. C'est la première fois qu'est proposée, de façon
formelle, une réunion avec tous les enfants. On s'installe
dans la bibliothèque et on va chercher les absents, qui
arrivent passablement endormis. Fabienne prend la
parole. Elle explique ce qui s'est passé. Les nouveaux,
surpris, ne disent rien. Maïté et Ève interviennent pour
préciser ce qu'on peut faire à l'école. Les adultes ajoutent
que les enfants sont là pour « un essai » afin de savoir s'ils
veulent venir à la Neuville, et qu'à son terme, tout le
monde aura son mot à dire.

Le vendredi suivant eut lieu la première réunion. On
y décida que ces séances auraient lieu dorénavant tous les
vendredis, juste avant le retour des enfants en famille.
Une pièce particulière serait aménagée à cet effet, dont ce
serait la fonction unique. Pièce que l'on a peinte et
meublée en priorité, et que nous avons appelé la salle de
réunion. Maïté, dix ans, explique le fonctionnement et les
principes de l'assemblée générale hebdomadaire à ses
débuts :

● « *Tous les vendredis, on fait une réunion. Alors voilà
comment ça se passe : d'abord tout le monde arrive dans la*

*salle de réunion puis on élit le président. Il fait respecter le silence, les cabrioles et aussi donne la parole aux gens qui lèvent le doigt.*

*On fait des réunions pour savoir qui est content et qui n'est pas content. Si quelqu'un n'est pas content, on essaie d'arranger ce qui ne va pas. Et aussi les réunions servent à ceux qui veulent changer de chambre. Puis pour ceux aussi qui ne comprennent pas le règlement.*

*Le règlement, c'est les enfants qui le décident eux-mêmes. Par exemple, on n'a pas le droit d'emmerder les gens. »*

## ▶ Comme une course d'obstacles

Tout allait très vite depuis notre installation. Nous avions du mal à trouver un équilibre entre les événements essentiels, qui touchaient à la pédagogie, et certains problèmes administratifs ou financiers qu'il nous fallait résoudre dans l'urgence mais n'étaient que des péripéties. Au petit déjeuner, nous lisions le courrier et nous nous partagions le travail-sans-enfants de la journée. Pascal allait voir les gens, Fabienne téléphonait et Michel écrivait les lettres : nous nous complétions bien, chacun s'activant suivant ses capacités et ses goûts. Et quand personne ne se proposait pour une tâche, c'était celui que nous jugions le plus apte qui la faisait, sans rechigner.

Toute cette partie de notre nouveau métier, que nous n'attendions pas, renforçait notre impression que seule la résolution des problèmes pédagogiques dépendait entièrement de nous et qu'elle était la partie la plus facile et la plus agréable de notre travail.

Nous avions un besoin urgent de mobilier. Pas moyen d'en acheter, même au tarif « occasion ». On a l'idée de téléphoner à toutes les écoles du département et finalement, un brave homme de curé veut bien nous vendre du mobilier inutilisé. C'est à une vingtaine de kilomètres de la Neuville. Comme d'habitude, Pascal et Michel y vont tandis que Fabienne reste à l'école, ce qui ne lui plaît pas du tout. Sur place, il faut démonter le mobilier pour qu'il tienne dans le véhicule. On improvise même une galerie de fortune. Au moment de fixer les lits sur le toit, on se démène en vain. Les lits sont trop lourds et la corde ne les retient pas. Le père André, qui est assez âgé, veut absolument nous aider, nous n'y tenons pas. Il est déjà fort tard.

— J'ai servi dans la marine, je sais faire des nœuds.

Sa façon de faire n'est vraiment pas convaincante mais il serait malséant de l'empêcher d'achever sa besogne. « Ce n'est pas grave, pensons-nous, on s'arrêtera un peu plus loin pour tout rattacher. » On s'arrête, effectivement, un peu plus loin. Mais pas pour les lits, ils tiennent parfaitement. Nous sommes en panne, en pleine campagne. On passe la nuit à se geler dans la voiture.

Le lendemain matin, un inspecteur débarque de façon inopinée à la Neuville. Fabienne, qui est seule avec les enfants, vient l'accueillir :

— Bonjour, Mademoiselle, pourrais-je parler à la directrice ? lui demande-t-il, la prenant peut-être même pour une élève.

Il visite les lieux et paraît étonné par ce qu'il voit. Il ne fait que peu de remarques. Visiblement, ce que nous étions en train de mettre en place l'indifférait. Ce qu'il voulait, c'est que tout soit légal.

On acheta une machine à écrire électrique, d'occasion, en bon état (100 francs) pour ne plus avoir à louer l'autre. Le prix de location de la vieille était de 75 francs par mois, ce qui nous parut, soudain, exagéré. Nous en étions à cinq mois, le temps avait passé et nous n'avions encore rien payé, comme l'indiquait la lettre de rappel. Mécontentement de notre part et mauvaise foi qui n'arrange rien. Nous passons devant la boutique incognito. C'était le genre pagaille. Un soir, juste avant la fermeture, nous rapportons la machine.

— C'est payé?

— Oui, oui, le chèque vous a été envoyé de nos bureaux.

On leur laisse le chèque de deux mois de caution déposé le premier jour. Somme toute, un prix de location honnête. Bonne vieille poste et respectabilité «de nos bureaux»!

Nous avions pris l'habitude de ne payer nos fournisseurs habituels qu'à la première lettre de rappel. Gain: un ou deux mois sur chaque facture. Nous commencions à apprendre ce métier-là.

On se croyait habile. Nous étions des amateurs comparés à certains parents d'élèves qui avaient mille astuces pour payer la pension en retard. «J'ai oublié mon chéquier», «Mon compte n'est pas approvisionné, je vous le poste dans la semaine, c'est promis». Quelques jours plus tard arrivait le fameux chèque, il n'était pas signé et donc pas encaissable. Retour à la case départ.

## ▶ L'indispensable apprentissage pédagogique

Notre façon d'envisager l'école, notre mode de vie et même nos difficultés pour survivre contribuaient à nous ouvrir très grands les yeux et les oreilles. Mais nous ne savions pas plus pour autant ce qu'il convenait de faire et nous n'avions que peu de temps pour apprendre. En outre, les enfants par leur présence, leurs demandes, leurs exigences ne nous en laissaient pas beaucoup. Même s'ils acceptaient très bien qu'on leur réponde parfois: «Je ne

sais pas... Qu'est-ce que tu en penses? On va peut-être
demander aux autres leur avis. »

Cette manière quotidienne de travailler nous obligea
à reconsidérer certaines de nos «bonnes idées», souvent
inspirées de nos lectures pédagogiques, qui ne consti-
tuaient que rarement la réponse à une situation concrète.
Sur le terrain, la pédagogie occupait une place moins
évidente que nous le supposions. Tout cela demandait
une vigilance et une présence de chaque instant. En fait la
pédagogie était partout : dans le jardin, dans les bois, dans
la rue. Le rangement, la façon de parler au stade, les
problèmes d'argent, les horaires des cours, tout posait le
problème fondamental de l'attitude à avoir, de la ligne
générale.

## ▶ Une histoire d'inscription

Vient un jour pour un essai un petit bonhomme de
neuf ans qui s'appelle Quentin.

«Je suis un monstre», plaisante-t-il en parlant de lui.
Mais derrière cette boutade perce son inquiétude à
l'écoute du discours de ses parents et enseignants.

Sa sœur aussi fait son essai. Plus petite et agréable.
Assez «peste» et pas mécontente de l'être. Elle, est
considérée par la famille et la société, comme «allant»
tout à fait bien.

Quentin n'est pas un élève modèle, mais ce n'est pas
un enfant difficile. En tout cas dans notre acception du
terme : vif, intelligent, s'exprimant facilement, il n'est ni
passif ni soumis au désir des adultes. La première semaine
ne se passe pas très bien et il est critiqué par les enfants en
réunion :

— Je m'en fiche, dit-il, mon père m'a dit que si je
faisais un essai dans cette école, il me paierait un vélo. Je

fais mon essai. J'aurai mon vélo. On lui explique qu'il n'a pas vraiment effectué son essai. Que c'est dommage parce que cette école pourrait peut-être l'aider à grandir. Et qu'il n'y a pas grand risque à s'intéresser aux activités durant sa seconde et dernière semaine d'essai. S'il n'est pas intéressé, personne n'essayera de le retenir. Surpris, il se contente de répéter :

— Je m'en fiche... Tout ce que je veux, c'est avoir mon vélo !

Quentin revient le lundi suivant et l'on s'aperçoit que quelque chose dans son comportement a changé. À la fin de la semaine il a même changé d'avis pour ce qui est de rester. Il est clair qu'il fallait trouver un moyen de passer contrat avec l'enfant dès son arrivée.

## ▶ L'influence de Colette Langignon

Françoise Dolto nous avait recommandé d'aller nous entretenir avec Colette Langignon, qui pouvait peut-être nous aider à «trouver» des élèves. Effectivement, il ne fallut pas attendre très longtemps pour que nous soient adressés par son intermédiaire ou sur sa recommandation plusieurs enfants puisqu'elle était, à l'époque, psychanalyste et assistante sociale. Cette démarche de Colette en notre faveur avait quelque chose d'audacieux à l'époque. Elle fit aussi partie des très rares personnes venues à la Neuville des tout débuts pour constater sur place que ce qui était tenté là justifiait sa confiance.

Au cours de ces visites, nous avions fait plus ample connaissance. En outre, grâce à ses observations, on prit conscience de l'importance d'avoir des centres d'intérêt en dehors de la pédagogie et que c'était une dimension essentielle du projet.

Elle nous mit en relation avec des psychanalystes

éminents (Benoît, Donnet, This), qui nous avaient félicités pour la qualité de notre travail et de nos résultats. Par la suite, c'est elle qui nous présentera à l'équipe du docteur Cohen à Saint-Denis avec laquelle nous collaborons encore. Nous avions été frappés par la remarque de l'un d'eux à propos d'un magistral coup de pied aux fesses que Michel avait administré à un enfant : « Je ne sais pas si vous l'avez fait exprès, mais si vous ne pouvez vous maîtriser au point de frapper un enfant, seul le coup de pied aux fesses est acceptable... cela peut même avoir l'avantage de le dynamiser, de lui transmettre une sorte d'élan qui le propulsera dans la direction que vous souhaitiez lui voir prendre et dans laquelle il ne parvenait pas à se diriger tout seul... »

C'est aussi sur les conseils de Colette qu'on alla visiter l'école des « Samuels ». Ce qu'on y vit était séduisant et beaucoup des observations de ce jour-là nous inspirèrent, dans l'immédiat et plus tard. Le bureau du directeur était grand, soigné, élégant : un lieu pour recevoir et parler. C'étaient les enfants qui faisaient visiter les lieux, pas les adultes. Ainsi, nul besoin pour eux de s'excuser du désordre, comme nous le faisions quand nous avions des visiteurs. Ils nous expliquèrent que chaque enfant devait écrire une lettre pour sa propre demande d'inscription.

On nous montra la brochure d'information très complète, bien illustrée que l'on donnait aux visiteurs et aux candidats élèves. Pour son dixième anniversaire, l'école avait même publié un fascicule prestigieux en typographie sur vélin d'Arche, ce qui nous parut le comble du luxe. Les enseignants étaient tous analysés. Une seule chose nous laissa perplexes : tous les élèves étaient des garçons.

— Et vous vous en sortez financièrement ? nous demanda Gérard Cramard, le directeur.

— Pas tellement, et vous ?

— Ce n'est pas facile...

L'école des Samuels nous adressa deux enfants à la rentrée suivante. Après treize ans d'existence, elle fermait.

## ▶ Détour nécessaire

Les règlements concernant la mixité précisent qu'il faut pour les internats mixtes un bâtiment pour les filles et un autre pour les garçons, séparés de vingt mètres. En tant qu'établissement primaire — ce que nous étions à l'époque — nous n'y étions même pas tenus. Nous disposions des deux bâtiments mais suivre ce règlement était, à notre avis, une restriction inutile. Les enfants se groupaient donc plutôt par affinités, le principe étant d'équilibrer les bâtiments entre filles et garçons, grands et petits... Il y avait ceux qui préféraient le Château, vieux bâtiment rustique et élégant aux dimensions modestes, où vivait Pascal. Les chambres y étaient très dispersées. Elles accueillaient chacune seulement un ou deux enfants. D'autres se sentaient plus tranquilles à la Maison, où les chambres, pour trois ou quatre, donnaient toutes sur un couloir et un escalier central. Fabienne et Michel habitaient là.

Un jour, Natacha et Laurie viennent trouver Fabienne :

— Voilà, on voudrait te demander quelque chose mais on est sûres que tu ne vas pas vouloir : on aimerait être toutes les filles ensemble à la Maison.

— Je ne sais pas, répond Fabienne. Personnellement, je ne suis pas contre. Ce serait intéressant que vous en parliez vendredi en réunion. Le vendredi, il fut décidé de faire un essai durant lequel les filles dormirent à la Maison, les garçons au Château.

Tout de suite, il apparut que cette organisation était la bonne et que la complicité qui se créait dans chaque bâtiment était nécessaire et positive. La stimulation de la mixité qui s'exerçait suffisamment dans la journée prenait fin le soir et là, autre chose commençait.

Chez les filles, c'était des séances de maquillage et de déguisement dans la grande salle de bains, des discussions interminables, une ambiance détendue et familiale.

Les garçons se retrouvaient dans la chambre d'un des grands pour jouer à des jeux de société; les plus jeunes, auparavant disséminés dans diverses chambres, s'étaient tous installés dans la même.

C'était bien ainsi et le fait que les enfants aient pu retrouver par eux-mêmes la nécessité de cette façon de faire était un bon signe.

Pour nous aussi c'était très instructif: changer l'ordre établi, ce n'était pas forcément faire mieux. On apprenait.

## ▶ Obligations en tous genres

Non seulement personne n'était venu renforcer l'équipe durant cette première année mais le début de l'été nous réserva une mauvaise surprise: Pascal reçut sa feuille de route pour aller à l'armée. Départ le 1er août 1974. Cela ne nous avait pas paru un motif valable, au moment de l'ouverture de l'école, pour retarder notre projet mais maintenant, nous étions tout de même embarrassés. Tout ce que l'on fit, c'est fêter, avec un peu d'avance, l'anniversaire de Pascal, puisque nous avions commencé à célébrer tous les anniversaires. C'était la première fois qu'on « faisait » celui d'un adulte. Tous les enfants avaient préparé quelque chose: textes, dessins, chansons. Les parents de Paul avaient même offert un cadeau parce qu'ils voulaient nous remercier d'avoir gardé leur fils en week-end. C'étaient des escargots en chocolat avec une pince à escargot, en plaqué or. Quand Pascal eut déballé le paquet, Maïté s'écria : «C'est bien, ce truc. On va pouvoir le vendre ! »

Faute d'argent, l'école restait ouverte durant tout l'été. En août nous n'avions que trois enfants et nous fîmes comme s'il s'agissait de vacances. Cependant, on continuait à repeindre et aménager les pièces du Château.

Nous étions un peu inquiets à l'idée de faire la rentrée à deux. De plus, ni Fabienne ni Michel ne conduisaient. Nous nous étions mis en quête d'un collaborateur, simplement en plaçant des annonces dans des lieux fréquentés par les enseignants. Pour améliorer les chances d'avoir un conducteur, Michel prit, en hâte, des leçons de conduite mais il n'obtint pas son permis.

Entre-temps, Michèle, un professeur d'anglais, nous avait contactés. Ce que nous faisions l'intéressait et elle était d'accord pour venir dès la rentrée.

Fabienne lui posa enfin la question qui nous brûlait les lèvres depuis le début de l'entretien :

— Est-ce que vous conduisez ?

La réponse était affirmative et on l'engagea.

Pascal revint dans le courant du mois de septembre «exempté de service armé». Heureusement, car Michèle nous quitta dans le courant de l'année, découragée par nos conditions de travail et l'absence du moindre salaire.

## ▶ Avoir la vocation ou pas...

«Pourquoi ne tentez-vous pas le prix de la Vocation ? je suis sûr que vous l'auriez ! » nous disait-on tout le temps...

Il y avait effectivement un prix pour la pédagogie. Même si la somme n'était pas très importante, elle l'était pour nous car nous manquions de matériel. Fabienne fut

choisie parmi nous trois pour être « vocationnée » de la
pédagogie.

Après avoir franchi différentes étapes éliminatoires,
elle se retrouva devant une psychologue qui la questionna
sur l'évolution de son intérêt pour la pédagogie depuis
qu'elle était toute petite.

« Je n'osai pas lui dire qu'à cet âge-là, je m'intéressais
à tout autre chose. Alors, je tournais autour du pot », nous
raconta plus tard Fabienne.

Mais l'autre revenait sans cesse à sa question :

— Est-ce que vous avez vraiment la Vocation ?

À la fin de l'entretien, Fabienne apprit que son
interlocutrice avait rencontré, la veille au soir, Françoise
Dolto (son nom était cité dans le dossier). Cette dernière
lui avait confirmé tout le bien qu'elle pensait de notre
projet. Quand Fabienne nous fit le récit de ses pérégrina-
tions, nous étions si sûrs qu'elle serait choisie que les
messieurs voulaient commencer à dépenser l'argent sans
attendre.

Finalement le téléphone sonna et Fabienne nous fit
signe que ce n'était pas bon. Le jury avait décidé qu'elle
représentait un groupe, non un individu, et le prix avait
été accordé à quelqu'un d'autre.

— Tu aurais dû faire croire que tu faisais l'école toute
seule ! lui reprocha-t-on en plaisantant à peine...

C'était finalement moral, elle n'avait pas vraiment la
Vocation...

# Un milieu
# de vie
# institutionnalisé

## ▶ Un contrat entre l'élève
## et l'école

La semaine de la rentrée, Didier vint pour la première fois en visite à l'école, en vue de son inscription. Il allait avoir neuf ans et nous avait été adressé par Françoise Dolto. Des élèves l'accueillent et le conduisent, avec sa mère, jusqu'au bureau de Fabienne. Depuis l'essai de Quentin, nous avions en effet réfléchi à une façon plus formelle de recevoir les nouveaux.

Fabienne se fait présenter Didier, lui décrit l'école en lui exposant son fonctionnement et ses principes. Comme cette conversation ennuie son interlocuteur, elle lui propose de visiter l'école et fait venir François et Renaud pour qu'ils en fassent le tour avec lui. Ils le conduisent partout en lui expliquant ce que l'on fait à la Neuville mais surtout, les trois enfants font connaissance et parlent « vraiment » de l'école, entre eux. Didier est content de ce qu'il voit et les garçons trouvent ce nouveau très sympathique.

Durant leur visite, ils entrent dans la grande classe où Michel anime un atelier. On propose à Didier de rester. Dès qu'il aperçoit des enfants jouant dans le jardin, il préfère se joindre à eux, sans se soucier de faire bonne impression.

De retour dans le bureau, Didier, très enthousiaste, raconte ce qu'il a vu, demande des éclaircissements sur l'internat :

— Mais quand est-ce qu'on rentre chez nous ?

Il ne semble se préoccuper que de l'horaire et de l'emploi du temps. Il tutoie Fabienne et commence ses phrases par un «Tu m'écoutes ?», très significatif. On sent qu'il a l'habitude de dire ce qu'il pense. Surtout quand c'est la «chose à ne pas dire». Pour voir la réaction.

— Et si le minibus tombe en panne ? C'est possible, n'empêche ! interroge-t-il.

— Ce n'est jamais arrivé mais on pourrait prendre le train.

— Mais où ?

— À Évreux, ce n'est pas très loin d'ici...

— Si le minibus est en panne, comment on ira à Évreux ?

Fabienne, désarmée, ne put que rire. Pendant ce temps-là, Didier ne tenait pas en place et faisait tous ses gestes avec une sorte d'empressement maladroit. Il renversa deux fois le contenu de son portefeuille par terre. Il semblait cependant doué d'une grande vivacité d'esprit. «Canalisée, elle pourrait devenir une source d'énergie qui fait défaut à bien des enfants», pensa tout de suite Fabienne.

L'entretien porta ensuite sur ses difficultés à l'école traditionnelle (manque de concentration et disputes continuelles avec ses camarades) qui avaient amené ses parents à lui faire suivre une psychothérapie avec Françoise Dolto.

— D'abord, c'est pas à l'école que j'ai appris à lire et à écrire, c'est chez Mme Dolto ! lance-t-il.

Fabienne lui propose de venir pendant deux semaines à l'essai pour voir si l'école lui plaît et si de notre côté nous nous sentons capables de l'accueillir avec profit. Elle lui fixe rendez-vous au lundi suivant.

— Oh, pourquoi pas tout de suite ? questionne Didier, déçu...

Fabienne insiste sur le fait qu'à la fin de l'essai, c'est lui qui prendra la décision de rester ou pas, qu'aucune inscription ne peut se faire sans son accord et sans qu'il ait vu concrètement ce qui lui est demandé.

## ▶ Quinze jours d'essai

Les premiers jours de Didier à l'école ne passèrent pas inaperçus, on s'en doute. L'attestent les nombreux textes écrits par les enfants dans leurs journaux, dont celui de Natacha, huit ans :

> ● « *Quand Didier est venu visiter avec sa mère, je crois qu'on était en classe. Et dans le jardin, on le voyait qui s'agitait beaucoup et qui ne faisait que parler. On le trouvait marrant, il nous plaisait beaucoup. Mais il est venu une semaine et je me rappelle qu'à la fin tout le monde le trouvait chiant.* »

En classe, il manque de concentration. Il faut donc le changer d'activité assez souvent. Il demande un soutien plus fréquent que la plupart des enfants. En écrivant, il prend des postures inhabituelles et ne peut rester sur son siège sans bouger. Il se lève aussi, pour se « balader » dans la classe, ce qui dérange le travail de ses camarades. Il faut trouver une solution d'urgence puisqu'on ne souhaite pas l'exclure de la classe, même momentanément, et qu'on ne peut le contraindre à rester assis sur son siège comme à l'école traditionnelle.

Des solutions sont proposées : on lui confie des responsabilités lui permettant de bouger (aller chercher le matériel dont on avait besoin), on l'autorise à prendre ses temps de récréation à sa convenance et en plusieurs fois. La réunion de classe lui donne également un permis de circuler dans la salle, dont les articles ont été établis avec son accord. Ce règlement sera ensuite appliqué à tout le monde. Ces mesures lui permettent de franchir un cap. Bientôt, il s'intéresse davantage à la vie de la classe et consacre moins de temps à ennuyer les autres.

Didier n'a jamais fait de sport. Il joue au ballon comme un petit enfant et l'effort sportif ne l'intéresse pas. Le football l'attire cependant parce que c'est le sport favori des autres garçons et qu'ils y jouent interminablement des scénarios peuplés de héros et de scènes mythiques. Tous les après-midi, François, Didier, Renaud et parfois Laurent font des tirs au but, dans le jardin, derrière la Maison. Ils rejouent la Coupe du monde, match après match. Inlassablement. Si on les arrête pour des raisons communautaires, ils protestent comme si on les avait coupés au milieu d'une phrase.

Didier amuse ses nouveaux camarades par sa crédulité, ses attitudes excessives, sa bonne volonté. Même François, huit ans, décrit son comportement avec cette indulgence qu'on porte aux plus jeunes :

● « *On s'entraînait Renaud, Didier et moi au football, dans le jardin, quand Renaud envoya le ballon chez le voisin. On voulait récupérer le ballon mais sans le lui demander parce qu'il nous engueulait à chaque fois. Renaud et Didier étaient passés par la petite porte au fond du jardin. Mais le voisin les avait vus, il leur dit : "Je vais appeler les gendarmes."*

*Alors pendant toute l'après-midi, on est restés dans la chambre. Et Didier s'était versé une bouteille d'eau sur la tête pour ne pas qu'on le reconnaisse.* »

Le reste de la journée, Didier participe volontiers aux activités proposées, aussi bien aux ateliers qu'aux jeux des enfants. Il rend beaucoup de « services », va faire les courses, se montre très curieux de la vie de l'école. Durant les temps libres, il circule partout, posant des questions, souvent les mêmes, et n'écoutant pas forcément la réponse. Il entre fréquemment en conflit avec ses camarades et fait quantité de petites infractions, blagues bonnes et mauvaises qu'il appelle des « bêtises » et qui ne tarderont pas à jouer un rôle important dans l'école. Le plus étonnant, en définitive, c'est ce décalage entre sa bonne humeur, son émerveillement, son empressement à bien faire et toutes « les catastrophes » qu'il provoque sur son passage, presque sans s'en apercevoir, en tout cas sans s'en affecter. On croirait un Buster Keaton qui rirait tout le temps. Son comportement excessif n'empêche ni la lucidité, ni l'humour :

● *« C'était l'anniversaire d'Anne-Sophie. Les adultes avaient fait un concours de bonbons. Presque tous les enfants y participaient. J'avais été éliminé parce que je jetais des bonbons dans le feu pour finir plus vite. Les enfants aidaient les concurrents pour éplucher les bonbons et le gagnant fut Jean-Pierre. Pascal filmait et Maïté remplissait la coupe de bonbons pour le gagnant qui avait encore tout ça. Les gens qui regardaient bouffaient aussi des bonbons, mais moins. Je trouve que c'était très bien organisé. C'était une fête pour les enfants et les enfants se sont marrés. »*

Il allait très vite participer à diverses pièces de théâtre qui lui permirent de mettre en scène un personnage qui plaisait et faisait rire. Il s'était découvert du talent et avait trouvé un public. Ce personnage, il eut envie de le prolonger dans la vie quotidienne au point qu'on ne voyait pas toujours le passage de l'un à l'autre. Ce « Didier de théâtre » vécut parmi nous un bon moment, plusieurs années. Didier se trouvait valorisé dans ce rôle et, du coup, cela le rendait plus « vivable ». Il était si complètement « dans » ce personnage que l'on se deman-

dait parfois si la drôlerie était volontaire. Le fait est que la
Neuville l'obligeait, peut-être pour la première fois, à
réfléchir à l'image qu'il livrait de lui-même. Il prenait
conscience de son originalité et de sa valeur et comprenait
qu'on pouvait les évaluer par d'autres critères que ceux
qu'il avait rencontrés jusque-là.

Petit à petit, se sentant reconnu pour ce qu'il était, il
allait quitter son personnage mais sans perdre pour
autant sa spontanéité, son sens de la gaffe.

À la fin de la deuxième semaine, on lui pose, en
réunion, les questions qui vont devenir rituelles :

— Est-ce que ça t'a plu ? Qu'est-ce qui t'a plu ?
— Qu'est-ce qui t'a déplu ?
— Est-ce que tu veux venir dans cette école ?
— Tout me plaît dans cette école, dit Didier, je me
suis fait plein de copains, François, Renaud, plein
d'autres. Deux milliards, j'ai dit, deux milliards !

Et les enfants sont contents d'entendre ça parce qu'ils
ont l'impression, justifiée, que c'est grâce à eux. Accueillir
Didier leur a effectivement demandé un effort, même si,
finalement, c'est plutôt amusant de l'avoir dans le groupe.
Avec lui on ne risque pas de s'ennuyer ! Ils se sentent
largement récompensés et rient en voyant le visage hilare
de leur camarade. Ils sont assez fiers d'eux-mêmes. Leurs
commentaires concernant Didier sont plutôt indulgents,
mais ils sont décidés, tout comme les adultes, à lui faire
comprendre que c'est par sa façon d'agir qu'il manifestera
son désir d'être là, qu'il y a pour lui et pour tous une
nécessité à ce qu'il progresse et s'intègre dans le groupe.
Enfin, on prend la décision. Didier dit :

— Je veux venir à la Neuville.

Et personne n'est contre.

On évitait ainsi tous les malentendus. L'enfant, la
famille et l'école étaient placés devant leurs responsabilités respectives et s'engageaient. Cela faisait comprendre
aussi au nouvel arrivant qu'il était dans un lieu où les

enfants avaient un rôle effectif dans les décisions. Il était ici en tant qu'individu responsable de lui-même.


## ▶ L'épicerie

Chaque dimanche soir, les enfants arrivent à l'école avec dans leur poche, de l'argent, et dans leur sac, des bonbons. C'est une belle source d'incidents : inégalités, conflits, chapardages, etc. Un terrain à baliser d'urgence !

Au goûter de l'après-midi on distribue des bonbons à volonté, que l'on doit consommer sur place. Néanmoins, certains enfants veulent quand même aller à la boulangerie du village pour choisir ce qu'ils mangeront. C'est permis. Et puis, il faut bien dépenser cet argent de poche qui « brûle » les mains. Didier, surtout, est de ceux-là. Ce sont donc, dans les temps libres, d'incessantes expéditions avec François, Renaud ou Laurent, précédées de conciliabules et suivies d'incidents avec les autres camarades, la plupart provoqués par le comportement de Didier.

À la réunion, Anne-Sophie dit :

— Didier a mangé des bonbons devant nous et sans nous en donner. En plus, François et lui nous ont dit : "tralalère !"

— Mais ils étaient à moi, c'est moi qui les avais payés, dit Didier.

— On a dit tralalère mais on en a donné quand même, précise François.

— En fait, Didier, il s'en fout des bonbons ; ce qu'il veut, c'est faire des histoires, dit Ève.

— Ouais, ce qu'il aime, c'est faire bisquer les gens, ajoute Maïté.

— À moi, il m'en donne mais je suis d'accord avec Maïté, complète Renaud.

À la suite de cet échange fut votée une des premières

lois, celle du « bisquage ». On ne pourra pas manger des
bonbons devant les autres sans en donner, sans partager
ce que l'on a.

— Et si on n'en a qu'un ! lance Didier, heureux de
trouver une faille dans le projet de loi.

— On est obligé de le jeter à la poubelle, réplique
Maïté.

— Et si on l'a déjà dans la bouche ?

— Ben, on va le cracher !

— Mais c'est dégueulasse, s'étonne Didier, fausse-
ment choqué et amusé par les détails du débat.

— Mais avec son argent, il fait pareil. Il nous le met
sous le nez. On s'en fout pas mal de son fric... Anne-
Sophie est la plus véhémente.

— Il n'y a pas vraiment de différence entre l'argent et
les bonbons, estime Pascal. L'argent, on ne peut pas le
partager mais on peut le confisquer et acheter quelque
chose avec pour les enfants.

C'est ainsi qu'est créée une « banque » où chacun doit
déposer son argent en arrivant. Toute somme déposée
peut être récupérée aux heures d'ouverture normales ou
le vendredi avant de partir.

On décide aussi de modifier le statut du goûter et de
créer une épicerie. C'est une réponse dynamique à la loi
contraignante du bisquage ; elle indique que les décisions
prises en réunion doivent d'abord être au service des
individus. L'épicerie, ce sera un lieu géré par les enfants,
où l'on pourra acheter les bonbons de son choix. C'est
avec l'argent de poche de chaque enfant que l'épicerie
sera financée. Le projet, proposé par les adultes,
enthousiasme les enfants.

Ève est nommée gérante, elle recueille les sommes
apportées par les enfants le lundi matin et se sert de cet
argent pour effectuer ses achats au supermarché où nous
nous approvisionnons. Elle achète toutes sortes de
produits et boissons ainsi que des livres et des jeux. Tout

ceci est stocké dans un placard, qui est le seul endroit fermé à clé dans l'école.

Cela ressemble beaucoup au jeu de « la marchande ». Tous les jours, l'épicerie ouvre vers le milieu de l'après-midi. Elle est tenue par des épiciers et chaque enfant devenu « client » récupère une fraction de son investissement à la banque pour acheter ce qu'il veut. L'école aide ceux qui ont moins, ou pas, d'argent et subventionne l'épicerie elle-même afin que les produits soient vendus moins chers qu'ailleurs et notamment qu'à la boulangerie du village, ce qui n'est pas difficile. Les achats se paient en argent réel et plus d'un enfant a appris à compter ainsi.

Additions, soustractions...

— Tes sous et les miens, ça fait 4,50 francs.

— Tu as déjà pris un Mars, il te reste combien...?

Multiplications...

— Cinq carambars et trois sucettes... oui, j'ai assez !

Et parfois les divisions et les nombres relatifs :

— Je dois deux francs à la banque mais la semaine prochaine, j'amènerai douze francs, comme ça il m'en restera dix, deux francs par jour.

Et même, la gestion :

— Aujourd'hui, je ne prends qu'un franc car demain je veux m'acheter un Mars et un Nuts...

## ▶ Naissance du « râlage »

Décrite par Maïté, dix ans, la vie quotidienne à l'école pouvait sembler idyllique :

> ● « On fait presque toujours des promenades. On grimpe aux arbres. On joue à la chasse au trésor. On court tout le temps. On joue à tous les jeux possibles. On se marre bien.

*On rigole et quand on tombe aussi. À l'école, on joue à des jeux calmes, on écrit des histoires, des choses comme ça.*

*On fait du théâtre. On invente nous-mêmes la pièce. C'est plus souvent les enfants que les adultes. Mais il n'y a pas que des pièces. On chante ou bien raconte des histoires ou des poèmes ou des blagues. Tout ce qu'on veut. On se déguise comme on veut et ceux qui veulent tout ce que j'ai proposé sont libres. C'est très bien. »*

Certes les enfants étaient surpris de se trouver dans une école qui n'était pas ennuyeuse, mais ils avaient aussi tendance à minimiser le travail qu'on y faisait, tant en classe que dans les diverses activités de la journée. Cela leur semblait amusant d'apprendre et de travailler en choisissant, en étant consulté et ce que l'on faisait paraissait utile. Pourtant, se posait un problème sérieux : les enfants, qui circulaient et s'occupaient souvent seuls, ne manquaient pas de se quereller. Certains, qui n'avaient pas l'habitude de s'investir dans des activités choisies librement, prenaient plaisir, par désœuvrement, à embêter les autres. Didier appartenait à ceux-là. Il passait le plus clair de son temps à aller d'un groupe à un autre en parasite. Les plaintes contre lui s'accumulaient tout au long de la journée. Les adultes les canalisaient vers la réunion. Ce que l'on appellera des « râlages ».

Il était le premier enfant à poser de façon aiguë le problème de son comportement, de la discipline, de la sanction, dans un milieu jusque-là de type familial. Il fallait que ce milieu devienne plus social pour s'adapter à lui et aux enfants de toutes origines qui venaient d'arriver. Ainsi chaque semaine, en réunion, plusieurs interventions concernaient Didier. Les enfants râlaient contre lui. Lui n'essayait jamais de dissimuler la vérité et la plupart du temps, il racontait, spontanément et bien avant le vendredi, les incidents qu'il avait provoqués, volontairement ou pas. On essayait de chercher tous ensemble ce qu'il convenait de faire. Didier écoutait et contestait rarement ce qu'on lui reprochait. Au fil des semaines, il parvenait ainsi à éviter ou à éliminer certains comportements désagréables pour les autres.

> ● *Je râle contre Didier qui fait du bruit le soir et surtout le matin. (Pascal).*
> *Nous râlons parce que Didier nous réveille tôt le matin (Renaud, Caroline).*

— Didier se réveille trop tôt. À sept heures au moins.
— Mais je n'ai pas sommeil !
— Il réveille tout le monde...
— Je n'ai pas de montre.

La réunion propose : Didier ne doit pas faire de bruit avant huit heures. Il aura un réveil personnel. Puisqu'il aime se lever tôt, il ira chercher le lait à la ferme et aidera le responsable à préparer le petit déjeuner.

> ● *Didier se lève de table sans raison (Maïté).*
> *Didier va jeter la nourriture dans les cabinets (Cécile).*
> *Didier fait plein de saloperies à table (Ève, Natacha).*
> *Didier se fait virer de table à tous les repas (Maïté).*

— À table, il s'embête alors il dérange les autres.
— Il fait des cochonneries.
— Il est trop énervé pour manger.
— Il demande toujours : qu'est-ce qui va se passer après manger ? et quand on lui répond, il le redemande à quelqu'un d'autre.

La réunion propose : s'il n'a pas faim, personne ne l'oblige à manger mais il doit venir à table, comme tout le monde, car le repas est un moment important où tous les enfants sont réunis. Quand il fait des saletés à table, les enfants ont le droit de le « virer », c'est-à-dire de l'envoyer

dans le jardin. Il reviendra finir son repas après les autres
et devra aussi participer au travail de l'équipe de
débarrassage. Puisqu'il aime « patouiller » les aliments,
pourquoi n'irait-il pas plus souvent aider à la cuisine
quand on prépare les repas ?

Il le fait d'ailleurs sans se faire prier et aime bien cela.

> ● *Didier nous dérange quand on répète la pièce de théâtre*
> *(Frédéric).*
> *Didier dérange dans la salle de télé (Fabienne).*

Déranger les autres est un de ses passe-temps préférés
parce qu'il ne sait pas s'occuper longtemps seul. Frédéric
qui fait tout le temps du théâtre pourrait « embaucher »
Didier qui peut être très drôle dans un spectacle.
Fabienne propose qu'il s'assoie toujours à côté d'un
adulte pendant les films et n'ait le droit de sortir qu'une
fois par séance.

> ● *Je râle contre Didier qui met du shampooing dans mon*
> *lit (Aline).*
> *Didier tape souvent Aline sans raison (Frédéric).*

Didier se bagarre souvent. Il frappe les plus petits et
notamment Aline. Il se fait aussi « cogner » parfois par des
plus grands qu'il provoque mais ne s'en plaint pas. Il
cherche à être leur ami. On lui explique qu'il y a d'autres
moyens d'entrer en relations : participer aux jeux, aux
sorties à vélo. Quand il frappe Aline, ou quelqu'un
d'autre, il devra lui payer quelque chose à l'épicerie.

## ▶ Tirer profit des incidents par la discussion

Chaque semaine apporte ses questions, ses problèmes, ses incidents, inévitables dans une vie de groupe, et que l'on tente de démêler et de résoudre inlassablement, tout en sachant que la semaine suivante en ramènera aussi inévitablement d'autres. Et pas seulement à cause de Didier. C'est son comportement cependant qui a mis en lumière l'importance de chacun dans le groupe quand s'y poursuit un travail en commun : réfléchir, analyser, prendre des mesures. À partir du moment où la réunion devient un lieu où chacun parle sans crainte d'être jugé ou puni, le groupe (une douzaine d'enfants et trois adultes) peut permettre à l'ensemble des participants d'échanger et donc d'avancer.

● *Je râle contre Didier qui gêne les gens quand ils débarrassent (Cécile).*

La présidente (Maïté) vient de lire un mot inscrit dans le carnet. Elle donne la parole à Cécile :

Cécile. — Oui, il ne fait pas partie de l'équipe de débarrassage mais il tourne dans la pièce. Il crie, il bouscule tout le monde.

Didier. — C'est pas vrai, j'ai pas bousculé. Quand tu m'as dit de me pousser, je me suis poussé...

Cécile. — Il fait des histoires, il était en train de se disputer avec Patrick.

Patrick. — Moi, je ne le veux plus à ma table. Il a renversé plein de trucs par terre... je lui ai dit de les ramasser. Au début, il a dit oui, mais après il ne voulait plus le faire. Il dit que c'était pas lui.

Didier. — C'est pas moi !

Présidente. — Quel rapport avec le râlage de Cécile ?

Renaud. — C'est parce que Didier à table, ça ne va

pas du tout. Il dérange tout le monde. Alors nous, on lui
a dit d'arrêter et après on s'est fait virer à cause de lui,
Patrick et moi.

Ève. — Je ne suis pas d'accord. En fait, c'est Renaud
et Patrick qui embêtent Didier. Ils lui donnent des ordres,
tout ça. D'ailleurs, ils ne devraient plus être ensemble à
table.

Présidente. — Est-ce que c'est vrai, Patrick?

Patrick. — On l'a un peu embêté, peut-être... Mais
c'est pas marrant d'être à table avec lui. Il mange comme
un cochon et ça le fait rigoler. On lui a mis des trucs dans
son assiette. Il s'en est même pas aperçu.

Didier. — Ouais, du sucre dans ma purée!

Patrick. — Tu t'en es même pas aperçu.

Didier. — Si, parce que François me l'a dit...

Ève. — C'est pour ça que je vous ai virés. Je vous avais
donné un averto, d'abord.

Renaud. — Mais Didier, il aurait dû être viré aussi...

Ève. — J'aurais peut-être dû le virer, lui aussi, mais il
n'avait pas d'averto. Et après, il n'a plus rien fait.

Présidente. — Finalement, Cécile a été dérangée par
Didier à cause de ce qui s'était passé à table, avant...

Didier. — Mais c'était pas de ma faute, c'est à cause
d'eux si j'ai renversé.

Présidente. — Patrick et Renaud ont déjà été
sanctionnés puisqu'ils ont été virés... Didier pourrait
peut-être aider Cécile à débarrasser, demain...

Didier. — Je veux bien, ça ne me dérange pas...

Fabienne. — Il faudrait peut-être revoir la question
des tables...

François. — Si on faisait une seule grande table avec
tout le monde?

Présidente. — Oui, parce que ça fait plein d'histoires,
en ce moment. Les gens se parlent d'une table à l'autre, ils
veulent jamais être à la table où ils sont, ils veulent
toujours être avec quelqu'un d'autre, c'est pas marrant.

Tandis que si on est tous ensemble, ça fera une meilleure ambiance.

Renaud. — Je suis d'accord avec Maïté.

Fabienne. — De toute façon, ça peut pas être pire...

Présidente. — Est-ce qu'on fait un vote ? (Brouhaha affirmatif.)

Qui s'abstient ? (Quelques voix dont deux adultes.)

Qui est contre ? (Personne.)

Qui est pour ? (Presque tout le monde.)

Bon, ben à partir de lundi, on refera une grande table avec tout le monde. Et qui sera chef de table ?

Michel. — On verra ça à la répartition.

## ▶ Le carnet de râlages :
## un premier outil essentiel

Devant l'afflux des « râlages », les adultes eurent l'idée de mettre à la disposition des enfants un petit carnet pour écrire leurs « mots » durant la semaine, dans l'attente de la réunion.

C'était un tout petit carnet de poche, posé sur la table dans la salle de réunion. Les enfants s'en servirent spontanément. Davantage pour faire connaître de suite ce qui les avait mécontentés ou leur avait plu que pour s'en souvenir. Le vendredi, à la réunion, les « mots » étaient lus par le président — parfois un enfant, parfois un adulte — qui avait pour fonction d'animer le débat. Après chaque mot, le président donnait la parole, successivement à l'auteur du mot, à celui ou ceux qui étaient mis en cause, enfin aux témoins éventuels ou aux personnes désireuses de donner leur avis. Suivaient les propositions de la réunion, y compris, bien sûr, celles des intéressés : les décisions étaient l'affaire de tous. Tous ces « mots » firent avancer considérablement les lois qui n'existaient qu'à l'état de principes, parfois flous.

Les décisions prises en réunion étaient notées sur le carnet et rappelées le lundi matin, à l'arrivée des enfants, lors d'une petite réunion nommée «répartition», écho et prolongement indispensables à ce qui avait été décidé le vendredi.

Le petit calepin fut rempli en peu de jours et remplacé par un autre du même genre, à son tour vite épuisé. Il apparut que sa fonction nécessitait qu'il soit de belle taille, respectable, facilement localisable. On prit un cahier comptable avec couverture noire en carton fort. Il fallait aussi qu'il dure un bon moment pour garder trace des événements et décisions.

La plupart des mots rédigés commençaient par : «Je râle contre Untel qui...»; suivait l'énoncé d'une infraction ou d'un conflit. Si bien que ce «cahier de réunion» fut appelée par les enfants «carnet de râlages». Terme impropre car beaucoup des mots qu'il contenait n'étaient pas des râlages mais des propositions, des annonces, des compliments, des projets, etc. Disons que la fonction «râlage» étant la plus chargée d'affect, c'est elle qui s'est imposée dans un premier temps. Depuis des années, on dit en effet, simplement : le carnet. L'expression «mettre un râlage» est restée en revanche la plus usitée, surtout chez les plus jeunes.

— M'en fous, je vais t'mettre un râlage !

Bien que ce ne soit pas la règle de départ, les enfants ont pris l'habitude de prévenir avant de mettre un mot. C'est souvent quand ils n'ont pas réussi à se parler, à s'écouter, qu'ils finissent par l'écrire. Le râlage, c'est la nécessité du recours à une médiation pour sortir d'une relation conflictuelle, stérile, inextricable.

— Il m'a frappé !

— Oui, mais c'est lui qui a commencé, il m'avait insulté.

De cette situation type est né l'un des premiers règlements : un insulte égale un coup. L'agressé en colère a le droit, en principe, de rendre un coup pour une insulte. Mais en réunion, l'on a aussi stipulé :

— Si on t'a frappé ou embêté, si tu n'es pas content, tu peux mettre un mot dans le carnet, même si tu n'es pas sûr d'avoir raison. On en parlera en réunion et ça aidera sûrement à l'avenir.

Les adultes n'ont pas pour tâche de faire respecter le règlement mais de rendre possible le respect du règlement dans l'école.

Écrire un râlage ne peut être une menace du genre : « Je vais le dire au maître. » C'est une proposition faite à la réunion d'apprécier un conflit. D'ailleurs, le mot peut se retourner contre son auteur, le groupe peut aussi renvoyer les compères dos à dos. D'autre part, dans un internat, à la différence de la classe, tout le monde n'est pas toujours présent : la réunion sert aussi, simplement, à informer.

## ▶ Fonctions multiples du carnet

La médiation du carnet a plusieurs effets : calmer celui qui est mécontent ; relativiser ce qui vient d'arriver. Le carnet dans lequel on écrit sa mésaventure est rempli d'incidents du même genre, preuve que l'événement n'a rien d'extraordinaire. On peut attendre, confiant : on en parlera et cela pourra changer.

Le carnet ne saurait exister sans que lui soit relié un lieu de parole et de décisions tel que la réunion. Il repose sur un contrat de confiance entre tous les individus qui forment communauté ; sur le fait que tout cela est exprimable, évacuable, pour celui qui écrit le mot comme pour celui qui s'y trouve mentionné. Avoir son nom dans le carnet doit être supportable. Et cela l'est car le mot inscrit n'est qu'une façon de prendre à témoin l'ensemble du groupe. Il permet éventuellement à chacun de réfléchir en attendant que la réunion fasse son travail. Celle-ci examinera ce qui s'est passé à la lumière des lois mais aussi en fonction d'une évaluation collective des comportements individuels. Il n'est aucunement question de jurisprudence ou d'application d'un règlement. Il s'agit de réfléchir ensemble, de trouver des réponses à des actes qui interrogent. La solution est parfois individuelle : sanction sous forme de réparation symbolique, de travail ou simplement de paroles dites à l'enfant par d'autres enfants et par des adultes.

Elle est parfois collective : changer des règlements, modifier des comportements de groupe vis-à-vis de tel individu, de telle activité, s'interroger sur la part de chacun dans le manquement à ce que l'on appelle l'esprit de l'école, respect de l'individu et du lieu.

Pendant qu'il écrit son mot, l'enfant sort du groupe, va au carnet dans la salle de réunion et prend le temps de rédiger quelques lignes qui peuvent représenter un véritable travail pour lui. Il est parfois accompagné d'un ou deux camarades et ils liront ensuite, probablement, les autres mots inscrits dans le carnet. Ils passeront ainsi un bon moment, à l'écart, dans une activité calme et sécurisante qui permettra à celui qui a souffert de retourner dans le groupe avec son énergie reconstituée.

Nous voulions obtenir des enfants qu'ils ne viennent pas nous parler d'un incident dans l'espoir d'une éventuelle intervention de notre part. En revanche, il est naturel qu'ils recherchent auprès d'un adulte un appui affectif, une sorte de revalorisation de leur narcissisme que l'incident aurait entamé. Il ne s'agit pas là de consoler l'enfant, mais au contraire de l'aider à supporter une réalité difficile à vivre « d'un coup ».

L'expérience a montré que ce qui consolait le mieux

l'enfant, séchait ses pleurs et faisait passer sa mauvaise humeur, c'était le fait d'écrire, l'exercice appliqué de l'écriture. Tout le monde doit écrire lui-même son mot, même les plus jeunes. Au besoin, ils recopient un «modèle» établi à partir du texte qu'ils nous ont dicté.

Autre point important : il faut, autant que possible, éviter de travailler à chaud sur les incidents. Quelques heures ou jours plus tard, le débat entre deux enfants n'en est que plus productif, les torts réciproques plus faciles à faire entendre, l'arbitrage plus aisé.

En dehors de son rôle vis-à-vis de la réunion, le carnet joue un rôle tout à fait intéressant dans l'apprentissage de la lecture, de l'écriture et dans les motivations des enfants pour les acquérir.

Comme le dit Sébastien, six ans : «Apprendre à écrire ça sert à écrire des râlages dans le carnet comme on veut, on n'a pas besoin de demander aux autres... »

Une autre fonction de ce carnet est son caractère formateur. Le relire depuis le début de l'année ou de la semaine constitue une excellente façon de réfléchir à l'école, de préparer la réunion, de constater l'évolution, les progrès de tel camarade, ou les siens. On peut dire que c'est l'un des passe-temps favoris des enfants.

## ▶ Sanctionner ?

Les décisions communautaires à propos des infractions et des conflits peuvent être diverses. Souvent il est demandé de réparer, recommencer, rembourser ce qui peut l'être. Les enfants sont souvent tentés de demander en réparation qu'on leur rende un service ou qu'on leur paie une bouteille à l'épicerie.

Ces décisions sont accompagnées d'explications et parfois de critiques souvent plus profitables que les sanctions elles-mêmes ; elles visent à faire réfléchir, à faire prendre conscience des problèmes posés par chacun et de la raison d'être des règlements.

— Je râle contre Patrick qui est rentré dans ma chambre sans mon autorisation et qui a fouillé dans mes affaires.

Il ne manque rien. C'est un râlage pour le principe. Le président demande que l'on rappelle le règlement : la chambre est un lieu privé.

Le président :

« Qu'est-ce que tu veux ? »

« Je sais pas... Je veux qu'il arrête. »

Le président réfléchit, puis :

« Qui a une idée ? »

Personne ne dit rien. Quelqu'un lance :

« Qu'il lui paie un pot à l'épicerie... »

Approbation de l'auteur du râlage. Il n'est pas contre mais cela ne semble pas vraiment adapté. Il faut marquer davantage le rapport entre ce qui est reproché et la réparation car il s'agit d'un nouveau qu'il faut aider à comprendre le règlement. Le président :

« On ne trouve rien... T'as pas une idée ? »

« Je veux bien lui faire son lit pendant une semaine... »

« D'accord ? »

« Oui, ça me va... mais je ne veux plus qu'il rentre dans ma chambre sans y être invité... »

« Ben comme ça tu m'inviteras ! »

Une fois admis que les dommages causés à un camarade ne peuvent faire l'objet que d'une réparation symbolique et consentie, on se trouve sur la voie de ce qu'il convient de faire en cas d'infraction.

— Frédéric, ferme la porte !

— Excuse-moi...

Il revient sur ses pas et ferme la porte. Un autre passe en courant et la laisse ouverte.

— La porte !

Il est parti et n'a pas entendu ou n'a pas voulu revenir.

Que faire ? Rester près de la porte et obliger chaque enfant à la refermer. Pas intéressant.

C'est le début de l'hiver. Le prix du fuel vient encore d'augmenter. On parle en réunion du nombre de litres consommés à la minute quand fonctionne le brûleur. De la quantité d'argent qui s'envole. L'argent par les fenêtres, etc.

Résultat ? On verra la semaine prochaine. En attendant, soyons concrets.

— Il faut mettre des mots contre ceux qui ne ferment pas les portes. Si vous voyez quelqu'un qui ne ferme pas la porte, rappelez-le, faites-lui fermer la porte et mettez un mot dans le carnet. On sanctionnera les récidivistes.

La semaine d'après, il y a quelques mots dans le carnet. Plusieurs noms reviennent.

Il faut leur trouver une sanction. Une mesure symbolique directement reliée à l'infraction qui les aide à comprendre qu'il ne faut plus recommencer.

— Il faut leur faire payer des amendes pour payer le fuel.

— Il faut leur faire payer cent francs chacun.

— Et si on leur faisait nettoyer les portes.

— Elles en ont bien besoin, mais ça n'a rien à voir.

— Ils pourraient scier des bûches pour la cheminée.

— Pas si bête...

— Qu'ils soient obligés de frapper à la porte et d'attendre qu'on vienne leur ouvrir pour entrer. Et pour sortir, ils iront chercher quelqu'un qui leur ouvre la porte et referme derrière eux.

— Bonne idée !

— Non seulement ils y penseront, mais tout le monde y pensera. Pendant longtemps la sanction de la porte restera un modèle.

## ▶ Des ceintures, comme au judo

En règle générale, chacun s'acquitte bien des responsabilités qui lui sont confiées, mais celles-ci restent
toujours un peu attribuées « à la tête du client ». Pourquoi
donner une autorisation à celui-ci plutôt qu'à celui-là ?
Qui choisir pour un travail quand plusieurs enfants se
proposent ? C'est souvent très délicat. Même quand celui
qui tranche s'efforce d'être juste et cohérent, en l'absence
d'éléments précis d'appréciation, bien souvent « la fantaisie du maître », selon l'expression de Fernand Oury,
s'érige en arbitre unique.

Qui pouvait aller à la ferme ? C'est-à-dire qui saurait
traverser la rue et ramener le lait sans le renverser ? Qui
penserait à faire ce travail à l'heure prévue, sans
oublier... ?

— On va prendre Didier et François aujourd'hui et
demain, ce sera Anne-Sophie et Nathalie.

— Oh, non ! s'exclamaient tous les autres.

Il fallait pourtant que les responsabilités soient
durables pour constituer un apprentissage intéressant.

D'autre part, à âge égal, les enfants pouvaient avoir
des capacités très différentes. Comment faire comprendre,
sans le dévaloriser, à celui qui n'était pas apte à faire le
travail que ce n'était pas lui qui était en cause, mais ses
capacités. Pire encore : certaines fois, un plus jeune se
tirait d'une responsabilité plus efficacement qu'un grand,
qui le prenait très mal.

Tout ceci débouchait sur quantité de conflits individuels, rivalités, disputes, si fréquents dans les écoles et qui
masquent mal l'incapacité des structures à permettre aux
enfants de s'assumer et de vivre en communauté.

Quand on demandait des volontaires pour les travaux
les plus difficiles, c'était tout aussi délicat. Tous les
« grands » voulaient les faire. Ce qui était normal. On

avait tendance à choisir ceux qui en seraient le plus capables.

— Pas toujours les mêmes ! protestaient les autres.

Il fallait en effet trouver un équilibre. Ne pas donner toutes les responsabilités à Ève ou Maïté sous prétexte qu'elles sauraient les assumer. Ainsi, quand Renaud demandait un travail, même trop difficile pour lui, on le lui laissait. Mais avant qu'il ne se décourage, un adulte venait l'aider à reprendre le travail inachevé et lui conseillait quelque chose à sa mesure pour la fois suivante.

On réservait les travaux les plus ardus aux plus efficaces. C'était valorisant pour eux parce que personne d'autre ne pouvait les faire ; c'était payant parce qu'ils « s'accrochaient » pour y parvenir. Au-dessus d'eux, il n'y avait que nous, les adultes, et l'on avait intérêt à les rendre encore plus performants. Cela ne faisait pas « bisquer » les autres parce que personne n'a vraiment envie de faire ce qui est très dur. Et pendant ce temps-là, les plus responsables, qui étaient aussi souvent les plus accaparants, nous laissaient tranquillement nous occuper de ceux qui en avaient le plus besoin.

Ce que nous avions observé là n'était pas possible à réaliser de façon permanente sans l'aide d'une institution. Nous voulions lister et répartir toutes les tâches de sorte que chacun puisse faire ce dont il était capable et qui lui plaisait. Cela nécessitait des critères objectifs, reconnus de tous.

On repensa au système des « ceintures » de comportement mis au point par Fernand Oury à partir des ceintures de judo. Dans la pratique de ce sport, les ceintures permettent de faire évoluer ensemble sur un même terrain un groupe hétérogène d'enfants et d'adultes. Oury avait adapté ce principe à la classe.

Tout comme les judokas, les élèves n'avaient ni les mêmes responsabilités ni les mêmes droits : on ne fait pas les mêmes « prises » sur le tatami aux débutants et aux costauds confirmés !

Le livre d'Oury[1] donnait des détails concrets. On commença par adapter le tableau des ceintures, fait pour la classe, à une école en internat.

Étant donné notre démarche, ces ceintures ne pouvaient évidemment pas être attribuées par les adultes. L'engagement de chacun des enfants paraissait nécessaire. Les ceintures furent très bien accueillies et comprises par le groupe. Elles représentaient un pas en avant : moins d'approximations, plus de verbalisation.

Très vite, les enfants retinrent les caractéristiques de chacune des couleurs car elles correspondaient à des données permanentes de la vie de tous les jours.

— Patrick ne « vaut » pas sa ceinture. Il n'aide pas les autres. Et quand on le lui dit, il répond : « Ta gueule »...

Les ceintures tenaient leur rôle de référence, d'outil servant à l'évaluation. Chacun pouvait ainsi se situer avec précision et situer les autres ; avoir une place, sa place ; savoir ce qu'il savait et ce qu'il lui restait à apprendre.

« Il faut deux verts[2] pour vider le bus » ; « Alex n'est pas obligé de travailler en classe, il est blanc » ; « Pour présider la réunion, il faut être au moins bleu ». Beaucoup de points de règlement furent reconsidérés à l'aune des ceintures. Le système n'était pas rigide, il faisait, au contraire, évoluer l'école vers une participation accrue des enfants. Leurs observations devinrent vite des propositions : « Un orange devrait aider les autres à faire leur poste quand il a fini le sien » ; « Un vert ne doit pas manger comme un cochon à table » ; « Un bleu critique et propose au lieu de se plaindre ». Ces nouveaux paramè-

---

1. *De la classe coopérative à la Pédagogie institutionnelle*, de F. Oury et A. Vasquez (Éd. Maspero).
2. Les couleurs des ceintures de comportement sont : blanc, jaune, orange, vert, bleu, marron. Un enfant peut être ceinture blanche dès l'âge de 5 ans.

tres n'étaient pas rajoutés à la liste des propositions initiales : ils rejoignaient l'infinité des lois non écrites.

## ▶ Des lois non écrites

À chaque fois qu'un enfant inscrivait un râlage pour infraction au règlement, il rappelait plus ou moins clairement une loi qu'au besoin le président ou un adulte faisait préciser. Ce rappel ne devait pas hacher le débat car garder l'attention de tous était essentiel.

Noter tout cela de façon précise posait des problèmes. S'il y avait peu de lois, les règlements, eux, étaient innombrables. Qui rédigerait, comment et quand ? Au lieu d'écrire, nous avions décidé de faire appel à la mémoire de chacun : les choses dont on ne se souviendrait plus seraient caduques.

Les décisions quant à elles étaient consignées sur le carnet et relues à la répartition puis au début de la réunion suivante. Avaient-elles été mises en pratique ? Sinon, pourquoi ? Parce que c'était inapplicable ? Parce qu'on avait oublié ? Que devait-on faire alors ? Débat qui restait ouvert en permanence.

Des décisions étaient parfois votées mais la plupart du temps, on procédait par propositions. Quelqu'un disait :

« Je pense que celui qui a mis un mot dans le carnet ne devrait pas avoir le droit de le barrer. »

On écoutait les réactions :

— Et si on change d'avis ?

— C'est bien qu'on puisse lire tous les mots qui ont été écrits...

— Les ratures dans le carnet, c'est vraiment pas formidable.

— On peut barrer proprement.

— On ne doit pas être obligé de râler si on n'en a plus envie.

— Quand on ne veut plus râler, on pourrait écrire "annulé" en dessous du mot.

Puis le président reprenait l'idée qui s'était dégagée du débat : « On pourrait essayer ça... écrire "annulé". Comme ça, on peut encore lire le mot mais en réunion, on n'en parle pas. »

Ces règles provisoires ne posaient pas de problèmes aux enfants, ni leurs changements fréquents. Ils se souvenaient très bien et jusqu'aux plus petits détails du comment, du pourquoi des changements. Cet apprentissage convenait aux adultes, cela nous permettait de réfléchir, de prendre tout notre temps. Et quand les problèmes revenaient après un incident, nous pouvions reprendre alors les arguments déjà discutés. Le débat qui s'ensuivait apportait parfois des solutions ou des éléments de solution.

— Qui est d'accord ?

Des mains se levaient, on évaluait du regard si elles représentaient un nombre appréciable de votants. On ne comptait jamais les voix car pour nous, une décision communautaire ne pouvait se prendre qu'à une très large majorité, enfants et adultes confondus. Cette tradition a toujours été maintenue, tout le monde ayant le droit de vote.

On constata aussi que lors des votes, et quelle que soit la question posée, les plus jeunes s'empressaient de lever le doigt : exprimaient-ils vraiment leur choix ? C'était difficile à savoir. On décida alors de demander d'abord : « Qui s'abstient ? » puis : « Qui est contre ? » et enfin : « Qui est pour ? ». Les trois questions posées dans cet ordre permettaient des réponses sans ambiguïté.

# La scolarité,
# une activité
# parmi d'autres

Avant d'ouvrir l'école, nous pensions que le manque de goût de beaucoup d'enfants pour la scolarité venait de son caractère obligatoire. Les cours étaient donc facultatifs. Chaque élève désirant faire du travail scolaire s'inscrivait avec un professeur à la journée ou à la semaine. Cela donnait lieu parfois à des scènes cocasses et ridicules : le professeur restait tout seul dans la classe tandis que ses élèves s'embêtaient dans le jardin. Nous projetions en fait nos propres souvenirs d'écoliers. Même si ces inscriptions se passaient, la plupart du temps, « normalement », il apparut que le choix était trop difficile à assumer pour la majorité des enfants et les cours devinrent obligatoires.

Notre intention n'était pas pour autant de scinder en deux notre pédagogie : d'une part les cours, de l'autre le reste des activités. On chercha plutôt le moyen de « faire la classe » comme « on faisait l'école ».

## ▶ Le parcours de Maïté

Juste avant son départ, en juillet 1978, Maïté qui fit partie de la première promotion neuvilloise décrit son parcours à l'école. Elle a alors quatorze ans :

● « *Nous sommes arrivés dans une grande maison vide, entourée d'arbres et d'oiseaux. Nous, c'est mes deux sœurs et moi. Il n'y avait presque pas d'enfants, et, au fur et à mesure, nous avons vu l'école évoluer en même temps que nous avons évolué. Nous avons accueilli les premiers enfants, décidé les premiers règlements avec eux. Nous avons un peu aidé notre école à exister. Dans cette grande maison vide qui allait être pleine, nous avons appris beaucoup de choses.*

*Dès les débuts, nous nous sommes activées dans la nature. Avant, sortir et se dépenser était pour moi quelque chose d'ennuyeux. Je n'aimais pas les heures de sport car, en fait, je ne savais pas m'en servir. Petit à petit, je me suis aperçue qu'il n'y avait pas que le corps qu'on faisait marcher mais aussi la tête. Ne pas se dire : "C'est fatigant", mais sentir que l'on peut courir, sauter, dribbler, rien que pour le plaisir de voir que l'on en est capable. La plupart du temps, on croit que l'homme c'est son cerveau, et le corps on ne sait pas très bien ; mais en fait, le corps fait partie de nous.*

*J'ai réussi aussi à me libérer un peu de mes sœurs. Elles étaient toujours derrière moi et j'étais toujours devant elles. J'étais à elles, elles étaient à moi. Je me sentais responsable d'elles ; je ne m'occupais pas de moi, car si je m'occupais de moi, ça voulait dire que je ne m'occupais plus d'elles et je ne pouvais pas me le permettre. Ici, ma volonté de bouger était plus forte que d'être une "petite maman" et parce que j'ai senti que je pouvais faire des choses, j'ai voulu me débarrasser de ce paquet qui me gênait car maintenant j'avais la force de les repousser physiquement et moralement. Petit à petit, nous avons remarqué que nous étions trois personnalités différentes, que nous n'aimions pas les mêmes choses, que nous ne participions pas aux mêmes activités. Ce raisonnement trouvé, je me suis occupée de moi, comme j'aurais dû le faire depuis longtemps.*

*J'ai aussi appris que le travail intellectuel peut être amusant. Je venais de perdre un an dans une école où je*

n'avais rien fait. Je ne détestais pas vraiment le travail
scolaire, mais je ne le faisais pas de bon cœur non plus.
Pour moi, c'était un truc que l'on devait faire et qui
occupait la moitié de votre vie. Quand j'ai appris à lire et
écrire, ça me plaisait car je trouvais ça utile; mais quand
c'est devenu plus dur, je ne comprenais plus à quoi ça
servait. Je ne retenais plus rien. Dans mon école,
l'instituteur ne savait plus où donner de la tête avec ses
trente élèves. Il était bien obligé d'abandonner ceux qui ne
suivaient pas, il était souvent énervé, tandis qu'ici, on
apprend dans une atmosphère détendue. Michel, Fabienne
et Pascal sont très libres et peuvent voir le cas de chacun,
expliquer à chacun ce qu'il ne comprend pas. Et au milieu
de cette classe où l'on pouvait apprendre que le travail peut
être agréable, je me suis mise à travailler, pas pour mes
parents, pas pour réussir dans la vie, ni pour passer le
temps, mais simplement pour moi, pour avoir le plaisir de
savoir quelque chose de nouveau.

J'ai aussi connu le plaisir de l'espace dans ces grandes
maisons et dans les bois, et encore beaucoup d'autres choses.
Je pense que j'ai appris plus de choses en cinq ans à La
Neuville que je n'en aurais appris autre part. Ces choses, je
vais les emporter avec moi, là où je vais partir. Partir
pourquoi? Alors que je pourrais apprendre davantage. Je
pars car si l'on attendait de savoir tout ce que l'on peut
savoir, il faudrait rallonger la vie. Je pars pour savoir
d'autres choses tout en me servant de celles que je sais déjà.
Je sens maintenant le besoin d'aller autre part pour
continuer à avancer; en bougeant on a l'impression de
changer et de grandir. C'est mon caractère et c'est ce que je
pense.

## ▶ Des matinées agréables dans la classe

L'effectif se composait essentiellement d'enfants jeunes, n'ayant pas connu de problèmes scolaires particuliers sinon celui d'un certain ennui. Notre objectif essentiel fut donc qu'il ne soit ni désagréable ni ennuyeux de passer chaque jour la matinée à travailler le français ou les mathématiques. Et cela, aussi bien pour les enfants que pour les adultes. Les locaux avaient été aménagés en fonction de cet objectif : nous avions pris pour « classes » de grandes pièces meublées comme le reste de la maison. Seules les tables individuelles rappelaient l'école.

Il y avait trois classes, chaque adulte dirigeant la sienne à sa manière en fonction de ses intérêts et de l'effectif dont il avait la responsabilité. Michel s'occupait des « moyens ». Quand il faisait cours, il ne s'asseyait pas à une table « de professeur ». Il se tenait à la grande table qui servait pour le travail en groupe. Et quand chaque enfant s'occupait à la sienne, Michel faisait le travail administratif de l'école : courrier ou comptabilité. Il voulait montrer que le travail est quelque chose de réel, que l'on travaille toute sa vie à partir de ce qu'on a « appris » à l'école. Il voulait montrer aussi que s'il était présent dans la classe, ce n'était ni pour surveiller ni pour faire « passer » un savoir. Il restait à la disposition de ses élèves au cas où ils auraient des questions à poser ou seraient bloqués dans leur travail. Mais ils pouvaient aussi s'adresser à un camarade ou aller consulter un livre dans la bibliothèque.

Cela, c'était le travail « à la carte », pendant lequel chacun apprenait à son rythme.

L'autre moitié du temps, c'était le travail en commun. Il prenait différents aspects : recherche d'information, production de livres, journaux, exposés, communications entre classes.

Il y avait aussi des réunions de classe : on pouvait y parler de l'organisation quotidienne, faire des projets et régler les questions de détail concernant l'attitude de chacun en classe. Chaque classe était autonome dans son fonctionnement mais toutes dépendaient de la réunion hebdomadaire, à laquelle elles renvoyaient les problèmes qui les dépassaient.

Cette façon de faire évolua avec le temps vers un système plus structuré, qui profita notamment des apports des techniques Freinet et de la Pédagogie institutionnelle de Fernand Oury (imprimerie, ceintures de scolarité, travail et réflexion en équipe, etc.). Ce qui nous préoccupait déjà, c'était de créer une ambiance scolaire favorable. Nous étions parvenus à ce que les enfants se sentent bien en classe, aient plaisir à travailler, à réfléchir et soient curieux. Cela ne nous empêchait pas de consulter souvent le livre des Instructions officielles, qui s'avérait finalement plus proche de ce que nous faisions que du fonctionnement de l'école traditionnelle.

Nos élèves progressaient. François avait appris à lire sans vraiment prendre part aux leçons, juste en écoutant les plus grands travailler. Anne-Sophie dut réapprendre tout ce qu'elle avait ingurgité mais non digéré à l'école. Nous n'hésitions pas à étaler le cours préparatoire sur deux ans ou les deux cours élémentaires sur trois. On s'aperçut que le temps « perdu » ainsi en chemin se rattrapait tout seul : nos élèves prenaient en charge leur scolarité, retenaient ce qu'ils avaient appris. Ils pouvaient au besoin aller beaucoup plus vite car ils avaient acquis la capacité et le goût de faire des efforts intellectuels. Maïté, quand elle eut envie de quitter la Neuville, parvint à étudier en deux mois le programme de mathématiques de la classe de quatrième : elle y consacra toutes ses matinées mais sans donner l'impression d'avaler, ni de faire un effort démesuré. Il lui fallait seulement une motivation « réelle ».

Un atelier de scolarité complétait les temps de classe tous les après-midi. Il regroupait ceux qui voulaient reprendre leur travail scolaire éventuellement avec un autre adulte que leur « professeur » du matin. L'ambiance y était détendue, presque joyeuse. Beaucoup d'enfants y venaient simplement par envie de se retrouver dans une pièce qu'ils aimaient bien pour lire, écrire, bavarder, aider des camarades plus jeunes...

## ▶ Utiliser les terrains pédagogiques favorables

L'apprentissage scolaire se déroulait de façon d'autant plus satisfaisante qu'il n'était pas coupé du reste des activités. De même que la classe n'était pas un terrain strictement scolaire, les différents ateliers profitaient largement des situations de motivation pour favoriser l'acquisition de connaissances. En cuisine par exemple : on pouvait lire les recettes, compter, peser les aliments, calculer les proportions, écrire la liste des achats, etc.

Le fait que la scolarité soit simplement une activité parmi d'autres la rendait plus attrayante. C'était évident : les jeux, les sports aidaient à comprendre et apprécier les mathématiques et vice versa. Scier, balayer, ranger, permettait d'améliorer sa capacité de concentration, l'organisation de son travail. La Réunion développait la réflexion, la capacité d'analyse et d'expression.

Travailler ou jouer en équipe, se retrouver avec les adultes responsables des cours dans toutes sortes de situations rendait les enfants plus solidaires les uns des autres, améliorait notablement l'ambiance et permettait de dédramatiser les situations scolaires tendues ou difficiles, de relativiser le sentiment d'échec individuel d'un enfant.

Un enfant pratiquant toutes sortes d'activités hors de la classe, avec les adultes, trouve forcément l'occasion de se montrer plus habile, plus rapide ou encore plus astucieux qu'eux. Et ce fait seul, si les adultes savent l'accepter et le souligner sans démagogie, aura une influence décisive sur leurs rapports de travail qui échapperont désormais à la traditionnelle relation enseignant-enseigné.

Pour toutes ces raisons, on limita les heures de cours aux matinées. On pensait a priori qu'on ne pouvait leur consacrer plus de temps si l'on voulait que tous les autres domaines aient un espace pour exister valablement. À l'usage, cela s'avéra suffisant.

Nous avions ainsi découvert en peu de temps qu'une classe, c'est un ensemble de données simples ou complexes. Réunir ces enfants en un groupe organisé au lieu d'enseigner à une brochette d'individus permettait d'enrichir chacun de la présence des autres.

Enfin, en suivant l'itinéraire de certains enfants dans l'école, nous commencions à constater la richesse d'un milieu éducatif où la classe est un élément parmi d'autres.

## ▶ Faire de l'école un milieu de vie

Pour nous, le travail éducatif consistait à mettre sur un même plan toutes les activités qui permettent à un enfant de se construire, d'être équilibré, autonome, délié, habile, costaud, attentif, réfléchi, inventif, cultivé... Nous n'avons jamais changé d'avis.

Faire participer les enfants à toutes les tâches de la vie quotidienne appartenait donc à notre idée de départ. Dans les faits, cette participation est apparue nécessaire. Impossible de se passer du concours des enfants lorsqu'on est trois pour diriger un internat et assurer, en plus, toutes les fonctions administratives, l'économat, les transports, l'entretien des locaux...

Autre découverte : recourir à la participation des enfants est non seulement le meilleur, mais en fait le seul moyen pour que ce lieu soit le leur et qu'ils y exercent un pouvoir réel. C'est le travail, le travail matériel, qui leur permet d'abord d'être partie prenante dans le projet : faire quelque chose, être utile. Donner son avis ne vient qu'ensuite, sans quoi cette consultation reste de pure forme.

Les ateliers de vie communautaire, les activités physiques et sportives, étaient prévus dans l'emploi du temps. Tous les après-midi leur étaient consacrés. Ainsi, chaque jour, différents groupes s'activaient autour d'un adulte : dans la cuisine, dans la maison, au stade. Mais que faire quand il n'y avait personne pour s'inscrire à l'atelier prévu, indispensable ? Quand Pascal demandait : « Qui vient aider à la cuisine ? » et que personne n'était volontaire, il y allait tout seul pour faire son travail. Parfois un curieux venait lui tenir compagnie et l'aidait. Les enfants ont rapidement compris qu'aller en cuisine permettait en définitive de choisir ce qu'on mangerait au dîner !

Et encore la cuisine relevait-elle de l'ordre des nécessités. Mais quand Michel souhaitait entraîner les enfants pour un petit cross dans les bois parce qu'il en avait envie et que personne ne voulait l'accompagner ? Voilà qui était encore plus compliqué. Plus grave : il était, lui adulte, privé de l'activité et obligé d'en proposer une autre. Un jour, les jambes le démangeant, il fait inscrire un cross au programme de l'après-midi. Il n'a pas demandé à l'avance : « Qui veut venir avec moi ? » Car l'absence de toute réponse aurait risqué de faire annuler l'activité.

À l'heure dite, il rappelle sa proposition, et comme les

réponses sont négatives, il se met en route tout seul. Au retour, quelques enfants le voient suant et content. Quelqu'un lui demande : « Mais tu fais ça parce que ça t'amuse ? » et il explique pourquoi. Il y a ainsi des chances que les fois suivantes quelques-uns aient envie de le suivre. Dans le cas inverse, il n'y renoncera tout de même pas. Il continuera à essayer de pratiquer, avec les enfants si possible, l'une de ses activités préférées, même si ce n'est pas facile. Mieux vaut cent fois cela que de faire par nécessité pédagogique des choses dont on n'a pas vraiment envie en renonçant à l'une de celles qui nous plaisent le plus !

Pour le moment, les enfants étaient contents d'être là, à la campagne, contents de se regrouper ou de s'éparpiller dans le jardin, de faire tout et rien. Il n'est pas aisé de mettre en place des activités lorsque les enfants ont le droit de choisir ce qu'ils veulent faire. Difficile de faire partager ses désirs, de mettre en place une tradition éducative. Cela prend du temps et c'est bien ainsi. Cela permet aussi de réfléchir et de comprendre que jamais les adultes ne peuvent remplacer ce que les enfants s'apportent entre eux. Il convient de laisser des espaces — temps et lieux — qui leur appartiennent en propre, comme nous avait permis de le saisir une remarque de Frédéric :

— On est plus entre enfants qu'entre adultes.

## ▶ La vie dans le village

Nous traversions le village plusieurs fois par jour. Au gré de nos occupations, nous l'arpentions en tous sens ainsi que les bois des alentours. Vivre ainsi dans un village, en pleine campagne, était un environnement idéal pour l'école et pour les enfants. Cela donnait même à notre projet une dimension imprévue puisque nous avions tous été élevés dans des villes.

Chaque jour, nous passions à plusieurs reprises devant une ferme. La fermière était une femme d'une cinquantaine d'années qui ne manquait jamais une occasion de faire la conversation et de dire sa façon de voir les choses.

— Vous en avez combien maintenant, des enfants ?

— Quinze.

— Dans des grands bâtiments comme ça ? Il faudrait en mettre plus... parce qu'il y a beaucoup de place là-dedans...

— Pas tellement quand on fait des activités.

— Parce que finalement ça donne pas beaucoup plus de travail quand ils sont plus nombreux. Et ça rapporte davantage. Quand on fait à manger, on en fait un peu plus, voilà tout...

Les enfants passent devant la ferme :

— Bonjour, Madame !

— Et celle-là, qu'est-ce qu'elle a ? Elle a l'air bien, celle-là.

Pour elle, tous les enfants qui étaient en « pension » ne pouvaient être que bizarres. Elle en arrête un autre et s'adresse directement à lui :

— Quel âge as-tu ?

— Sept ans...

— Mais tu es très petit pour ton âge !

— Oui, mais je suis très intelligent !

Le fermier était un homme affable. D'une force herculéenne, il rendait très volontiers service.

Nous essayions un jour, Pascal et moi, de soulever avec difficulté un tronc d'arbre qui était au bord de sa propriété, il se pencha, par-dessus la petite barrière, et se releva avec le tronc dans les bras. Aucun signe d'effort. Il était breton et souffrait de ce que les villageois normands ne l'aient jamais accepté comme l'un des leurs. Peut-être parce qu'il était plus riche qu'eux, peut-être parce qu'un étranger ne peut jamais tout à fait s'intégrer là. À cinquante ans passés, il semblait un roc que rien ne pouvait entamer, il ne craignait qu'une chose dans la vie : que les communistes prennent le pouvoir et qu'on installe des inconnus chez lui. Leur valet de ferme était imbibé d'alcool, jour et nuit, et faisait parfois ses besoins dans son pantalon.

L'épicerie du village était chère et fort peu achalandée. François s'y rend un jour que la boulangerie (dont nous étions clients) était fermée. Il achète des bonbons pour cinq francs. Il lui manque cinq centimes.

— Ce n'est pas grave, lui dit la commerçante. Tu vas retourner chez toi et tu me les rapporteras. Je garde ton paquet en attendant...

Le postier semblait être le sosie de Fernand Ledoux et son bureau de poste venait tout droit d'un film de Grémillon. Le garde champêtre, un septuagénaire grand, sec et édenté, mais avec un sourire communicatif, était quasiment incompréhensible, avec sa façon (normande) de vous dire « il » :

— Il ira bien à la mairie, c'tantôt, le maire, il veut le voir...

La dame qui vendait le gaz nous portait un grand respect, surtout depuis qu'elle nous avait demandé des conseils pour sa fille. Elle disait de nous : « Ce sont des psychologues. »

Le maire était un homme à la stature impressionnante, allant gaillardement vers les soixante-dix ans. Aristocrate et homme d'une grande distinction, cavalier émérite et ancien chasseur à courre, il nous appréciait aussi bien en tant que maire qu'en tant que propriétaire. Il cautionnait l'école de sa double fonction, ce qui nous rendait grand service. Il ne tutoyait qu'un villageois, Adrien, un homme à tout faire qui fauchait parfois chez nous : ils avaient été ensemble à l'école. Sa femme était belge et royaliste. C'est à elle qu'appartenait le «Château». Elle ne nous fit payer qu'un mois de caution parce que nous faisions une action sociale.

L'instituteur était un jeune, ouvert et dynamique, avec lequel nous avions sympathisé.

— Il est bien, mais les cheveux, ça ne va pas, ils sont trop longs, disaient les villageois.

Nous avions organisé des matches de football entre les deux écoles. Ils avaient permis de tisser des relations tout à fait amicales entre les deux communautés d'enfants, qui n'avaient guère de point commun ni de raison de s'entendre a priori. Les Normands n'usurpaient pas, semblait-il, leur réputation de méfiance.

En face de la Maison, vivait un autre couple de fermiers : la mère Godard et son fils, Georges. Il travaillait, seul, à la ferme, le jour et chez un boulanger de Brionne, la nuit. Chez eux, il n'y avait pour tout éclairage qu'une ampoule de quarante watts parce que «l'électricité, ça coûte cher». Il parlait d'une voix aigrelette, toujours avec beaucoup de courtoisie et de gentillesse.

Sa mère était une vieille femme qui avait élevé dix enfants. C'est chez elle que nous achetions notre lait et nos œufs. Un jour, Céline entre dans sa ferme, ouvre les clapiers et fait sortir toutes les poules. La fermière l'arrête calmement. Céline riait de toutes ses dents. Nous accourons. «Il ne faut pas la gronder, ce n'est pas bien grave... », dit la fermière.

Pour les gros travaux de la ferme, Georges se faisait aider par un journalier qui s'appelait Truffaut et offrait ses services quotidiens pour la somme de trente-cinq francs et un litre de vin rouge. Quand on les voyait charrier les bottes de foin, on disait entre nous :

— Voilà Godard et Truffaut qui rentrent le foin.

Et ça nous faisait rire !

## ▶ Faire l'endormi

Durant les cinq premières années de l'école, nous avions réussi à conserver un effectif relativement stable d'une quinzaine d'élèves et à en faire un véritable groupe.

Pourtant ces enfants étaient très différents les uns des autres. Il y avait, d'une part, des enfants d'amis ou de relations qui recherchaient avant tout une alternative à l'école traditionnelle et à fuir Paris. Éléments dynamiques, désireux de tirer le maximum de cette école « nouvelle ». Il y avait, d'autre part, des élèves plus ou moins en difficulté, placés là parce qu'on avait déjà essayé d'autres solutions sans succès.

Les rentrées budgétaires restaient, on s'en doute, fort modestes.

Cette nécessité de faire « avec » un groupe d'enfants aussi réduit et hétérogène fut une des chances de nos débuts. Cela nous força à réfléchir, à composer, à tâtonner.

L'école dut s'adapter à chacun des membres du groupe car il n'était pas question de « perdre » qui que ce soit. La plupart des principes pédagogiques de l'école sont nés de cette période de forte contrainte : le soin consacré à la mise en place d'un milieu qui prenne en charge l'ensemble du groupe ; un emploi du temps offrant à chacun des occasions de réussite...

Ce n'est pas l'éducateur qui éduque, c'est le milieu » disait Makarenko[1]. C'est à partir de ce précepte — être là et faire exister ce lieu — que nous avons envisagé la Neuville. Atout supplémentaire : une certaine dose de passivité, ce que le cinéaste Jean Renoir appelait « faire l'endormi ».

On laissait les acteurs prendre des initiatives, apporter

1. Pédagogue soviétique des années 20. Auteur de *Poème pédagogique* (Éd. du Globe).

leurs idées et leur travail et l'on prenait le temps et le recul de les regarder faire, en les laissant se tromper au besoin. On n'intervenait qu'à ce moment-là car c'est seulement alors qu'on pouvait distinguer ce qu'il y avait de bon dans les intentions et à quel endroit ça ne « collait » plus.

En passant du cinéma à la pédagogie, on n'avait finalement pas tellement changé de métier !

# À propos
# des apprentissages
# scolaires

Cela faisait presque six ans que nous travaillions de concert avec Françoise Dolto. Elle nous avait adressé, entre autres, différents enfants qu'elle suivait en psychothérapie psychanalytique, durant le week-end. Cependant pour l'essentiel, chacun avançait de son côté. Nous envoyions régulièrement des notes à la psychanalyste dans lesquelles nous décrivions à la fois le comportement des enfants et le fonctionnement de l'école. C'était un moyen pour nous de réfléchir, de prendre du recul.

Françoise Dolto ne faisait pas de commentaires. Parfois, Fabienne l'appelait au téléphone pour de brèves communications que nous approfondissions entre nous, pour les mettre à profit. Nous étions à l'époque très isolés, au fond de notre campagne.

En cette rentrée 1979, Françoise Dolto souhaita nous rencontrer, à nouveau, probablement pour nous confirmer de vive voix que, du fait de sa retraite de psychanalyste, elle ne nous adresserait plus d'enfants et que le travail en commun s'arrêtait là. L'occasion permettrait aussi de faire un peu le bilan du travail accompli ensemble.

En effet, la curiosité de Françoise Dolto pour notre milieu éducatif était toujours en éveil. Nous savions aussi que les progrès des enfants neuvillois qu'elle suivait lui avaient donné une forte confiance en notre travail. Les propos rapportés par leurs parents nous le confirmaient ; en outre, nous avions observé que le comportement et les relations de ces enfants s'étaient modifiés. Tout cela avait un effet positif qui nous encourageait dans nos initiatives.

De son côté, Françoise Dolto vérifiait sans doute que certaines de ses intuitions concernant l'éducation fonctionnaient dans la pratique au moins aussi bien qu'elle l'imaginait.

Cette rencontre était vraisemblablement la dernière. Nous n'y pensions même pas et nous ne nous posions aucune question à ce sujet. Sans doute parce que le mot « retraite » ne signifiait rien pour nous et que nous ne pouvions imaginer Françoise Dolto autrement qu'en activité. Nous avions l'impression qu'elle faisait maintenant partie du projet de la Neuville.

> **« Cette façon de faire la classe fut, pour Didier, une invitation à la fois à la culture et à la société. »**

F. Dolto ▪ Comment va Didier ?

La Neuville ▪ *Didier va bien, il a découvert le plaisir de l'écriture et il écrit tout le temps. Il envoie des lettres aux amis de l'école, aux anciens élèves de la Neuville, à toutes les personnes de rencontre avec qui il a sympathisé... Écrire à quelqu'un est ce qui le motive le plus. Il attend qu'on lui réponde. Tous les jours, il nous demande : « Est-ce qu'il y a du courrier pour moi ? »*

F. Dolto ▪ C'est souvent ainsi qu'un enfant découvre l'intérêt pour l'écriture : parce qu'il souhaite communiquer avec des personnes dont il est séparé dans le temps et dans l'espace.

La Neuville ▪ *Il écrit aussi pour avoir de l'argent. Les lettres à sa grand-mère, par exemple, se terminent toujours par : « Envoie-moi de l'argent. » Les textes, même libres, n'ont pas pour lui la même signification concrète. Bien que maintenant, en classe aussi, il écrive beaucoup d'histoires.*

F. Dolto ▪ De quoi est-il question dans ces histoires ?

LA NEUVILLE ■ *Presque toutes commencent par la formule :* « *C'est l'histoire d'un petit garçon qui faisait des bêtises*[1]. » *Ce petit garçon ressemble grossièrement à Didier mais lui prétend que non. Il trouve son héros « antipathique » mais il est ravi du succès de ses livres, qui sont très lus et font rire tout le monde. Il écrit très vite, comme tout ce qu'il fait. En un quart d'heure, c'est bouclé. Curieusement, lui si agité devient très calme quand il écrit. Une fois son texte fini, il vient vous le lire, demande à être corrigé...*

F. DOLTO ■ L'équilibre que Didier a trouvé est dû en partie à ses propres efforts, mais en partie aussi à la présence du groupe d'enfants et d'adultes qui l'a accueilli. Il s'est retrouvé en société avec des humains. Et il a pu à nouveau apprendre à respirer. À quand remonte cet engouement pour l'écriture ?

LA NEUVILLE ■ *Exactement, difficile à dire... C'est spectaculaire depuis quelques mois mais l'écriture l'a toujours intéressé. Simplement avant, c'était trop difficile pour lui, il ne se sentait pas capable.*

*Puis, il y a eu l'exemple d'Anne-Sophie qui a onze ans, donc un an de moins que lui. Elle sert un peu de locomotive à tous les autres dans ce domaine et particulièrement à Didier parce qu'elle a connu, elle aussi, un apprentissage scolaire difficile. Il s'est sans doute passé quelque chose dans la classe au niveau de l'émulation. Plus il y a de gens qui écrivent, plus c'est amusant. Didier a eu envie de participer à tout ça.*

F. DOLTO ■ Oui, il lui a d'abord fallu faire l'apprentissage de la vie dans le groupe. En s'occupant seul, en marge de l'activité principale, il a pris le temps d'observer le fonctionnement de cette classe et de constater que chacun pouvait travailler librement. Quand il vous a vu encourager les échanges du groupe et inviter chacun à s'exprimer, il a compris qu'il pouvait, lui aussi, être écouté.

1. L'un de ces textes figure dans les Annexes de ce livre, p. 376.

Cette façon de faire la classe fut, pour Didier, une invitation à la fois à la culture et à la société.

C'est alors qu'il a pu participer de lui-même à tout ce qui était entrepris. Il a eu envie de rencontrer ces autres qui lui ont révélé le droit à exister.

LA NEUVILLE ■ *Oui, c'est vrai. Maintenant il se sent bien dans la classe et il le dit. Ce qui est étonnant pour un garçon rejeté par l'école et qui pouvait n'en garder qu'un souvenir traumatisant. Mais non, c'est dépassé.*

*Finalement, il suffisait de lui permettre de dépenser son trop-plein d'énergie dans des activités comme les sports, la cuisine, toute la vie relationnelle dans le groupe, pour récupérer en classe un garçon un peu agité pour un élève classique, mais tout à fait capable de suivre une matinée de cours, à son rythme. En revanche, son niveau scolaire est difficile à déterminer, très inégal. Il réussit parfois des exercices qu'il ne peut refaire la fois suivante, ou le contraire.*

F. DOLTO ■ J'avais dit à ses parents qu'on ne pouvait pas savoir ce qu'il allait devenir plus tard : un mathématicien, un acteur... ou autre chose dont l'envie lui viendrait en grandissant...

LA NEUVILLE ■ *On a l'impression que mis en confiance, il peut retrouver ses capacités du jour au lendemain. Il est maintenant capable de chercher des informations par lui-même, de se servir du dictionnaire. En classe, il est vivant, dialogue, participe, alors qu'il se sentait exclu du système traditionnel. Ce qui nous a troublés, dans cette classe, c'est que ni Anne-Sophie ni Didier ne sont au niveau habituellement demandé aux élèves ; l'une est au-dessus, l'autre en dessous, pourtant ils ont été rejetés, tous les deux, de la même façon...*

F. DOLTO ■ Mais oui... Le principe de scolarisation fondé sur des classes de niveau homogène est une aberration pédagogique.

LA NEUVILLE ■ *Anne-Sophie est extrêmement douée pour les matières scolaires. Si elle ne réussissait pas, c'est parce qu'elle s'ennuyait dans le système traditionnel, parce qu'on ne s'adressait pas du tout à elle, qu'on ne lui offrait rien pour exercer sa créativité.*

F. DOLTO ∎ Comme je le dis souvent, le fait de s'ennuyer à l'école peut être un signe d'intelligence.

LA NEUVILLE ∎ *De l'autre côté, quelqu'un comme Didier qui, lui, n'arrive pas à se concentrer, à garder son attention et son énergie pour des choses que l'on fait assis, s'ennuyait aussi. Dans les deux cas, l'école traditionnelle refuse de s'adapter à l'enfant tel qu'il est, à son comportement, à sa demande. Elle délivre une sorte d'enseignement type, moyen, qui ne convient, en définitive, presque à personne.*

*En tout cas qui ne convenait ni à l'un ni à l'autre. Didier a été rejeté. Anne-Sophie s'est rejetée d'elle-même. On ne sait pas ce qui serait advenu si elle était restée dans ce système. Elle n'arrivait pas à y « fonctionner ». Du coup, elle ne voulait plus aller à l'école, elle s'absentait le plus souvent possible. Habitude dont elle a eu du mal à se défaire, même à la Neuville. Et tout cela, parce qu'elle n'avait pas encore appris à lire ni à écrire à l'âge habituel de l'apprentissage !*

F. DOLTO ∎ Mais un enfant n'a pas à « savoir » ! L'enfant dans la classe s'identifie au maître. C'est à celui-ci de susciter l'intérêt de son élève. Un adulte motivé, qui s'intéresse à la personne de l'enfant, réussit tout naturellement à lui transmettre son enthousiasme. Mais ça ne marchera pas s'il attend trop ouvertement quelque chose de l'enfant ou s'il fait semblant d'être motivé, l'enfant le sent tout de suite. Apprendre à lire, cela peut se faire en trois mois. Mais pour cela, il faut que l'instituteur s'intéresse à chaque enfant et que chaque enfant s'intéresse lui-même à la lecture.

LA NEUVILLE ∎ *Didier nous a raconté que c'est vous qui lui avez appris à lire et à écrire...*

F. DOLTO ∎ Oui, en quelques séances, je ne me souviens plus exactement, peut-être en deux ou trois mois... C'est un garçon remarquablement doué et intelligent. Il voulait apprendre. Je lui ai dit que c'était

possible, s'il en avait vraiment le désir. Apprendre à lire et
à écrire, cela demande un quart d'heure par jour, pour un
enfant qui en a envie.

LA NEUVILLE ▪ *Anne-Sophie, elle, avait trouvé une astuce
pour se protéger. Elle disait qu'elle savait déjà lire. Elle savait
effectivement reconnaître les lettres et quelques mots. Et pour le
reste, elle inventait. Elle devinait plutôt. Si on lui faisait lire :
« La petite fille », elle ne savait pas où était « petite » et où était
« fille ». C'était donc très difficile de lui apprendre des choses
nouvelles. Elle s'était complètement fermée sur elle-même. Elle
cachait tout : à la fois ce qu'elle savait et ce qu'elle ne savait pas.
Elle éprouvait une très grande méfiance envers l'apprentissage et
envers les adultes.*

*On a dû commencer par lui faire tout désapprendre. Elle avait
alors sept ans passés. On lui a laissé prendre tout le temps qu'il lui
fallait. C'est seulement à partir de ce moment-là qu'elle s'est sentie
bien. On la laissait faire ce qu'elle voulait dans la classe. Elle
avait envie de dessiner, probablement parce que c'était la seule chose
dont elle n'était pas dégoûtée. Elle a donc dessiné.*

*Et puis, petit à petit, elle a illustré ses dessins de petites
légendes. Puis elle s'est mise à faire de tout petits textes. Elle avait
un « vocabulaire » de mots usuels, elle cherchait dedans les mots
qu'elle voulait et là, elle a commencé à demander de l'aide aux
adultes.*

F. DOLTO ▪ ... Elle n'a pas appris à lire, elle a appris
à écrire. Parce que c'est actif. C'est toujours comme ça.
Elle écrivait, et comme elle voulait lire ce qu'elle avait
écrit, elle a appris à lire...

LA NEUVILLE ▪ *Ce qui est extraordinaire, c'est la vitesse à
laquelle ça peut aller, à partir du moment où l'enfant se sent en
confiance, dans une relation réciproque de confiance...*

*Anne-Sophie a eu jusqu'à deux ans de retard dans les données
scolaires traditionnelles, c'est-à-dire qu'à huit ans passés elle en
était encore au niveau C.P.*

*Mais à neuf ans, elle avait récupéré tous les acquis qu'on est
censé avoir à cet âge. On s'est aperçu alors que cette notion de*

*temps, sur laquelle les écoles se montrent si pointilleuses, est*
*absurde. En fait, lorsqu'on respecte le rythme de l'enfant, il peut*
*très vite combler son retard s'il en a envie. Seulement cela ne peut*
*venir qu'avec le goût d'apprendre... Pas avec l'obligation*
*d'apprendre. C'est pourquoi la notion de « rattrapage » n'a pas de*
*sens. Elle vient des parents et non de l'enfant.*

F. DOLTO ■ Elle a sûrement senti que vous ne mettiez
pas sa valeur en cause. Vous ne vous montriez ni inquiets
ni pressés, vous la respectiez dans sa personne. C'est en
cela que vous faites autant un travail d'éducateur que
d'enseignant. Anne-Sophie a dû observer qu'à la Neuville
il était permis d'écrire comme on en avait envie et quand
elle en a été convaincue, elle a commencé à faire ce qui
l'intéressait le plus et depuis le début : s'exprimer avec des
mots[1]. Ce qui est la démarche d'une enfant très
intelligente.

LA NEUVILLE ■ *Oui, c'est ça, elle avait besoin de s'exprimer.*
*Anne-Sophie parlait peu. Et quand elle essayait, elle était vite*
*dépassée par ses deux sœurs qui le faisaient mieux qu'elle.*
*L'écriture a été le moyen d'exprimer ce qu'elle avait à dire...*

F. DOLTO ■ Les enfants mettent tout en relation. C'est
pour cela que la grammaire est un point tellement
sensible dans la scolarité de chacun. Si Anne-Sophie a
écrit des poésies, c'est qu'elle se sentait marginale par
rapport à la grammaire et la grammaire, c'est tellement
la relation familiale !

LA NEUVILLE ■ *C'est intéressant, ce que vous dites... Parce*
*que l'origine des difficultés d'Anne-Sophie, c'est la séparation de*
*ses parents et la naissance d'un demi-frère, donc la modification de*
*sa place dans la famille. À son arrivée chez nous, elle avait six ans*
*et elle agaçait ses grandes sœurs, qui y étaient également, par un*
*comportement « bébé ».*

*Mais à la Neuville, son attitude était différente. Elle a tout de*
*suite cherché un autre statut, alors qu'elle continuait à être*

1. Lire en annexe un des textes écrits par Anne-Sophie, p. 377.

« *petite* » *en famille. Même sa position vis-à-vis de l'école, qui était, dans sa tête, l'école de ses sœurs, était contradictoire. À l'école, elle se montrait très exigeante vis-à-vis des autres et d'elle-même. Autonome et responsable. Avant même d'avoir commencé à écrire. À la maison, elle critiquait l'école et pleurait pour ne pas y aller. Pourtant, en même temps, elle ne voulait pas renoncer à la Neuville, peut-être parce qu'elle ne pouvait se résoudre à laisser l'école à ses sœurs. Mais tout le temps, elle sentait bien qu'il lui faudrait trouver une solution... Ce n'était pas une enfant difficile, c'est la situation qui était difficile pour elle...*

F. Dolto ■ Il est très difficile pour les enfants en échec scolaire de garder confiance en eux car l'appréciation négative de l'école se communique aux parents, qui éprouvent eux aussi des réactions d'angoisse devant cet échec social.

La Neuville ■ *Dans le cas d'Anne-Sophie, sa mère a heureusement très bien compris ce qui se passait et l'a sûrement beaucoup aidée par son attitude. Elle a fait confiance à sa fille en lui montrant qu'elle croyait en ses possibilités, elle lui a laissé le temps nécessaire, sans dramatiser. Elle a aussi manifesté sa conviction qu'Anne-Sophie arriverait à s'en sortir dans un autre système. La relation de mère à fille a pu être ainsi sauvegardée. Et cela a permis aux aînées de modifier leur comportement envers leur sœur et de comprendre qu'il y avait deux lieux distincts : l'école et la famille. D'autre part, les textes d'Anne-Sophie ont eu une importance non négligeable par l'intérêt social qu'ils ont suscité, ne serait-ce qu'auprès de ses camarades. Ils ont été très vite revendiqués par l'ensemble des enfants comme une émanation du groupe lui-même. Même si pour nous, ce talent était parfois difficile à gérer, c'était quelque chose à suivre. Les écrits d'Anne-Sophie, comme une blague ou un but de Didier, représentaient des éléments de réussite pour ces enfants, mais aussi des événements dans l'école. Avez-vous lu la monographie consacrée à Anne-Sophie ?*

F. Dolto ■ Oui... elle m'a beaucoup intéressée. C'est

la première fois que vous décriviez sur plusieurs années l'évolution d'un enfant à la Neuville ?

LA NEUVILLE ■ *Oui...*

F. DOLTO ■ C'est un peu comme les notes que vous m'adressiez sur Paul ou Didier... C'est très clair, très juste. Rédigées comme vous l'avez fait, avec les textes d'Anne-Sophie année par année, vos observations peuvent intéresser des parents et des éducateurs car elles sont très précises. Et en même temps vous racontez ce qui se passe dans l'école, autour de la fillette. Pour vous, c'est la seule façon de réfléchir à votre travail. Vous parlez, entre vous, de quelque chose de concret, et vous théorisez à partir de votre pratique, vous vous formez les uns les autres...

LA NEUVILLE ■ *Il faut avouer qu'on a été tentés de donner à lire les textes d'Anne-Sophie comme un exemple de « rattrapage » scolaire qui laisse place à la fantaisie, à l'imagination, au désir de l'enfant. On avait toujours entendu dire qu'un enfant qui redoublait son C.P. était « fichu » pour les études. Anne-Sophie, elle, l'a triplé !*

F. DOLTO ■ C'est sûrement une bonne chose d'avoir permis à Anne-Sophie de retrouver confiance en ses capacités d'expression, mais il ne faudrait pas que ses textes soient l'objet d'une admiration excessive de votre part car alors elle en serait réduite à se répéter, son style ne pourrait plus évoluer...

Anne-Sophie deviendra peut-être poète, mais pas avant la puberté acquise...

LA NEUVILLE ■ *Mais Anne-Sophie était déjà pubère lorsqu'elle a écrit la plupart de ces textes, elle l'était à dix ans... et cela a certainement quelque chose à voir avec la précocité de son talent pour l'écriture... et sa précocité tout court !*

*Cela dit, nous ne l'avons jamais considérée comme « poète », même si ses textes sont vraiment étonnants. Nous pensions plutôt qu'il s'agissait d'une qualité d'expression née de la rencontre entre une enfant douée, intelligente, et un milieu riche et tolérant... D'ailleurs quand on l'a consultée pour publier ses textes, Anne-*

*Sophie a bien compris notre démarche et y a adhéré comme à une
démonstration sociale...*

F. DOLTO ■ Et comment cela s'est-il passé pour les
autres matières ? en mathématiques ?

LA NEUVILLE ■ *Elle s'est remise à flot partout, petit à petit.
En maths aussi. Puis, elle a amélioré ses relations dans l'école et
dans la famille. Elle a élargi le champ de ses intérêts et de ses
activités. Être en échec tient à peu de choses et se remettre sur la
bonne voie tient, aussi, à peu de choses.*

*Un détail intéressant. Elle faisait beaucoup de fautes
d'orthographe et même après qu'elle eut récupéré sur ce plan dans
les exercices imposés, elle continuait à en faire dans ses textes
libres. Comme s'il s'agissait de souvenirs d'une période qu'elle ne
voulait pas oublier.*

F. DOLTO ■ Oui, c'est tout à fait ça. Dans cette
nouvelle expérience vécue, elle essayait, par un fantasme
inconscient, de garder quelque chose d'intact de son
« moi-je » antérieur...

LA NEUVILLE ■ *Oui, et nous devions le sentir parce qu'on ne
l'embêtait pas du tout avec ça. On la laissait écrire et l'on
corrigeait seulement quand le texte était fini. Elle acceptait
d'ailleurs tout à fait ce travail comme une étape obligée de la
fabrication des livres.*

F. DOLTO ■ Le rôle du pédagogue est de viser à
l'intelligence du texte : si l'on corrige sans cesse les fautes
d'un enfant, on le dégoûte d'écrire. Vous avez très bien
compris qu'Anne-Sophie se corrigerait toute seule, un
beau jour, si on la respectait telle qu'elle était et vous
aviez raison de tolérer qu'au nom du plaisir d'écrire
« pour de vrai » Anne-Sophie fasse des fautes.

LA NEUVILLE ■ *Ce qui ne l'a pas empêchée d'arriver à un
bon niveau en orthographe, un peu plus tard. Pourtant, on prétend
que lorsque l'on n'est pas exigeant dans ce domaine, le handicap
devient irrécupérable. C'est peut-être vrai, mais seulement dans le
système traditionnel. Ce qui indique à quel point ce système-là est
limité, figé, dans les possibilités de récupérer et d'aider les enfants.*

*En ce qui concerne Didier, c'est tout aussi évident... On avait recommandé d'isoler un garçon comme lui parce qu'il avait embêté les passants dans la rue! C'est consternant!*

F. DOLTO ▪ ... Oui, tout à fait. Alors que c'était la manifestation d'un désir très vif d'entrer en communication...

LA NEUVILLE ▪ *... et s'il n'était pas venu à la Neuville, on l'aurait envoyé dans l'Éducation spécialisée, où il aurait eu un réseau de relations très étroit, et un droit de circulation pour ainsi dire inexistant... Le contraire exactement de ce qu'il lui fallait!*

F. DOLTO ▪ Est-ce qu'il parle de ce qu'il veut faire plus tard?

LA NEUVILLE ▪ *Il dit qu'il veut être cuisinier. Et c'est vrai qu'il vient très souvent à la cuisine. Il adore ça, faire les courses, aller à la ferme et toujours au passage poser une question, bavarder, être en relations...*

F. DOLTO ▪ C'est formidable pour quelqu'un qui dérangeait tout le temps. «Arrête de bouger, calme-toi, tais-toi!» C'est à peu près tout ce qu'il entendait jusqu'à ce qu'il vienne à la Neuville.

Vous pouvez le garder encore combien de temps dans votre école?

LA NEUVILLE ▪ *On n'envisage pas du tout un départ prochain. Quel que soit le métier auquel il se destine, il va lui falloir travailler encore les matières scolaires. Il en est peut-être au niveau de ce que l'on appelait le certificat de fin d'études primaires. Sur le plan social, le chemin parcouru est encore plus considérable. Il peut aller, maintenant, dans des groupes hors de l'école: il a participé à un stage de football, il va au cinéma avec des copains, il prend le métro, le train, tout seul. Grandir pour lui, c'est agrandir son champ de relations, avoir d'autres droits, d'autres activités. C'est une façon assez saine d'envisager le fait de grandir.*

F. DOLTO ▪ Comme vous le savez, je prends ma retraite de psychanalyste. Ma notoriété est devenue telle que je ne peux continuer à recevoir des patients ici, dans mon cabinet de la rue Saint-Jacques: je sens bien que la plupart des demandes proviennent de gens qui font un transfert sur la personne connue que je suis. Mais je continuerai mes consultations au Centre Étienne-Marcel, où les conditions de travail sont très différentes. J'y reçois surtout des enfants envoyés par l'Assistance publique et qui ne savent pas qui je suis.

Je souhaite par ailleurs consacrer davantage de temps à la psychanalyse d'enfants de moins de cinq ans et notamment à la formation de psychanalystes pour les tout-petits. Didier est le dernier enfant de la Neuville que je suivais. Il me semble qu'il est, maintenant, très « branché » à la vie sociale et que sans doute, il n'a plus besoin de cela pour s'en sortir. Je lui en ai parlé, ainsi que de la possibilité pour lui de poursuivre avec un autre psychanalyste, mais devant ses réticences, je n'ai pas insisté.

LA NEUVILLE ■ *Nous envisageons de consacrer une de nos petites brochures à Didier, suivant le principe de la monographie. Cela vous paraît-il poser un problème déontologique ?*

F. DOLTO ■ Je ne crois pas. Ce que vous relatez dans vos publications, ce n'est pas une expérience, ni un cas clinique, vous racontez la vie d'un groupe et vous faites, vous-mêmes, partie de l'histoire. Il s'agit, en fait, d'un récit et d'une suite de réflexions et d'observations pédagogiques... À mon avis, cela ne pose pas de problème à partir du moment où l'enfant est d'accord...

LA NEUVILLE ■ *Dans certains cas, on change le prénom de l'enfant...*

F. DOLTO ■ Je ne crois pas que ce soit nécessaire dans votre école. Raconter la vie quotidienne à la Neuville, c'est aussi raconter la vie des individus qui l'ont aidée à vivre. Changer leur identité, ce serait, un peu, leur voler quelque chose de leur histoire. La raison d'être de la déontologie, c'est de protéger les enfants que l'on soigne, de sorte que l'on ne puisse les reconnaître comme des individus malades ou l'ayant été. Didier n'a pas besoin d'être protégé dans ce cas. Ce qui est raconté est une histoire sociale à laquelle l'enfant lui-même a pris part, pas un cas clinique...

Avez-vous toujours vos problèmes de recrutement ?

LA NEUVILLE ■ *Un petit peu moins, mais nous n'avons pas toujours autant d'enfants que nous le souhaiterions. Non seulement pour notre budget mais pour la bonne marche du groupe. Les classes d'âges ne sont pas aussi fournies qu'il le faudrait. Il n'y a pas non plus assez d'enfants jeunes, avec lesquels nous pourrions travailler plus longtemps... On nous confie souvent les enfants très tard... vers douze-treize ans, c'est dommage ! Aussi, nous pensons que tourner un film sur l'école nous aiderait peut-être à nous faire connaître. On y décrirait les méthodes, on ferait parler enfants et adultes...*

F. DOLTO ■ Oui, pourquoi pas ? Cela me paraît une idée intéressante...

LA NEUVILLE ■ *D'autant que c'est un film dont nous pourrions assurer nous-mêmes le tournage, dans le cadre du fonctionnement normal de l'école.*

F. DOLTO ■ Oui, ce serait tout à fait bien et cela permettrait de montrer ce film à beaucoup de gens, avec profit...

LA NEUVILLE ■ *Accepteriez-vous d'y participer ?*

F. DOLTO ■ Mais pourquoi pas ?

LA NEUVILLE ■ *Il s'agirait d'expliquer ce que vous pensez de la pédagogie et des principes de l'école... puisque vous en êtes la marraine... et vous savez que maintenant on le dit, chaque fois qu'on en a l'occasion...*

F. DOLTO ■ Mais c'est très bien... je vous en remercie.

# Paul

## ▶ Ou comment un enfant en difficulté peut devenir l'éducateur de ses éducateurs

Quand Françoise Dolto nous avait proposé, peu de temps après notre première entrevue, le placement de Paul qu'elle suivait en psychothérapie, nous n'avions pas compris, à la description téléphonique qu'elle fit à Fabienne, à quel point il s'agissait d'un travail difficile.

Après que Paul eut passé quelques jours à la Neuville, on éprouva le besoin d'appeler à notre tour Françoise Dolto, peut-être pour vérifier qu'elle savait bien qui elle nous avait confié. Elle ne reprit pas à son compte les inquiétudes de Fabienne sur notre compétence.

Elle se borna, essentiellement, à rassurer, à encourager et à donner un conseil simple, utilisable concrètement : « Traitez-le comme n'importe quel autre enfant. »

Ainsi, elle imaginait que nous étions capables à la fois d'être en relation éducative avec tous les enfants, d'entendre la spécificité de chacun et d'y trouver réponse, sous la forme d'un modus vivendi. Sans doute avait-elle espéré nous conduire vers une telle attitude. Travailler avec ces enfants, c'était aussi l'occasion de travailler avec Françoise Dolto. À chaque occasion, nous apprenions. Elle nous aidait à trouver le ton juste, mais sans donner de recettes. Elle n'avait aucun doute quant à l'issue positive de l'opération. Elle savait que les enfants qu'elle nous envoyait seraient entourés d'enfants dynamiques, ce qui n'est pas toujours évident dans les institutions spécialisées. Dans les établissements classiques, en effet, on rejette tous les éléments qui ne sont pas dans la norme et les diverses « catégories » d'enfants n'ont aucune chance de se rencontrer. Elle le déplorait car elle était convaincue de l'intérêt d'une pareille cohabitation. Avec l'expérience concrète de la Neuville, elle avait l'occasion de constater quelle richesse de relations un milieu ouvert pouvait offrir. C'est cela qui l'intéressait.

C'est à ce moment-là, entre la première et la seconde année de notre existence, que nous avions trouvé dans quelle direction nous voulions aller : créer un lieu dont nul ne serait exclu a priori. Et nous avancions avec l'assurance des débutants qui osent entreprendre parce qu'ils ne doutent de rien.

## ▶ La place de Paul dans le groupe

Paul était un personnage pour les enfants. Il leur inspirait la sympathie et le respect. Ils aimaient blaguer avec lui et ses moindres progrès sociaux ravissaient ses camarades, notamment quand il a commencé à se défendre en rendant les coups ou quand il faisait des commentaires insolents et drôles.

Pour nous, il fut, entre autres, un précieux assistant. Durant ses incessantes déambulations, il venait à la moindre occasion nous faire part de ses inquiétudes, de façon directe :

— Ah, ça ne va pas, là-bas, ça ne va pas, il est bien arrivé un malheur...

Ce qui voulait dire qu'il y avait un petit incident dans le jardin : quand il se trouvait dans la nécessité de se faire comprendre, il construisait ses phrases de façon intelligible avec une sorte de sophistication élégante.

De façon plus générale, il soulignait les retards, contretemps, les tensions par une modification visible de son comportement.

Si bien qu'au bout de quelque temps, on prit l'habitude de l'écouter, de l'observer, comme un baromètre. Mieux, même, comme un météorologue car il annonçait le temps qu'il allait faire et s'il allait y avoir de l'orage.

Lui montrer que nous le considérions comme un enfant différent mais aussi valable qu'un autre et l'en convaincre, lui permettre de trouver ses repères, cela prit, tout de même, quelques années.

Nous avons été surpris tout du long par sa conscience de la situation. Pierre Vernay, un ami de l'école, lui dit une fois, alors que Paul faisait le clown :

— Ne parle pas comme ça.

— *(En riant :)* Comment veux-tu que je parle ?

— Fais comme moi, parle normalement...

— *(En colère :)* Toi, tu es normal. *(Se calmant :)* Moi je suis un Paul normal comme tous les Paul normaux.

Il était un peu comme quelqu'un qui donnait l'exemple : il se montrait tel qu'il était, avec sa folie, ses contradictions et les perturbations que son comportement entraînaient pour le groupe. Il ne trichait pas, ne dissimulait pas sa souffrance. Celle-ci était si forte que les petits problèmes personnels des autres, enfants et adultes, paraissaient dérisoires en comparaison. Comptant sur autrui, il faisait clairement comprendre que dans un groupe chacun a besoin de tous, que chacun a sa fonction. En sa présence, et avec l'aide des adultes, il fut possible qu'une telle chose advienne, parce que Paul par sa dignité humaine imposait un respect de l'individu que chaque enfant, présent à la Neuville, ne demandait qu'à observer. Dans le groupe, son comportement posa rarement des problèmes, il était soucieux de respecter le lieu car il se sentait respecté. Ce qui nous a surpris chez une personne apparemment en rupture avec la société, c'est que même pour lui, faire comme les autres avait quelque chose d'une nécessité. Il s'y efforçait. Comme tout le monde. Courir, travailler, aider dans la maison. Cependant avec son perfectionnisme, le débarrassage du dîner durait, pour lui, jusqu'à dix ou onze heures du soir.

De la même façon, il nous a permis de mieux comprendre la complexité, les contradictions qui existent dans chacun et dont il livrait à notre attention une lecture plus aisée, plus nue.

Grâce à la manifestation d'une sensibilité, d'une angoisse bien plus visible, les problèmes de l'enfant nous apparaissaient à travers lui comme grossis au microscope. L'on fut ainsi obligés de prendre en compte nombre de choses dont nous ne pensions pas qu'elles faisaient partie de notre tâche ou dont nous ignorions l'existence. En cela, on peut dire qu'il a été, pour nous, un excellent formateur sans lequel l'école n'aurait sans doute pas été ce qu'elle est aujourd'hui. Chaque semaine, on sentait qu'il enrichissait l'école de sa présence, que ses propres progrès nous faisaient tous avancer. Pas facile d'expliquer cela. C'était comme des signes que nous étions sur la bonne voie. Nous cherchions et nous trouvions. Ou nous ne trouvions pas, mais ensemble. Et chaque fois que ça marchait, nous avions progressé, lui et nous, parce que nous avions compris quelque chose de plus ; quelque chose pour Paul mais qui pourrait aussi servir, à l'avenir, pour l'école.

Il sentait ce que notre attitude comportait de respect pour lui. On a souvent tendance à se considérer, même si on s'en défend, comme étant au-dessus de l'enfant qu'on enseigne ou tout au moins à penser que l'on en sait plus que lui. Le mystère Paul nous mettait à égalité. Nous étions les collaborateurs d'un travail dont nous ne savions ni la finalité ni les règles exactes.

Ce que Paul nous a ainsi sûrement aidés à trouver, c'est qu'il doit en être de même avec tous les enfants. Nous essayons de leur mettre en main les atouts pour une meilleure connaissance d'eux-mêmes, mais c'est à eux de décider ce qu'ils voudront devenir.

Paul nous avait clairement donné à voir ce que devait

être notre attitude. Nous voulions travailler avec les
enfants, nous étions en train d'apprendre d'eux à quoi
devait ressembler un éducateur ou, comme on disait à la
Neuville, un adulte.

## ▶ Refuser les étiquettes

Le travail commencé avec Paul allait se poursuivre
avec d'autres. Au même titre que la participation des
enfants aux travaux communautaires, ou que le droit à la
parole dans un lieu réservé à cet effet, la non-exclusion de
notre effectif des enfants « momentanément en difficulté »
allait être un des principes de base. Comme les autres, il
est né de la conjoncture. Si nous n'avions pas été obligés
de prendre pour des raisons budgétaires tous les enfants
qui se présentaient, nous n'aurions pas choisi ceux-là.
Aujourd'hui, nous refusons des centaines d'enfants chaque année faute de place, mais nous n'éliminons personne
a priori. Et si ces enfants-là ne doivent représenter qu'une
faible partie du groupe, c'est pour ne pas l'alourdir
excessivement mais, surtout, parce que naîtrait une
nouvelle forme de ségrégation s'ils étaient plus nombreux.

La présence dans le groupe d'enfants dont les
problèmes sont si évidents qu'ils ne peuvent les dissimuler,
comme le font la plupart de leurs camarades, permet que
l'on en parle, qu'on les relativise, que l'inquiétude liée à
ces problèmes disparaisse ou se réduise. En dehors de
l'exemple d'ouverture et de tolérance que l'on donne aux
enfants en n'excluant personne a priori, cela autorise tout
enfant qui sent en lui des phénomènes qu'il tend à cacher
à ne plus se murer, à se montrer tel qu'il est, soit parce
qu'il aura été instruit par cet exemple, soit parce qu'il ne
se méfiera plus de la façon dont on traite les « faiblesses »
dans ce lieu et laissera tomber le masque.

Partout où l'on «monte la barre» de la normalité, l'enfant se sentira handicapé par ses défauts et les cachera comme honteux.

Les enfants n'attachent pas une importance excessive aux comportements bizarres. Ils n'émettent pas de jugement et aident ainsi ceux qui en souffrent, simplement parce qu'ils ne sont pas au contact de personnes qui, comme les parents de ces enfants, vivent très mal, c'est-à-dire avec une grande angoisse, ces attitudes inhabituelles.

Les établissements acceptant de mêler de tels enfants aux autres sont plus que rares. Pratiquement, tous les parents considérant leurs enfants comme «normaux» excluent un possible usage personnel de ces établissements. Et ce, avec des arguments aussi spécieux que contradictoires, mais non sans avoir salué leur utilité.

Même ceux qui savent leur enfant plus «abîmé» sont réticents. Mais comme il n'y a rien entre l'école traditionnelle et l'éducation spécialisée, ceux-là n'ont pas le choix.

L'Administration approuve les choix clairs, ça simplifie l'étiquetage des enfants, les qualifications des éducateurs, le classement des établissements.

Et chacun ferme les yeux ou cautionne cette mascarade. Jusqu'au jour où il se trouve pris, personnellement, dans cet engrenage.

## «Différent mais aussi valable qu'un autre»

F. DOLTO ■ Je vous ai connus du temps que vous étiez à la Neuville. J'avais alors en cure psychanalytique des enfants qui étaient vraiment très marginaux; et leurs familles avaient elles aussi beaucoup de difficultés de leur fait et du fait de ces enfants. Cette école, où ils allaient comme pensionnaires, a été pour eux un lieu qui a permis que leur traitement se passe bien. C'est très rare que l'on sente des enfants aidés par le lieu de vie où ils sont comme ils l'étaient à la Neuville. C'est cela d'abord qui m'avait beaucoup intéressée.

Je sentais que tout le travail dans le passé archaïque de l'enfant fait en séance pouvait être utilisé dans leur école, là où ils vivaient. Par ailleurs, il n'y avait pas, de la part de l'école, de curiosité sur ce qui se passait en séance. D'une part, l'enfant sentait ma conviction que l'attitude pédagogique de l'école était tellement saine qu'il pouvait me dire n'importe quoi en fabulation. D'autre part, je sentais bien que son besoin à lui, c'était de raconter quelque chose qui venait de sa petite enfance mal vécue et pas du tout de ce moment actuel. C'est important pour un psychanalyste de sentir que durant la cure, un enfant est éduqué d'une manière saine, comparativement à ce qu'il a vécu tout petit alors qu'il n'avait pas encore la parole. Ces histoires que l'enfant raconte à sept-huit ans ressemblent à des histoires de l'endroit où il vit, mais c'est, en fait, un mélange entre un rêve passé qui se réactualise et puis les personnes, les « têtes de pipe » qui sont à l'heure actuelle dans sa vie.

J'ai aussi pu constater que ce que ces enfants avaient retrouvé en séance, ils pouvaient immédiatement le récupérer dans l'école.

La Neuville ▪ *Ces enfants, vous nous les aviez adressés parce que vous pensiez que nous pouvions les aider, mais nous n'avions aucune idée de la façon dont il fallait se comporter avec eux...*

F. Dolto ▪ Vous avez eu, à vos débuts, des cas d'enfants très sérieusement atteints et comme toujours chaque cas est un cas particulier, on ne peut absolument pas les mettre sous une étiquette. Disons que ce sont tous des enfants plus ou moins angoissés. Et le fait d'être, dans cette école, reconnu comme valable, tout le temps, est fantastique pour aider un enfant angoissé à élargir « sa base de sustentation» et se sentir dans un lieu de confiance. Pour la plupart des enfants que j'ai suivis et qui allaient chez vous, les rapports avec leur famille ont changé : elle leur devenait tolérable à partir du moment où ils étaient à la Neuville. Les parents aussi se sentaient soutenus par le fait qu'ils retrouvaient un enfant calme à son retour de l'école.

Il y avait, à la Neuville, ce que j'appellerai un climat de ventilation de santé : tolérance de ce que chacun faisait et éveil dans chaque enfant du sens social. Car très souvent, dans le milieu social, l'enfant ne fait que redupliquer sa famille : il voit comme un papa, comme une maman dans les professeurs. À la Neuville, pas du tout, c'est une nouvelle manière d'être, une manière d'être dans l'école, dans la société. Et ça, je pense que c'est institutionnel, ce sont les idées institutionnelles qui jouent alors.

LA NEUVILLE ■ *Pourrait-on parler de Paul ? C'est un enfant dont la présence nous a beaucoup apporté. Nous avons l'impression d'avoir fait un bon travail avec lui, mais un certain nombre de choses nous échappaient parfois...*

F. DOLTO ■ C'est grâce au milieu tolérant, gai, sportif de la Neuville que la psychothérapie de Paul a pu permettre une certaine adaptation sociale à un milieu rural banal, à une vie collective avec d'autres enfants. Il a retrouvé une cohésion motrice, une parole adaptée, la vie pratique.

Vous n'êtes pas psychanalystes... vous observez un comportement manifeste. Vous essayez ensuite d'en tenir compte dans votre travail... Je pense aux notes que vous m'avez adressées et qui étaient très bien observées, pleines de finesse... justement parce que vous faisiez bien votre travail et que vous n'avez jamais essayé d'empiéter sur le mien... Vous n'avez jamais essayé non plus d'interpréter les émois que vivait Paul. Si vous en aviez parfois comme

une intuition, ce n'était pas autre chose que votre propre
savoir préconscient...

LA NEUVILLE ■ *On voyait bien qu'à certains moments, il
avait le désir de progresser, de s'en sortir ; la vie du groupe
l'entraînait et il faisait comme tout le monde, sans se poser trop de
questions, parce que c'était amusant, vivant. C'était notre travail
de permettre cela.*

*À d'autres moments, il restait passif, comme à son arrivée. Il
semblait tellement angoissé à l'idée de réintégrer « le camp des
normaux ». On voyait bien qu'il avait compris que progresser
encore, ç'aurait été prendre le risque de ne plus avoir sa folie pour
le « protéger », de se rendre encore plus vulnérable... Dans ces cas-
là, il était incapable de réagir et de s'assumer même avec l'aide des
enfants du groupe.*

F. DOLTO ■ Mais c'est bien ainsi que se manifestait sa
souffrance... Je me souviens que je lui avais dit, une fois :
« Tu cherches à savoir comment t'en sortir d'avoir mimé
le fou jusqu'à friser de le devenir. » Il m'avait écoutée et
avait souri vrai. J'avais ajouté : « Tu sais que je t'ai
compris... mais ça t'amuse de mettre tes parents hors du
jeu. Il faudra tout de même s'en sortir... »

LA NEUVILLE ■ *Oui, il essayait de s'en sortir, la plupart du
temps mais pas toujours, comme lors de sa dernière année, où la
proximité de son départ l'avait pétrifié. Il ne faisait plus rien.
Vous ne le suiviez plus alors et je vous avais demandé quel discours
lui tenir...*

F. DOLTO ■ Oui, oui, je m'en souviens...

LA NEUVILLE ■ *Vous nous aviez conseillé de lui dire que s'il
continuait à se comporter de la sorte, « il ne serait plus bon pour
chez nous »... Vous aviez même précisé que ce serait mieux que ce
soit un homme de l'équipe qui lui parle... C'est Michel qui l'a fait,
et il a été saisi de voir que tout de suite après, comme par
enchantement, Paul s'était remis dans le coup... Il y avait un côté
« Sésame, ouvre-toi »...*

F. DOLTO ■ Non, non, ce n'était pas magique... Paul
était certainement fort intelligent et très narcissique

aussi... Une grande part de son comportement désinvolte, opposant, paré de propos raisonneurs à demi oniriques avait pour lui le but de se rendre intéressant. Si ça ne prenait pas et si on lui imposait des tâches auxquelles ils s'était d'ailleurs engagé, il riait de lui-même et obtempérait.

LA NEUVILLE ■ *Ce qui nous étonnait chez ce garçon, c'était son intelligence de la situation et sa capacité à communiquer qui faisait que nous arrivions à le comprendre et que nous pouvions essayer de l'aider, à notre niveau... mais, en fait, nous faisions avec lui comme avec les autres, nous n'attendions rien de précis...*

F. DOLTO ■ J'ai regretté que Paul n'ait pas voulu ou pas pu continuer sa psychothérapie avec moi... ou quelqu'un d'autre. Mais la sujétion où il était de venir en voiture et toujours avec son père, grand nerveux, phobique de conduire, anxieux de ce voyage, cette sujétion imposée à Paul par l'angoisse de cet homme rendait ces voyages de Paul — conduit par son père comme un chien par son maître — des occasions pour lui de souffrance humiliante et contradictoire à l'émergence de son sentiment de liberté et de responsabilité qu'il acquérait à la Neuville...

LA NEUVILLE ■ *À propos du rôle de l'école, je me souviens qu'un autre enfant que vous suiviez, Didier, nous avait dit : « C'est une école particulière parce que c'est nous qui travaillons, généralement, en aidant l'école... » Il sentait que son travail c'était d'aider à faire fonctionner l'école et qu'on avait donc besoin de lui...*

F. DOLTO ■ Oui, c'est un enfant que j'ai bien connu ; à l'époque, il était vraiment incapable de la moindre acquisition parce qu'il y avait en lui un tel flou instable que rien ne pouvait s'ordonner. Il pouvait apprendre mais le lendemain, c'était désappris. On ne savait pas où cela partait. Ça reviendrait peut-être dix ans après.

Ce dont Didier avait besoin, c'était de sentir qu'il était à chaque minute utile aux autres et pas de trop dans la maison. Il avait été rejeté de l'école traditionnelle, ce qui désespérait ses parents. Selon qui le regardait, il était soit « l'affreux jojo », soit le pauvre petit. C'est à la Neuville qu'il a appris à être autre chose qu'un clown de service. Dans la vie, c'est ce qu'il était jusque-là. Et à partir du moment où il a été chez vous, même ses maladresses clownesques qui n'étaient pas de son fait, qui étaient des moments subits d'instabilité des coordinations, ont commencé à disparaître.

Il s'apercevait qu'il y avait d'autres moments, d'autres activités où il pouvait tout à fait coordonner. C'est alors qu'il a reconnu qu'à la Neuville, il pouvait guérir. C'est-à-dire devenir quelqu'un qui honorerait son être lui-même, qui retrouverait sa dignité et ne serait pas obligé d'être toujours celui qui faisait des gags, qu'il le veuille ou non. Là, il est devenu quelqu'un qui reprenait confiance en lui. C'est intéressant d'ailleurs d'observer que son traitement avec moi est alors tombé en quenouille, tellement il s'intéressait à la vie sociale. Cet enfant a été guéri de sa douleur de vivre par la vie sociale, et je crois que jamais il ne se serait sorti du traitement sans une vie sociale comme celle-là. Et il ne serait jamais devenu quelqu'un de libre, ce qu'il est tout de même maintenant... Avez-vous des nouvelles de la petite Céline ?

LA NEUVILLE ■ *Non... Les parents l'ont retirée de l'école et nous n'avons plus eu de nouvelles. Nous avions l'impression de n'avoir pratiquement aucune prise sur elle... Elle était comme un animal, comme un chat. Elle n'était pas asociale mais les autres ne comptaient pas beaucoup pour elle. Pourtant on a réussi à faire des choses intéressantes avec elle, malgré tout. Et sa présence a beaucoup apporté aux autres...*

F. DOLTO ■ Oui, il y a à la Neuville quelque chose qui fait que l'enfant se dégage de ses parents, même sans avoir bien analysé ce qu'ils sont. Ils deviennent moins prégnants pour lui. C'était très visible pour la petite Céline.

Elle était soulagée quand elle était chez vous alors qu'entre ses parents, elle était constamment angoissée. Ils me l'amenaient quelquefois le vendredi soir, directement en revenant de chez vous. Elle était tout à fait calme.

La première chose qu'elle faisait en arrivant, c'était d'enlever ses chaussures. Durant les séances, elle faisait surtout du modelage. Je me souviens qu'une fois, elle était sortie de mon cabinet. Je l'avais laissée faire. Elle était allée dans ma chambre. Sa mère qui était dans la salle d'attente voulait intervenir. Mais je lui ai dit : « Ne vous en occupez pas. » Céline est entrée dans mon lit. Elle rigolait. Elle avait tout à fait conscience de l'endroit où elle se trouvait. Je lui ai dit : — « Ça, c'est le lit de Mme Dolto. Tu voudrais bien te coucher là avec M. Dolto. Mais ce n'est pas possible. Plus tard, quand tu seras une femme, tu auras, toi aussi, un mari...

Une autre fois, c'était en été, et la fenêtre était ouverte, elle gonflait des ballons en baudruche qu'elle jetait par la fenêtre en riant... Par moments, c'était au point que je me demandais où j'allais avec elle et même s'il était vraiment possible de l'aider.

Et bien sûr, dès qu'elle se retrouvait à vivre sous le toit familial, elle était de nouveau sous tension. Il est bien évident que les enfants qui sont très marqués souffrent aussi avec leurs parents, qu'ils comprennent ou non d'où ça vient.

LA NEUVILLE ■ *On a pu constater, avec Céline et d'autres, alors que ça ne nous paraissait pas une évidence a priori, les aspects positifs d'avoir dans notre groupe des enfants en grosse difficulté. Aussi bien pour eux que pour les autres. Cela permet comme une solidarité du groupe...*

F. DOLTO ■ Peut-être y a-t-il une solidarité par rapport à une marginalisation que l'on ressent comme un risque, une solidarité dans le fait de rêver la bizarrerie et de ne pas la vivre en réalité. Les rêves des enfants et nos rêves à nous sont faits de ce dont nous avons le désir en

nous et que nous ne pouvons réaliser dans la réalité. Dans
les rêves, nous nous payons le luxe de le réaliser. Je pense
que le fait de voir des enfants délirants, perturbés, ça aide
énormément d'autres enfants qui s'aperçoivent que la vie
n'est pas drôle pour tout le monde, tout le temps. Eux
aussi, ils ont, comme ces enfants-là, des moments difficiles
qu'ils ne montrent pas. Être en contact avec des enfants
perturbés, cela les aide à tenir le coup et à respecter chez
l'autre ces moments où il est dépassé par cette force
intérieure que chacun de nous sent au moins quand il
dort... Quand on a des cauchemars, et quand on se
réveille entre les cauchemars, on se dit : « Qu'est-ce que
c'était ? Et dire que lui, il le vit dans la veille son
cauchemar. Heureusement que moi, je ne fais que le
rêver. » Ainsi quand les enfants voient quelqu'un qui ne
peut pas faire la différence entre l'imaginaire et la réalité,
qui est pris, comme piégé, dans des situations que
d'habitude les autres ne connaissent qu'en rêve, c'est,
pour eux, une initiation à la vie difficile des humains qui
sont tout le temps pris entre la réalité et l'imaginaire. Ils
acquièrent ainsi une véritable intelligence de la psyché.

LA NEUVILLE ▪ *Et puis, ils apprennent aussi que « la
folie », ce n'est pas un manque d'intelligence. Ici, ils se rendent
compte, puisqu'ils vivent avec eux, qu'en fait ces camarades peuvent
être intelligents, habiles, plus habiles qu'eux, même, dans certains
domaines, plus résistants ou plus drôles...*

F. DOLTO ▪ Cette situation enseigne la tolérance à
autrui qui est construit autrement, qui a une autre
histoire et avec qui dans la vie courante on a un
commerce à bénéfice réciproque. Et certainement aussi,
ça aide des enfants qui sont perturbés de vivre avec des
enfants qui ne se laissent pas contaminer ou qui ne se
fâchent pas, qui ne s'irritent pas de les voir comme ils
sont. Jusqu'à présent, ils ont été avec leurs parents dans la
méfiance d'autrui sans pour autant très bien sentir qu'ils
n'étaient pas normaux, par rapport aux autres, mais en

percevant l'angoisse de leurs parents. Ces enfants-là, certainement, sont mis dans les meilleures conditions pour s'en sortir ou peut-être même pour faire une psychothérapie. Ailleurs que dans l'école, bien entendu... Quand je vois toutes ces institutions qui ont des psychothérapeutes à l'intérieur des murs, c'est une folie !... Et puis, c'est jeter l'argent par les fenêtres... Ce contact avec un éducateur de précision, un directeur de conscience, pourrait-on dire comme autrefois, c'est très bien mais ce n'est pas du tout une psychothérapie. Une psychothérapie ne peut se faire dans de bonnes conditions que si elle a lieu hors des murs de la vie quotidienne, avec une personne qu'on ne voit pas le reste du temps ; et qui n'est pas même au courant de votre vie quotidienne.

Vous, à la Neuville, avez toujours accepté que je ne vous dise rien sur les enfants et que je ne vous demande rien non plus sur eux. Or c'est très rare quand on a des enfants qui sont très perturbés en psychanalyse ou en psychothérapie psychanalytique. L'éducateur veut toujours vous dire quelque chose ou veut savoir comment ça va. Alors que pour l'enfant, c'est très mauvais qu'il y ait collusion de l'éducateur et du psychanalyste derrière le dos de l'enfant ou même que l'enfant apporte lui-même des notes de l'éducateur au psychanalyste. Si c'est indispensable, on le fait mais avec les enfants que j'ai eus à la Neuville, cela ne s'est jamais produit. Justement parce que chacun faisait bien son travail et n'empiétait pas sur le travail de l'autre. Tous s'est passé dans le respect de l'enfant, et le respect aussi des gens qui soignent l'enfant.

# Le deuxième souffle : début des traditions

Le désir d'offrir des occasions de réussites diversifiées mais aussi le fait que chacun investisse les lieux et introduise dans l'école ce qu'il aimait pratiquer multipliaient les terrains pédagogiques. Parmi eux figuraient, bien sûr, les apports d'autres pédagogues que nous avions adaptés à notre fonctionnement.

Cependant, au fil des mois, apparaissaient des domaines propres aux Neuvillois parce que issus de leurs expériences personnelles. La pratique du sport telle que l'envisageait Michel, de la cuisine, activité conviviale et communautaire par excellence que Pascal nous fit partager, ou l'annuel voyage de toute l'école en Corse, dans la maison familiale de Fabienne, entre autres, apportèrent une dimension nouvelle à notre travail en nous enracinant, en quelque sorte, dans cette pédagogie en évolution permanente.

La transmission, la mise à la disposition du groupe de quelques-uns des éléments du patrimoine culturel de chacun permirent aux individus présents, puis à l'école, d'accéder à des techniques, à des traditions et, à partir de là, de commencer à créer les siennes propres, chacun développant ces apports de base par la pratique et la critique.

## ▶ Romuald à l'école du sport

Lorsque Romuald arriva à la Neuville, il avait treize ans et venait d'achever sa cinquième. Il ne supportait plus sa vie de lycéen parisien :

● « *Mon année de cinquième vient de finir. J'en ai marre ! Je n'irai plus dans ce lycée l'année prochaine. Si j'y retourne je ferai l'école buissonnière, c'est ce que je me dis mais je ne sais pas si je le ferai. Alors, je le dis à ma mère : "Maman, je n'en peux plus. Je ne veux plus y retourner, d'abord c'est une ancienne caserne !"*[1] »

Il s'adapta facilement au style de vie neuvillois qu'il avait bien compris et appréciait. Il progressa vite.

Un an plus tard, Romuald était un des éléments solides du groupe. Il s'intéressait à tout ce qui touchait au « communautaire », travail aussi bien que réunions ou relations. Les siennes étaient bonnes dans l'ensemble, avec les grands comme avec les plus jeunes.

C'était un garçon dynamique et costaud, blagueur et curieux bien qu'un peu dilettante. Il était difficile de l'amener à produire un véritable effort, tant dans les activités scolaires que sportives, bref en activités dirigées, qui soit satisfaisant pour lui et reconnu par les autres, notamment les adultes.

Romuald ne s'intéressait guère à la classe et il avait été marqué par son passage au lycée. La marge de manœuvre sur le plan scolaire était étroite, il faisait le minimum de travail, sans conviction, uniquement parce que cela faisait partie du contrat global. Il en aurait volontiers fait moins encore.

À la Neuville, les activités physiques et sportives ont

1. La suite de ce texte, « L'essai de Romuald », figure en annexe, p. 374.

souvent lieu en fin de matinée, après les cours. Et c'est un
bon moment pour aller détendre et dérouiller son corps,
dans les bois alentours ou au stade où nous jouions au
football. Quand on pense football, on imagine une
compétition, des matches. Ce n'était pas exactement
comme cela que ça se passait à l'école. Il s'agissait le plus
souvent d'entraînements, d'exercices entre nous, sur le
stade, bref de jeux en plein air. Parfois, une ou deux fois
par trimestre, nous organisions des rencontres avec les
enfants de l'école du village.

Durant ces entraînements, Michel dirigeait une
quinzaine d'enfants entre huit et quatorze ans, garçons et
filles, à la valeur athlétique et aux motivations très
différentes. Il s'agissait d'abord qu'ils s'amusent. Dans un
second temps, seulement, il essayait de leur faire
apprécier les subtilités du jeu. Certains les connaissaient
déjà pour avoir vu ou pratiqué ce sport : ils avaient très
envie d'apprendre. D'autres se contentaient d'un minimum.

Cela ressemblait assez, finalement, à la problématique
d'un instituteur de classe unique, à la différence près que
les enfants les plus durs aiment généralement jouer au
football, pratique à la discipline attrayante à laquelle, par
jeu, les enfants consentent librement. Il n'est pas très
difficile, non plus, au stade, de leur faire accepter les lois
que sont les règles du jeu.

Michel jouait toujours dans l'une des deux équipes.
C'est balle au pied qu'il montrait comment se comporter
sur le terrain de jeu et qu'il essayait de faire comprendre
que faire une passe, c'est entrer en relations avec les
autres. Renaud, quinze ans, le capitaine de l'équipe d'en
face, celle qui jouait contre Michel, venait de quitter
l'école. Qui mieux que Romuald aurait pu, cette année,
reprendre cette fonction ? Ainsi, comme souvent, la
nécessité était à l'origine de la prise de responsabilité.
Celle-là, comme beaucoup d'autres dans l'école, amusait

Romuald. Il avait le choix pour former son équipe comme il le souhaitait.

On avait coutume, lors des entraînements, de ne pas compter les buts. Il est déjà assez difficile de jouer « contre le maître ». Romuald se débrouilla très bien pour que jouer dans un camp ou dans l'autre ne soit pas un problème. Il devint ensuite normal qu'il dirigeât l'équipe de l'école durant les matches avec les enfants du village. Et c'était amusant de le voir motiver les autres, lui, naturellement si peu gagneur. Il était parvenu à trouver sa place dans l'équipe : un juste équilibre entre son propre amusement et l'intérêt de son équipe. Il aida d'autres à en faire autant, à mesure qu'il progressait et que le but du jeu était mieux compris par ses camarades.

Dans le même temps, comme par hasard, son rayonnement dans l'école ne cessait de s'accroître, il présidait fréquemment, et bien, la réunion.

Au bout de cet apprentissage s'est manifesté son désir d'être arbitre. Inutile d'insister sur le rôle qu'a joué dans tout cela l'identification à l'adulte-entraîneur qu'était Michel.

Nous avons évoqué ici le travail fait au stade, mais il y eut d'autres terrains, non moins importants : l'exploration du lieu et les rencontres. Thomas, son filleul, Laurent, Manuel, ses copains, Ève, Laurie, Claire, les grandes filles ; le Château, bâtiment où dormaient les garçons et dont Pascal était l'adulte responsable ; la réunion, son repère principal ; la classe, autre lieu d'apprentissage et Fabienne, son professeur principal. C'est l'ensemble de ce réseau qui a permis à Romuald de franchir toutes ces étapes.

Si le football a joué un rôle dans ses progrès, c'est sans doute parce que Romuald l'avait investi affectivement. Paradoxalement, il ne s'était jamais passionné pour ce sport. Il aimait bien davantage le cross, discipline dans laquelle il avait énormément de facilité. Mais là non plus, il ne donnait pas sa pleine mesure. Lors de sa dernière année à la Neuville, le jour de notre championnat, il décida pourtant de s'offrir le plaisir de battre les adultes de l'école.

Il avait alors seize ans. Dans le même temps, il devint le premier garçon à obtenir la ceinture marron.

## ▶ Parrainage de Thomas

À l'arrivée d'un jeune nouveau, il faut lui choisir un «parrain». Le parrain a la responsabilité d'épauler matériellement son filleul, de l'aider à ranger ses affaires, sa chambre, de l'accueillir à sa table, lui faire prendre sa douche, venir bavarder avec lui le soir ou lui lire une histoire. Il doit aussi lui expliquer le règlement, lui permettre de trouver sa place dans le groupe.

Le choix du parrain intervient très tôt, alors que les deux enfants se connaissent à peine, ce qui permet une adaptation de l'un à l'autre. Seuls les enfants les plus responsables sont capables de parrainer un jeune. C'est un travail difficile et contraignant qui apporte beaucoup à l'aîné, à un âge, quatorze-quinze ans, où il commence à regarder autour de lui et à sentir qu'il va bientôt devenir un adulte.

Le parrainage est totalement indispensable au bon fonctionnement de notre internat. Le système ne permet pas aux adultes d'être aussi proches des enfants et la présence sécurisante d'une personne de confiance est tout à fait nécessaire à la bonne et rapide intégration du nouveau venu dans le groupe. Le parrainage prend fin quand l'enfant arrive à une réelle autonomie; cette évaluation est faite en réunion par l'ensemble du groupe. Selon les enfants, cela peut osciller entre huit et onze ans.

Rien n'empêche les enfants de prolonger cette relation privilégiée.

Le parrainage donne des résultats étonnants. En dehors de son caractère formateur évident, il présente des petits à-côtés curieux. Parmi les nombreux exemples, citons : Florent, devenu responsable des chambres de garçons et ceinture marron comme l'avait été Manu, son parrain.

Sacha, bibliothécaire de l'école. Son parrain était petit-fils et arrière-petit-fils de bibliothécaire.

Mathilde jouait parfaitement, avant huit ans, la « Lettre à Élise » que sa marraine du même nom jouait elle aussi.

Yacine est devenu un bon pêcheur comme son parrain, Julien, voulait l'être quand il avait son âge. Aujourd'hui, Julien est « vraiment » pêcheur, il a passé plusieurs mois dans une pêcherie au Canada.

Quand Thomas arriva à l'école, il avait neuf ans. Romuald, lui, n'en avait que quatorze et n'avait jamais eu de filleul.

Lors de la première réunion de l'année, on avait demandé qui voulait être le parrain de Thomas et Romuald s'était proposé. Thomas était d'accord. Nous étions rassurés car ça ne s'annonçait pas facile.

Thomas était très agité, il communiquait peu et n'écoutait guère. Sa participation aux cours, aux sports était à peu près inexistante.

Le jour du cross hebdomadaire, toute l'école court en même temps et en un seul groupe. L'allure y est volontairement limitée. Au fil des kilomètres, ceux qui le souhaitent peuvent s'arrêter et l'allure peut progressivement s'accélérer de sorte qu'au bout des cinq ou sept kilomètres les plus endurants sont satisfaits, au même titre que ceux qui se sont contentés d'une courte distance. Grâce à cette façon de faire, tout le monde est concerné par l'activité elle-même et les progrès qu'on y fait. Tout peut être remis en cause à chaque sortie (distance, niveau de chacun dans le groupe). Thomas, durant ces sorties du début de l'année, traîne en queue de groupe malgré les exhortations de Romuald.

### ▶ Thomas évolue en un temps record

Vers la fin octobre, Thomas se décide un jour à courir. Il part comme une flèche à la manière de ces enfants qui se dépensent sur quelques hectomètres avant de s'arrêter, épuisés. Son parrain l'incite à ralentir mais il ne veut rien entendre. Son allure est facile, pas une trace d'effort ou d'essoufflement sur son visage. Et il ne s'arrête toujours pas. Après une pause, à mi-parcours, Michel lui donne quelques conseils qu'il n'écoute pas. Il n'est pas fatigué. Michel prend son pouls : son rythme cardiaque n'est pas spécialement lent mais il a récupéré instantanément. Il repart de plus belle. Sa foulée est étonnante pour un néophyte : longue et souple.

La nouvelle fait sensation dans l'école. Romuald qui l'a escorté tout du long est enchanté et Thomas réclame que l'on fasse davantage de cross. On n'en fit pas plus, mais on le fit peut-être mieux car tout le monde sentait qu'il se passait quelque chose d'étonnant. Même ceux qui ne s'intéressaient pas au sport demandaient au retour ce qu'avait fait Thomas.

Les sorties suivantes confirmèrent puis accentuèrent cette première impression. Thomas partait maintenant toujours en tête et maintenait un rythme élevé. On le laissait filer pour ne pas casser le groupe. Presque tout le monde courait à l'avant pour voir le phénomène. Sur son visage poupon, aucune trace de souffrance. En fin de trimestre vinrent les premiers tests chronométrés. Il avait réalisé 3 minutes 45'' au kilomètre et 26 minutes 15'' pour le parcours vallonné de 5 600 mètres. On n'avait jamais vu ça à l'école !

Le reste du temps, Thomas ne faisait pas grand-chose d'intéressant. Il ne travaillait toujours pas en classe et son comportement restait très au-dessous de ce qui lui était demandé : il était juste ceinture jaune. En janvier, nous commençons notre préparation pour le Cross de la Ville de Sceaux, une course à laquelle nous participons tous les ans et qui réunit quelques-uns des meilleurs coureurs de la banlieue sud de Paris, d'où sont « originaires » les adultes de l'école.

Le jour de l'épreuve, Thomas est énervé. Sa course est la dernière de la matinée. Il passe son temps à courir d'un point à un autre du Parc, à accompagner les autres participants neuvillois. On craint qu'il n'y laisse l'essentiel de son influx nerveux car on lui a assuré qu'il peut faire un excellent score.

Tous les amis de l'école attendent de voir à l'œuvre la petite merveille : nous n'avions jamais gagné une course à Sceaux, malgré quelques bons coureurs dans nos rangs. Tout au plus y avions-nous glané quelques places d'honneur.

Il y a plus de cent concurrents sur la ligne de départ qui se bousculent. Il a été prévu que Thomas se placera au premier rang et partira en tête. Il se retrouve complètement enfermé et part très modestement. Derrière l'église on voit disparaître les concurrents pour les 1 500 mètres du parcours. Les commentaires vont bon train, la confiance fait place au scepticisme.

— Il n'a jamais couru en compétition.

— Ça n'a rien à voir avec l'école...

— Même Romuald n'a pas gagné à Sceaux...

— À la Neuville, il s'entraîne sur cinq kilomètres, ce n'est pas du tout le même rythme, vous avez vu à quelle allure ils sont partis !

La moto qui précède les concurrents débouche au fond de la ligne droite d'arrivée, suivie d'un seul coureur : Thomas. Avec une facilité étonnante, il parcourt les derniers mètres escorté par une meute d'enfants de l'école.

De retour à l'école, Thomas écrit son premier texte libre :

● « *Un monsieur a tiré avec un pistolet et tout le monde est parti. Je me suis mis en tête et j'ai suivi la moto jusqu'à la fin.*
*C'est comme ça que je suis arrivé le premier.* »

Ce jour-là, il retira pour la première fois son blouson en classe et il travailla.

Un texte de Romuald raconte comment, parallèlement à cette réussite sportive, Thomas s'est intégré dans le groupe. Mais comment expliquer qu'en si peu de temps un enfant puisse atteindre un tel niveau dans un domaine quelconque ? Postulat : chercher le terrain dans lequel un enfant est le plus « doué », lui permettre de le développer à satiété et constater qu'alors il progresse partout.

Romuald a beaucoup réduit, par la suite, ses activités sportives. Thomas, lui, remporta le Cross de Sceaux à trois autres reprises, dont deux fois après avoir quitté l'école à son tour.

La tradition du cross était solidement implantée et ne devait plus jamais se démentir par la suite.

Un comble : certains enfants allaient maintenant courir sans Michel. Autre fait curieux, avec les nouveaux, cette activité ne posait plus aucun problème, même à leur arrivée. Comme si tout cela allait de soi, comme si, à la manière d'un axiome en mathématiques, la démonstration faite à l'école valait de façon permanente, même pour ceux qui n'y avaient pas assisté.

L'imbrication des activités, des institutions et des

traditions devenait telle qu'on ne pouvait plus distinguer nettement l'action de chacune d'elles... Il fallait, de plus en plus, réfléchir sur l'ensemble. Premiers pas vers une pédagogie neuvilloise spécifique ?

## ▶ Aventures à Murtoli

### Origines

Après la mort de son père, Fabienne eut envie d'aller en Corse revoir sa famille et les lieux où il avait passé son enfance. Elle avait aussi très envie de faire découvrir à Michel ce pays qu'il ne connaissait pas, ainsi qu'à François qui n'en avait gardé aucun souvenir.

C'est dans la maison de Murtoli que l'on choisit d'aller à Pâques[1]. Il y faisait un froid terrible, il pleuvait presque tous les jours mais on imaginait très bien à quel point ce pouvait être magnifique au mois de mai. Michel lança l'idée de venir y faire notre prochaine classe de mer. Cela avait l'air insensé à première vue : sans eau ni électricité, sans confort matériel, à des heures de toute agglomération !

On examina les problèmes un à un. Aucun ne semblait à lui seul un obstacle au projet et nous avions envie de nous laisser tenter. Malgré les complications, ça valait bien les baignades dans la Manche dont nous nous contentions en guise de classe de mer depuis trois années et qui ne nous satisfaisaient pas plus que les enfants. Au moins, ici, nous étions sûrs que les enfants seraient motivés et participeraient. Nous allons rendre visite à cette très vieille femme que l'on appelait respectueusement, à Sartène, la Signora Bianca et qui est la tante de Fabienne. Elle nous reçoit dans sa maison qui dominait la ville. Tous

1. Murtoli se trouve sur la côte ouest entre Sartène et Bonifacio.

les rideaux sont baissés et il règne une telle pénombre dans la chambre que l'on a même du mal à distinguer les traits de Blanche. C'est Fabienne qui parle :

— Je voulais te demander si nous pouvions venir nous installer à Murtoli avec notre petite école, pendant trois semaines, au mois de mai, l'année prochaine.

Cela la fait sourire. Pourtant elle semble touchée que cette très jeune nièce veuille retourner là-bas : dans sa famille, même depuis Sartène, on trouvait que c'était toute une expédition d'aller y passer seulement la journée... Elles évoquent les souvenirs d'étés lointains avec Octave, le frère de Blanche, le père de Fabienne. Nous revînmes l'année suivante mais Blanche n'était plus là pour nous recevoir... Et Paul, son héritier, nous permit de poursuivre ce projet.

## Invitation au voyage

Mai 1979. On se retrouve à Orly, avec des colis partout, sans parler des sacs à dos. Il y a des cocotte-minute et des poêles à frire, des pelles et des pioches. Les responsables de l'embarquement entreprennent de tout peser pour voir si on n'est pas en excédent de bagages. Au bout d'une cinquantaine d'objets les plus divers, ils renoncent, se rendant compte qu'il en reste encore le double à partir.

Dans l'avion, tout était prévu même les places de chacun, les parrains avaient leurs filleuls. Les hôtesses ne l'entendent pas ainsi, elles veulent organiser les choses autrement et on s'accroche un peu. (Elles souhaitaient nous éparpiller par petits groupes à cause des règlements de sécurité.) Finalement, voyant que tout se passe bien, elles nous laissent faire.

Arrivés au-dessus d'Ajaccio, on a l'impression qu'on va atterrir dans l'eau. Quand l'avion se pose, les enfants applaudissent l'atterrissage, ce qui fait rire les passagers.

Intrigués par la disparité des âges des enfants et le petit nombre d'adultes d'encadrement, ils s'enquièrent : « Une école ? Comment ça, une école entière ?... »

On devait récupérer les bagages. Les plus jeunes étaient allés s'installer dans l'autocar avec Fabienne, Pascal avait loué une voiture et filait chercher les clés et le dîner. Tous les autres étaient avec Michel et faisaient la navette entre le tapis roulant et le véhicule. Il y avait quelques jeunes d'un autre groupe qui bavardaient au milieu du passage en attendant leurs bagages. Sébastien, qui dirigeait la manœuvre chez les Neuvillois, les apostropha par erreur : « Vous pourriez aider un peu au lieu de rester là à rien foutre ! » Mines ahuries de ces jeunes : Sébastien n'avait pas treize ans !

On prend la route, alors difficile, qui menait d'Ajaccio à Rocapina. Certains enfants se sentent mal et l'on s'arrête à plusieurs reprises. Bientôt le jour décline. Et il reste beaucoup à faire. Le chauffeur avait un micro à portée de sa main, il a la bonne idée de chanter des chansons corses. C'était un vieux Corse d'une soixantaine d'années à la belle voix rauque. « Pisca, Piscà, rendez-vous à Pisca, tra la la ma belle... » Souvenirs de cette route au couchant, tandis que nous atteignons les hauteurs de Sartène par cette belle soirée de printemps.

Il est presque neuf heures quand nous arrivons à destination. C'est-à-dire dans le fameux virage où l'on doit quitter la route, et le car, pour descendre par nos propres moyens vers la baie de Murtoli, encore fort éloignée, par des chemins non carrossables. On débarque les bagages. Tout ce qui est précieux et le dîner est embarqué dans la voiture de location et on laisse Romuald et Manu, avec un casse-croûte, tout en haut du chemin avec pour tâche de regrouper tous les bagages en contrebas de la route et de s'installer un campement pour la nuit en attendant de venir récupérer le tout le lendemain.

Le reste de la troupe met le sac au dos et descend le chemin. On passe devant chez Pauline, une vieille fermière qui vivait sur le domaine de la tante de Fabienne.

— Vous descendez à Mourte... Avec tous ces enfants... Et vous avez à manger?

— Eh, oui, dit Pascal, un petit peu, en essayant de lui répondre avec l'accent corse.

— Qu'il est bel homme! dit-elle en lui faisant la bise. Attendez, dit-elle à Fabienne et elle va chercher du pain, du fromage et de l'eau de vie corse. Voilà pour ce soir!

On s'embrasse encore après qu'elle eut proposé d'accueillir toute l'école chez elle pour la nuit. Elle vivait dans une grande pièce.

On continue notre route. La nuit était maintenant tombée. Les enfants sortent leur lampe de poche. On marche encore une demi-heure et puis on comprend qu'on n'y arrivera pas. On s'arrête et on décide de dormir à la belle étoile. Aucun emplacement plat : tout est en pente ou alors ce sont des ronces et du maquis. L'herbe est humide. On s'installe tant bien que mal. Paul s'est mis en pyjama. Il suspend ses vêtements à un arbre, refait en pestant le pli de son duvet qui est trempé comme tous les autres. Il ose dire tout haut ce que nous pensions tous à cet instant :

— Mais qu'est-ce qu'on est venu faire ici?

Le matin aux aurores, on se remet en route. On rencontre un fermier :

— Ah, vous êtes les cousins de Paul... moi, aussi, petits-cousins du côté de ma femme...

On passe devant le Lion de Rocapina, un rocher géant ayant la forme d'un lion.

— Lui aussi, il est de la famille de Fabienne? demande Alexandre, impressionné. Il anticipait les futures chansons « corses » de l'école :

> *« Pas besoin d'aller sur la lune*
> *Nous on voyage pour des prunes*
> *Tachy s'embarque tous les ans*
> *Pour Murtoli, c'est évident*
> *Le lion qui garde Rocapine*
> *Salue Fabienne sa cousine*
> *Et chacun passe le sac au dos*
> *Le bras de mer et l'Ortolo... »*

Puis c'est la découverte de l'immense plage d'Erbaju seulement peuplée de dizaines de vaches et de leurs veaux allongés sur le sable fin et tenant lieu de touristes. En face et à perte de vue, la plage et la mer. Au loin, la Sardaigne. La montagne, juste derrière nous et sur le côté, longeant la plage en un cours sinueux et verdoyant, l'Ortolo qui vient se jeter dans la mer.

Pour effectuer la dernière partie du parcours vers la maison, il faut passer ce cours d'eau à gué et il est très haut. On traverse, les plus grands portant les plus petits sur leurs épaules. Passage qui devint, au fil des ans, rituel. Après l'Ortolo, au-delà de la mer, on quitte la civilisation, et l'on entre dans un univers imaginaire et romanesque, ressemblant à celui de Daniel Defoe, de Stevenson ou de Kipling. Dernière étape : on franchit un maquis très dense qui griffe les cuisses et les bras. Mais l'on a maintenant en point de mire, par instants, la maison dominant la petite crique. Une bâtisse du XIIIᵉ siècle, aux murs impressionnants renforcés de contreforts, à la façade entaillée par des meurtrières prévues pour repousser les invasions barbares. Pour accéder à la maison, une longue rampe en pierre de taille par laquelle remontaient les chariots à grain.

De la maison, véritable défi au temps, refuge imprenable, on domine la petite crique à l'eau claire, transparente.

## La vie à Murtoli

Pendant deux journées, ce fut l'installation. On monta les tentes, on retourna chercher tout ce qu'on avait laissé tout en haut du chemin. Il fallut plusieurs expéditions pour cela, même avec l'aide de la voiture pour une partie du chemin.

On n'avait ni eau, ni électricité, ni gaz. L'eau, on la puisait à une source dont l'emplacement était gardé secret depuis des générations. Introuvable lorsqu'on ne connaît pas le pays en raison de son cheminement quasi souterrain. Sur la pierre, la date : 1923. Le débit en est très lent et il faut plus d'une minute pour avoir un litre d'eau. On fabriqua un système d'abreuvoir, l'eau se déversant grâce à une sorte de robinet à l'intérieur d'une bassine dans laquelle on n'avait plus qu'à puiser.

Les lois de l'école restaient les mêmes. Néanmoins, comme elles sont basées sur des responsabilités concrètes quotidiennes et aussi sur des limites, il fallut, pour l'essentiel, repartir de zéro, certaines choses n'ayant lieu d'être que dans le local de Normandie. Faute d'eau courante, par exemple, on dut constituer une équipe de « chercheurs d'eau », qui faisait plusieurs trajets par jour. Pour tout cela, pas question d'attendre la réunion hebdomadaire et la fin de semaine. Les réunions avaient lieu tous les jours pour écouter les râlages, en déduire de nouvelles modalités de vie, des règlements appropriés, des responsabilités à distribuer. Le style de vie, en revanche, se trouvait enrichi d'une dimension communautaire évidente.

Nos réserves alimentaires étant épuisées, on alla faire les courses à la ville la plus proche, Sartène, distante de 25 km. Voyage d'une demi-journée pour les deux adultes chargés de la mission. À leur retour, toute l'école affamée les attendait à l'Olivier, dernier point carrossable. Il était deux heures de l'après-midi. À dos d'hommes et d'en-

fants, chacun portant une charge, on transporta la tonne
d'aliments qui nous nourrissaient pendant trois jours.
Chaque denrée pesait son poids que l'on apprenait à
apprécier. Il n'y avait pas de viande car on ne pouvait la
conserver, mais du jambon corse, certes très savoureux
mais onéreux, que l'on mangeait en petite quantité.
C'était salé et ça donnait soif. Alors, il fallait retourner
chercher de l'eau après dîner. La nuit tombait vite, plus
tôt qu'à Paris. On utilisait des lampes à pétrole dans les
bâtiments car les piles étaient tout le temps épuisées. On
se couchait tôt. On dormait bien, même si c'était assez
inconfortable. On apprenait à vivre avec la lumière du
jour et on s'apercevait que notre vie à la campagne de la
Neuville était encore très sophistiquée et moins rustique
qu'on le croyait.

On installa les sanitaires, la cuisine et les classes. Il y
avait deux heures de cours, tous les matins. On écrivait
des lettres, étudiait la faune et la flore de Corse. On tenait
un journal scolaire du séjour : « Aventures à Murtoli. »
Un lieu dont l'architecture naturelle ressemblait à un
théâtre antique servait à nos réunions en plein air. On
disait que c'était la plus belle salle de réunion du monde.

On passa à une réunion tous les deux jours. Il n'y avait
guère de mots écrits dans le carnet : les interventions
orales étaient acceptées. Il n'y avait pas non plus de
président. On faisait encore plus tribu que d'ordinaire. La
« survie » occupait une telle place dans l'organisation que
les baignades, les jeux et la pêche étaient relégués au rang
d'activités secondaires, sauf pour les plus jeunes. Les
autres, y compris les adultes, préféraient jouer à Robinson
Crusoé.

Pierre et Claude vinrent nous rejoindre au bout d'une
semaine (plus tard, la classe de mer devint le rendez-vous
des « Amis de l'école »). C'était samedi soir et on avait fait
cuire un mouton à la braise sur la plage. Inutile de dire à
quel point c'était exquis, mangé dans ces conditions avec

les doigts, le tout arrosé d'un vin de pays. La fête ! Le dimanche, c'était jour de congé. On rangeait et on allait se laver à l'eau douce dans l'Ortolo. On faisait des jeux et des châteaux de sable. Après déjeuner, la chaleur était telle qu'on ne pouvait plus rester dehors. Pascal eut l'idée d'organiser un cours de lecture. C'est-à-dire une sieste avec lecture à voix haute. Toute l'école était regroupée dans une des pièces du bas de la maison, l'autre étant la cuisine. Et Pascal lut, chaque jour, des contes, des mythologies, des grands romans d'aventures. Certains rêvaient, d'autres s'assoupissaient et quelques-uns découvrirent que dans les livres dormaient des histoires merveilleuses écrites pour les enfants.

## ▶ Une exploration réelle et imaginaire

Un jour, peu après le cours, on ne trouve plus Pierre-Sébastien, que les enfants appelaient PS. Le matin, il s'était disputé avec son parrain, Emmanuel. Ce dernier découvre dans sa tente un mot :

— Adieu, je m'en vais. PS (Pierre-Sébastien ou Postscriptum ?) Ne me cherchez pas, je suis introuvable.

C'était, jusques aux mots utilisés, la mise en acte d'un passage du roman que Pascal leur lisait alors l'après-midi. Quelques heures plus tard, le garçon réapparut : il avait faim.

Les enfants avaient organisé leur épicerie et elle était bien achalandée car beaucoup d'entre eux avaient « cassé leur tirelire » avant le départ. On y vendait, en plus des confiseries habituelles, des produits artisanaux corses qui étaient de pures délices : crêpes, beignets et fromage au lait de brebis. Les enfants et les adultes « dévalisaient » l'épicerie chaque soir. Et dans les tentes, les enfants s'offraient un second dîner.

On commençait à avoir envie de bouger, d'explorer.

Un matin, Pascal et Pierre partirent en reconnaissance avec une carte d'état-major. Le lendemain, toute l'école repartit avec eux. Le prétexte était d'aller visiter un site archéologique : les menhirs et les dolmens de Cauria. C'était, en fait, une promenade à travers des paysages qui n'avaient pas dû changer depuis des siècles. On rencontrait parfois quelques animaux d'élevage qui paissaient, parfois aussi des portions de champ labouré attestant d'une présence humaine, mais pas d'habitations. Notre périple nous conduisit à travers des forêts que nous prenions plaisir à penser vierges. Nous marchâmes ainsi jusqu'à un point éloigné de l'Ortolo que l'on remontait ensuite jusqu'à son embouchure, à même le lit : il n'y avait pas d'autre chemin praticable pour revenir. Les enfants étaient séduits, conquis ; les adultes probablement très émus aussi de revivre des moments oubliés de leur enfance.

Pascal, Pierre et Michel, tous trois photographes, ne savaient plus où donner de l'appareil. Tout était magnifique. Sublime, pour une fois le mot n'était pas trop fort. On fit des photos, qui devinrent traditionnelles comme la photo du groupe dans la salle de réunion, avec la maison et le Lion de Rocapina dans le fond. Prises de vue que l'on renouvelle chaque année.

Le fleuve que nous côtoyions, que nous traversions tous les jours, l'Ortolo, avait reçu son nom de famille de Fabienne, les d'Ortoli. Nous habitions dans une demeure riche d'une histoire et d'une tradition familiale. Autour de la maison, les deux autres bâtiments se tenaient encore debout mais à l'état de ruines. Le toit de l'une d'entre elles existait encore quand Fabienne venait là, petite fille, c'était alors une bergerie. Ainsi, nous n'étions pas des intrus. Notre présence gardait une vie à ces lieux au bord de l'abandon. Et les enfants durant ce séjour découvraient tout à la fois l'histoire des lieux et que tout individu avait une histoire.

M. Paganelli, un vieil historien de Sartène, vint jusqu'à Murtoli nous parler de l'histoire du village qui fut un port commercial prospère jusqu'au siècle dernier. Il nous raconta les invasions de la Corse, les traditions, les coutumes de ce pays.

Par exemple, il nous expliqua pourquoi les femmes sont toujours en noir : les deuils en Corse sont observés si rigoureusement et si longtemps qu'entre-temps il y a toujours un parent éloigné qui meurt ; le deuil ne finit donc jamais.

— À quoi servaient les tours génoises ? demandèrent les enfants. Il y en avait une, tout près du Lion. Elles avaient la fonction de phares pour les bateaux mais aussi de signal d'alarme pour les habitants : quand les envahisseurs étaient signalés, les Corses allumaient un feu sur leur sommet de sorte que de proche en proche toute l'île en était informée en un temps très bref.

Le temps avait passé lentement, puis très vite ensuite. Il ne restait plus qu'une semaine. Les enfants demandaient :

— Pourquoi on ne reste pas là ? Pourquoi ne pas y faire l'école toute l'année ?

Les trois semaines écoulées, et la fatigue s'accumulant, la perspective de partir ne faisait plus l'effet de quitter le paradis terrestre. Bien sûr, on reviendrait tous les ans, on ne pourrait plus s'en passer. On ne s'en passa plus. Les enfants comptaient même les jours à rebours bien avant Noël.

— Dans cent cinquante-quatre jours, c'est la Corse !

Et avec le temps, d'année en année, on constata que certains enfants qui en étaient démunis avaient trouvé là des racines. Que ceux qui revenaient de Murtoli n'étaient plus des « nouveaux » dans l'école mais des anciens qui pouvaient à leur tour accueillir d'autres enfants dans « leur » école.

L'école à la Neuville semblait n'être que le lieu

transitoire entre deux séjours à Murtoli. Une sorte d'ancrage moderne, actuel, de la tradition. Cette école fondée par des adultes, à peine sortie de l'enfance, venait de se rattacher à une tradition séculaire, dans un pays marginal comme ils l'avaient été.

## ▶ Les « Cahiers » de la Neuville

Agnès Lagache était une amie de Pascal, écrivain et professeur de philo. La Neuville était un peu le jardin qui lui manquait à Paris. Avec son mari, Antoine de Kerversau, elle nous offrit à la première occasion de conter les aventures neuvilloises en sollicitant des textes sur l'école. Ils réussirent à nous convaincre de prendre le temps de les écrire, puis les ont imprimés et publiés.

Une brochure d'information, tout d'abord. À laquelle vinrent s'ajouter les premiers textes, puis les témoignages de Fernand Oury, de Françoise Dolto. Un peu plus tard, ce fut la création des « Cahiers », une collection entièrement consacrée à la Neuville.

Ce qui se présentait comme un labeur supplémentaire nous insuffla un nouvel enthousiasme, et parce que ces écrits lui donnaient une réalité, même partielle, même imparfaite, nous avions l'impression que l'école commençait à exister pour les autres.

Avec ces parutions apparaissait la nécessité d'avoir un discours public, publiable. Comment transcrire les événements et les expressions de notre vie quotidienne ? Le premier espace où s'était racontée l'école étant un lieu intime : la réunion hebdomadaire. Et en même temps, presque un théâtre où chacun y allait de son récit.

L'école entière avait quelque chose d'un spectacle permanent dont nous étions tous à la fois les acteurs et les spectateurs, et qui nous passionnait comme une mise en scène.

Nous nous racontions d'abord la Neuville à nous-mêmes. Et nous nous la sommes beaucoup racontée entre nous ou avec des amis, avant même de penser à en parler au-dehors.

Aussi, dès la première page, nous écrivions : « Une école en train de se faire... » pour signifier que nous ne voulions pas que le projet pédagogique soit un jour abouti, achevé, ce qui pourrait être synonyme de mort. Il y eut sept parutions des « Cahiers » en trois ans. Aucun des numéros ne traitait du fonctionnement global de l'école. C'étaient des monographies, des notes sur la réunion ou les lois, le tout fragmenté, volontairement. Parce que nous n'avions pas de discours sur l'école, parce que nous refusions une explication d'ensemble. Nous avions juste constaté quelques « trucs ». Cela n'a pas beaucoup changé depuis. Très mal distribués, les « Cahiers » se vendaient un peu quand même. Mais nous n'avions pratiquement pas de « retours » de nos lecteurs, excepté de pédagogues proches ou d'amis.

Touche finale à notre image publique naissante : chez Agnès, nous avions trouvé un dessin qui devait illustrer l'un de ses livres, il nous avait plu. Il représentait une forêt ou plutôt quelques arbres et deux cerfs-volants. On le choisit comme image symbolique, presque comme logo publicitaire, à cause de son caractère désuet et anachronique et du jeu de mots avec la Neuville-du-Bosc (du bois)[1].

Ces ouvrages concernaient surtout les pratiques pédagogiques. Ils étaient écrits par les adultes et même si nous utilisions largement les textes des enfants et le matériau énorme que constituait la tradition orale de l'école, cela nous laissait sur notre faim. Nous fîmes part

---

1. Ce dessin est l'œuvre de Philippe Rousselot, directeur de la photo de nombreux films, qui a remporté diverses récompenses telles que oscars, césars, etc.

de nos réflexions à Antoine, qui promit de nous trouver tout ce qu'il faudrait pour remédier à cette carence. Quelques mois plus tard, nous recevions un équipement typographique digne d'une petite imprimerie artisanale.

Aussitôt démarra un atelier d'imprimerie quotidien, qui devint une pièce essentielle de notre travail scolaire et culturel. On faisait des journaux scolaires, bien sûr. Mais aussi et surtout des livres d'école avec tous les enfants, suivant le principe de nos ateliers. Il y avait des équipes de rédacteurs, des techniciens. Nous gravions nos illustrations. Tout événement de quelque importance faisait l'objet d'une affiche, d'une publication. On avait ainsi fabriqué nos cartes postales pour la Corse ; des règles du jeu pour le mah-jong[1] ou le base-ball, que nous pratiquions et ne se trouvaient pas en langue française dans le commerce ; et des filmographies d'auteurs pour le ciné-club.

Nous faisions quelques pas de plus vers des terrains traditionnels, mais nouveaux pour nous, comme les techniques Freinet. Et en même temps, nous nous rapprochions de ce qui allait être notre propre style.

1. Très beau jeu asiatique de « dominos » permettant des combinaisons simples, enfantines, ou des tactiques très élaborées.

# La Neuville vue
# par les adultes

Pédagogues, psychanalystes,
éducateurs, collaborateurs proches de
la Neuville ont dit ou écrit leurs
impressions sur cette école peu
ordinaire.

## ▶ 1974. Pascal Lemaître, cofondateur
## de l'école de la Neuville

*Lorsque nous avons créé l'école de la Neuville, nous pensions
que nous appartenions à un vaste mouvement et que, rapidement,
nous pourrions entrer en contact avec d'autres travaillant dans le
même sens que nous. Ce fut, au contraire, un combat bien solitaire
et les « passionnés de pédagogie » remettaient de mois en année une
simple visite : les 130 kilomètres nous séparant de Paris étant, pour
eux, un obstacle quasi insurmontable. Il fallut se rendre à
l'évidence : bien rares étaient ceux prêts à se lancer dans la création
très terre à terre d'une entreprise matérielle.*

*Que faut-il, en effet, pour ouvrir une école ? Chercher un local,
le louer à son propriétaire, l'aménager, demander et obtenir les
autorisations nécessaires, trouver des parents d'élèves ayant assez
confiance en vous pour vous confier leurs enfants et pouvant vous
payer aux tarifs imposés par le budget. Un travail d'homme d'affaires.*

*Créer un système de vie cohérent dans lequel les premiers
enfants se sentent en sécurité et ont confiance en vous, rester toujours
attentif. Un travail d'organisateur.*

*Passer des heures tous les jours à cuisiner, laver, réparer,
aménager, conduire, etc. Un travail d'homme de peine.*

*Faire croire aux autorités, aux créanciers qu'on a les reins solides, alors qu'on a à peine de quoi payer le loyer. Un travail d'escroc.*

*Se passer, pendant un temps indéterminé, totalement imprévisible, d'argent, de loisirs, de vacances. Un travail d'artiste.*

*Mais dans tout ça, où est-il le travail de l'éducateur-enseignant qui, par une habile maïeutique, transforme l'enfant téléguidé en un gosse heureux de vivre ?*

*Sur une journée de douze heures, aucun de nous ne passe plus de la moitié de son temps en « contacts pédagogiques » avec les enfants, que ce soit en cours, en ateliers ou en activités physiques. Le reste du temps, avec un peu de pratique, il peut avoir avec lui un ou deux enfants qui regardent, aident, questionnent mais, même s'il est tout seul, il lui faudra achever les travaux entamés, indispensables à la vie quotidienne.*

*Finalement, une vie de cow-boy, car on oublie que les grandes chevauchées ne vont pas sans un très rude et très rébarbatif travail de vacher.*

## ▶ 1975. Colette Langignon, psychologue, psychanalyste, assistante sociale

*Pendant plusieurs années, j'ai été assistante sociale dans un groupe scolaire. Parallèlement, avec un couple d'amis, je participais à des colonies de vacances et à des camps d'adolescents. Nous faisions partie des centres d'entraînement aux méthodes d'éducation active, mouvement en plein essor après la guerre, où se retrouvaient et se formaient de nombreux enseignants désireux de vivre avec des jeunes la période des vacances et de se former à un autre travail : celui d'éducateur. Les travaux de Freinet, Oury, Vasquez, Deligny venaient inspirer, enrichir leur recherche mais ne trouvaient pas souvent un accueil favorable dans leur école.*

*Aussi, quand je vous ai vus, Pascal Lemaître, Fabienne d'Ortoli et Michel Amram, je vous ai reconnus tout de suite. Je me suis dit que vous étiez de ceux qui ne sont pas nuisibles aux enfants, qu'ils ne vous serviraient pas à régler des comptes ou à vous donner bonne conscience, ça paraissait beaucoup plus sain que ça.*

*Vous aviez un enthousiasme extraordinaire. Vous étiez très sérieux mais sans vous prendre au sérieux. Vous n'étiez pas imbus de vos idées qui étaient fortes mais pouvaient être soumises à votre critique interne et à celle des autres.*

*Ce qui m'avait intéressée, c'était la globalité de votre projet : accompagner l'enfant dans la vie, dans sa vie, pas seulement d'écolier mais d'enfant par rapport à lui-même et en relation aux autres. Il me semble que c'était déjà très net à ce moment-là. Pour vous, l'enfant était déjà un sujet, même si vous ne le « saviez » pas encore. Vous aviez un intérêt et un respect profond pour lui.*

*Je me suis dit que je pouvais vous faire confiance et j'ai incité des collègues psychanalystes à faire de même. Françoise Dolto l'avait fait dans le même temps. Et je suis restée en contacts très suivis avec vous, notamment dans les débuts.*

*À la première visite que j'ai faite à la Neuville, j'ai été surprise que vous ayez des enfants aussi difficiles, mais c'était fabuleux, vous vous en tiriez remarquablement.*

*Ce qui était très frappant — ce n'était peut-être pas toujours comme ça dans le quotidien, mais c'est ce qu'on ressentait en venant dans ce lieu pour une journée — c'est que tout le monde était bien ensemble. Ça cohabitait, ça circulait bien. Il y avait énormément de tolérance, il y avait du respect, pas d'a priori rendant les projets impossibles. Vous étiez prêts à tout essayer et c'est comme ça que vous avez réussi les choses. Si vous en aviez su davantage, peut-être n'auriez-vous pas eu cette liberté de bâtir des projets, de les mener à bien.*

*Vous aviez d'énormes difficultés matérielles mais vous donniez le sentiment d'avoir beaucoup de plaisir à vivre suivant vos idées, vos choix affectifs...*

*Je ne sais pas si c'est du fait de tous ces enfants différents que vous aviez accueillis ou si c'est du vôtre, mais il y avait à la*

*Neuville une tolérance, un regard qui ne jugeait pas mais qui tenait compte de l'autre. Ce qui est exceptionnel. Il n'y avait pas de peur, donc pas de rejet ou d'agressivité. Ça circulait autant que faire se pouvait et il se pouvait beaucoup.*

(Propos extrait d'une « conférence express » faite à la Neuville, en octobre 1989.)

# ▶ 1979. Agnès Lagache, professeur agrégé de philosophie, écrivain

*Imaginez Tarzan, et son impétuosité tempérée d'intelligence. Imaginez l'être le plus curieux de la terre, et son « entreprenance » et allégée d'une vraie connaissance de son monde. Imaginez l'enfant absorbé dans un devoir difficile, mais son corps ne porte pas trace de cette courbure. Imaginez la loi commune, mais personne n'est gommé de son uniformité.*

*Non, je n'arrive pas à parler de chacun des enfants et d'un seul. Oh, certes, ce sont des individus! Ils sont même terriblement individualistes, différents, irréductibles dans chacun de leurs langages.*

*Mais la profonde gentillesse de Didier, et la fidélité qu'il met dans ses rapports avec chacun... est-ce que ce n'est pas aussi le silence de Cyrille, et son rare sourire précis? Mais François faisant trois cent quarante et une fois le tour du puits en courant, n'est-ce pas aussi Paul trébuchant dans le problème inintellectualisable de ses pédales de bicyclette? Mais Maïté partant en riant pour l'Amérique, n'est-ce pas aussi Natacha construisant impeccablement le mur Ouest des tuiles du mah-jong?*

*Ailleurs, je suis ce que les autres ne sont pas. Ici, je suis moi. Au contraire de ce qui est ressenti dans les écoles « traditionnelles », je me suis sentie étonnamment renforcée dans mon identité propre. Je suis ce qu'ils attrapent en moi, font rebondir, rattrapent comme*

ce qui peut passer le plus « vraiment » entre nous ; ils jouent avec,
l'éparpillant un peu dans la lumière du jardin, et me le rendent
défini, pratiqué. Et je crois que les enfants ressentent la même
chose.

Il n'y a guère d'endroits où les gens soient si différents, si
individuels, si eux-mêmes. Mais ce sont des différences circulantes.
Résonnantes, fortes et perméables. Chacun se renforce non de ce
qu'il oppose mais de ce qui circule de lui dans les autres sans s'y
trouver perdu. Alors ?

Pour faire le portrait de chacun : dessiner le jardin, la cuisine,
la classe et les ballons, tout le grand réseau des circulations actives.
Voir François bondir de point en point dans ce tressage, petit roi
heureux rendu généreux par son bonheur ; à tous les personnages
qu'il entreprend, il fait cadeau de ce qu'il se sait heureux. Aller très
vite au jardin voir Cyrille, l'oiseau balançant sa branche, bercé du
jeu de l'équipe de football. Écouter, dans un coin du couloir, Paul
enlacer ses phrases précieuses et solidifiées à la distance qu'il
maintient autour de lui, pour la briser d'ironie. Le faire rire en
passant, saluer l'ombre légère qui se décale d'un sourire et qui
s'appelle Jean-Pierre.

Laisser passer un nuage, un cri, une odeur de gâteau.

Saluer au passage Patrick, le constructeur, pierres, maisons,
bois, ordre du bâtir ; et Laurent si content que chacun aille bien. Se
faire accompagner partout de Céline, sa main forte a le poids de son
plaisir d'être. Demander à Anne-Sophie ses beaux dessins et ses
belles histoires, sagesse lourde du savoir et comme tenue en retrait.
Laisser en même temps Alexandre rouler dans l'impalpable farine
chaude de la vie des grands, et donner l'autre main à Natacha.
Câlin, la petite qui devient si grande. Laisser passer le temps,
l'herbe du talus et les encouragements à Poulidor.

Recevoir la curiosité, le savoir-faire de Maïté, ultime ressource
de tous les problèmes, maîtresse d'elle-même depuis l'élan gai du
matin jusqu'aux livres du soir. Demander à Didier de bousculer
l'ordre établi au nom d'un plus grand art des rencontres, pendant
que Renaud le discret, observe, du haut de son rôle de grand frère.

Et pour se reposer, se retrouver dans le monde plus paisible où *l'on sait regarder et poursuivre l'œuvre de ses mains, partir avec Ève voir les plantes qui poussent, dans la forêt, là où il y a des découvertes, des cailloux, des champignons, et, de nouveau... des enfants aux différences circulantes...*

## ▶ 1982. Fernand Oury, instituteur, formateur de maîtres, psychanalyste

*En 1970, Fabienne d'Ortoli, Michel Amram, Pascal Lemaître, Aïda Vasquez et Fernand Oury rêvaient d'une « école accueillante à tout et à tous », organisée, instituée de telle sorte que chaque enfant, dans l'état où il se trouve, puisse être, non pas toléré ou accepté, mais reconnu par les autres, petits ou grands, comme un être humain spécifique, un sujet. Nous rêvions d'un lieu où chacun puisse advenir, venir ou revenir au monde, condition nécessaire au désir d'être là et de grandir. Ce que nous tentions de faire dans l'école publique, vous alliez tenter de le réaliser ailleurs. Nous sommes toujours d'accord?*

*C'est en 1973 que les choses se sont précisées : lieu, personnel, organisation interne, etc. Et d'un certain point de vue, vous avez eu la chance (!) de patauger un peu, d'essayer : de démarrer lentement. Avec des effectifs insuffisants, l'école a pu s'organiser, s'implanter, prendre corps et vivre. Est-ce à cette époque que vous avez pris contact avec Françoise Dolto qui connaissait notre travail?*

*Vous risquiez de voir affluer des enfants plus ou moins estropiés psychiquement et de vous transformer en une institution de soins regroupant des cas lourds, sans possibilité de référence à des comportements statistiquement plus normaux d'enfants en bonne santé. On connaît assez le rendement dérisoire de certaines institutions dites « thérapeutiques » pour craindre une telle éventualité.*

*Nous en avons discuté, précisant que, lorsqu'ils ne sont pas* majoritaires, ces « enfants-là », du fait de leur fragilité, sont de précieux indicateurs : ils réagissent très vite à ce qui ne va pas dans la maison, qu'il s'agisse de méthode d'enseignement, d'un défaut d'organisation ou d'un manque de communication entre adultes. Il suffit (!) de savoir entendre, de traduire des demandes non verbalisées (bref, d'interpréter des symptômes) pour modifier les institutions internes en conséquences. De modifier avec eux, sinon...

Ces enfants en difficulté sont d'excellents éducateurs pour les adultes.

Vous avez donc accueilli des enfants parfois lourdement handicapés (cf. certain « petit garçon qui faisait des bêtises ») et la maison ne s'est pas écroulée pour autant. J'y suis passé plusieurs fois, notamment lorsque le gamin que je suivais avait retrouvé à la Neuville « le goût et la possibilité de vivre ». Ça m'intéressait de comprendre ce qui se passait là.

Depuis, vous le savez, j'ai eu l'occasion de voir et d'écouter plusieurs enfants de la Neuville que des « difficultés familiales », des deuils, des échecs antérieurs, etc., vouaient à des échecs plus graves. J'ai eu aussi l'occasion de lire comment certains vivaient la Neuville.

La caractéristique commune me paraît de la plus haute importance.

Ce que les enfants retrouvent à la Neuville, c'est le désir. Désir d'être au monde, de communiquer, de voir, de savoir, de grandir. Il ne s'agit pas (seulement) de plaisir de vivre ou d'envie mais de désir, au sens où la psychanalyse (lacanienne) l'entend.

C'est primordial : tout devient possible dès lors que le sujet investit (ou s'aliène, si on préfère) dans le travail et le langage. Apprentissages, difficultés psychologiques deviennent problèmes secondaires et solubles. Êtes-vous de cet avis ?

## ▶ 1984. Étienne Lemasson, membre de l'équipe de la Neuville

Pas facile de s'intégrer dans l'école de la Neuville. Au début, vous êtes toujours débordé ; presque tout fait événement alors que c'est l'ordinaire ; presque tout est singulier alors que le Neuvillois y trouve du sens.

Vous avez quelques outils dans les poches, quelques techniques que pour l'essentiel, pensez-vous, vous maîtrisez ; vous avez des idées et une pratique de la pédagogie et du travail en groupe, enfin un désir impatient de participer à l'invention. Et pourtant, vous êtes débordé.

D'abord, les enfants connaissent mieux l'école que vous, la pratique et l'histoire des lois et des règlements, celles des institutions et des traditions.

Drôle de renversement pour un pédagogue.

Ensuite vous comprenez vite que ce lieu s'est construit et se nourrit de sa mémoire. Chaque organisation est le produit d'une nécessité, d'une expérience et de décisions collectives ; chaque organisation est intriquée dans toutes les autres. Si bien que travailler l'une n'est pas sans conséquences sur d'autres.

Sur ce sujet, vous êtes novice.

Enfin, il y a la « petite histoire » ; celle du groupe d'adultes qui ont fait, font et feront ce lieu ; les désirs, les ambitions, les amours, les amitiés, les richesses, les blocages de chacun. De l'école des débuts à celle d'aujourd'hui, d'un embryon quasi familial à une structure plus professionnelle, les enjeux sont toujours les mêmes : comment entretenir une structure de travail collective entre adultes en harmonie avec la pédagogie du lieu ? Et ce, justement, ensemble.

De fraîche date dans l'école, cela vous dépasse. Il est alors intéressant et sécurisant de se conformer au cadre existant.

Plus tard, moins innocent et devenu plus ambitieux, vous êtes confronté à l'évidence de ce travail. Il n'est pas simple, il n'est jamais fini mais il rend vivant, comme le reste.

## ▶ 1989. Yves Herbel, ancien membre de l'équipe de la Neuville

*La Neuville n'est pas une école modèle, un paradis pour les enfants, un sacerdoce pour des adultes entrés en pédagogie comme en religion. C'est un lieu exigeant, difficile, plaisant et valorisant pour les enfants et les adultes. C'est un endroit qui marque, forme, permet de repousser certaines limites, d'en toucher d'autres aussi. Un mélange d'idéalisme et de pragmatisme, de fatigue, lassitude et euphorie, de demi-échecs et de demi-succès.*

*Impossible de travailler ici sans être passionné, les journées sont longues, les semaines trop courtes pour faire tout ce qu'il y a à faire, une sensation désagréable de ne rien faire à fond et parfaitement. Il y a un risque certain de dispersion. Tout pourrait être perfectionné, amélioré, et plus les années passent et plus l'exigence est grande. La tentation est forte de se spécialiser, de ne faire que la classe, la cuisine, l'administration, augmenter le personnel, faire plus de réunions, ranger davantage, et sûrement perdre l'essentiel. C'est ce « désordre », cette imperfection qui fait de la Neuville un lieu vivant : il y a de la place.*

*Pas le temps de scléroser et quand un certain calme s'installe, il y a toujours un nouvel élève remuant, une classe de mer, une fête ou un adulte qui a trouvé une « idée géniale »...*

*Travailler à la Neuville, c'est aussi pour chacun un ou plusieurs domaines extra-pédagogiques car l'école est aussi une entreprise. Recevoir les représentants, les artisans, le banquier, téléphoner, passer voir les fournisseurs : un bon moyen de ne pas se couper d'une certaine réalité économique, un bon moyen de se rendre compte que nous ne sommes pas les seuls à travailler plus de quarante heures par semaine. Passer de la classe à l'arrière-boutique du charcutier, et refuser un deuxième verre de vin blanc et un morceau de boudin chaud parce qu'on vous attend au stade pour le match de foot du jeudi, est un des charmes du travail.*

*Travailler à la Neuville, c'est aussi ne pas être seul face à un* groupe d'enfants. *Travailler en équipe change profondément la relation éducative. Un adulte fera des activités avec des petits en classe, des plus grands en ateliers et avec les deux ensemble aux sports et même avec d'autres adultes. Cela lui évitera l'enfermement, l'isolement et permettra aux enfants d'avoir plusieurs modèles.*

*Travailler en équipe, c'est aussi des affrontements, des divergences. L'unanimité n'est pas de règle, chacun a une idée très personnelle de l'école, de ce qu'on devrait y faire, mais ce qui permet à toutes ces énergies de ne pas s'annuler, c'est la force du projet commun, ce désir que l'école avance, s'améliore et pas seulement pour les enfants. Il faut que chacun y trouve son compte.*

# L'école
## sur mesure

# Le tournant

Sept ans déjà, à faire l'école... et on est toujours trois.
On a l'impression, comme on l'écrit dans les « Cahiers », « d'avoir soulevé des montagnes et d'en être au même point ». Ce n'est pas tout à fait exact.

## ▶ Les amis de l'école

L'école intéresse beaucoup... les rares personnes qui la connaissent : un groupe d'une dizaine d'amis, appartenant tous à notre génération, et que nos aventures ne laissent pas indifférents. Ils nous rendent visite, viennent faire un cours, un sport ou un repas avec nous, à l'occasion.

Avec Agnès et Antoine, on prépare et imprime les publications. Pierre Vernay, chirurgien-dentiste, préfère vivre de petits boulots plus attrayants. Il aide Pascal à faire les trajets avec les enfants et passe chaque semaine un jour ou deux à la Neuville. Claude Nissant aurait pu être professeur d'anglais. Le métier ne l'intéressant pas, il a « atterri » dans un ministère, ce qui lui laisse tout loisir pour fréquenter les salles de cinéma, comme du temps où nous allions ensemble à la Cinémathèque. Il vient souvent le week-end, avec Pierre, pour faire du vélo et apporte ses cassettes vidéo pour le ciné-club de l'école.

Dominique Dubosc a filmé l'école, il s'est même installé une salle de montage dans le grenier du Château, ce qui lui permet de passer plusieurs semaines de suite en Normandie, à l'occasion. Vincent Blanchet l'accompagne

parfois, qui lui aussi participera aux films de l'école, des
années plus tard.

— Nous allons dans *ma* campagne, raconte Dominique à ses filles quand il les amène avec lui à la Neuville-
du-Bosc : le village porte le même nom que lui.

Marie-Catherine Darnis, elle, est gynécologue. Elle
aurait aimé mettre ses enfants à la Neuville, mais elle
habite trop loin pour cela. Elle décrit l'ambiance
caractéristique de cette époque et le rôle des « Amis de
l'école » :

● *« Je n'ai jamais participé à l'école, à son élaboration,
pourtant tout ce qui y est dit m'est familier. Comme si cette
démarche était aussi la mienne.*

*La Neuville, je n'y vis pas, j'y ai fait quelques
apparitions ponctuelles pour répondre aux préoccupations et
questions médicales du moment. Les enfants y sont
passionnés, avides de réponses aux multiples questions
concernant la naissance, la sexualité, la maladie et la mort.
Après quelque temps, j'ai décidé de ne plus faire
d'intervention. En effet, de quelle naissance, de quelle
sexualité s'agit-il ? De la leur ! Comment y apporter
réponse ? Eux seuls le savent. Peut-être puis-je les aider en
étant simplement là, et en vivant, de temps en temps, une
journée avec eux.*

*Le rôle modeste que j'ai peut-être pu jouer dans cette
création fut de conforter ces adultes, très isolés dans leur
travail, dans la voie qu'ils suivaient, et ce, surtout lors des
périodes de profond découragement qu'ils traversaient
parfois. Ceci justement parce que je n'étais pas membre
entier participant à la quotidienneté. Le contact permanent
avec les enfants les isolait du monde des adultes, et, pour ne
pas perdre les repères de la réalité sociale, le rôle des amis
venant rendre visite ou participant aux activités, selon leurs
possibilités, était toujours très important. »*

## ▶ Changements en perspective

Agnès avait parlé de nous à ses élèves de terminale.
Deux d'entre eux, Yves et Claudine, nous rendirent
quelquefois visite. Ils revinrent encore l'année suivante,
quand ils étaient en fac. C'étaient des jeunes sympathi-
ques et ouverts. Ils s'intéressaient à l'évolution des
enfants, on leur parlait métier. Ça faisait du bien de les
recevoir. Si des étudiants s'intéressaient à nous, c'est que
nous avions un avenir.

Fabienne et Michel attendaient un enfant qui allait
naître au début juillet. Fabienne poussa même «l'inconscient professionnel» jusqu'à attendre que les classes se
terminent avant d'entrer à la maternité... L'année ne
s'annonçait pas facile, Michel propose donc aux deux
jeunes de venir travailler avec nous. Yves accepte.
Claudine hésite. Raphaëlle naît le 14 juillet. Pascal arrive
peu avant la rentrée avec une très belle dalmatienne qu'il
a baptisée Pandora. Yves Herbel débarque la veille de la
rentrée et Catherine de Guirchitch, une amie qui
travaillait dans la production cinématographique, nous
propose de venir passer l'année avec nous.

— Je pourrais faire du travail de bureau, aider pour
Raphaëlle et faire quelques activités par-ci par-là.

Ça bouge !

## ▶ Quitter la Neuville

Si l'on veut que les choses continuent d'évoluer, il faut
peut-être que l'on soit moins éloigné de Paris et que l'on
ait plus d'argent, donc d'élèves pour financer cette
ouverture. Dans les deux cas, cela passe par un
déménagement. Les locaux trop vétustes, trop exigus
représentent un obstacle à cette évolution.

On se met donc à chercher. Nous visitons une douzaine de locaux pour nous rendre compte. Certains sont « bon marché » mais nécessitent des travaux considérables. Les autres sont hors de prix.

Jusqu'au jour où nous arrêtons notre choix sur le Château de Tachy, en Seine-et-Marne, bâtiment en bon état et d'un prix abordable, même pour nous, puisque Fabienne accepte de vendre des terres dont elle vient d'hériter de son père.

Le prix de vente en est d'un million. Il nous faut donc trouver un prêt d'un montant de 800 000 francs. Ça ne devrait pas être trop difficile, pensons-nous, l'école offre des garanties sérieuses de remboursement mensuel, ce dernier ne sera pas très supérieur à notre loyer. Cependant l'inflation bat son plein. Le crédit moyen tourne autour de 16-17 % et avec notre apport d'un cinquième de la somme, toutes les banques connues nous refusent. « Ordinairement nous acceptons un apport de 20 % de nos clients mais dans cette affaire, je vous demanderai 40 % », n'hésite pas à nous affirmer un directeur d'agence parisienne, encore moins scrupuleux que ses collègues. Après plusieurs mois de démarches, nous en sommes au point mort. Un organisme foncier d'Évreux nous fait de vagues propositions : le taux du crédit envisagé est de 19,5 %, il monte en quelques semaines jusqu'à 21 %. Finalement, le banquier se récuse.

Nous avions établi un dossier comprenant des attestations d'honorabilité de tous ceux qui se sentaient concernés par notre travail. Françoise Dolto en faisait partie :

> ● « *Vous m'avez parlé lors de notre dernière rencontre de votre projet de déménager l'école de la Neuville dans un local plus adapté, plus spacieux. Je m'en réjouissais sachant aussi que cela ne modifierait pas les principes fondamentaux de votre travail.*

*Or, j'apprends que vous avez de grosses difficultés pour obtenir un emprunt auprès de la banque, malgré les garanties financières et morales que vous donnez.*

*Est-ce qu'une lettre auprès de M. Jacques Lang, que je connaissais bien avant qu'il ne devienne ministre de la Culture (du temps du TNP et, avant, du Festival de Nancy), est-ce qu'un appui de ce côté pour attirer l'attention sur votre cas pourrait vous aider?*

*Je n'ai guère d'autres moyens, mais je suis si intéressée par votre travail dont j'ai pu mesurer les effets éducatifs et bénéfiques sur certains enfants que je veux essayer de vous aider...*

*Je vous joins une lettre pour M. Jacques Lang. Si vous pensez que cela peut vous aider, transmettez-la-lui...*

*Bien à vous, à Michel et à Pascal. Je vous souhaite de réussir.*

*F. Dolto.* »

Par le même courrier, Françoise Dolto écrivait au ministre de la Culture pour lui demander d'intervenir :

● « *Si j'ose vous déranger actuellement que vous êtes pris par tant de hautes fonctions, c'est qu'il s'agit de quelque chose qui me tient à cœur et qui, je crois, ne peut pas vous laisser indifférent.*

*Vous savez combien je m'intéresse à la prévention des troubles psychosociaux chez les enfants... Or, bien que je sois thérapeute, il n'y a pas que la « thérapie », les rencontres du psychanalyste ou les rééducations, il y a le milieu pédagogique, il y a l'ambiance, les rythmes de vie, l'intelligence pédagogique des enseignants, le nombre aussi, et l'environnement...*

*[L'école de la Neuville] est un établissement pédagogique dont j'ai suivi le travail depuis ses débuts, avec une équipe de gens vivants et convaincus de l'importance des relations interpersonnelles et des responsabilités dans la marche de la*

*maison. J'avais même plaidé pour que Fabienne reçoive le
prix de la Vocation, il y a quelques années... Comme le
temps passe... [Or, la Neuville] est actuellement en
difficulté pour seulement continuer à exister...*

*En effet, l'évolution pédagogique contraint les éducateurs
à trouver un local mieux adapté... L'échec de cette opération
obligerait à court terme l'école de la Neuville à cesser toute
activité... Pourriez-vous intervenir en leur faveur ? Eux-
mêmes, mieux que moi, vous diront comment. Je serais très
heureuse si vous vous penchiez sur leur problème et si vous
pouviez les aider.*

*Ce sont des maisons « moyennes » en nombre, comme
celle-là, qui contribuent à renouveler les principes d'éducation et d'enseignement en France, dans le respect des enfants
et de leurs familles en leur donnant les moyens d'une
autonomie responsable.*

*Recevez, Monsieur le Ministre, l'expression de ma haute
considération. Vous savez que je me donne complètement à
la tâche de prévention chez les enfants et les jeunes. L'école
de la Neuville va dans le sens de tout ce qui me préoccupe.
F. Dolto. »*

Nous recevons, pour toute aide, une lettre du
ministère certifiant son intérêt pour notre travail. Grâce à
ces documents, nous réussissons toutefois à obtenir une
promesse de prêt par un organisme d'État au taux sans
concurrence de 23 % ! La promesse d'achat du Château
est même déjà signée lorsqu'on nous signale que l'organisme prend le « risque » mais ne prête pas l'argent. Il faut
encore trouver une banque acceptant de « faire le tiroir-
caisse ».

Prenant une nouvelle fois le bâton du pèlerin, nous
nous mettons en route pour cette ultime démarche. À
Bray-sur-Seine, petite commune de Seine-et-Marne, nous
trouvons une succursale d'une grande banque dont le chef
d'agence, André Commenge, connaissait bien la pro-

priété à vendre. Il se souvenait d'y avoir vu, enfant, en matinée récréative, Fernandel et Draneme et c'est là que les enfants du pays passaient la retraite qui précédaient leur première communion.

— Ce n'est pas cher payé pour une aussi belle propriété, estime-t-il. Était-ce possible, pensions-nous ? Nous n'avions, en dix mois, entendu une réflexion de cet ordre.

Il nous questionne sur notre activité et garde notre dossier. Cela lui plaisait que ce bâtiment héritier d'une longue histoire sociale dans le pays, et pratiquement déserté, reprenne du service actif pour un projet intéressant.

— Je n'ai pas du tout de fonds, actuellement, et je le regrette car j'aimerais faire quelque chose. Je vous contacterai bientôt.

Cet homme nous avait-il seulement payé de courtoisie ? Nous le craignions franchement, instruits par ses collègues qui avaient, entre eux, rivalisé d'hypocrisie.

Nous le rappelons tout de même un peu plus tard. La réponse est positive. Il nous demande les coordonnées téléphoniques de l'organisme de crédit pour régler les détails. Nous les lui communiquons, non sans un pincement au cœur. Étions-nous au bout ?

Non, nous ne l'étions pas. Il nous rappelle cinq minutes plus tard. Furieux. Il venait d'apprendre les conditions du prêt et il était outré.

— Mais finalement, quel service rend cet organisme et que fait-il, à part prendre une commission exorbitante ? Je ne crois pas qu'il y ait beaucoup de risques à vous prêter de l'argent. Venez me voir, on va arranger ça.

Quelques jours plus tard, nous signons une demande d'emprunt au taux de 14,75 %.

Un mois après, nous nous rendons à Tachy pour la dernière fois en tant que visiteurs. Dans la nuit un violent orage s'était abattu sur la région et la foudre avait frappé deux fois dans la propriété. Deux immenses arbres séculaires, un chêne et un hêtre, gisaient sur le sol. L'un d'eux, planté sur un talus, avait laissé sous lui un impressionnant cratère de craie de plusieurs mètres cubes.

## ▶ Tachy : un nouveau départ

Les bâtiments, qui appartenaient à une Fondation de la ville de Paris, étaient solides. La toiture et le chauffage central, en très bon état. Il y avait un bon bout de terrain et tout autour, des bois communaux. En revanche, nous n'étions plus dans un village mais seulement «dans la nature».

La ligne de chemin de fer Paris-Troyes passant à deux minutes de la propriété, nous pouvions maintenant nous rendre à la gare de l'Est en une heure, tout compris. Cela allait changer bien des choses.

Ce déménagement offrait des perspectives sociales : c'était un nouveau départ pour l'école, appelée à durer encore des années. Aucun engagement aussi net n'avait été pris depuis les débuts. Ce bâtiment était un outil de travail, nous nous y installions pour donner corps à nos idées, à nos méthodes. L'école de la Neuville s'implantait et ce, d'autant plus que tous nos élèves neuvillois nous suivaient à Tachy. Nous étions en août et venions de rapporter de la Neuville vingt tonnes de matériel, avec l'aide des «Amis de l'école» et de quelques anciens élèves. Et il nous restait un mois pour prendre possession des lieux et leur affecter des attributions précises. Les bâtiments étaient spacieux, tous orientés plein sud. Par contre, ils demandaient à être repeints. La salle de réunion était une pièce aux très belles dimensions, éclairée de plusieurs grandes fenêtres.

## ▶ Histoires d'imprimeurs

L'imprimerie ici a les dimensions que nous lui avons toujours souhaitées. Il y a place pour installer et faire tourner notre abondant matériel de typographie et faire travailler dans la même pièce une équipe de rédacteurs et d'illustrateurs, ce que nous n'avons jamais pu faire auparavant.

Romuald est parti. Et Manuel (quinze ans) est devenu le chef imprimeur. Michel consacre moins de temps à cet atelier et c'est Manu qui dirige l'imprimerie. C'est intéressant, et surtout utile, mais ça ne le motive pas assez pour constituer un apprentissage personnel. La qualité des produits s'en ressent un peu.

Nous avons alors l'idée d'une sorte d'épreuve de compagnonnage : pour obtenir son diplôme d'imprimeur, Manu va devoir éditer et imprimer un livre. Il choisit un texte inédit d'Anne-Sophie, demande à Élise de faire les illustrations. Il se fait aider pour la composition par Steeve et Joëlle et pour le tirage, par Louis. Tous des habitués de l'atelier d'imprimerie depuis la Neuville.

Un matin, en venant regarder les épreuves dans l'imprimerie, Michel trouve ce court texte de la main de Louis : « C'était à l'imprimerie avec Manu, un soir. On n'avait pas très envie d'imprimer et pour faire passer le temps, on se racontait des histoires à dormir debout. »

Louis a toujours eu le sens de la boutade et de l'assertion paradoxale. On ne savait pourtant pas toujours s'il faisait exprès de faire rire ou pas. À la fin de son essai, il avait dit qu'il ne souhaitait pas venir dans l'école parce qu'on y travaillait trop et qu'il y avait trop de sports, soulevant un tollé général.

Il changea d'avis et devint élève de l'école. Il fut même l'un des plus gros travailleurs et un bon gardien de but, sans jamais se défaire tout à fait de son ton docte, de sa raideur et même, de sa maladresse. Il nous avait fait

« mourir de rire », un jour en classe. Reprenant un camarade dans l'erreur, il prononça cette phrase restée célèbre :

— Il ne faut pas confondre acupuncture et psychothérapie.

Le père de Louis avait toujours préféré son frère, jumeau de surcroît. Le frère était considéré comme l'exemple en tout. Louis n'avait guère d'espace. La Neuville lui avait donné l'occasion de respirer, d'évoluer sur un terrain neutre.

Sans malice, Louis invite son frère à participer au Cross de Sceaux avec la Neuville. L'expression « sans malice » est justifiée par le fait que le cross n'est vraiment pas l'un des points forts de Louis à l'école. Le frère accepte l'invitation. Louis s'entraîne comme d'habitude, c'était sa sixième année à l'école. Ils se rendent ensemble, à Sceaux, avec leur père.

Sur la ligne de départ, le plus grand par la taille plaisante ouvertement les pieds plats de son frère disgracié. Lui, le crack, n'a d'ailleurs pas eu besoin de se préparer, il est doué.

Nous sommes en février, il est huit heures du matin, il fait froid. La course se déroule sur 5 400 mètres. C'est du sérieux. Louis arrive vers la vingtième place avec deux autres Neuvillois, François et Emmanuel. Le père se tient sur la ligne d'arrivée et guette désespérément son autre fils parmi les concurrents qui défilent. Il tient en main les survêtements des deux garçons et doit porter le sien à Louis. Il attend encore un moment. Louis a avalé une boisson chaude et revient vers la ligne d'arrivée. Dernier coup d'œil vers la ligne droite, toujours rien. Le père de Louis, un pas en arrière, une hésitation, un pas de côté, danse là une drôle de valse. Il finit après une dernière pause par aller rejoindre et féliciter le premier arrivé de ses fils. Un bon moment plus tard se pointe l'autre, qui

devait être dans les tout derniers. Le surdoué faisait assez
minable.

Louis eut le triomphe modeste. Le lendemain, il nous
confia que son frère, dont il avait toujours vanté les
mérites, manquait, en fait, d'entraînement.

Le texte d'Anne-Sophie que Manuel avait choisi dans
nos archives lui plut d'emblée car il comportait de
nombreux dialogues, que « ça » allait souvent à la ligne,
ce qui permettait une mise en page claire et espacée. Et
puis, Manu avait connu Anne-Sophie, qui maintenant
n'était plus à l'école.

Ce texte : « Dis, raconte-moi ton école... » avait une
histoire que Manuel ignorait alors. Les adultes l'avaient
commandé trois ans auparavant à Anne-Sophie avec
l'intention de l'inclure, comme illustration, dans une
brochure d'information sur la Neuville. Elle l'écrivit, un
peu comme ça lui était venu, à partir de nos indications
de contenu :

— Essaie de raconter une visite dans l'école en faisant
valoir tout ce qui peut être mis en évidence dans la
pédagogie...

Le texte nous plaisait. On y percevait le souci d'un
écolier de la Neuville de faire comprendre et partager ce
qu'il avait vécu, ainsi que sa solidarité vis-à-vis de l'école-
entreprise. En fin de compte, nous n'avions pas utilisé son
texte de crainte qu'il n'aille à l'encontre du but
recherché : les lecteurs ne croiraient pas que tout cela
avait été pensé et écrit par un enfant. Nous sentions aussi
que même à la Neuville, on ne pouvait demander aux
élèves de faire la promotion de l'école. Ce texte portait
témoignage sur une époque révolue ; il était d'autant plus
amusant de l'imprimer que nous n'avions plus de
problèmes de recrutement d'élèves.

## ▶ Autour du dixième anniversaire

Contrairement à ce que nous avions cru, le déménagement n'avait pas modifié de façon sensible notre façon de vivre. L'école était notre lieu de travail et notre maison. Les heures de présence n'étaient jamais comptées. Une journée ne pouvait s'achever tant qu'il restait quelque chose à faire. Cela ne posait pas de problèmes mais provoquait une certaine usure. La satisfaction retirée de la tâche accomplie, le caractère nécessaire de cette présence de chaque instant permettait de faire tenir le système.

Depuis nos débuts, chacun avait soigneusement conservé la possibilité de faire autre chose, d'avoir des centres d'intérêt à l'extérieur. Nous avions espéré, en venant à Tachy, qu'un vrai logement renforcerait cela et nous permettrait de trouver un troisième souffle pour que ce mode de vie puisse être durable. Il n'en était rien.

Il fallait surtout trouver la disponibilité suffisante pour continuer à s'investir dans l'école sans qu'elle devienne un puits sans fond. Or le temps, libre ou librement utilisé, était ce qui manquait le plus.

Sans nous l'avouer, nous étions sans doute déçus d'être dans l'incapacité de résoudre ce problème : prisonniers d'un projet auquel nous ne pouvions nous résoudre à mettre fin et que nous ne nous sentions plus le courage de poursuivre dans les mêmes conditions.

Nous étions en effet constamment débordés, physiquement, financièrement. On continuait pourtant, persuadés qu'on était dans le vrai, dans la bonne direction. Pour ce qui est de changer les choses, nous n'avions en revanche aucune perspective raisonnable à laquelle nous raccrocher, aucune certitude d'amélioration.

La lassitude d'avoir porté tout cela si longtemps se faisait sentir. Michel s'en plaignait particulièrement. Fabienne et Pascal, chacun à leur manière, avaient aussi éprouvé quelque chose de similaire, à un moment ou à un autre. Pour Fabienne, c'était plutôt avant de quitter la Neuville. Depuis Tachy, elle avait entamé un travail de recherche personnel qui l'aidait beaucoup. Michel décida d'en faire autant.

Pascal s'était marié et Catherine, sa femme, vivait et travaillait à Paris. Il était entendu que sa participation à l'école ne se prolongerait pas beaucoup au-delà du déménagement de la Neuville. Les circonstances — sa femme était enceinte — l'avaient amené à fixer son départ pour la fin de l'année en cours.

Fabienne et Michel décidèrent de se donner un an ou deux pour modifier le projet ou « laisser tomber ».

Le dixième anniversaire se présentait dans cet atmosphère de relative morosité. Comme souvent dans ce genre de cas, on souhaitait d'autant plus marquer l'événement. Entre autres manifestations, nous avions imprimé un petit livre qui retraçait toute l'histoire de l'école : on y listait les parutions, journaux scolaires, affiches, on y commentait les découvertes pédagogiques, les institutions... Fabienne avait écrit un texte au titre volontairement ambigu : « Les dix premières années ? » qui reprenait à notre compte les interrogations habituelles des visiteurs lors de leur passage à la Neuville :

« Toujours les mêmes questions : comment en êtes-vous arrivés là ? pourquoi n'y a-t-il pas plus d'écoles comme la vôtre ? »

Maryse Dagnicourt, une amie journaliste, avait de son côté remarqué : « Tous les ans, l'anniversaire de l'école de la Neuville est l'occasion d'un rassemblement d'amis, d'anciens élèves, d'éducateurs. Cette année n'a pas failli à la tradition, mais en même temps, le fait qu'il s'agisse de la dixième célébration a donné une coloration particulière à l'événement. Oui, pour une fois, l'anniversaire a été un événement en soi et non simplement la fête de l'école. Et cela notamment en raison de la présence de Françoise Dolto. »

## ▶ Françoise Dolto à la Neuville

Françoise Dolto, en bonne marraine, vint en effet prendre part aux réjouissances. Installée près de la cheminée dans la salle de réunion, elle parla longuement aux enfants et aux adultes de la Neuville rassemblés en un grand cercle autour d'elle : ce que l'on appelle, ici, une « conférence express ».

« Pour moi, puisque vous me le demandez, ce qui me paraît le plus intéressant à la Neuville, c'est l'existence de la notion de groupe et les responsabilités confiées à chacun, adultes comme enfants.

« C'est la relation de chaque individu au groupe et du groupe en tant que tel à chacun de ses ressortissants, différente des relations interpersonnelles.

« C'est qu'on parle. On se dit ce qu'on a à se dire dans les réunions et la parole de chacun est écoutée dans le respect et la confiance, l'esprit de tolérance des caractères et des réactions de chacun.

« C'est la participation effective de chacun aux travaux communautaires, aux décisions à prendre qu'on discute ensemble, à la gestion de l'école qui est l'affaire de réflexions en commun. »

Les enfants lui posèrent toutes sortes de questions sur son métier, sur la psychanalyse, Françoise Dolto répondait dans un style simple, dépouillé, accessible à tous. L'auditoire, impressionné, écoutait ses drôles d'histoires vraies et ses propos sur la difficulté de vivre :

« Il ne s'agit pas de consoler un enfant qui souffre, cela ne sert à rien. L'important c'est qu'on lui dise la vérité toute simple, telle qu'elle est, avec les mots qui viennent...

Et même s'il ne peut comprendre tout de suite, un jour cela prendra un sens pour lui. Aussi petit qu'il soit, un enfant à qui ses parents, ou une autre personne en qui il a confiance, parlent des raisons, même supposées, de sa souffrance, est capable d'en surmonter l'épreuve. »

Un moment plus tard, elle confia en aparté à Fabienne :

— J'ai été surprise qu'on ne m'ait posé aucune question concernant mon fils. D'habitude, quand il y a des enfants, c'est toujours le cas... ils savent qui c'est ?

— Oui, bien sûr !

— C'est très bien... C'est à la psychanalyste qu'ils se sont adressés, pas à la mère de Carlos.

C'était la première fois que Françoise Dolto venait à la Neuville. Elle visita l'école, accompagnée de deux enfants, comme le veut la tradition, se faisant expliquer les principes et le fonctionnement, s'attardant particulièrement dans la cuisine, où les enfants préparaient le déjeuner, et dans l'imprimerie, où l'on tirait un des journaux d'école. Après le repas, elle assista à la réunion du vendredi. Elle en fut impressionnée, comme elle le confia à Fabienne en prenant congé :

— C'est très bien ce que vous faites. Et merci...

## ▶ La génération de François et Natacha

Un autre événement, moins spectaculaire mais largement aussi important, marqua aussi cette année : l'accès aux plus hautes responsabilités d'élèves qui avaient fait quasiment toute leur scolarité à la Neuville. Tous n'y avaient pas passé dix années comme Natacha ou François, mais on ne comptait pas moins de sept anciens cette année-là. C'était l'occasion d'évaluer la solidité des acquis d'une promotion. Le groupe, autour de ces enfants, avait effectivement une force que nous n'avions pas encore connue. Chacun d'eux semblait avoir ses qualités, et ses défauts propres, une capacité de critiquer et de proposer au lieu de se plaindre, définition même de la responsabilité à la Neuville. Ils n'avaient pas l'air de sortir du même moule, ni de penser avec une seule tête. Ils considéraient cette école comme la leur, avaient l'impression, justifiée, de contribuer non seulement à faire exister ses lois et traditions mais à les perpétuer. Ils participaient à cette ambiance si particulière que l'on commençait à nommer depuis peu «l'esprit de l'école». Julie (quinze ans), qui faisait elle-même partie de ce groupe décrit, avec un respect amusé, le rôle de deux «vétérans» de la Neuville :

●  « *L'école a dix ans, Natacha en a quatorze. Elle sait à peu près tout ce qui s'est passé. En plus, elle a bonne mémoire et se souvient de plein de détails. Apprendre qu'Agnès était tellement timide à son arrivée, que Laurie avait les cheveux tirés en arrière, que les ateliers étaient facultatifs, c'est marrant.*

*Et lorsqu'elle n'est pas très sûre, il y a François. Lui, on dirait un vieux pépé qui raconte ses mémoires. Mais il raconte bien.*

*Maintenant François est bleu et Natacha marron. Ils ont beaucoup d'influence dans l'école.*

*Ils sont capables de se rappeler ce que l'on avait trouvé comme solutions quand Didier faisait des bêtises ou ce que l'on avait organisé pour le départ de Paul.*

*Ils connaissent si bien l'école et son fonctionnement qu'ils aident à créer avec nous, qui sommes là depuis moins longtemps, de nouvelles lois qui conviennent parfaitement.*

*Bien sûr, il leur arrive de se tromper car l'école change, évolue et les surprend encore. Mais ce qu'ils font, ils le font bien parce qu'ils savent.* »

## ▶ Fin d'une époque

Pascal est assis sur les marches d'escalier devant la salle de réunion, toute l'école en un vague demi-cercle, en face. D'habitude c'est le contraire. Était-ce fait exprès? On ne sait plus.

On lui donne le cadeau « d'adieu ». C'est une montre en or. On a même fait graver une inscription au dos.

Pascal veut dire quelque chose, faire un discours... Il pense à la scène d'un film que nous aimons beaucoup, à un cinéaste dont nous avons mis quelque temps à comprendre le sens de l'humour dans nos années de Cinémathèque. Il imite John Wayne dans la séquence où ses soldats lui offrent le même cadeau, dans « La Charge héroïque » de John Ford, juste avant sa retraite. Il en sait les dialogues par cœur et les dit:

— What time is it according to my new watch, my brand new golden watch? (Quelle heure est-il à ma montre, ma toute nouvelle montre en or?) Puis il en lit l'inscription à haute voix.

Quelques enfants pleurent, Fabienne aussi, tout en riant parce que c'est drôle. Pascal a toujours su bien imiter.

Le lendemain, c'est la fin de l'année scolaire et donc le dernier jour de Natacha comme élève. Elle est arrivée à l'école à quatre ans et demi. Elle a parcouru tout le chemin qui peut se faire ici.

Il y a beaucoup d'émotion dans la pièce tandis que se termine cette réunion. La pièce se vide. Natacha, restée encore un moment sur sa chaise, sanglote doucement. Julie, sa copine, qui termine aussi son séjour à la Neuville, est venue s'asseoir à côté d'elle.

En allant à la gare, les filles, surtout les plus jeunes, pleurent, comme cela arrive dans ces circonstances, sans bien savoir exactement pourquoi. La petite gare de Longueville est baignée d'une lumière de fin de journée

d'été, pareille à celle de certains tableaux impression-
nistes. Giverny n'est pas loin.

Le train entre en gare. Même si l'on sait que ce n'est
qu'un au revoir, personne n'a très envie de rester sur le
quai à regarder les autres partir. Nous sommes tous
montés.

Cela se passait le 13 juillet 1984. À Paris, nous nous
sommes baladés dans les rues avec les anciens... Quelque
chose de l'école des débuts s'est arrêté là...

## ▶ Dans la rubrique : petites annonces

L'année du dixième anniversaire va-t-elle s'achever
avec le départ de Pascal et sans aucun renfort ?

Nous ne pouvons accepter de reculer ainsi. On se
raccroche au leitmotiv de toujours : ne plus être seuls...
Pourquoi ne pas constituer une équipe, carrément ?

Mais comment recruter ? On ne sait pas. On en parle
un peu partout dans l'entourage de l'école. Pas de
réaction. On pense ensuite à une petite annonce dans le
journal. C'est aléatoire mais cela a l'avantage de toucher
un public large. Et puis, nous sommes curieux de savoir ce
que ça donnera. Ça n'empêchera pas d'essayer autre
chose après. Dans les semaines qui suivent, nous recevons
des quantités de lettres, plus de six cents réponses.
Formidable surprise !

Entre autres candidatures, plus ou moins sérieuses,
nombre d'enseignants, lassés par la routine, déprimés par
l'uniformisation, les contraintes administratives. Nous
allons avoir l'embarras du choix, pensons-nous... Pas si
simple. Certains postulants, très enthousiastes a priori,
hésitent dans un second temps devant l'investissement qui
va devoir être le leur. Les velléités s'effondrent devant la
nécessité de passer à l'acte, tout de suite. Les raisons

évoquées, certes valables, sont la distance de Paris, la modestie des rémunérations, les contraintes de l'internat, etc. Beaucoup de candidats souhaitent cependant se joindre à nous mais malgré leurs compétences, c'est nous qui ne sommes pas toujours convaincus.

Parmi les lettres reçues, on retient tout de suite celle d'Étienne Lemasson. Il était déjà venu nous rendre visite à la Neuville, peu après avoir fondé « la Maison des Enfants » : il cherchait des « tuyaux » de toutes sortes. C'était il y a cinq ans.

Dès sa première visite à Tachy, on sent que l'on parle le même langage. Il nous accompagne au stade, pour le foot hebdomadaire. Il n'a pas joué depuis des années, mais il sait se situer sur un terrain, parmi des enfants.

Le soir, il y a une fête et nous l'invitons. Ce n'est pas dans nos habitudes lors d'un premier contact mais on voit que ça va marcher et on n'a pas envie de perdre de temps. Il ne peut pas rester, ce jour-là. On convient de se revoir la semaine suivante.

C'est un « matheux », quelle veine !...

Nous voulions recruter une femme, Fabienne surtout, pour équilibrer les activités, les responsabilités : l'équipe a toujours été plutôt une équipe d'hommes. Quand elle vint à Tachy, Catherine Gest nous parut d'emblée la personne que nous cherchions : une institutrice, intéressée par son métier, jeune et enthousiaste. De son côté, l'ambiance lui plut tout de suite. Elle n'envisageait, néanmoins, que de faire un mi-temps :

— J'ai un autre boulot sur Paris que je ne veux pas lâcher.

Deux jours par semaine à l'école, ça nous paraissait peu. On verrait bien. On ne pouvait pas demander aux gens de tout plaquer comme ça, d'un coup. Comme on était en train d'essayer des nouveautés, pourquoi pas un mi-temps ?

Après la Toussaint, c'est elle qui a proposé de venir à temps complet.

## ▶ Recruter, pas si simple...

L'idée de charger les enfants de faire visiter les locaux comporte au moins deux avantages : elle permet à ceux qui la vivent de rendre compte eux-mêmes de la pédagogie et elle donne d'étranges aperçus sur nos visiteurs. Certains d'entre eux en effet n'accordent guère d'importance aux enfants qui les accompagnent et pensent que c'est réciproque. Ils échangent parfois des remarques ridicules ou naïves que relève un observateur intelligent, même jeune.

Ils seraient très surpris d'apprendre que leurs guides ont été amusés et parfois choqués, par leurs commentaires et que leur avis a été écouté. Rachel (onze ans) raconte l'une de ces visites :

● « *En ce moment, l'école recherche de nouveaux adultes parce que Pascal va partir et que les adultes ne seraient plus que trois. Ils ont passé des annonces et beaucoup de gens viennent visiter et à chaque fois, on demande des volontaires pour faire visiter.*

*Un jour, je lève le doigt et Fabienne m'a choisie.*

*C'étaient deux jeunes femmes. Fabienne m'appelle et je commence la visite par la salle de réunion. Je n'ose pas parler et ce sont elles qui engagent la conversation en me demandant mon prénom, mon âge, etc.*

*Je leur explique le système des râlages et leur montre le tableau des ceintures. Ça m'énervait car elles n'arrêtaient pas de rigoler et j'ai dû leur expliquer deux fois les principes. Il y en a une qui me posait des questions, pendant ce temps l'autre se regardait dans la glace pour se recoiffer.*

*Je continue la visite par les classes. Elles sont très étonnées par tout ce que je leur raconte. Je me sens moins intimidée.*

*Je leur fais visiter pièce par pièce tout le bâtiment. On arrive dans la cuisine, il n'y avait que des enfants qui préparaient les repas.*

*— Tu le fais, toi aussi ?*

*— Oui, mais ça dépend des semaines, quelquefois j'y vais tous les jours, d'autres fois seulement une fois dans la semaine. Mais quand même, j'aime beaucoup faire la cuisine.*

*On passe à l'autre bâtiment. Je leur fais visiter la salle à manger, l'imprimerie. Elles trouvent cela « très chouette ». Au moment de monter dans les chambres, je les préviens que vu l'heure, ça risque de ne pas être très bien rangé. Nous montons. Heureusement, ce n'est pas très en désordre.*

*Puis nous redescendons dans le jardin et je termine la visite par l'épicerie dont je leur explique le fonctionnement.*

*— Voilà, la visite est finie, je vais vous reconduire dans le bureau de Fabienne. »*

En juin, nous avions aussi engagé une Chilienne. À la rentrée, elle n'était pas là et nous n'eûmes plus de nouvelles d'elle. Nous recrutons donc en toute hâte, courant octobre, quelqu'un d'autre : Carole. Elle est canadienne. Ses compétences d'enseignante sont indéniables mais sa conception des relations nous paraît curieuse. Tous les autres candidats ont été éliminés. On n'a « pas le choix » et l'on décide de lui proposer un essai d'un mois. Fabienne, qui a la responsabilité du recrutement, n'y est pas favorable mais elle s'incline devant la décision collective, la première importante à laquelle participent les nouveaux venus de l'équipe d'adultes.

Tout de suite, on se rend compte que c'est une erreur. Carole ne compte pas faire équipe, elle ne s'occupe que de sa classe et de ses élèves, elle boude les ateliers et les autres activités. Avec nous, les adultes, le dialogue est difficile. Au bout d'une semaine, notre opinion est faite quand survient un incident qui nous intéressa beaucoup.

La jeune femme avait hérité de la classe de Michel et supportait mal son fonctionnement coopératif, notamment la réunion de classe qui lui semblait entamer son autorité. Elle commence aussitôt une épreuve de force avec ses élèves au sujet de cette institution. Contre son avis, la réunion de classe est maintenue par les enfants qui siègent en sa présence mais sans sa participation. Ils critiquent les mesures illégales qui sont prises, punitions et suppressions de récréation, et décident de porter le sujet devant la réunion d'école, l'après-midi du même jour.

Après un débat durant lequel Carole ne prend pas la parole pour exposer ses positions, la réunion confirme le bon droit des enfants : la réunion de classe est souveraine.

Les deux semaines qui suivirent, l'opposition tourna au conflit. On pouvait suivre la façon dont cette classe qui contenait quelques éléments très « costauds » institution-nellement n'abdiqua pas, malgré les clivages que Carole créa dans le groupe par un système de séduction/répres-sion qui lui valut de « récupérer » une bonne partie des membres les plus fragiles et de les dresser contre les autres.

Le noyau dur aurait-il tenu bon et obtenu des compromis se sachant soutenu par la réunion et l'ensem-ble des adultes ? L'expérience ne se prolongea pas assez pour le savoir.

À la fin du mois, une réunion d'adultes statua. Carole souhaitait rester et continuer son travail. Le débat devait déterminer dans quelles conditions cela serait profitable pour l'école. À l'issue de la discussion, les points de vue inconciliables le restèrent. Carole quitta l'équipe, elle ne fut pas remplacée.

Michel reprit sa classe pour l'année. Il avait été « détaché » pour développer le secteur communication.

Comme il nous manquait une personne, on fit appel à Romuald, un ancien élève qui rendait parfois des services depuis qu'il avait quitté la Neuville. Il était un de ceux qui avaient le mieux compris l'école et son fonctionnement. Il avait alors dix-neuf ans et possédait le permis de conduire. Son programme était flou, comme le « contrat » passé avec lui. Il avait, en fait, très envie de revenir à l'école car il l'avait quittée, en fin de troisième, en restant encore sur sa faim : il était venu tard à la Neuville.

Il s'acquitta remarquablement bien de sa tâche. Sa bonne connaissance des institutions et des comportements des enfants lui permettait de se situer avec justesse, de comprendre ce qui était demandé, peut-être même plus vite que les nouveaux éducateurs. Ce qui était plus ambigu, c'était sa position vis-à-vis des adultes. Là, il avait plus de mal à se situer. Il ne se considérait pas lui-même comme membre à part entière de l'équipe, ce en quoi il avait raison : il ne l'était pas. Il était tout de même content d'en faire partie, de travailler avec ses « maîtres ». L'année de « stage » s'acheva sans une fausse note.

On commit peut-être l'erreur de proposer le renouvellement de l'expérience, l'année suivante, sous prétexte que ça avait bien marché. Les raisons de la réussite initiale seraient celles de l'échec, relatif, de la seconde. Une question de motivation : la sienne s'était, en grande partie, envolée. Cela avait vraiment été une expérience, cela devenait une routine, sans enjeu, sans avenir. Une fois de plus, en l'absence de ce petit rien que semble être la nécessité vraie, cet arrangement se détériora. On avait entre-temps recruté la personne que nous cherchions. L'habitude remplaça l'envie de faire au mieux. On n'osait plus lui demander ce qu'il faisait volontiers l'année précédente. D'un commun accord, il arrêta à la fin de cette année-là, ce qui fut une leçon très profitable pour tous. Le cordon était bel et bien coupé, cette fois-ci.

## ▶ Une première équipe

Au mois de mai, nous nous remettons en quête d'un collaborateur. Jean-Paul Vanderhaegen n'est pas seul, le jour de sa visite : il y a un autre candidat qui parle beaucoup et pose des questions. Lui, ne dit presque rien, on a du mal à le situer. Il s'est fait mettre en disponibilité. De toute façon, il arrête d'être instituteur à l'Éducation nationale. La seule chose qu'il raconte, c'est la classe de neige qui lui a fait découvrir que le métier, pratiqué autrement, pouvait l'intéresser.

On n'en sait pas assez pour prendre une décision mais on veut bien le revoir. Avant de partir, il passe voir Fabienne et lui dit :

— Ça m'intéresse beaucoup. Pour l'argent, ne vous inquiétez pas, je m'en fiche...

— Revenez la semaine prochaine, si ça vous tente...

Il revint passer une semaine avec nous. François et Emmanuel répétaient en vue d'un spectacle. Ça ne marchait pas trop bien. Comme on savait que Jean-Paul était musicien, on lui demanda de se mettre au piano. Il accepta sans se faire prier. Quelques heures plus tard, le numéro était tout à fait au point.

Nous sommes maintenant six pour quatre classes : Catherine et Jean-Paul s'occupent des deux classes primaires. Yves et Fabienne sont les professeurs principaux des deux classes secondaires dans lesquelles Étienne enseigne les matières scientifiques. Michel fait l'anglais, les cours de cinéma, et s'occupe de la gestion et de la communication. Fabienne assure le travail de directrice de l'établissement. Michel est responsable des sports, Yves de la cuisine, Étienne de l'aménagement mais plusieurs adultes participent régulièrement à chacun de ces

départements; nous nous partageons les ateliers quotidiens.

La réunion des adultes a lieu le jeudi soir. C'est au
cours de cette séance que nous devons faire le bilan de la
semaine, préparer la réunion d'école du lendemain et
évoquer ce qui va se passer la semaine suivante.

Cette réunion n'a jamais suffi pour la quantité
d'informations à faire passer, les décisions à prendre, les
débats que suscitent l'utilisation des institutions, l'examen
des difficultés et des remèdes à y apporter. Tout cela est
pourtant à son programme.

Ce qui n'est pas résolu est reporté aux séances plus
longues qui ont lieu durant les congés scolaires et les
vacances d'été.

Mais, bien souvent, l'essentiel des conversations
pédagogiques se fait de façon informelle, dans les couloirs,
le jardin, à table. N'importe où.

# Retour
# au cinéma :
# on filme l'école

Depuis toujours on filmait dans l'école. En 8 mm surtout, en vidéo parfois, quand on nous prêtait le matériel. Après quelques années à la Neuville, ne sachant quel serait l'avenir de l'école, on eut envie de la filmer vraiment, d'archiver pour garder trace. C'était en 1978.

Les Neuvillois pensaient toujours en termes de cinéma. Notre intérêt pour le septième art n'avait pas faibli depuis nos années de cinéphiles. Nous parlions souvent de l'école et de pédagogie en faisant référence aux personnages et aux situations de nos films préférés. Quelque chose d'essentiel dans notre aventure provient probablement de la façon dont nous avions compris, intégré l'univers de certains grands cinéastes, leur façon idéalisée de concevoir le monde et les rapports humains.

Réaliser un film sur l'école ne pouvait que nous amuser. C'était explorer un univers cinématographique dont nous allions être à la fois les metteurs en scène et les interprètes. On baignait dans quelque chose que nous sentions bien. Seul recours extérieur : Pierre, qui avait déjà fait « le son » dans les films d'avant l'école. On emprunta pour l'occasion du matériel 16 mm et l'on filma tout, systématiquement : activités, institutions, interviews d'enfants.

Il n'y avait ni scénario ni plan de tournage. On improvisait. On tournait en temps réel durant les activités, sans mise en scène mais avec une petite préparation de chaque séquence. Les prises de vues

durèrent une semaine presque sans·interruption. Le film
avait coûté le prix de quelques bobines noir et blanc, et
encore : une bonne partie du lot était de la récupération !

Ces bobines restèrent des années dans leurs boîtes : le
développement coûtait trop cher. Ce film était une
assurance : tant que l'école continuait, on n'en avait pas
besoin. Bientôt on n'y pensa plus.

## ▶ La Neuville à la télévision

Le temps avait passé. Nous existions maintenant
depuis douze ans et ni la presse spécialisée ni les
quotidiens n'avaient publié la moindre ligne sur l'école, si
l'on excepte un petit journal normand. Nous n'étions
même pas recensés dans les articles de journaux concernant les écoles différentes.

Nos publications circulaient dans quelques librairies
spécialisées. Elles se vendaient un peu mais n'avaient
suscité qu'un très faible écho. Nous commencions en
revanche à bénéficier d'une certaine estime dans les
milieux éducatifs.

Pourtant, nous avions essayé, à diverses occasions, de
nous faire connaître, ne serait-ce que pour modifier nos
difficiles conditions économiques. Nous avions contacté
plusieurs grands journaux sans même en obtenir accusé
de réception. Même un passage à la télévision ne changea
rien à cet état de fait.

En mai 1981, en effet, Françoise Dolto avait invité
Fabienne à venir parler de la Neuville sur le plateau lors
d'une émission de télévision construite autour d'elle et de
ses centres d'intérêt. La journaliste avait bien du mal à
situer le discours de Fabienne et notre projet pédagogique. Ses questions comme ses demandes de précisions
traduisaient un embarras significatif.

JOURNALISTE ■ *Vous n'avez pas très envie de parler de politique, de remuer de très grandes idées, pourtant vous êtes une femme qui se bat pour des idées...*

F. DOLTO ■ Oui mais... il faut savoir pour quoi on est fait. Je crois que s'occuper de ce qu'on connaît bien, c'est ça être à sa place dans une société. Je vous l'ai dit : l'éducation m'intéresse beaucoup... (rires)

JOURNALISTE ■ *À côté de nous, Fabienne d'Ortoli, qui a fondé une école à la Neuville... Qu'est-ce que c'est que cette école ?*

F. D'ORTOLI ■ *C'est une école partie de la volonté de créer avant tout un milieu de vie. Pas uniquement une école, mais un lieu où il y aurait beaucoup d'activités à côté de l'enseignement scolaire, où, en fait, tous les enfants trouveraient à s'occuper... Où chaque enfant serait reconnu à sa valeur, serait mis en valeur...*

JOURNALISTE ■ *Cela veut-il dire que vous vous occupez d'enfants difficiles ? Est-ce une école spécialisée pour les enfants dont on ne sait pas quoi faire ?*

F. D'ORTOLI ■ *Non. C'est pour les enfants en général...*

F. DOLTO ■ Vous avez même eu des enfants qu'on ne pouvait pas prendre à l'école à leur niveau de classe parce qu'ils étaient trop jeunes...

JOURNALISTE ■ *Des surdoués, alors ?*

F. DOLTO ■ Non, simplement des enfants qui n'avaient pas l'âge pour rentrer dans une classe. Des enfants qui ne sont pas comme des œufs, calibrés. À cause de ça, on les rejette...

F. D'ORTOLI ■ *Même les enfants qui peuvent aller dans le circuit traditionnel s'y retrouvent. Les enfants ont besoin d'un équilibre dans leurs différentes activités. Ce qu'on a voulu créer, ce n'est pas seulement pour les enfants... C'est un milieu qui convient aussi aux adultes.*

JOURNALISTE ■ *Pour les adultes, qu'est-ce que vous voulez dire ?*

F. D'ORTOLI ■ *Cela veut dire que les adultes sont contents d'y vivre. On n'a pas créé ce milieu en se disant : l'enfant a besoin de telle ou telle chose. On considère aussi ce dont les adultes ont besoin.*

JOURNALISTE ■ *Les adultes, c'est-à-dire les enseignants ?*

F. D'ORTOLI ■ *Dans une école traditionnelle, l'adulte n'est peut-être que l'enseignant, pas à la Neuville...*

JOURNALISTE ■ *Mais alors, qu'est-ce que c'est, l'adulte, dans cette école ?*

F. D'ORTOLI ■ *L'adulte, c'est celui qui fait la cuisine, qui s'occupe des travaux d'aménagements, en plus des cours. A un niveau différent, bien sûr, de celui des enfants parce justement il est adulte, c'est-à-dire qu'il est responsable de l'école et qu'il est indépendant, alors que les enfants, eux, ont leurs parents...*

F. DOLTO ■ Je trouve qu'à la Neuville, il y a un climat qui vient des adultes qui ont fait équipe et qui ont à cœur de créer un milieu de vie dans lequel chacun est porté à devenir créatif comme il a à l'être. En fait c'est ça... Et vous délivrez aussi un enseignement, le même enseignement qui se fait ailleurs, où chacun prend ce qu'il peut prendre et donne ce qu'il peut donner. Bien, je crois que c'est ce qui est recherché partout, mais c'est vous, la Neuville, qui avez lancé ça...

JOURNALISTE ■ *Est-ce que c'est une expérience qui peut être généralisée ?*

F. D'ORTOLI ■ *Généralisée complètement et de la même façon, non. Mais des choses pourraient être changées en tenant compte de ce qui se passe dans des lieux comme à la Neuville.*

Les Neuvillois adultes et enfants étaient ravis que l'on parlât d'eux à la télévision mais, en définitive, plutôt déçus par le résultat sur l'écran. Si nous voulions réussir à nous faire connaître et sortir, peut-être, d'une situation économique préoccupante, il nous fallait réaliser la présentation de l'école nous-mêmes.

## ▶ Projet de film pédagogique

Françoise Dolto avait accepté de participer au tournage d'une série de films destinés à « faire connaître la pratique et les résultats de la pédagogie remarquable qui est celle de l'école de la Neuville », comme elle l'écrivait dans sa lettre de présentation du projet. Non seulement elle cautionna et appuya la demande de recherche de financement, mais elle participa aussi à l'élaboration du dossier et du scénario dans lequel elle apparaît comme conseillère technique :

« Je tiens à recommander auprès de vous l'équipe de Michel Amram et Fabienne d'Ortoli. Ce sont des gens que je connais et dont je suis le travail depuis près de douze ans... », ajoutait-elle.

Nous étions sceptiques quant au résultat. Pourtant quelques semaines plus tard, nous parvenait un courrier « urgent » de Françoise Dolto. Elle venait de recevoir une réponse du ministère de la Culture qu'elle croyait favorable. Nous rêvions déjà d'un financement pour le projet. Le dédale des procédures administratives nous détrompa. Il n'en était rien...

Michel avait longuement travaillé avec Dominique Dubosc sur le scénario. Ce dernier connaissait bien la Neuville pour la fréquenter régulièrement depuis des années.

On avait décidé de tourner une version courte du projet avec un budget très serré. Le résultat fut un film d'une trentaine de minutes destiné au « grand public »[1]. Il nous laissait insatisfaits sur le plan pédagogique.

Nous souhaitions maintenant un long métrage sur l'école, la vie quotidienne, ce qui se passait en réunion, etc.

Et puis, pour Fabienne et pour Michel surtout,

1. Ce film est passé à deux reprises sur la 7e chaîne en 1990.

revenir au cinéma dans le cadre de l'école, c'était retrouver quelque chose de leur histoire.

## ▶ Un vrai tournage à l'école

À la rentrée de septembre, on entreprend donc de tourner un film avec le seul concours de l'équipe pédagogique et des enfants. On s'est donné dix jours pour le faire. Étienne aide Michel derrière la caméra et Jean-Paul prend le son.

Pour représenter l'année entière, on décide de jouer au maximum sur les contrastes climatiques de l'automne et de filmer par tous les temps. Ça tombe bien, le premier jour, il pleut ! Nous voilà donc dans le jardin en train de filmer les « postes ». Sébastien et son équipe sortent les poubelles. Il y a des assistants élèves partout : ils poussent le chariot, abritent la caméra sous un parapluie ; il y a aussi des accessoiristes, des décorateurs, des costumiers, car tout est mis en scène.

Sébastien, Olivia et Ludovic sortent par la petite porte du Château, récupèrent au passage la brouette, s'arrêtent devant l'autre bâtiment pour prendre les poubelles de la salle à manger puis se dirigent vers la grille. En même temps Yacine et Nicolas rentrent les légumes livrés devant la grille d'entrée et Audrey et Nathalie finissent de débarrasser et de balayer devant la salle à manger des enfants. Cette scène se déroule ainsi tous les mardis matins.

Tous ces « acteurs » ont du métier : à chaque plan ils reproduisent les mêmes gestes car ils les font naturelle-ment. Le film pourra effectivement se tourner comme prévu, chaque séquence étant filmée aux jours et heures habituels. Au fil des jours, on filme au soleil et à l'ombre ;

tôt le matin à la gare, pour l'arrivée du lundi matin et tard le soir, dans les chambres.

Sur l'idée d'Étienne, la caméra est placée à chaque fois en position très basse, à hauteur d'enfant et non à hauteur d'homme, comme c'est de tradition. Ce parti pris apporte beaucoup au film, qu'on appelle du coup : « Une semaine en automne », en hommage à Ozu.

On tourne dans tous les lieux clés de l'école. On filme les cours, les repas, le cross, l'anniversaire de Sacha qui, ému, tombe à la renverse au lieu de s'asseoir sur le banc en attendant qu'on lui donne son cadeau. Les scènes où il y a « tout le monde » sont les plus amusantes et les plus faciles à tourner : ni le temps ni l'aide n'y sont comptés alors que le reste du temps on doit faire une sorte d'atelier « cinéma » avec seulement les personnes nécessaires à la scène. Ce n'est pas l'école qu'on filme mais l'école en train de se filmer : il n'y a là personne qui n'en fait partie et chacun contribue à ce que ce film nous représente.

Les plus grands s'intéressent à la technique. Ils veulent tous être assistants. C'est un travail plus recherché que « jouer » dans une scène même si personne ne se fait prier pour cela.

Le tournage se déroule comme ces activités qui à l'école ont la priorité. Ça n'amuse pas toujours les enfants ni les adultes, c'est parfois long et fastidieux mais ils ne se plaignent pas. Cela fait partie du programme de l'école pour cette rentrée.

Ils suivent attentivement la fabrication, étape par étape, les différents rôles, le travail du réalisateur. Ils découvrent avec fascination comment le son « off » que l'on rajoute sur les scènes déjà tournées modifie la « réalité ». Bref, certains comprennent que faire un film c'est « créer » une fiction plus qu'enregistrer cette même réalité. Cela rejoint ce qu'ils ont appris pendant les cours de cinéma et les séances de ciné-club qu'anime Michel chaque semaine.

Le tournage est bouclé dans les délais, presque sans pépin. On fait une première projection quelques semaines plus tard pour l'anniversaire de l'école. Le film plaît beaucoup aux enfants qui y retrouvent quelque chose d'important pour eux : la vie quotidienne dans l'école. On se rend compte à leurs questions et commentaires à quel point ils sont concernés par l'image de l'école. Cela nous donne l'idée de compléter le film par une seconde partie.

Le film ne comportait en effet aucun commentaire explicatif. Il se présentait plutôt comme une promenade à travers l'école pendant une semaine. On ajoute donc une série d'entretiens dans laquelle les enfants et les adultes racontent comment ils vivent dans cette école que l'on a vu fonctionner. Cette partie inclut de nombreuses scènes tournées pendant la réunion, d'où son titre : « Autour de la réunion hebdomadaire ».

Pour finir, on demande aussi des commentaires à Fernand Oury et Françoise Dolto, qui apportent une dimension théorique à ce témoignage très concret.

## ▶ Une image positive

La démarche entamée à l'occasion du dixième anniversaire avait été conçue dans une période de doute et d'incertitude de l'avenir. Notre programme d'alors — constituer une équipe, communiquer, étendre le champ des collaborations — représentait une direction vers laquelle nous tendions, plus que des objectifs précis.

Le concrétiser, c'était prendre des risques mais aussi atteindre notre but par un effort limité. Mener à bien le film sur l'école nous avait donné l'occasion de nous ressourcer en enrichissant notre univers professionnel. Ce que l'on avait vu sur l'écran donnait envie de poursuivre la lutte pour la survie de l'école.

Le tournage avait été aussi l'occasion de renouer des relations de travail avec nos parrains. C'est même à partir de ce moment que Françoise Dolto prit publiquement la parole pour cautionner de son nom ce qui se passait d'original à la Neuville.

Durant toute la fabrication du film, une nouvelle forme de dialogue s'établit entre Françoise Dolto, Fabienne et Michel : réflexion commune sur la collaboration des débuts, commentaires sur le caractère préventif de ce que pourrait être l'éducation dans le cadre d'une école comme la Neuville. Se dessinait peu à peu ce qui fut l'ultime forme de travail ensemble.

Le bilan du film fut d'autant plus positif que le produit lui-même fut bien reçu. Intitulé « L'École de la Neuville », il sortit en janvier 1988 et les droits de diffusion furent acquis par différents départements du ministère de la Culture. Il fut dupliqué sur cassettes vidéo, diffusé commercialement et projeté depuis à de nombreuses reprises en France et en Europe. Malgré cela, le film ne rapporta pas d'argent.

### « Un milieu qui invite les enfants à s'exprimer... »

LA NEUVILLE ■ *Vous n'êtes jamais venue à la Neuville en Normandie. Vous êtes venue par contre à Tachy où nous sommes maintenant. Quelles ont été vos impressions à l'occasion de cette première visite ?*

F. DOLTO ■ Je ne suis pas allée à la Neuville parce que je ne voulais pas voir le lieu où vivaient dans la réalité les enfants que je soignais. Cela fait partie de mon idée pour cadrer une psychothérapie. Le psychanalyste ne doit pas être dans la réalité d'aujourd'hui puisqu'il ne doit s'occuper que du passé qui se revit avec lui en séance.

Quand j'ai vu votre maison à Tachy, j'ai davantage

compris. À ce moment-là, je n'avais pas d'enfant de chez vous en traitement. C'est pour ça que ça m'avait intéressée d'y aller.

Qu'est-ce que je peux dire ? Je peux dire que ce qui m'a le plus intéressée, c'est de parler avec quelques enfants sans que vous fussiez avec moi, ni l'un ni l'autre. Des enfants qui parlaient ouvertement à la visiteuse que j'étais et qui m'ont dit ce qu'il y avait à faire dans la maison. Enfin, ils étaient comme chez eux, tout à fait. Ils parlaient avec amour de ce lieu où ils vivaient, des camarades qui passaient. Les quelques mots qu'ils prononçaient à leur sujet montraient qu'il y avait un esprit de corps. Cela aussi est intéressant que les enfants se sentent un esprit de corps avec leurs camarades, autant qu'avec les adultes.

C'est une école de santé, de vie sociale. C'est par la vie sociale, par la coopération et la solidarité quotidienne, dans les besognes nécessaires à la vie du groupe, par la responsabilité de tâches qui sont complètement acceptées, prises en charge, assumées par des enfants à qui on fait confiance, que peu à peu ils se rendent compte qu'ils sont indispensables, qu'ils sont à leur place. Ils ont chacun leur place dans cette maison et à tour de rôle, ils se rendent des services les uns aux autres, aussi bien les enfants aux adultes que les adultes aux enfants.

Et puis, en même temps, on peut y apprendre quelque chose de nouveau, si l'on veut. On n'est pas obligé, ce n'est pas uniquement une école... On n'est pas obligé de se soumettre au programme, j'en ai parlé avec les instituteurs... Quand quelqu'un est éveillé à la curiosité et au droit à la curiosité, forcément sa curiosité s'étend aussi au domaine culturel de l'école. Un enfant qui se sent incapable en classe alors qu'il est déluré en paroles et dans son corps, qu'il peut faire des tas de choses dans la maison avec ses mains, se sent valorisé par quelque chose. Il n'est plus le cancre qu'il a été jusque-là. Finalement le cancre

disparaît, fond comme neige au soleil, parce qu'il
s'intéresse à d'autres choses du fait qu'il a confiance en
lui.

LA NEUVILLE ■ *Quel est le rôle des adultes dans tout cela?*

F. DOLTO ■ Vous vivez, vous travaillez, vous leur
montrez l'exemple de gens qui respectent l'être humain
quand il est enfant. Mais ce qui est tout à fait typique c'est
que vous travaillez avec des enfants. Ils participent, non
seulement à ce que vous faites, non seulement à l'entretien
de la maison, mais aussi aux décisions. Je suis sûre que très
souvent vous avez eu des idées qui ne se seraient pas
réalisées de la même façon si les enfants n'avaient pas
participé en donnant leur avis.

C'est vraiment un travail de croissance des enfants
dans un milieu qui invite l'enfant à exprimer ce qu'il
pense, ce qu'il désire, ses jugements, où l'enfant entend
que ce qu'il dit a aussi un effet sur le social. Vous ne lui
demandez pas son avis pour faire semblant : « Parle
toujours, tu m'intéresses, mais j'en fais qu'à ma tête. » Pas
du tout. C'est pour ça que c'est intéressant, cette école.

L'enfant sent qu'il y est partie prenante... que bien sûr
ce sont les parents responsables de lui qui paient l'école
mais que, dans l'école, c'est lui qui soutient l'école aussi...
Il n'est pas un parasite ou un objet, il est un sujet vivant
dans cette école.

LA NEUVILLE ■ *Il serait peut-être intéressant de parler de la
réunion?*

F. DOLTO ■ Sa fréquence est hebdomadaire, je crois.
Les enfants disent : « râlages » mais ce n'est pas toujours
pour se plaindre... J'ai vu qu'il y avait aussi des projets,
des propositions... C'est très important que les enfants
aient un jour où ils savent qu'on les écoutera dans tout ce
qu'ils ont à dire. On dit, en général, qu'il est gênant pour
une école d'avoir des enfants à des niveaux de développement différents au même âge. Il est intéressant de voir
chez vous que ce n'est pas vrai quand le style de la

pédagogie est différent. Et c'est possible, simplement parce que les adultes acceptent que les enfants soient à des niveaux différents.

La réunion hebdomadaire y est pour beaucoup, je crois, parce qu'on écoute l'enfant. Quel que soit le niveau de ses réflexions, le niveau de sa maturité, il a son temps de parole et il est reconnu comme une personne différente mais aussi valable qu'une autre.

LA NEUVILLE ■ *Que pensez-vous du principe du râlage écrit dans le carnet ?*

F. DOLTO ■ Le râlage est mis à l'ordre du jour, on en parlera... Il sera lu par le président et l'enfant qui l'a écrit pourra aussi y ajouter son mot verbalement. Je crois que cela permet de dépasser une épreuve du lundi ou du mardi, parce qu'on en parlera le vendredi. L'enfant sait qu'on va en parler, alors il la met entre parenthèses et la journée se passe bien. S'il n'avait pas eu la perspective de pouvoir se plaindre vendredi, eh bien, du lundi au vendredi, il aurait ruminé cette espèce de régurgitation mentale que représente une chose désagréable qui l'a vexé ou lui a fait de la peine. Cela l'aurait bloqué certainement plus longtemps, aurait grippé la circulation mentale chez cet enfant. C'est cela qui est important, mais pas seulement chez les enfants, chez les adultes aussi. S'exprimer par la parole, c'est purger tout ce qui en soi gêne la circulation mentale. Ce qu'on n'exprime pas par la parole, on est obligé de le garder d'une façon mentale et cela passe dans le physique, dans des troubles psychosomatiques parfois végétatifs, cela donne même des cauchemars. Je suis sûre que quand c'est écrit dans le carnet, ce qui fait qu'on le lira vendredi, les enfants dorment tranquillement. Sinon ils auraient fait des cauchemars même si, en apparence, dans la journée cela ne les avait pas gênés.

Mais il doit arriver aussi que le vendredi ce soit désamorcé et qu'ils disent : « Oh, ça ne fait rien... »

La Neuville ▪ *Ils disent : « Annulé ».*

F. Dolto ▪ Même si personne ne leur fait remarquer combien on peut passer par des états passionnels et que ces états passionnels sont nécessaires, il est très important pour eux-mêmes de découvrir que cela se dépasse facilement. Les enfants, quand ils ont un chagrin, une déception, pensent que c'est pour toute la vie. Ils croient qu'ils ne s'en remettront jamais.

Mais quand de semaine en semaine, ils s'aperçoivent que ce qui a été un drame pour eux le lundi, ils peuvent l'annuler le vendredi, c'est énorme. Quand ils auront à nouveau des chagrins ou des déceptions, ils sauront les relativiser tandis que chez certains enfants, cela se passe toujours dans l'absolu, l'éternel. « Jamais je ne lui pardonnerai. Ce type-là, jamais je ne lui reparlerai. » Et puis, trois jours après, c'est fini. Mais si l'on n'avait pas pris au sérieux ce « jamais », s'ils croyaient qu'on ne l'avait pas pris au sérieux, ils ne pourraient pas le dépasser. Il faut que les moments d'intensité émotionnelle puissent trouver à se déverser pour que l'émotion recommence. La vie fait son chemin et puis on passe sur quelque chose qui a juste laissé une petite cicatrice. Il n'y a pas de quoi en parler.

La Neuville ▪ *C'est intéressant de constater que les enfants ne mentent jamais en réunion. Ils ne nient pas ce qui semble être la réalité, en tout cas la réalité vécue par les autres enfants.*

F. Dolto ▪ Parce qu'ils y parlent d'événements qui ne sont pas immédiats. C'est justement l'intérêt de faire votre réunion en fin de semaine. Un enfant ment dans l'immédiat, pas quand il a pris du recul. Vous prenez sur le fait un enfant en train de faire une mistoufle.

Il dit : « C'est pas moi, c'est pas moi. »

Il suffit de lui dire : « Mais oui, je sais bien que c'est pas toi. Mais c'est tes mains. »

« Ben, oui. »

Vous voyez, il a déjà pris du recul parce qu'on a dit

que c'est ses mains, et que ce n'est pas lui. Même dans l'immédiat. Cela est encore plus vrai quand il parle de choses qui se sont passées la veille ou l'avant-veille. Mais je pense que certains dans le groupe mentent peut-être sur le moment. Je crois qu'il faudrait le leur faire remarquer. Pour qu'ils apprennent à prendre rapidement le recul avec eux-mêmes qui leur permet de se détacher d'un acte ou d'un dire ; pour qu'ils puissent en parler comme quelqu'un qui en fait le tour, qui juge et qui n'est pas pris tout le temps dans le jeu de la passion. Il y a plusieurs niveaux dans un être humain. Il faut qu'ils s'en rendent compte assez vite, grâce au social qui sert de miroir. On se voit dans le miroir et quelquefois on dit :

« Non, c'est pas vrai, c'est pas moi qui suis dans ce miroir-là. »

« Mais non, c'est pas toi, c'est l'image que tu as donnée. C'est pas celle que tu voulais donner... »

« C'est vrai. »

C'est très intéressant parce que le social a pour effet d'être un miroir. Mais un miroir qui n'est pas, comment dire, inamical sauf pour ceux qui servent de bouc émissaire. Pour ceux-là, alors, c'est terrible mais cela n'arrive pas dans une école comme la vôtre. En revanche, dans les écoles ordinaires où les professeurs ne sont pas au courant de ce qui se passe, des enfants deviennent les boucs émissaires d'une classe et il n'y a plus rien à faire. Parce que le miroir qu'on leur tend est un miroir tellement déformant que ce n'est pas possible à supporter. Ces enfants peuvent tomber dans des états graves d'un point de vue psychique si la famille ne se rend pas compte qu'ils sont victimes d'une cabale. Mais c'est justement ce qui est évité dans votre école.

Il est très dur pour un enfant de supporter sa marginalité quand l'école, les adultes, n'aident pas les enfants à se respecter les uns les autres, quelles que soient leurs difficultés, quel que soit leur comportement momen-

tané. Cette apparence de trouble disparaît dans une école
où il est permis d'en parler ouvertement et non dans le dos
de l'enfant concerné. Chez les enfants, le respect de
quelqu'un d'autre, avec ses travers, ses symptômes, est
très important, car cette personne existe et elle est tout à
fait respectable derrière tous ses symptômes.

LA NEUVILLE ■ *La règle essentielle de l'école est : « On ne
se moque pas. »*

F. DOLTO ■ Ça, c'est très bien.

LA NEUVILLE ■ *Et surtout en réunion. On a eu un enfant qui
bégayait et quand il expliquait son râlage, ça durait très
longtemps. Tout le monde écoutait sans s'impatienter, en pensant
que c'était important et qu'il avait autant droit à la parole que les
autres.*

F. DOLTO ■ C'est une énorme leçon pour eux. Une
leçon de tolérance à autrui qui est construit autrement,
qui a une autre histoire et avec qui on a, dans la vie
courante, un commerce à bénéfice réciproque. À partir
du moment où on ne se moque pas, écouter un camarade
qui a des difficultés à parler, cela fait comprendre à
chaque enfant ce qui existe en lui aussi mais ne se traduit
pas dans son cas par le bégaiement.

C'est une leçon de confiance pour accepter ses propres
défauts. Si nous voulons constamment camoufler nos
imperfections, si nous les méprisons au point de ne
pouvoir les tolérer, nous ne pouvons pas nous servir de
l'énergie qui y est employée. Il faut tolérer ses faiblesses, il
faut tolérer ses défauts pour pouvoir utiliser autrement
l'énergie qui y est incluse. C'est comme cela qu'on les
dépasse. On ne guérit pas, c'est un symptôme qui
disparaît quand l'énergie n'y va pas. Et pour cela, il faut
que cette énergie qui va au symptôme n'ait pas été tout le
temps tournée en dérision.

Il faudrait aussi — et je suis sûre que vous le faites —
ne jamais identifier un enfant à son acte. Un enfant qui a
volé n'est pas un voleur. Il a volé. C'est un raté du projet

mais cela ne signifie pas que le sujet, lui, est quelqu'un qui est à identifier à son acte. Bien qu'il soit responsable.

LA NEUVILLE ▪ *Avez-vous une idée de la raison qui fait qu'à la Neuville, ça « marche » aussi bien ?*

F. DOLTO ▪ Vous le constatez et c'est un fait. Les enfants, les parents, le constatent aussi. Je pense qu'il y a plusieurs explications.

D'abord, le fait que rien n'est obligatoire au départ donne aux enfants un sentiment de leur liberté que ni l'école, l'institution qu'ils ont presque tous connue, ni leur famille ne leur ont jamais fait éprouver. À partir du moment où rien n'est obligatoire, on peut venir voir. Quand un enfant entre dans la classe, il voit que vous n'allez pas tout de suite l'insérer de force dans une activité et qu'il a le droit de regarder ce que vous faites. Un enfant qui regarde les autres, peu à peu, il s'y met... Ou bien ça lui plaît et il restera dans cette école... et il vous le dit. Ou bien ça ne lui plaît pas et il dira :

— Je veux m'en aller !

— Ben pourquoi pas ?

Dès qu'il y a « pourquoi pas », la Neuville propose tellement de choses agréables dont il se rend compte quand il rentre chez ses parents tous les vendredis, qu'il revient à l'école. Ce qui importe aussi beaucoup pour un enfant, c'est de voir que, vous, les adultes, vous ne vous intéressez pas seulement à l'école, pas seulement à chaque enfant, mais à la maison aussi, et vous intéressez les enfants à la maison. Assez rapidement, ils se sentent à égalité dans la « coresponsabilité », parce que lorsqu'ils peuvent aider, ils aident là où ils se trouvent et vous ne les rejetez pas en disant : « Non, laisse-moi tranquille ! »

LA NEUVILLE ▪ *Ils sentent comme une nécessité...*

F. DOLTO ▪ Justement, au début, ce n'est peut-être pas ressenti comme une nécessité, en tout cas, ce n'est pas obligatoire. Ordinairement, dans une école, ce qui est nécessaire devient vite obligatoire. Leur fierté à eux, c'est de se sentir nécessaires puisqu'ils ne sont pas obligés, qu'ils pourraient s'en aller. Vous voyez, c'est cela : ils se sentent nécessaires mais ce n'est pas obligé et c'est pour ça qu'ils sont partie prenante de l'école.

Et puis il y a aussi la réunion, qui est très importante. Ils s'aperçoivent là qu'ils peuvent vraiment dire tout ce qu'ils sentent, au jour le jour, et tout ce qui est négatif dans les relations qu'ils subissent de la vie institutionnelle. Et nous savons ce qui est dit est déjà beaucoup plus facile à supporter, même si ça ne change pas. Le fait qu'on peut le dire, qu'on est libre de le dire, permet de le supporter.

Voilà toutes les réponses que je pourrais donner... Il y a aussi le rôle des plus anciens qui, chez vous, sont coopérants, alors que dans d'autres écoles où les enfants sont beaucoup plus isolés dans leur classe d'âge, ils ne sont pas toujours solidaires des autres. Chez vous, tout le monde est ensemble : le jour de la réunion, pendant les repas, dans les chambres. Cela aussi, dans la tête d'un enfant, permet le cheminement imaginaire entre quand il était petit et quand il sera grand. C'est une liberté dans sa vie intérieure, dans sa vie fantasmatique, de se projeter dans l'avenir.

Je crois que c'est l'ensemble de tout cela qui fait l'intérêt de votre pédagogie : cette possibilité de vivre en institution sans qu'elle vous sorte par les yeux et les oreilles. Je n'ai pas senti non plus de fanatisme chez les enfants : ils vous aiment bien mais ils en prennent et ils en laissent. Le sens critique, grâce justement aux séances de réunion, est non seulement préservé mais reconnu comme une chose valable.

Enfin, vous le savez, les enfants ont besoin de repères journaliers, de choses structurées. Du moment qu'ils peuvent rouspéter contre, ils sont contents. Ce qui est nécessaire, c'est de trouver ses repères et, comme ils sont parfois embêtants, de pouvoir rouspéter contre. Tout en s'en servant.

La Neuville ■ *Nous vous avons apporté un texte que nous aimerions vous faire lire. Ce sont quelques réponses d'un enfant, à propos de ce thème, justement...*

F. Dolto ■ Il a quel âge ? Il faut l'indiquer...

La Neuville ■ *Il a treize ans. Il s'appelle Sacha...*

● *Question — Qu'est-ce que c'est que la loi ?*

*Sacha — On pourrait dire que l'école est une petite république, en fait... Une petite république où les lois ne sont pas écrites, elles sont conservées oralement, à force d'être répétées. Les lois qui servent beaucoup vont rester mais les lois qui ne sont plus très importantes vont s'oublier au fur et à mesure, les gens vont plus y penser vraiment... et après elles vont disparaître carrément.*

*Ou alors ce qu'on fait, on invente des règlements quand c'est nécessaire.*

F. Dolto ■ C'est bien ça : on invente des règlements quand c'est nécessaire... On abandonne ceux qui sont désuets.

● *Question — Il y a beaucoup de lois ?*

*Sacha — Je peux pas dire, je me suis jamais amusé à les compter, il doit bien en avoir une centaine, je sais pas...*

● *Question — Et les enfants arrivent à les retenir toutes ?*

*Sacha — Pour un nouveau, c'est compliqué parce que lui ça lui chamboule tout, parce qu'il est dans un autre style d'apprentissage, il faut un mois ou plus pour qu'il comprenne tout ça, qu'il sente... Après un mois, il commence à bien s'habituer et tout, il commence à bien comprendre les règlements mais pour ça, il faut que les enfants l'aident aussi, et ça, c'est le plus dur.*

F. Dolto ■ Il faut que les enfants l'aident, il faut une

collaboration... et, comme dit Sacha, c'est bien cela le plus dur !

● *Question — Les lois ça sert à quoi ?*

*Sacha — Ça sert à définir les limites de l'école déjà... Sans les lois l'école ne serait pas vraiment l'école parce que il y aurait pas vraiment de limite, parce que les gens... Imaginez si on avait le droit de sortir de l'école, il y aurait plein de monde qui sortirait de l'école, il y en a qui risqueraient de se blesser, de faire des bêtises en dehors.*

● *Question — Et tous les enfants comprennent les lois ?*

*Sacha — Il arrive quand même qu'il y en ait qui ne comprennent pas les lois et les sanctions, qui n'y arrivent pas... Ils étaient sûrement pas habitués à un milieu qui était aussi ouvert, pratiquement. Même s'il y a beaucoup de lois. Prenez une école traditionnelle, c'est la cour et c'est pas plus loin... oui, et puis les toilettes et la cantine. Y'a que ça.*

*Tandis que là, il y a une circulation, tu peux te balader et faire autant de bêtises que tu veux mais ça ne trouve aucun intérêt, faire au moins une dizaine de bêtises dans la journée, ça ne trouve même pas d'intérêt, ce n'est pas amusant. Ça ne sert strictement à rien.*

F. DOLTO ■ Si on n'est même pas puni des bêtises qu'on fait, ça n'intéresse personne...

● *Question — Quand quelqu'un n'arrive pas à suivre les lois, qu'est-ce qu'on fait ?*

*Sacha — Déjà, on le dispute... on dit aux gens d'essayer de le prendre en charge. C'est pas facile mais chaque fois qu'ils le voient, ils essayent de l'entraîner dans des jeux, des trucs comme ça, pour pas qu'il fasse des conneries tout le temps. Et puis surtout, en réunion, on lui parle, on lui explique, on lui donne parfois des sanctions...*

F. Dolto ■ Oui, en réunion... on lui parle, on lui explique.

● Question — *À quoi servent les sanctions ?*

*Sacha — C'est pour lui faire comprendre, pour pas qu'il recommence. Il va faire sa sanction, il va réfléchir.*

● Question — *L'enfant concerné donne-t-il son avis sur la sanction ?*

*Sacha — La personne doit accepter la sanction pour comprendre. D'ailleurs s'il l'accepte pas, il va pas comprendre les sanctions, il va dire : « Mais moi, je m'en fous, moi. »*

● Question — *On lui demande de rentrer dans l'école...*

*Sacha — Oui, parce que s'il ne s'y plaît pas dans l'école...*

● Question — *Comment ça va se passer ?*

*Sacha — Ben, c'est-à-dire, c'est surtout grâce aux enfants parce que si les enfants ne l'aidaient pas il s'ennuierait, il serait tout seul. Par exemple, certains enfants, si la tête d'un nouveau ne leur plaît pas, ils vont le laisser dans son coin, ils vont rester entre eux. Ces enfants agiraient très mal et d'un autre côté l'enfant aurait du mal à s'adapter et ça ferait des choses graves.*

*En fait, il faut essayer de lui trouver des centres d'intérêt, les sports, l'informatique, l'imprimerie, tous les ateliers... Il a, quand même, assez de choix. Il commence à trouver de l'intérêt dans l'école... je sais pas comment dire ça, tout ça, ça fait une organisation comme chez les fourmis. Parce que l'école, c'est une vraie fourmilière, à part qu'il n'y a pas de reine, tout le monde est roi et reine, tout le monde sait ce qu'il doit faire. On sait où on est exactement, et c'est ça qui permet un bon fonctionnement de l'école. Mais on n'est pas sous les ordres d'une organisation, c'est nous, en fait, qui décidons des règlements...*

F. DOLTO ■ Oui c'est intéressant, ce dont il parle, cette convivialité de l'esprit de l'école : on est tous là pour arriver à s'entraider, même si l'on est complètement différents... Tout cela donne une organisation semblable à celle des fourmis... les animaux sociaux. C'est le côté social qui revient. Tout le monde est roi et reine, tout le monde est responsable. On n'est pas sous les ordres d'une organisation, c'est nous qui décidons en fait des règlements... en commun. Tout cela est très important.

● *Question — Et chacun décide de ce qu'il fait lui ?*

*Sacha — Ben ça dépend, si ça dérange personne, ce qu'il fait ça ira mais si ça dérange les autres ça ne va pas, parce qu'il faut que tout le monde puisse être bien. Nous, dans ces cas-là, on essaye de trouver des solutions pour que ça dérange plus personne et que lui, il soit bien.*

● *Question — Comment fonctionne la fabrication des lois ?*

*Sacha — D'abord on réfléchit un peu. Après, tout ceux qui ont réfléchi proposent des solutions et on vote : ceux qui s'abstiennent, ceux qui sont pour ou contre... Parce que dans un vote on voit tout, on voit les petits, on voit les adultes... De toute façon une loi ça se discute parce qu'une loi on peut pas la trouver comme ça, à la légère. Quelque fois, on les teste, une semaine ou deux pour voir si elles sont valables.*

● *Question — Qu'est-ce que c'est qu'une loi valable ?*

*Sacha — Faut que ce soit juste une loi, bien précise avec le truc dont on parle, il faut qu'une loi ça ne dérange personne et ça fournisse un bon équilibre à l'école. Ça peut se modifier, aussi. Mais si quelqu'un est tout seul à dire ça, pendant le débat, on va pas lui faire des lois à lui tout seul, ce serait trop compliqué avec une quarantaine d'enfants. Quelqu'un qui est tout seul, on passe dessus, mais s'il y en a une dizaine, là on ne peut plus passer dessus, on est obligé de discuter et de changer.*

F. DOLTO ■ Il est très intéressant ce Sacha. Depuis combien de temps est-il dans l'école ?

LA NEUVILLE ■ *Quatre ans... Ce qu'il dit là est une bonne explication pour les personnes qui ne croient pas à la possibilité d'une vie communautaire dans le cadre de l'école.*

F. DOLTO ■ Les gens qui vous font cette critique ont souffert des institutions dans lesquelles ils étaient. Ils sont très angoissés à l'idée de modes de vie différents. Une réponse telle que celle de ce garçon peut être très éclairante pour eux.

LA NEUVILLE ■ *On devine ce que pensent certaines personnes quand on leur parle de l'école et qui pourrait se traduire par quelque chose comme :*

*Ce que vous affirmez est sans doute vrai mais c'est le résultat d'un endoctrinement...*

F. DOLTO ■ « Les autres institutions les brisent et vous, vous les endoctrinez... » Tout de même, chez vous, les enfants sont plus heureux, plus créatifs, ils développent plus leurs qualités individuelles que lorsqu'ils sont dans un troupeau qui obéit à la loi du plus fort parce que c'est lui qui décide. Il faut toujours qu'il y ait des lois mais d'habitude, ce sont les adultes qui les imposent...

LA NEUVILLE ■ *Ses propos sur les limites sont intéressants mais ce qu'il dit du système traditionnel qu'il a fréquenté auparavant fait frémir : « Y'a la cour, la cantine, les W.-C. et puis c'est tout... »*

F. DOLTO ■ Il raconte qu'on peut faire jusqu'à dix bêtises par jour, mais comme les bêtises n'intéressent pas les autres, finalement elles ne servent à rien. Ce sont des provocations à la recherche de limites. Parce que faire des bêtises, c'est tout de même une initiative mais c'est une initiative contre, au lieu d'être une initiative pour soi et pour les autres.

LA NEUVILLE ■ *C'est toujours étonnant quand un nouvel élève arrive à la Neuville. Il est surpris qu'il n'y ait pas les adultes contre les enfants et vice versa, et il est très étonné de voir qu'on n'en*

*fait ni plus ni moins quand les adultes ne sont pas là. Il a du mal
à croire l'enfant qui lui dit : « C'est pas parce qu'il n'y a pas
d'adultes qu'on fait n'importe quoi. »*

F. DOLTO ■ Je crois, à la réflexion, que les personnes
qui vous font ces remarques sur la vie communautaire
sont gênées de sentir qu'il existe une liberté à l'intérieur
du cadre de certaines limites, différentes de celles qu'il y
a ailleurs. Mais enfin, il faut bien que les gens s'étonnent
de quelque chose quand on leur parle de votre école ! De
quoi pourraient-ils s'étonner sans cela ?

Pour eux, une institution ne peut pas respecter les
individus qui la constituent. D'habitude, une institution
qui a des enfants ne tient pas compte de chaque enfant
qui y entre. Elle prend des enfants qu'elle forme à entrer
dans ses vues. Chez vous, au contraire, chaque enfant qui
arrive est considéré comme un membre à part entière de
votre communauté ; il va faire un peu bouger tout le
monde, tout en s'intégrant.

LA NEUVILLE ■ *C'est l'image des fourmis : on est tous rois
et reines. Sacha n'a pas dit : il n'y a pas de rois ; il a dit : on est
tous rois et reines, c'est-à-dire que chacun se sent important...*

F. DOLTO ■ Oui, respecté dans ce qu'il fait, reconnu.
Reconnu comme un membre valable, à parts égales avec
les autres. Des responsabilités un peu différentes, mais des
responsabilités pour tous.

# Durer

Nous commencions à nous rendre compte que l'école serait toujours aussi difficile à construire, même si nous devenions plus compétents. Continuer, c'était s'engager à toujours remettre en question et améliorer. Et parce que l'attitude pédagogique vis-à-vis des enfants, essentiellement relationnelle, est un éternel recommencement, participer à tout cela, c'était accepter de subordonner sa propre démarche à celle de l'école.

Pour un temps, temps imaginaire, celui de la durée de l'école ou de sa présence à soi dans le groupe. Les difficultés commençaient quand chacun n'envisageait plus de limite à cet engagement.

Changer le statut social de l'école passait obligatoirement par une reconnaissance de notre travail par les autres. Nous avions conscience que poursuivre tranquillement dans les « ateliers neuvillois » ne pouvait plus constituer qu'une partie du travail à faire. Il serait intéressant aussi de faire connaître les résultats d'années de recherche, de communiquer, d'échanger...

## ▶ Raconter la Neuville

On nous demande maintenant, régulièrement, d'intervenir à l'Université ou dans des stages professionnels.

Au début, cela nous amuse beaucoup. Aller parler de la Neuville au dehors cela fait du bien... à l'école, cela veut dire que l'on s'intéresse à nous. C'est valorisant aussi pour ceux qui font l'intervention. Même si on est presque toujours déçu, on continue : le mouvement est irréversible. Il y a sans doute là un malentendu. Ce que nous

racontons est difficile à entendre et de notre côté, nous
attendons peut-être trop de ces rencontres une
reconnaissance de l'importance de l'œuvre accompli.

En général, quand nous intervenons, nous commençons par un exposé, la seconde partie du temps étant
consacrée à un débat sous la forme de questions et de
réponses. Or, la première partie achevée, la plupart du
temps, il y a peu de questions. Un silence. Les spectateurs
ne savent pas quoi dire. Ni sous forme de question ni
autrement. Ce que nous avons dit questionne très fort
l'auditoire. Emportés par notre discours, nous allons loin
dans les remises en questions et les auditeurs ne doivent
pas avoir très envie de nous suivre.

Le public se divise, la plupart du temps, en deux
groupes : quelques « pèlerins » qui ont déjà pratiqué ou
entendu parler de travail coopératif. Très intéressés, ils
posent des questions, essaient de rapporter ce qui leur est
dit à ce qu'ils ont pu vivre par ailleurs. Et les autres. Au
bout de deux heures, l'animateur de séance « arrête les
frais » et envoie spectateurs et intervenants dans leurs
foyers, comme à la fin d'un spectacle, ce qui a le don de
nous agacer. Nous n'arrivons pas à comprendre la
réaction de la plus grande partie du public. Surprise,
muette et vaguement incrédule, elle semble dire :

« Oui, il existe des expériences tout à fait étonnantes,
comme celle-ci. Mais ça n'a rien à voir avec la façon dont
on travaille au quotidien dans nos école, nos centres, nos
hôpitaux. »

Nous voulions montrer qu'il peut exister une autre
façon d'aborder les questions et non présenter la Neuville
comme une solution globale aux problèmes éducatifs.
Mais ce dialogue n'est pas possible. À leur question non
verbalisée, nous avons envie de répondre :

— Et la Neuville, c'est pas quotidien ?

Certaines fois, nous subissons de véritables agressions
de la part de spectateurs qui s'en prennent violemment à

un détail ou à l'ensemble de nos propos. Le plus souvent, c'est le fait d'une ou deux personnes dans l'assistance. Mais pratiquement à chaque intervention une question, un commentaire, même nuancé ou simplement incrédule, trahit la pensée d'un grand nombre de ceux qui restent muets.

Nous commençons à comprendre ce que notre existence peut avoir de dérangeant. Avec elle disparaît l'un des alibis les plus confortables qui soient :

— On ne peut rien faire. (Ouf!)

Nous devons apprendre à répondre et à nous défendre sans pour autant contre-attaquer, sans nous irriter. Cela va prendre du temps. En attendant, on continue à dire ce qui est, c'est-à-dire ce que nous faisons. Sans en tirer de conclusions, avec des points de suspensions et des ellipses. Avec un arsenal d'anecdotes et de citations de nos maîtres (Dolto, Oury) qui sont, eux, plus ou moins protégés par la notoriété publique.

Que nous soyons inconnus semble rendre l'offense de nos propos encore plus grande.

Aller parler hors de l'école n'est pas facile. Cela oblige à partir dans l'après-midi, à deux, et à laisser les autres adultes se débrouiller. Depuis le départ de Pascal, c'est presque toujours Yves et Michel qui se chargent de cette tâche. À l'occasion d'une de ces sorties Michel eut la surprise d'entendre Yves raconter des anecdotes sur les débuts de l'école dont il n'avait pas été le témoin mais qu'il avait entendu raconter. Au fil des années, toute une tradition narrative s'est, en effet, constituée sous des formes variées et cela fait maintenant partie d'une sorte de mémoire collective du lieu et de ses occupants, qui se perpétue même au-delà de leur présence propre.

Lorsque nous avons élargi l'équipe à quatre, puis à six permanents, le travail de « formation » des nouveaux, leur intégration ont, pour une large part, été assurés par le récit. Conversations, anecdotes ont fait davantage pour leur permettre de « piger comment ça fonctionne » que les explications théoriques. Aucun moyen cependant ne parvenait seul à rendre compte de tout ce qui se passait à la Neuville. C'est pourquoi s'est développée, spontanément, toute une mise en scène de l'école en théâtre et en chansons, en images (films, photos), en textes. Ces moyens étant à la portée de chacun, adultes comme enfants.

Le meilleur exemple est, peut-être, celui de la classe de mer à Murtoli, devenue au fil des ans, par son cadre et son déroulement, un véritable mythe. À elle seule, la source a créé tout un courant mystérieux et poétique. Toutes les formes de récit qui accompagnent ce voyage et ce séjour ont fini par faire de Murtoli un lieu historique imaginaire.

« En somme, durant votre classe de mer, les enfants se ressourcent secrètement » avait commenté, avec humour, Françoise Dolto.

## ▶ Se remettre en question

En souhaitait poursuivre et amplifier la recherche, expliquer certaines carences, le pourquoi des institutions, en osant « toucher » aux limites que nous avions acceptées, pour les reculer, nous prenions le risque de toujours avancer. Agir ainsi n'était pas un signe d'audace. Nous échappions simplement à un autre risque : celui de se scléroser et de disparaître à court ou à moyen terme.

On demanda à Fernand Oury de venir régulièrement à Tachy, comme il l'avait fait quelquefois à la Neuville. Ces visites avaient pour but, cette fois-ci, d'intervenir directement dans les classes pour former les instituteurs aux techniques scolaires de base. Il était réticent pour ce travail car il souhaitait que nos enseignants aillent dans les stages de formation qu'il animait, avec d'autres praticiens, tous les ans, en juillet. Mais à cette date, nous étions encore ouverts et ce n'était pas possible. Il accepta donc cette tâche.

— Pour ce qui est de la vie du groupe, des réunions, c'est au point, je n'ai plus rien à vous dire. Mais pour l'apprentissage scolaire, vous avez encore beaucoup à apprendre.

Il intervint donc, d'abord dans la classe d'Yves, puis dans celle de Jean-Paul et celle de Catherine. Toutes les classes étaient déjà coopératives, pratiquaient les réunions, les ceintures, l'imprimerie. Le reste des techniques issues de la Pédagogie institutionnelle étaient plus ou moins au point. C'est sur la mise en place de ces techniques essentielles, que l'on ne détaillera pas ici, que porta surtout le travail de Fernand avec les enseignants de la Neuville durant cette période. Un peu plus tard, Catherine Pochet, institutrice et auteur d'ouvrages pédagogiques, y participa également.

Nous avions décidé aussi d'introduire dans notre travail de groupe un intervenant qui participerait à certaines réunions d'adultes. Par ailleurs, une forme de contrôle assez particulière s'était instaurée avec Françoise Dolto, de façon régulière. Ces démarches n'étaient pas dues au hasard ; elles avaient encore pour but de raconter mais avec le souci, de plus en plus évident, que ce qui était dit dans ces temps de parole soit réfléchi, pourrait-on dire, pour nous être renvoyé.

Jacques Pain, maître de conférence à Paris-X, avait entendu parler de notre travail et était venu nous voir à Tachy. Il nous avait également invités à faire des interventions lors de ses cours à la fac. Nous souhaitions tous discuter « pédagogie » avec lui, parce que nous l'avions souvent fait de façon informelle, autour d'un bon repas. Évoquer les grands courants pédagogiques du XXe siècle, leurs caractéristiques et notre position par rapport à certains d'entre eux, s'était avéré passionnant.

Prolongeant ce qui se faisait déjà entre nous, ces réunions servirent aussi à analyser nos institutions. On aborda notamment certaines questions concernant le fonctionnement de l'équipe, travail que Jacques avait déjà effectué avec différents groupes d'enseignants.

Le but de notre intervenant était le suivant : amener les membres du groupe à définir le projet commun, à évoquer le rôle de chacun dans l'équipe. On touchait là, avec précision, à un sujet fort délicat, et il n'y eut pas beaucoup de séances de ce genre. Bien que chacun l'ait trouvé intéressant, ce travail ne fut pas poursuivi l'année suivante.

La mise en lumière de la prise de parole de chaque adulte « en tant que... » avait-elle mis en danger l'ombre propice à la rêverie de chacun ? Ou est-ce la forme de ces interventions qui ne correspondait pas à ce que l'équipe cherchait ?

Quoi qu'il en soit, les idées soulevées lors de ces réunions ont continué à faire leur chemin dans les têtes. Nous en discutions avec Jacques à l'occasion, comme nous le faisions auparavant quand il venait nous rendre visite.

## ▶ Discuter de nos projets devant Françoise Dolto

C'est dans le même temps qu'eurent lieu des séances de travail avec Françoise Dolto. Dans son cas, comme pour Fernand Oury, la démarche était assez différente puisque nous étions restés en contact permanent avec elle depuis nos débuts. Nous nous rencontrions depuis sa retraite au hasard des circonstances de la vie neuvilloise. Nous lui avions écrit pour lui faire part de nos inquiétudes sur l'avenir de l'école et solliciter un cadre de travail précis.

— Si vous restez dans l'idée de venir discuter vos projets devant moi, vous me téléphonerez pour fixer un rendez-vous, nous avait-elle écrit.

Cependant elle ne désirait pas travailler avec l'ensemble de l'équipe ni se déplacer. Elle proposa de recevoir Fabienne et Michel chaque fois qu'ils le souhaiteraient. Ce serait à eux, ensuite, de faire part du contenu de l'entretien au reste de l'équipe. Elle confirmait ainsi la modalité de ses rapports avec la Neuville : plus une relation interpersonnelle qu'un travail de questionnement ou de recherche proprement pédagogique. Cette dimension essentielle ne nous était pas alors clairement apparue. De même n'avions-nous peut-être pas encore senti que l'influence de Françoise Dolto s'était exercée davantage sur nous que sur l'école, si cette distinction était possible.

C'était la première fois que le groupe était scindé ainsi. L'événement eut une répercussion symbolique importante sur l'équipe, en obligeant Fabienne et Michel à assumer le rôle qu'ils n'avaient jamais voulu accepter officiellement. Pas celui de «fondateurs», qui était un fait, mais celui de «responsables» de l'école, rôle que personne ne mettait en cause d'ailleurs, mais de l'ordre des choses que nous évitions de verbaliser. Par crainte de porter atteinte à la collégialité du fonctionnement neuvillois ?

Françoise Dolto, à son tour, nous incita à préciser les statuts de chacun, à revendiquer ce que l'on appellera plus tard la disparité des statuts plutôt qu'une illusoire et dangereuse égalité de principe. Cela fut le premier sujet abordé avec elle.

«C'est dommage que le rôle de directrice soit pris sans être dit... Quand les gens sont furieux, à l'occasion, c'est très bon pour eux d'avoir quelqu'un sur lequel ils peuvent ''taper'', qui sait que c'est son rôle de recevoir ça sans que cela l'entame... C'est pour ça qu'il faut que ce soit, en partie, soutenu de façon institutionnelle... Sinon, je crois que vous ne pourrez jamais obtenir ce que vous voulez. Ce n'est pas possible qu'il y ait l'unanimité, l'égalité. Ce ne serait pas vivant. Une opposition est nécessaire pour que le désir majoritaire soit promu. Mais tout ceci ne doit pas être tu. Il faut le dire... »

## ▶ Des séances de contrôle pédagogique ?

Nous la voyons donc, régulièrement, chez elle, dans son cabinet. La séance elle-même n'est qu'une partie d'un trajet, et pas seulement parce que Fabienne et Michel prennent le train pour aller rue Saint-Jacques. On va spécialement à Paris pour ces séances à partir de la Neuville. Toujours en week-end ou en congés scolaires. Donc, en vacances et c'est important. Aller voir Françoise Dolto ne fait pas partie de notre travail. Le rendez-vous a été pris par téléphone, peu de jours à l'avance. C'est nous qui l'appelons, qui allons la voir. Ce n'est pas un rendez-vous régulier. Nous avons donc, à chaque fois, envie d'aller la voir pour lui parler de quelque chose de précis ou, simplement, de l'école.

Les séances n'ont pas d'horaire de fin prévu. En général, nous discutons une heure et demie ou deux heures. Ce sont de longues conversations informelles au cours desquelles nous parlons essentiellement de la Neuville mais aussi d'éducation, de prévention. Elle surtout.

— Ça m'intéresse de vous écouter parler de votre école. Ça ne stagne jamais chez vous. C'est toujours en progression.

Nous avons l'impression que ça l'amuse de participer à une expérience pédagogique concrète et qu'elle y prend plaisir. N'a-t-elle pas, enfant, rêvé d'être « médecin d'éducation » ?

Nous racontons l'école. Nous parlons un peu des difficultés que nous rencontrons avec certains enfants.

— Pas commode, votre baraque !

Ce qui nous intéresse le plus, c'est d'évoquer avec elle les discours qui se tiennent en réunion, le pourquoi des comportements, le fonctionnement des institutions, de démonter les mécanismes de la parole dans l'école, commenter les lois et leur influence sur le milieu et donc le comportement des enfants, leur façon d'y répondre, de vivre, de dire cela. On cherche aussi à comprendre ce qui sous-tend certains actes, notamment les dysfonctionnements et comment les adultes peuvent et doivent intervenir, notamment durant la réunion. Il n'y a pas réellement d'exposé par Fabienne ou Michel.

— Vous vous souvenez que nous avions parlé du grand conseil ?

C'est d'autant plus bref que Françoise Dolto a la capacité de se remettre très vite « dans le coup » de ce qui a été dit, même plusieurs mois auparavant, de façon quasi instantanée et si elle n'a jamais retenu dans les détails tous les fonctionnements pédagogiques, elle a parfaitement en tête ce qui compte pour elle.

Nous pensions être là d'abord pour parler de pédagogie. Or, le matériau de base, c'est notre discours. Ce qui est dit et comment c'est dit, la forme du questionnement elle-même à partir de laquelle Françoise Dolto se repère autant, sinon plus, que par le contenu effectif des propositions de ce discours.

De même, à de rares moments près, elle nous laisse la responsabilité de nos affirmations et la liberté de nous servir de ses réponses comme si cela ne la concernait pas. On n'est certainement pas là pour rechercher quelque chose de l'ordre de « la vérité pédagogique », mais des vérités relatives au lieu et aux individus présents, elle comprise.

Elle se contente d'être elle-même c'est-à-dire d'écouter, de répondre, de réagir à ce que nous disons. C'est justement pour cela que nous venons. Moins pour trouver des solutions que pour dire ce que nous faisons, raconter notre travail à quelqu'un en sympathie avec notre démarche mais suffisamment critique. Nous nous renforçons de son approbation, nous nous sentons alors confiants et «forts» pour entreprendre.

«Mais comment ces changements se sont-ils avérés nécessaires... ?» demande-t-elle parfois.

Elle nous permet de replacer ce que nous avançons, de distinguer l'essentiel des détails, évaluation que nous ne faisons pas toujours très bien.

Et quand nous ne nous sentons pas sûrs de nous, nous pouvons nous appuyer sur quelqu'un qui accepte de nous renvoyer à notre identité au lieu de nous donner ses conseils.

— Est-ce que ça marche comme ça ?

— Oui, ça marche bien...

— Alors pourquoi changer ?

Parfois elle insiste :

«Vous, vous en êtes aperçus comme ça, mais les enfants ?... Vous avez fait vos réflexions avec les enfants ? Ils étaient d'accord avec vous ?» Elle nous renvoie ainsi, constamment, à une dialectique des acteurs de l'école dont il n'y a pas à sortir.

Cependant les adultes et les enfants de la Neuville ne peuvent se débrouiller et tout expérimenter seuls. Ils ont besoin de quelqu'un qui représente pour eux la société, avec son histoire, ses traditions, son expérience...

Françoise Dolto a accepté d'être «notre» ancêtre. Elle n'intervient pas auprès de nous avec son savoir. Tout dans ce rôle, semble-t-il, est relationnel.

Durant ces séances, nous parlons à bâtons rompus.

Nous nous coupons fréquemment la parole, nos phrases se chevauchent : souvent celle que l'un entame, c'est l'autre qui la poursuit... Nous avons d'abord le souci de suivre les idées, chacun avec ses mots, de les cerner, de peur que « les idées ne se vexent » et ne nous fuient. Ce discours à plusieurs voix est finalement d'une évidente simplicité : il suffit en somme que chacun parle de son point de vue et se concentre sur sa contribution au travail commun.

L'ensemble de ses réflexions se situe tout de même à l'intérieur d'un cadre éducatif qu'elle participe à définir et qui, d'une certaine façon, n'est pas très éloigné du sien. Son « bon sens » et son expérience clinique lui servent de référence et elle a la capacité de questionner nos affirmations et de les discuter à partir de cette base.

Cela la conduit parfois à modifier ses convictions. Dans d'autres cas, elle enregistre ce que nous lui avons dit avec un point d'interrogation. Connaissant sa curiosité, nous pouvons compter qu'elle nous en reparlera. Parfois, enfin, c'est elle qui nous démontre que les choses ne marcheront jamais en procédant comme nous le faisons, un ou plusieurs paramètres nécessaires à l'analyse nous faisant défaut. Et elle nous explique pourquoi.

Il y a une distance entre ses réponses et sa vision de la Neuville. Un « jeu » au double sens du mot : ludique et spatial. Cela d'autant plus que les entretiens que nous avons ensemble ne portent ni sur nous ni sur elle, mais sur un troisième terme, la Neuville, évoquée pas tant comme le lieu réel, physique, mais comme un espace habité par nos trois imaginations réunies.

Durant ces rencontres, une ambiance particulière s'est créée, mélange de travail et de détente : nous ne sommes, ni nous ni elle, dans l'exercice de notre métier.

Témoigne de cette ambiance un fait, apparemment un détail, auquel nous n'avons pas attaché d'importance sur le moment : pour ce travail qui s'apparente à un contrôle d'analyste, Françoise Dolto ne nous fait pas payer. Une amie psychanalyste, Claude Halmos, nous en fera la remarque bien plus tard, en nous rappelant le caractère essentiel pour un psychanalyste de la marque symbolique du paiement.

Cela indique assez qu'elle considère ces séances comme des échanges à bénéfice réciproque, ce qu'elle a d'ailleurs maintes fois exprimé devant nous. En fait, nous n'y pensons pas parce que tout cela relève d'un fonctionnement particulier, d'une économie spécifique. Quand nous avons besoin d'elle, nous le lui disons et elle répond : « Que puis-je faire pour vous ? » même si parfois la conversation téléphonique a commencé par :

— Est-ce que je vous dérange ?

— Oui, vous me dérangez, mais maintenant que c'est fait, allez-y… Nous ne cherchons pas plus loin… Plus tard, cela fera partie du travail de réflexion qui a suivi sa mort de nous interroger sur ce dont cette relation était faite.


## ▶ Au retour des séances…

Parfois, le lendemain d'une de nos rencontres, nous recevons une carte portant une adresse ou une réflexion. Ainsi ces quelques lignes où elle évoque l'apport d'un « homme à tout faire » dans l'équipe : « J'ai pensé après votre départ à la question de l'adulte ''tout faisant''. Son rôle d'initiateur à l'intelligence manuelle, au service de ce qui rend la vie matérielle agréable, est à mon avis très important. Et qu'il soit joué par un homme qui montre à travailler à l'enfant qui l'accompagne. J'avais reçu un curriculum vitae de quelqu'un qui briguait la Maison verte. À tout hasard, si ça peut vous rendre service, je vous l'envoie… FD »

Fabienne et Michel font un compte rendu des discours tenu lors des séances. Il a lieu souvent au gré des conversations quotidiennes, un peu comme le reste des observations et informations pédagogiques échangées. Le matériau toutefois, même s'il provient d'un travail avec Françoise Dolto et malgré l'admiration qu'elle inspire à l'ensemble de l'équipe, ne peut guère être utilisé tel quel, sans qu'on évalue en réunion d'adultes son apport éventuel. À la Neuville, une sorte de doute systématique s'attache à tout ce que nous n'avons pas élaboré nous-mêmes : la réflexion et les décisions sont issues d'une lente maturation à laquelle participent les observations personnelles de chacun.

Pourtant l'école a avancé à pas de géant entre ces séances, même si les progrès s'expliquent plus par le fait que Fabienne et Michel ont « bougé » que parce qu'ils ont « rapporté ». Une grande partie de leurs propos ne peut être entendue sur le moment mais on leur fait confiance. C'est à partir des changements dans leur comportement et leur discours, sur le terrain, quotidiennement, que tout le groupe peut s'identifier et avancer. Se produisent, au hasard des activités, de légères ou de radicales modifications à ce qui se faisait jusque-là. Modifications constatées et soulignées, par tous ou par certains, ou bien passant inaperçues, comme si cette nouvelle façon de faire, que chacun peut reprendre, a toujours existé virtuellement.

Un an après la mort de Françoise Dolto, nous avons repris un travail similaire, mais auquel participa toute l'équipe, avec un psychanalyste que nous avons choisi ensemble, Michel Plon.

▶ **Usure, départs,**
**l'école continue...**

Un travail d'équipe et une réflexion en commun incluent forcément accrochages, conflits, frustrations, usure... La Neuville n'y échappe pas plus que toute autre entreprise humaine.

Les divergences, les incidents, les mille et une difficultés d'un travail exigeant où chacun demande beaucoup aux autres et à lui-même laissent des traces, entraînent des modifications du projet, des départs. Ces départs, notamment ceux des adultes dont on a l'impression que l'école repose en partie sur leurs épaules, semblent toujours devoir laisser un « trou » que rien ne pourra jamais combler. Et puis, il n'en est rien. Certes, on ne « comble » pas, on fait autrement et avec d'autres. Tout de suite, les domaines du « disparu » sont redistribués, repris, modifiés, détournés, voire momentanément supprimés.

Quant aux départs d'enfants, ils participent à un processus vital, indispensable à la bonne marche de l'école. Ce sont les plus anciens qui s'en vont et cela permet à d'autres d'accéder aux responsabilités, de prendre les décisions, d'orienter l'école dans la direction qu'ils souhaitent lui voir prendre, choses qu'ils n'auraient pas faites, non seulement parce qu'ils n'en auraient pas eu la possibilité mais parce qu'ils n'auraient pas « osé » en présence des aînés. Seule la nécessité permet d'être et d'agir.

Et ce sont les nécessités quotidiennes qui, sans cesse, refont l'école, avec ceux qui sont là et dont on a besoin. Pas avec les absents. Pourtant les idées de ceux qui sont partis, adultes et enfants, leurs façons de faire, ne s'en perpétuent pas moins, ainsi que la mémoire de leur présence à l'école. Phénomène symbolique et affectif qui n'empêche guère que s'accomplisse quotidiennement la tâche neutre, et voulue comme telle, de perpétuer l'existence de l'école.

# La vie quotidienne à Tachy

## ▶ Une démarche éducative subversive

À notre installation à la Neuville, notre idée n'était pas de faire table rase de ce qui existait. Au contraire, nous voulions créer un lieu éducatif où chaque élément de la pédagogie ait une place, où l'ensemble soit équilibré. Ce n'était ni facile ni évident. Cela prit du temps. Et nous n'y serions pas arrivés sans aide.

Et pourtant, malgré le côté, aujourd'hui rassurant, de cette école aux bâtiments clairs et solides, aux éducateurs presque tous quadragénaires, aux parrains prestigieux, aux méthodes reconnues et imitées, la démarche pédagogique conserve son caractère subversif. Au hasard de leur visite les témoins, de plus en plus nombreux, se trouvent confrontés à des éléments qu'ils peuvent observer, isoler : de la cuisine jusqu'aux poubelles en passant par la salle à manger. Ils voient que les enfants, placés dans certaines conditions de confiance et de dialogue, peuvent être responsables, seuls ou presque, de tout dans une école. Les voilà qui se demandent : « Mais alors, si c'est possible, comment expliquer qu'il n'en soit pas ainsi partout ? » ou de feindre de n'avoir pas vu, pas compris, de ramener aux normes : « Mais est-ce que ça ne fait pas un peu désordre ? » Plus on avance et plus ce qui est mis en place à la Neuville s'avérera pour certains, n'en doutons pas, encombrant, contestable.

## ▶ Balayer, vider les poubelles

Un internat comporte en règle générale un adulte pour deux enfants, en incluant les enseignants, le personnel de service, la direction, le personnel administratif et d'encadrement. À la Neuville, il y a six adultes pour une quarantaine d'enfants. Même si l'on considère que chaque adulte travaille pour deux, qui fait le reste ?

Les enfants ? Voilà qui change toutes les habitudes : au lieu de compter des adultes pour s'occuper des enfants, voilà maintenant que l'on compte sur les enfants !

Curieusement, depuis notre arrivée à Tachy, l'accroissement de l'effectif des enfants n'a posé aucun problème aux adultes. Nous sommes même convaincus qu'il est plus facile d'avoir trente-cinq élèves que vingt. Parce que le groupe s'organise, se structure mieux, qu'il y a plus d'aide, de dynamisme et que les effectifs trop réduits dans les classes ne sont pas l'idéal.

La participation des enfants aux travaux communautaires est d'autant plus efficace que l'on retrouve ce principe : tous en même temps, dans toute l'école. Ainsi pour les « postes » par exemple. Comme il n'y a pas de personnel de service, rangement, nettoyage, aménagement sont effectués en commun par les enfants et les adultes, et donc essentiellement par les enfants.

Certaines tâches sont individuelles, d'autres mobilisent une équipe dirigée par un vert ou un bleu et supervisée par un adulte. Pendant une demi-heure, chacun à son niveau fera ce qu'il pourra : mettre le couvert, porter des objets d'une pièce à l'autre, balayer, passer la serpillière, scier du bois, ramasser et vider toutes les poubelles et les porter dans la rue, ranger les classes ou les chambres, trier les casses à l'imprimerie, choisir le film et installer le ciné-club, achever la préparation du dîner et dresser les plats, etc.

Il y a des tâches simples alors que d'autres nécessite-raient un adulte si un enfant n'avait appris à le faire.

Parmi les activités quotidiennes, certaines ont la réputation d'être difficiles. C'est-à-dire difficiles à faire bien, régulièrement, pas très «marrantes». Les poubelles et les W.-C. sont souvent cités comme telles. De nombreux élèves y ont fait «leurs preuves» justement à cause de cela, même s'il y a d'autres tâches moins spectaculaires et peut-être plus ardues. Ce sont donc les élèves les plus responsables qui se voient confier ces postes. On peut dire qu'ils ont gagné le droit de faire les poubelles et les W.-C., parce que ce sont des travaux qui ne sont pas aisés à exécuter correctement:

— C'est trop sérieux pour être mal fait... disait Françoise Dolto.

C'est amusant de constater comme une microsociété peut créer ses mythes, même en opposition à des images sociales très fortes. Tout le monde sait ici que quand on en arrive à faire les poubelles, c'est qu'on arrive en haut de l'échelle...

Le responsable du «poste» poubelles, c'est Yacine. Il a maintenant treize ans. À son arrivée à l'école, c'était l'enfant sauvage, élevé en Kabylie, d'une souplesse et d'une habileté étonnantes, d'une résistance physique exceptionnelle. En Corse, il attrape les poissons ou les poulpes à la main. Évidemment, il est aussi champion de cross de l'école.

En une année, il a appris à parler parfaitement le français.

Un jour en classe, il est assis à sa place, lorsqu'il aperçoit, sous le radiateur, une souris. D'un bond, il passe par-dessus sa table et survole les deux mètres qui le séparent de l'animal qu'il saisit en atterrissant au sol.

— Eh bien, Yacine, qu'est-ce que tu fais? demanda Jean-Paul.

— Je l'ai eue!

## ▶ Habiter le lieu,
## faire la cuisine, manger

Julie, seize ans, raconte un de ses après-midi à la cuisine.

● « *Aujourd'hui, je fais atelier de cuisine. Quand j'arrive, Pascal va partir faire les courses. Il a déjà dit à Brigitte ce qu'il faut faire, Mélanie et Antoine épluchent les pommes de terre. Pascal m'explique encore un truc ou deux et s'en va. Je commence à faire la pâte, Brigitte s'occupe de la soupe, Sandrine l'aide. Mélanie et Antoine ont fini, je leur dis de laver la salade. Thomas arrive en criant :*

— *Y'a quelque chose à faire ?*

— *Oui, va ranger la table...*

*Il commence à crier après Antoine qui paraît-il ne faisait pas bien son travail. En fait, c'est Thomas qui ne faisait rien de bon. Je lui dis qu'il ferait mieux de s'en aller.*

*Agnès a fini son rangement et elle vient nous aider, on discute en épluchant les pommes. Mélanie et Antoine peuvent aller dans le jardin, on finira.* »

Faire la cuisine à l'école, ce n'est pas seulement préparer la nourriture pour tout le monde. C'est autre chose.

— Qu'est-ce qu'on mange ce soir ?

En internat, les repas représentent l'un des temps forts de la convivialité. Pascal, à la Neuville, avait développé toute une ambiance autour de la cuisine : les achats au marché, les repas préparés avec la collaboration des enfants, les menus discutés et commentés en réunion.

Depuis son arrivée dans l'équipe, Yves s'intéresse à ce domaine et petit à petit, il y a pris une part prépondérante, de sorte qu'il est pratiquement devenu le responsable de la cuisine au départ de Pascal. Il n'est plus, à présent, le jeune étudiant discret qui avait « osé » se marginaliser en entrant dans l'équipe à la Neuville. Il «tient» la classe unique de primaire dans l'école et occupe une place influente dans l'équipe.

Il a repris la tradition de l'atelier de cuisine qui consiste à se faire aider pour chaque repas par cinq ou six enfants à qui l'on confie des tâches suivant leurs capacités. Il faut à la fois assurer la préparation du repas, former et intéresser les plus grands, utiliser et exercer l'habileté manuelle des plus petits. Satisfaire la curiosité de tout ce petit monde, sans parler de tous ceux, innombrables, qui vont passer jeter un coup d'œil, grignoter ou renifler.

L'équipe installée, et tout en prêtant l'oreille aux questions de celui-ci, l'ambiance fera peut-être que celui-là profitera de l'autre oreille laissée libre pour parler, de lui, de ses problèmes, à l'adulte qui est à ses côtés, pendant que les mains sont occupées, que l'on ne se regarde pas et qu'on travaille ensemble. Et l'adulte s'efforcera de donner son avis d'individu, en précisant qu'il ne sait pas quoi répondre parce que ce n'est pas cela son travail mais que ça ira sûrement mieux maintenant que ça a été dit à quelqu'un.

François, quinze ans, témoigne de cette atmosphère :

● « *Depuis toujours, l'atelier de cuisine a marché tous les jours car c'est le seul atelier qui soit vraiment indispensable. C'est d'ailleurs celui où il y a le plus de volontaires car beaucoup de gens aiment préparer les repas pour tout le monde.*

*Ceux qui font l'atelier ne râlent jamais s'il manque du sel ou parce qu'il y en a trop, parce qu'ils sont aussi responsables, ils aident à décider ce qu'on va manger.*

*À l'atelier de cuisine, tout le monde a sa place, aussi bien les grands qui peuvent faire cuire les aliments ou préparer les pâtes que les petits qui épluchent ou jouent les coursiers. C'est à ça que l'atelier de cuisine doit sa popularité et aussi*

*sa bonne ambiance : on se raconte des blagues en épluchant*
*les carottes ou des histoires tristes en coupant les oignons. »*

En dehors des heures de repas, les enfants venaient toujours demander l'autorisation de grignoter quelque chose.

Différents règlements successifs avaient autorisé à aller manger du pain, un fruit, etc. Nommer un responsable semblait ne servir à rien car ce travail ne pouvait se faire dans le cadre d'un horaire précis. D'autre part, si l'on adoptait une règle trop contraignante et surtout mal adaptée, elle risquait fort d'être contournée !

À partir de cette réflexion, Yves a l'idée de créer le « petit creux ». Un endroit, approvisionné officiellement par la cuisine, où l'on peut trouver vraiment à manger : du pain, des biscuits, du fromage en portion, des fruits ; où l'on a le droit de se rendre librement, n'importe quand. Seule contrainte : manger sur place et ne rien emporter. Un responsable s'occupe du rangement et est chargé de renouveler les stocks. Le nom de « petit creux » a été trouvé en réunion, en jouant sur les mots : le premier emplacement de ce libre-service est un petit placard, en contrebas d'un escalier. Parfois on trouve des mots dans le carnet. Le responsable ou un utilisateur se plaint de quelque abus ou gâchis. Des enfants sont sanctionnés mais l'ensemble des utilisateurs respecte le lieu.

Marc, quatorze ans, évoque le repas :

● *« La salle à manger est grande. Nous sommes divisés en quatre tables de sept ou huit personnes. On les change chaque semaine. Il y a un responsable de table. C'est lui qui donne les avertos et qui vire les gens. En fait et surtout, il doit s'occuper à ce que l'ambiance soit bonne. Bonne, c'est assez relatif car chaque fois qu'il y a un invité ou un adulte qui entre dans la pièce pendant le repas, il ressort rapidement en se bouchant les oreilles. Alors que pour nous, ce n'est pas spécialement le bazar. On s'est habitués à ce bruit qui n'est pas vraiment désagréable. Évidemment, il faut être dans le coup et si l'on veut rêver, ce n'est pas vraiment l'idéal. »*

## ▶ Circuler, voyager

Emmanuel, treize ans, a observé la circulation après dîner.

● « *C'est la fin du repas. Tout le monde sort par petites grappes. D'abord ceux à qui le dessert ne plaît pas. Puis ceux qui mangent très vite. Et enfin, les gens qui finissent tranquillement leur repas en discutant avec les débarrasseurs.*

*L'équipe de débarrassage fait son travail, les autres s'amusent dehors. Florent, Thomas et quelques autres jouent à cache-cache. Jean-Philippe rêve tout haut dans son coin. Steeve et François font une partie de ping-pong. Didier fumote une cigarette en bavardant avec Mathew. Agnès et Natacha font les folles puis s'écroulent de rire. Et les autres font ce qu'ils font tous les soirs.*

*Maintenant, il est huit heures et demie, les garçons et les filles se disent bonsoir. Manu crie :*

*— Tout le monde monte dans les chambres.*

*Il y a encore deux ou trois personnes qui s'amusent et puis tout le monde rentre.*

*Le silence est dehors, le bruit est dans les chambres.* »

Pour venir à la Neuville, les enfants prennent le train, le lundi matin, très tôt. À leur arrivée à l'école, ils préparent le petit déjeuner, s'installent dans leurs chambres, circulent et s'occupent à leur gré, puis mangent. Après le petit déjeuner, ils débarrassent et la cloche sonne pour la répartition. C'est alors qu'on se retrouve, dans la salle de réunion, les adultes étant présents.

Tous les jours, les enfants sont entre eux du dîner jusqu'à l'heure des cours le lendemain matin.

On nous téléphone un jour pour savoir si nous accepterions de prendre un garçon d'une dizaine d'années, intelligent mais fugueur. Pourquoi pas? Il fallait de toute façon suivre le rituel : visite, essai, décision de l'enfant.

Tout se passe bien. Sacha (neuf ans) est un garçon attachant et drôle comprenant très bien les choses. Parfois, il ne va pas manger et le vendredi après-midi, avant le départ, il fait tourner en bourrique François, son parrain, parce qu'il ne veut pas se changer: on voit le filleul courant en slip dans les couloirs poursuivi par son parrain lui tendant son pantalon.

À la fin de son essai, il devint plus coopératif parce que l'endroit lui plaisait et qu'il souhaitait y rester. Les principes de l'école l'amusaient et il appréciait beaucoup la réunion, un peu comme un «jeu dont vous êtes le héros». Il apporta une contribution intéressante à ce que l'on appela, à cette époque, l'esprit de l'école par sa réflexion et sa parole.

Situation extrême, un vendredi soir, en arrivant à la gare de l'Est avec le groupe pour le week-end, il prend le train qui repart, quelques minutes plus tard, en sens inverse. Il n'a ni argent, ni billet et fait le voyage caché sous le siège d'un voyageur.

Il passa le week-end à Tachy. L'incident fut dédramatisé et n'eut donc pas de conséquences, on lui expliqua qu'il n'était pas possible de recommencer. L'absurdité de sa démarche lui est-elle apparue dans cette fugue à l'envers? Toujours est-il qu'il n'en fit plus, ni de là, ni d'ailleurs...

Élise, quatorze ans, décrit l'un de ces voyages hebdomadaires :

● « *Dans le train qui nous ramène tous à Paris, une dame s'était étonnée de nos différences d'âge, au début elle croyait que c'était une colonie de vacances. Elle a engagé la conversation, j'essayais de lui expliquer un peu comment fonctionnait l'école.*

*Mais en fait, chaque fois que je lui parlais d'une activité propre à l'école elle jetait un regard sceptique en direction des autres élèves dans le compartiment. Depuis, j'ai rencontré d'autres gens comme ça. Ils posent des questions vides de sens sur l'école, ils vous mettent mal à l'aise et je crois qu'ils le sont aussi.*

*Maintenant je sais reconnaître ce genre de personnes. Admettons qu'une personne me questionne. Je lui réponds de façon normale ; généralement, elle me pose une autre question. Alors, j'essaie de voir si la personne essaie de s'intéresser positivement à la conversation. Sinon, je réponds évasivement, j'évite la discussion.*

*Parfois, ce sont des jeunes qui passent complètement à côté, sans vouloir vraiment voir. Ils ne réalisent pas que ce dont on parle peut exister. Mais d'un autre côté, ils n'ont pas vraiment envie de réaliser. C'est dur d'aller travailler dans un système traditionnel, d'entendre parler de quelque chose sans pouvoir y aller. Je le sais car cela m'est arrivé tout le temps où mon frère était à la Neuville avant de pouvoir y venir moi-même. »*

## ▶ Être malade, jouer sur les maux

Le matin, parfois, un enfant reste au lit et dit qu'il est malade. Un adulte doit en être informé et venir voir pour faire, éventuellement, venir le docteur. Mais même si l'enfant n'est pas « malade », il peut rester au lit (en fait, dans sa chambre).

On a droit à cette maladie « diplomatique », à cette mise volontaire en retrait des activités. La réunion a délibéré sur ce sujet et a déterminé deux conditions : le malade doit garder la chambre toute la journée. Il ne pourra revenir dans l'école que le lendemain.

Cependant, on ne peut pas dire qu'on reste au lit mais qu'on n'est pas malade. Si cela arrive on est sanctionné comme Serge qui, peu après son arrivée, a trouvé ce moyen pour éviter d'aller en classe. À la récréation, déjà, il s'ennuie tellement qu'il dit à ses copains la vérité :

— Je ne suis pas malade...

Il espérait que cet aveu changerait quelque chose à la situation. Ses camarades lui répondent :

— On le savait déjà, ça se voyait...

Prisonnier de sa maladie, il se met à crier à la fenêtre de sa chambre tandis que les autres rentrent en classe :

— Je ne suis pas malade !

— Tant pis, c'est pas grave ! répond Jean-Paul son maître.

À midi, il n'y tient plus tandis que les autres partent faire le sport. Rien n'y fait. Il y eut un mot dans le carnet. Serge dut payer la personne qui lui avait amené son repas :

— Ce n'est pas un hôtel !

Ce cas de figure est rare. Ce qui arrive le plus souvent, c'est qu'un enfant soit malade et continue ses activités normalement. Parfois, il faut lui conseiller :

— Va te coucher, ça ira mieux demain...

Il arrive même parfois qu'un enfant arrive malade à l'école, le lundi, et aille directement se coucher. Cela lui permet d'être sur place et de reprendre plus vite ses activités.

« On a droit à toutes les maladies, les vraies et les fausses ! » a dit Nicolas.

Les adultes, eux, ne sont presque jamais malades. Aucun Neuvillois n'a passé plus de quatre ou cinq journées au lit durant toutes ces années. Ce qui est parfois difficile, c'est la fatigue psychique, les journées traversées avec un intérêt et des stimulations professionnelles mais sans goût aux choses. En équipe, on souffre surtout de la présence des autres. Certains jours d'hiver, en particulier, sont parfois ce qu'on appelle familièrement « une galère ». Fatigue accumulée et lassitude due au bruit et au froid. Dans l'école, ça ne marche pas forcément mal, mais on tient par l'énergie : Étienne fume encore plus, Jean-Paul ne dit plus rien, même pas de blagues, Yves ne sert pas à table quand il amène notre plat, Catherine est encore plus en retard et Michel parle plus fort que d'habitude. Seule Fabienne reste à peu près égale à elle-même.

Est-ce parce qu'elle est la directrice en titre de l'école ?

## ▶ Échouer, s'énerver, réfléchir

Merad, douze ans :

● « *La semaine dernière, au foot, je me suis énervé. J'avais pris un coup de pied aux fesses d'Hélio parce que je ne voulais pas rendre le maillot de quelqu'un d'autre ou je ne sais plus quoi.*

*Alors je suis parti du terrain. J'ai rencontré Stéphane qui lui aussi avait fait une crise. Alors Stéphane et moi partons ensemble dans les bois.*

*En marchant dans les bois, je vois un camion sortir d'une petite route. Nous sommes allés voir. C'était une décharge de pneus. Nous commençons à sauter sur les roues. On rentre dans une pile de pneus, on se cache. Ensuite, nous visitons ce qu'il y a autour. Il y avait plein de buissons et*

*nous avons vu un chasseur. Pris de peur, nous nous sommes*
*cachés dans les piles de pneus.*

*Stéphane voulait rentrer, il commençait à faire nuit.*
*Arrivés à l'école, les autres ont commencé à venir nous voir*
*et à nous demander :*

*— Où vous étiez ? on vous a cherchés...*

*— Au stade...*

*On a essayé d'inventer mais c'était trop bidon.*

*En réunion, on a eu comme sanction d'aider à ranger et*
*à mettre en place le matériel de sport quand on irait au*
*stade. »*

Natacha, quatorze ans :

● « *Récemment l'épicerie n'allait plus du tout. Elle aurait*
*certainement fait faillite beaucoup plus tôt si les adultes ne*
*l'avaient pas soutenue financièrement. Des bonbons et de*
*l'argent disparaissaient mystérieusement, les papiers traî-*
*naient partout, bref, plus personne ne se souciait de*
*l'épicerie.*

*Ça ne pouvait plus continuer comme ça, alors on est*
*reparti à zéro. On en a parlé en réunion. On a remboursé*
*les dettes. On a formé une nouvelle équipe d'épiciers et*
*nommé un nouveau gérant, on a fait des rangements dans*
*l'épicerie.*

*L'épicerie est financée par l'argent déposé par les*
*"clients" à la banque. Donc, s'il y a un vol, nous avons une*
*perte d'argent et du même coup, il n'y a plus moyen de*
*racheter des nouveaux produits puisqu'ils sont achetés avec*
*cet argent.*

*Avant c'était l'école qui avançait l'argent. L'épicerie*
*remboursait avec les recettes, mais les gens se sentaient*
*moins concernés. En les rendant plus responsables, on peut*
*espérer éliminer les problèmes. »*

Élise, dix-huit ans :

● « *Pendant une visite à l'école, en tant qu'ancienne élève,
je suis allée à l'épicerie acheter des bonbons. La banquière,
c'était Jacqueline. J'avais été banquière aussi et Jacqueline faisait partie de "mes" épicières. Ce sont de nouveaux
épiciers qui m'ont servie, je ne les connaissais pas.*

*Il y avait beaucoup de bruit dans les anciennes douches
aménagées en épicerie. J'avais un peu oublié, je me
rappelais qu'il y avait du bruit mais pas autant.*

*Je pense pourtant que mon regard est différent de celui
d'un étranger à l'école qui se dirait : "Quel bazar là-
dedans !" Pourtant, je pourrais dire ça. Mais pour moi,
l'épicerie, c'est très ordonné et organisé même si tout le
monde circule partout, même si des bonbons sont piqués.
C'est le fait d'avoir été impliquée dans cette activité qui me
donne cette impression. Être épicier ou banquier, c'est
quelque chose que je prenais très au sérieux quand je le
faisais.*

*Et puis quand il y avait un problème, un conflit, un vol,
on en parlait en réunion. C'est ça qui faisait que ça
marchait bien. »*

## ▶ Changer

La sanction de la porte avait si bien marché qu'on a
voulu l'utiliser à nouveau à Tachy. Cependant ici, il y a
beaucoup de portes, les bâtiments n'ont pas du tout les
mêmes dimensions. On ne risque pas d'entendre quelqu'un frapper. L'application de la sanction est plus
délicate et la facture de fuel, monumentale.

Le temps a passé, l'école a changé aussi. Étienne a mis
des grooms à toutes les portes.

— Qui est-ce qui s'occupe du ciné-club des petits, aujourd'hui ?

— Mais pourquoi on nous appelle toujours les petits, on n'est pas petits...

— Tu as raison, mets un mot dans le carnet, on n'a pas le temps maintenant.

Ils en avaient assez qu'on les appelle les petits. La réunion a proposé la dénomination « espoirs » qui a plu à tout le monde car riche d'une connotation d'avenir. Espoir, cela correspond, en gros, à un âge (neuf à douze ans) et surtout à un niveau d'aptitude pour le sport, le ciné-club, etc., qui permet des regroupements partiels plus faciles. Cela n'empêche pas les espoirs d'aller au foot ou au ciné-club (tout court) s'ils le demandent.

Dans le même ordre d'idée, les élèves ont demandé que les adultes n'utilisent pas d'autres mots que celui d'« enfants » pour parler d'eux, à l'école ou à l'extérieur. Et la réunion a entériné cette demande. Tout adulte qui en utilise un autre s'expose à être en infraction.

De même, depuis les débuts, les adultes ne souhaitent pas être appelés « professeurs », « éducateurs » ou autrement. On dit, pour chacun, son prénom et, en groupe, on les appelle : « les adultes ».

## ▶ Entrer en conflit

Les conflits occupent une place importante durant la réunion, trop parfois pour le temps disponible. Il est décidé que chacun ne pourra en présenter plus de trois par semaine. Autre décision : le président utilise désormais une formule particulière. Il demande :

— Qui a eu un conflit cette semaine, l'a écrit dans le carnet et souhaite en parler ?

Double avantage : on élimine un certain nombre

d'affaires oubliées et l'on permet à d'autres de se demander si leur « petite histoire » vaut vraiment la peine d'être évoquée. (Tous les mots écrits sont lus dans la semaine aussi bien par les enfants que par les adultes.)

Ainsi ne parlent en général que ceux qui sont vraiment mécontents et qui veulent obtenir de la réunion une réparation.

Valérie (huit ans) met tous les vendredis dans le carnet trois râlages pour des conflits. On lui donne la parole et elle les expose un à un. Sans agressivité, plutôt avec espièglerie, elle essaie de mettre en lumière les torts qui lui ont été faits.

Il est bien rare que sur les trois « mots », elle n'obtienne qu'on lui paie quelque chose à l'épicerie (une des petites « réparations » les plus souvent pratiquées). Souvent, on lui propose que la personne qui l'a dérangée lui rende un service. Elle refuse : seule l'intéresse l'épicerie. Tous les enfants ont compris le manège, depuis longtemps et écoutent ses litanies. Le président blague :

— Non, je suis désolé mais ça ne vaut pas un « pot ». Essaie autre chose. Tu en as un autre ?

— Deux. Il m'en reste deux.

Audrey (neuf ans) a écrit dans le carnet : « Je râle contre Valérie qui ne se mêle pas de ses oignons. »

Valérie le reconnaît, elle a embêté sa camarade. Audrey ne veut pas de « réparation », ni service, ni « pot » à l'épicerie. Elle souhaite que ça ne se reproduise plus.

Quelqu'un propose que Valérie aille au prochain atelier de cuisine pour éplucher deux oignons. Cela a plu à tout le monde. Même à Valérie.

## ▶ Se souvenir

Il y a, presque toujours, au moins un appareil photo
de présent à toutes les manifestations de l'école : fêtes,
rencontres sportives, spectacles. De plus en plus souvent,
ce sont les enfants qui s'en servent. De plus, Michel va de
temps à autre dans les classes et les ateliers, un appareil à
la main. Pascal en fait autant. Non seulement pour les
publications mais pour faire exister une image de l'école.

À la Neuville, les photos traînaient ensuite un peu
partout. À Tachy, elles sont affichées, en une exposition
permanente, sur les murs des couloirs et des escaliers.
Pour chaque enfant, l'image de lui-même proposée au
regard (le sien, celui des autres) est importante à plus d'un
titre. De semaine en semaine, on le voit grandir, changer.
La photo est toujours là, témoin immuable. Plus tard,
d'autres photos viendront confirmer le changement.
Toutes ces photos, côte à côte, racontent une histoire. On
le voit (il se voit) au travail, valorisé, embelli par l'effort,
par le geste, par l'appartenance au lieu qui sert de décor
et qui est dans la tradition. Il se familiarise avec son
image. Il s'y retrouve. Il finit par se trouver beau. Il est
devenu beau.

L'image filmée ne permet pas de s'intéresser à chacun.
Sa fonction est d'abord de situer l'événement, de le
rappeler de façon globale à la mémoire du groupe. Les
commentaires fusent. Impossible de les faire taire, surtout
chez les petits. Chacun confronte son souvenir à celui des
autres. Tout le monde rit, s'esclaffe dès qu'il y a sur
l'écran le rappel de quelque connivence, même si elle ne
comporte rien de drôle. Seulement, cela se passe entre
nous.

Ces films ont des racines. C'est comme une projection
en famille. Sauf que nous ne sommes pas une famille.

— Tiens, au fait, mais j'y étais pas à l'école à ce

moment-là. On voit Olivia. J'ai jamais été à l'école avec Olivia, moi...

## ▶ Se regarder dans un miroir

Le grand conseil se tient en janvier et février. Durant cette période, chaque jour, a lieu une séance d'évaluation pour un enfant. Ses camarades, puis les adultes rassemblés dans la salle de réunion, lui font part de réflexions, de critiques, de leur estimation de ses progrès depuis la rentrée. Le grand conseil fixe des objectifs précis : généralement il demande de respecter certains engagements plus activement, d'éviter certains comportements en expliquant pourquoi ils sont gênants. Chaque enfant donne ainsi son opinion sur le comportement d'un autre, et non sur un autre, avec qui il est en relations quotidiennes et suivies. C'est un peu un miroir que les enfants tendent ensemble et dans lequel leur camarade se voit tel qu'il se présente dans sa vie en société.

Tenir compte des avis ainsi énoncés est une tâche parfois difficile, voire impossible. Pourtant, de l'avis même des enfants, le grand conseil leur permet de comprendre qu'ils sont gênés par certaines de leurs propres attitudes. Grâce à l'action, la pression des autres, ils vont se trouver en mesure d'y remédier.

Les adultes, eux, ne sont pas là pour donner leur opinion. Ils reprennent et nuancent certains propos d'enfants, proposent des solutions, replacent les propos dans l'histoire de l'intéressé. Avec de la pratique, certains enfants parviennent aussi à adopter une démarche similaire, plus « technique », moins individuelle.

Cette institution ne peut être envisagée en dehors d'une pratique institutionnelle très sûre. Il faut que fonctionne déjà une réunion d'école hebdomadaire par

laquelle le groupe apprend à discipliner sa parole, à
considérer l'interpellation comme une technique dans un
ensemble où chacun est responsable de ses actes et de ses
dires, devant l'autre et devant la collectivité.

Cela peut sembler difficile à imaginer car déjà la
réunion hebdomadaire passe pour de l'utopie. Pourtant
un tel organe de contrôle interne est une chose tout à fait
réalisable.

Même les plus jeunes, six-huit ans, sont capables de
parler un peu et d'écouter beaucoup. Les plus responsables peuvent y atteindre une finesse d'analyse que
pourraient leur envier bien des pédagogues. Inutile
d'insister sur la différence entre l'évaluation d'une
pareille assemblée et les dérisoires délibérations des
conseils de classe des lycées, dont nous nous sommes
« inspirés » comme de l'exemple à ne pas suivre.

## ▶ Fêter les anniversaires,
## les traditions

Depuis le début de l'école, on fête toujours les
anniversaires, excellents prétextes pour organiser des
fêtes. Ainsi pour Florent, joueur invétéré, on transforme
la salle de réunion en casino avec roulette et black-jack.
L'argent gagné peut être échangé contre des bonbons à
une buvette au fond de la pièce. Pour François, c'est un
bal masqué, pour Natacha (en Corse), un méchoui.
D'autres fois, on associe un anniversaire et une date
traditionnelle.

Pour l'anniversaire de Raphaëlle, née le 14 juillet, on
tire un feu d'artifice. Pour l'anniversaire de Jacqueline,
proche de Mardi Gras, on se déguise et on fait les fous. À
Noël, Sébasto distribuait les cadeaux. Après son départ, il
est remplacé par Nicolas, le boute-en-train du groupe qui

joue le rôle de saint Nicolas, accompagné du père Fouettard, son compère Yacine.

Nous cherchions tous les ans une idée de fête, un jeu, une expérience délirante, pour Mardi Gras, dans la tradition moyenâgeuse de la Journée des Fous. C'est ainsi qu'est née « la Journée d'enfants ».

Le principe en était le suivant : le matin les adultes viennent chacun annoncer sous des prétextes divers qu'ils doivent s'absenter pour la journée, de sorte que les enfants se retrouvent seuls avec la responsabilité d'organiser la journée à leur guise, tout en assurant les repas, les activités, etc.

Les adultes reviennent, un peu plus tard, déguisés en postier, électricien, livreur, automobiliste en panne pour de courtes apparitions comiques et entretenir le jeu.

Vers midi, ils réapparaissent, ensemble, sous la forme d'un groupe de visiteurs : journalistes, cinéastes, parents d'élèves qui se font recevoir, expliquer l'école, inviter à déjeuner, etc.

En fin d'après-midi, les adultes rentrent en se plaignant de leur journée difficile et veulent remettre de l'ordre dans l'école.

Il y eut ainsi, au fil des ans, toutes sortes de variantes à cette pratique. Nous leur avions adressé, une fois, un « faux inspecteur » qui était, en fait, un vrai et avait apprécié l'accueil. Depuis quelques années, la veine comique étant usée, la Journée d'enfants qui reste une tradition très populaire est devenue une vraie institution d'évaluation qui se déroule plusieurs fois par an. Les adultes n'y font plus aucune apparition : ils sont en réunion, et le jeu consiste pour les enfants à assumer une journée aussi normale que possible.

— C'est même mieux quand vous n'êtes pas là ! nous disent certains à notre retour.

Et c'est probablement vrai.

## ▶ Faire des blagues

Un autre Mardi Gras. Cette fois, nous décidons de nous en prendre à l'institution clé, la réunion hebdomadaire.

On a pris soin d'annoncer, à l'avance, le déplacement exceptionnel de la réunion pour cas de force majeure et, le mardi, nous enchaînons les fêtes costumées et la réunion.

La farce consiste à faire une réunion dans laquelle les adultes, insidieusement, feront basculer les lois dans l'absurde, le non-sens, l'injustice. Nous avons mis les élèves les plus responsables dans le coup de sorte qu'ils ne sabotent pas la mascarade, et la fonction de président a été confiée à un débutant. Beaucoup de dictateurs connaissent la recette.

Le jeu est édifiant. Les adultes, petit à petit, déforment les lois, donnant tour à tour raison au plus fort, au plus grand, bafouant les lois, ironisant et se moquant, mais sans exagération, avec une sorte de bonhomie.

Quelques élèves protestent bien à l'occasion mais en pure perte. Le groupe se scinde toujours, ne pouvant rester solidaire sur chaque incident, car certains sont satisfaits de ce qu'il faut bien appeler un verdict. Privé de sa tête, le groupe subit. Les enfants sanctionnés ne peuvent, n'osent remettre en cause le pouvoir de la réunion. Ils ne comprennent pas ce qui se passe ou ne remarquent rien. Florent, le très jeune président (onze ans), est dépassé.

Les arguments sont déjoués par les adultes surtout par des réparties amusantes, parfois par des discours pseudo-moraux en ayant recours à l'autorité de celui qui parle :

— Je sais ce que je dis !

Pendant quelques minutes, un vent d'injustice souffle sur la réunion. David et Yacine qui avaient gêné Sébasto et Julien dans leur « coin pêche » reçoivent pour sanction

d'être jetés habillés dans la rivière. Les intéressés sont
d'accord :

— Oui, on a exagéré !

Et les responsables :

— On ne veut pas être méchants, mais ça leur fera les
pieds !

Hélio, qui a cassé trop d'assiettes ces derniers temps,
va devoir manger toute la semaine dans l'un des débris, le
plus gros, de la dernière assiette cassée. Dimitri, le
responsable de table qui a abusé de son pouvoir, est
« couvert » puisque ceux qui « râlent » après lui sont plus
petits.

— Ils sont trop petits, leur avis ne peut pas compter.

Cela continue ainsi pendant une bonne demi-heure
jusqu'au « clou » de la séance :

— Pourrait-on refaire de l'élevage de petits animaux ?

Après un vote pour élire un responsable et l'établissement d'un embryon de règlement :

— Bon, Sébasto, puisque tu es le responsable, occupe-
t'en !

Et l'on ouvre la porte de la salle de réunion dans
laquelle s'engouffrent lapins, poules, poussins, pourchas-
sés par les enfants dans toute la pièce.

On refit la réunion, et sa critique, le vendredi.


## ▶ Gérer le pouvoir autrement

Olivier (douze ans) est un garçon brillant, sachant
parler et se faire entendre en réunion. Il ne se fatigue pas
trop dans les différents domaines mais il a des facilités. Sur
le plan communautaire, il fait le strict minimum et ses
relations ne sont pas toujours celles qu'aurait pu avoir un
garçon de ses possibilités. Après un peu plus d'un an dans

l'école, il n'a toujours pas la ceinture verte et cela le gêne peut-être parce que la plupart de ses camarades l'ont déjà.

Sans faire d'effort au préalable, il met un mot dans le carnet demandant un vote en réunion, comme si cette montée de ceinture allait de soi, sur sa valeur.

Le président fait voter l'assemblée. La majorité a une opinion favorable y compris les adultes. Beaucoup d'abstentions. Peu de voix contre, tous des jeunes. Le président demande aux personnes opposées de justifier leur vote. Après quelques abstentionnistes, Florent (dix ans) prend la parole. Il explique pourquoi, à son avis, on ne peut lui donner la ceinture verte : Olivier ne respecte pas suffisamment le règlement mais surtout l'esprit de l'école alors qu'il en a largement les moyens quand il s'en donne la peine ; il se plaint habilement des abus des grands mais reproduit la même situation sur tous ceux qui sont moins forts que lui.

Lui donner la ceinture verte serait un mauvais exemple car cela laisserait croire à d'autres, par exemple à lui Florent, qui n'est qu'orange, qu'on peut monter de ceinture en bluffant les autres par un comportement qui donne le change de la responsabilité sans faire vraiment ce qui est demandé. Il ajoute pour terminer :

— Il doit pourtant bien le savoir lui, Olivier, qu'il ne la vaut pas, la ceinture verte, alors pourquoi est-ce qu'il met ce mot ?

On continue. Les derniers donnent les raisons de leurs avis, favorables ou nuancés, mais un doute plane. Emmanuel, le président, dans l'embarras, demande à l'assistance ce qu'il convient de faire. Quelqu'un propose qu'on vote à nouveau. Le second vote ne comporte presque que des abstentions. On décide d'attendre quelques semaines durant lesquelles Olivier pourra montrer qu'il a tenu compte des remarques faites avant de remettre un mot dans le carnet. On convient aussi qu'on ne se prononcera plus immédiatement après le vote, mais qu'on attendra les commentaires pour permettre au président et à l'assemblée de disposer de l'ensemble des informations avant de prendre une décision.

## ▶ Présider

Présider, ça s'apprend. Avant de présider la réunion du vendredi, un enfant de treize ou quatorze ans a eu l'occasion de diriger la réunion de classe (depuis son plus jeune âge), la répartition, etc. Il a fréquemment repris avec les adultes et d'autres camarades le déroulement des diverses réunions pour en faire l'analyse et la critique, rechercher des solutions aux problèmes de temps, de discipline, de sanction.

Le président exerce une fonction, il n'a pas pour tâche de décider mais d'animer, d'orienter le débat.

— Qui a quelque chose à proposer concernant ce point ?

— Y a-t-il une objection à ce que l'on décide ainsi ?

— Je propose que l'on fasse un vote.

Le président est chargé aussi de résumer les débats et d'énoncer les décisions prises — ce que l'on appelle indûment conclure — ou de renvoyer tout ou partie des décisions à la réflexion du groupe et à une occasion ultérieure de débat, pour plus ample informé.

Depuis trois ans, seuls les enfants président la réunion du vendredi.

## ▶ Donner un coup de chapeau

Toutes les réunions se terminent par les «coups de chapeau». Annonces informelles par lesquelles chacun peut saluer un fait précis dans la semaine :

«Je donne un coup de chapeau à :

— l'équipe de cuisine pour le gâteau de jeudi soir...

— Joëlle, Isabelle, Vanessa et Olivia pour leur spectacle...

— l'équipe de Dimitri et Marco qui a remis tous les carreaux cassés...

Les coups de chapeau, c'est une note cent pour cent positive pour finir la réunion. Il y en a de toutes les tailles, de toutes sortes. Cela fait des réussites pour tout le monde...

# Un exemple
# de création
# d'outil pédagogique

Quelques-unes des dernières séances de travail avec Françoise Dolto ont été conservées sur bandes magnétiques. À propos de la présence du magnétophone, elle nous avait dit :

— Non, ça ne me dérange pas. L'important, c'est ce que vous retirez de vivant d'un entretien, pas les mots qui sont ensuite endormis là-dedans...

De fait, nous n'avons jamais réécouté ces bandes du vivant de Françoise Dolto. Nous ne comptions pas « travailler » sur le matériau rapporté des séances comme s'il s'était agi d'un minerai précieux à extraire.

Pourquoi les avoir enregistrées alors ? Parce qu'il nous est apparu, au bout d'un certain nombre de séances, que ce travail avait valeur de témoignage et que les propos de Françoise Dolto allaient probablement au-delà de ce que nous pouvions en entendre sur le moment. Et même s'il y a une apparente contradiction, nous avions envie de conserver ces conversations...

Nous ne le regrettons pas aujourd'hui et il nous paraît intéressant de retracer, *in extenso*, le chemin ayant permis d'aboutir, sur plusieurs séances et avec entre-temps la médiation des autres Neuvillois, à une « trouvaille » pédagogique. Sa valeur absolue n'est pas essentielle mais elle est un symbole : à la fois trace de notre collaboration avec la psychanalyste et exemple concret du rôle qui fut le sien dans notre pédagogie.

Le travail décrit ici porte sur une période de six mois,

jalonnée de trois séances de travail. Il est représentatif de
notre cheminement : errance, vagabondage, mais aussi
liberté de chercher sans avoir nécessairement à trouver,
comme ce fut le cas la plupart du temps.

Tout ce qui concerne le point de départ de cette
réflexion, lors de la première séance, est donné intégrale-
ment. C'est là qu'on a été amenés à se poser d'abord les
bonnes questions, à se demander en quoi elles nous
interrogeaient.

On venait de tourner le film sur l'école, évoqué
précédemment. Tout ce travail sur l'image de l'école nous
avait permis de voir, d'entendre, que nos discours parfois
redoublaient ceux des enfants qui avaient exprimé
l'essentiel de ce qu'il y avait à dire, aussi bien en réunion
qu'au grand conseil. Nous avions alors compris que l'on
pouvait donner encore plus de responsabilités aux
enfants : ils avaient non seulement intégré les valeurs de
l'école mais ils étaient en mesure de les gérer et de créer à
l'intérieur de ce cadre. Les autoriser à prendre le relais
nous paraissait un gage d'avenir.

De là l'idée que le président de la réunion pourrait
toujours être un enfant. Décision symbolique importante
et constat des progrès de la réflexion sur la mise en place
des institutions.

Dans le même temps, la participation accrue des
enfants à la vie de l'école entraînait, chez les plus actifs et
les plus investis d'entre eux, des débordements, des
parasitages qui nous posaient problème. Nous ne savions
comment réduire, arrêter, ces manifestations excessives
sans briser l'élan auquel elles nous semblaient liées. C'est
l'esprit plein de tout cela que nous sommes allés voir
Françoise Dolto, peu de temps après la rentrée scolaire.

## «Pour qu'il y ait une discipline, il faut une règle qui soit impersonnelle...»

FABIENNE ■ *Ça bouge pas mal à l'école en ce moment, à cause du film notamment. On a vu les séquences sur la réunion et on s'est entendu parler : l'image que ça nous renvoie est une image très imparfaite...*

F. DOLTO ■ Heureusement !

MICHEL ■ *Cela a provoqué des réactions ; la plus notable est que le président de la réunion est maintenant toujours un enfant. C'est-à-dire que les adultes ne président plus. Ça fait maintenant huit semaines qu'on a commencé ce travail et depuis, c'est le même enfant qui préside, un ancien dans l'école qui connaît bien les institutions et sait s'en servir. Il a donné une dimension nouvelle à cette fonction.*

F. DOLTO ■ ...Il représente pour les enfants un moi idéal beaucoup plus simple qu'un adulte... Mais est-ce toujours le même qui va présider ?

MICHEL ■ *Non. On va faire un roulement maintenant que c'est installé. Un enfant président continue à parler un langage plus proche des autres enfants, même s'il est tenu à la neutralité de par sa fonction. Il peut dire : « Écoute, qu'est-ce que tu racontes ? Tu exagères, j'étais là... » Un adulte ne peut pas dire cela.*

F. DOLTO ■ Parce que vous, adultes, vous savez que cela peut avoir des conséquences inhibitrices. Dans la bouche d'un enfant, ça n'a pas les mêmes effets. Et puis vous pouvez toujours dire votre mot en cas de nécessité d'assistance.

FABIENNE ■ *Et comme on n'a pas à gérer et à arbitrer les conflits, nos interventions sont moins nombreuses. On les fait tranquillement, après la bataille, pourrait-on dire.*

F. DOLTO ■ Oui, oui, c'est important.

MICHEL ■ *On peut dire : « J'ai des nuances à apporter à ce qui a été énoncé... » En deux mois, à peine, cette présidence d'enfant s'est imposée comme fondamentale, irremplaçable.*

F. DOLTO ■ Mais comment ces changements se sont-ils avérés nécessaires ?

FABIENNE ■ *C'est venu de diverses observations. Il nous semblait que les enfants maîtrisaient de mieux en mieux les institutions et qu'ils pouvaient apporter davantage si on leur donnait encore plus de responsabilités. Pas seulement la présidence de la réunion. On sentait aussi que nous, les adultes, occupions trop de place en réunion et que nous intervenions sans doute trop souvent.*

F. DOLTO ■ Vous vous en êtes aperçus comme ça... Mais les enfants, qu'est-ce qu'ils ont dit... ? Vous avez réfléchi avec eux ? Ils étaient de votre avis ?

MICHEL ■ *Oui. Ils sont contents de présider.*

F. DOLTO ■ Mais en réunion, ils ont peut-être besoin que vous parliez. Vous avez posé la question à tout le monde, ou pas ?

FABIENNE ■ *Oui. Il y avait beaucoup d'abstentions. Personne n'était contre. Dans ce genre de cas, ce n'est pas facile pour eux de juger, ils nous font confiance.*

F. DOLTO ■ Ce qu'il y a de terrible quand on institutionnalise une façon de faire, c'est qu'après on la perpétue, même si elle n'a plus de sens. Alors qu'il faut être sous la pression du sens : actuel, d'aujourd'hui, d'en ce moment...

FABIENNE ■ *C'est un de nos grands soucis de réactualiser tout... et on laisse tomber, effectivement, quand ce qu'on fait n'a plus de sens. On travaille avec les enfants dans cette direction...*

F. DOLTO ■ ... Parce que eux, dès que les choses ne sont plus vivantes, elles ne les intéressent plus...

FABIENNE ■ *Justement nous, nous péchons parfois par l'excès inverse, c'est trop vivant... En réunion, par exemple, on a parfois des difficultés avec certains enfants, je pense précisément à un ou deux garçons de onze-douze ans, tout à fait bien intégrés dans l'école. Ils prennent la parole comme ça leur vient, font des remarques à tort et à travers. On sent qu'ils ont besoin d'être constamment en communication avec le groupe, avec les adultes, dans l'ambiance...*

F. Dolto ■ Je pense que c'est parce qu'ils ont une insuffisance d'identité, venue d'une éducation « raclante », qui les a dépouillés d'eux-mêmes. Petits, ces enfants n'étaient complets que quand ils étaient avec d'autres. À tel point qu'avec une mère « déplumée », c'est comme s'ils étaient hémiplégiques puisqu'elle ne remplit pas l'autre côté. Ça ne se voit pas parce qu'ils ont un côté fort, mais ils sont tout le temps en état de dépression. Et quand ils ne vont pas bien, il « raclent » l'école parce que, solitaires, ils ne peuvent pas se supporter et que la mère n'est plus un secours. Alors, ils ont besoin du secours des autres et c'est ce qu'ils trouvent à la Neuville. Mais ce sont des enfants qui, chez eux, n'avaient pas une identité complète. Je crois que c'est ça.

Michel ■ *C'est encore plus difficile quand il s'agit d'élèves assez anciens... De temps en temps chez nous, environ tous les trois-quatre ans, il arrive que les plus grands, les enfants les plus responsables, partent, donc...*

F. Dolto ■ ... c'est la génération suivante qui occupe la place des grands...

Michel ■ *... or ils n'ont pas encore toutes les capacités pour exercer ces responsabilités, parce qu'ils n'ont plus le cadre, très précis, que représentent les grands quand ils sont là en nombre suffisant... Alors, ceux qui veulent beaucoup participer, intervenir, se sentent dans une certaine instabilité. On peut dire que ces enfants sont les piliers de l'école parce qu'ils l'aident à bien fonctionner, mais qu'en même temps ils gênent parce qu'ils monopolisent la parole...*

Fabienne ■ *Ils sont très centrés sur eux... Souvent, ils se sont découverts à l'école mais ils ne sont peut-être pas assez sûrs d'eux pour pouvoir laisser parler les autres et prendre seulement leur temps de parole.*

F. Dolto ■ Ce ne serait pas un problème de jalousie de puîné, par rapport à vous ? Ils ne veulent pas que vous fassiez attention aux nouveaux et que ça leur fasse perdre leur place...

FABIENNE ■ *Oui. Les nouveaux sont un peu considérés, par certains enfants, comme des gêneurs. Surtout quand ce sont des petits...*

F. DOLTO ■ Ils sont bizutés ?

MICHEL ■ *Non, ils ne sont pas bizutés. Mais ça marchait si bien avant qu'ils soient là !*

F. DOLTO ■ Oui, c'est tout à fait comme pour l'enfant entre deux ans et demi et quatre ans quand survient un nouveau-né. Ça marchait tellement bien quand le bébé n'était pas là...

MICHEL ■ *Ce qui est amusant, c'est que ces enfants ont onze-douze ans mais sont à l'école depuis trois-quatre ans, donc...*

F. DOLTO ■ Il faudrait peut-être que vous leur parliez. Pas devant les petits. Vous pourriez leur dire : « Il y a trois ans que vous êtes à la Neuville, c'est comme si, ici, vous aviez trois ans et que vous ne vouliez pas qu'il y ait des petits après vous. Vous voulez être les importants.

« Seulement voilà, vous, vous êtes avec nous, vous soutenez l'école, vous êtes les grands. Nous, ça nous plaît d'avoir des petits, des nouveaux, ne serait-ce que pour que l'école marche, parce que, sans les nouveaux, il n'y aurait pas d'argent. Vous ne pourriez pas rester là. »

Il faut qu'ils comprennent que l'école doit aussi marcher du point de vue de la rentabilité. Puisqu'ils sont à l'âge de le comprendre.

Je crois qu'il faut leur en parler, car cela leur pose un problème qu'ils ne comprennent pas et qui est une répétition névrotique... Ils répètent la situation. Ils se rendent compte que ça gêne, mais ils ne se rendent pas compte pourquoi ça gêne...

MICHEL ■ *De façon générale, nous avons du mal à certains moments de la vie de l'école à obtenir le silence. Au stade, par exemple, tout le monde sait très bien qu'on ne peut pas constituer les équipes et commencer à jouer tant qu'il n'y a pas le silence.*

*On dit : « Bon, peut-on avoir un peu de silence ? » La grande majorité se tait, mais il y en a toujours un qui dit un mot à son* voisin, histoire de finir sa phrase. Moi qui suis responsable de l'activité, je ne veux pas commencer dans ces conditions, alors j'attends. Ça peut durer une minute, une vraie minute de soixante secondes, ce qui est énorme quand le silence est vraiment réclamé. Les voisins disent : « Tais-toi. » Un autre se dispute. C'est une réaction en chaîne.

F. Dolto ■ Cela rejoint ce que Fabienne disait tout à l'heure : une vie en excès.

Michel ■ On dirait que les enfants ressentent le silence absolu comme un danger, une petite mort. On essaie de mettre au point des techniques pour éviter cela mais on aimerait bien comprendre ce que ça veut dire et d'où ça vient. Au stade toujours, on est arrivés à obtenir un peu plus de silence en mettant les enfants en rond, comme pour jouer à la chandelle. Mais même en réunion, où la salle offre une structure, ce problème existe. Même s'il est moindre.

F. Dolto ■ En réunion, en dehors du président qui parle à la place centrale, qui a le cahier..., les enfants peuvent intervenir de leur place. Mais je me demande s'il ne vaudrait pas mieux que celui qui veut parler se lève, qu'il y ait un changement dans sa posture. Au lieu de prendre la parole en désordre, en restant assis, il se mettrait debout une fois qu'il a réfléchi, et alors seulement il pourrait s'exprimer.

Michel ■ Un changement de posture oui, mais pas forcément se lever. Au stade comme en réunion, ils aimeraient en fait que l'activité se poursuive malgré le brouhaha : « Oui, il y a du bruit, mais fais ton boulot, on t'écoute, t'inquiète pas. »

F. Dolto ■ Ce que vous pourriez leur apprendre, c'est à faire le silence une fois par jour. Il y aurait une sonnerie, un compte-minutes. On pourrait commencer par une minute, puis deux, puis trois. Trois minutes c'est déjà beaucoup pour des enfants. Je crois qu'ils sauraient alors ce que c'est que de faire silence.

Fabienne ■ C'est intéressant, parce que les enfants ont commencé à le faire à table. Ils se plaignaient tous du bruit *puisqu'il n'y a pas d'adultes présents à l'heure des repas. Pour ramener le calme, ils font maintenant une minute de silence à l'arrivée des plats. Mais ça ne dure pas une minute.*

F. DOLTO ▪ Ils appellent ça une minute mais ce n'est pas une minute.

MICHEL ▪ *Ils ont du mal à la respecter, cette minute...*

F. DOLTO ▪ Puisque c'est parti d'eux, il semble que c'est une nécessité d'apprendre à faire silence...

MICHEL ▪ *... et le problème est le même quand ils sont entre eux, sans adultes...*

F. DOLTO ▪ Mais oui... Une minute, c'est trop pesant. Il faudrait qu'ils aient une pendule... une trotteuse qui marque la minute. On dirait à ceux qui commencent à parler : « Vous voyez, vous vouliez une minute et vous faites vingt secondes. Vous croyiez que c'est une minute... alors il reste encore vingt secondes, chut... » Et peu à peu, ils apprendraient à rester silencieux une minute et, à l'occasion, ils feraient de même pour le foot, pour le repas...

FABIENNE ▪ *On se retrouve devant un simple problème de discipline, parce qu'ils en ont tous envie...*

F. DOLTO ▪ Pour qu'il y ait une discipline, il faut une règle impersonnelle qui ne vise pas celui qui, lui, a besoin de parler et se sent brimé. « Mais non, ce n'est pas pour toi en particulier... C'est aussi bien la minute pour un adulte, qui est la même que pour un enfant... »

L'histoire du fil à plomb pour enfant de huit ans, vous la connaissez ? J'étais petite fille à l'époque ; une dame faisait des achats devant moi et demandait un fil à plomb pour enfant de huit ans. J'étais déjà assez maligne pour me dire : « Mon Dieu, un fil à plomb, c'est pareil pour tout le monde. » Le vendeur lui présentait un modèle puis un autre, plus ou moins cher.

— Non, c'est pour un enfant de huit ans... Donnez-moi ce qu'il faut pour un enfant de huit ans...

Eh bien la minute, ce n'est pas pour un enfant de six ans, c'est une minute.

Je me demande si ce n'est pas tout simplement cela : les enfants n'ont pas du tout la notion de ce que c'est qu'une minute. Il faut qu'ils l'acquièrent au moyen d'une chose impersonnelle : le cadran, qui est le même pour tout le monde.

Ils éprouvent donc la nécessité du silence par moments. Mais ils n'arrivent pas à le respecter.

MICHEL ▪ *En plein air, le problème est différent parce que le bruit qu'il font ne gêne pas.*

F. DOLTO ▪ Emportez votre pendule sur le terrain et dites-leur : « Ici les minutes sont les mêmes qu'à la maison. » Ils ne le savent pas. S'ils parlent, c'est qu'ils ne se rendent pas du tout compte. Ils sont trop « subjectivement » à l'école. C'est bien de l'être mais il faut aussi être social.

MICHEL ▪ *Ils trouvent très choquant que les autres parlent : « Eh, alors qu'est-ce qui se passe là... tais-toi ! »*

*Il me semble entendre dans ce que vous dites une forme de critique du rythme dans l'école, qui est un rythme... euh...*

F. DOLTO ▪ concassé ?

MICHEL ▪ *Oui, beaucoup trop violent finalement pour la philosophie de l'école : il s'accélère par moments alors que tout le mode de vie est très calme. En fait, on est obligé de se taire pour faire les équipes de foot, parce qu'on ne dispose que de deux heures pour aller au stade, jouer et revenir. Face à la plénitude de la vie dans l'école, l'emploi du temps, avec ses petites cases horaires, est quelque chose d'artificiel. L'attitude des enfants est une manière de faire barrage à ces accélérations de rythme. La cloche sonne, on se met en tenue, on monte dans le minibus, on va au stade, on descend du bus, on fait les équipes...*

F. DOLTO ▪ Mais cela se passe partout ainsi et chez vous c'est peut-être moins pire qu'ailleurs...

MICHEL ▪ *Sûrement, mais ils doivent ressentir ces contraintes comme une agression. Je me demande s'ils n'ont pas la volonté de freiner le rythme, ce qui est aussi une certaine forme de contestation...*

F. DOLTO ■ Ils n'anticipent peut-être pas sur ce qu'ils ont à faire. Ils attendent le dernier moment et que ce soit dit par l'adulte au lieu de prévoir l'enchaînement des activités. Le matin, ont-ils en tête leur programme de journée ?

MICHEL ■ *Oh oui ! Mais ils ne sont pas toujours disposés à anticiper. Ils savent ce qui se passera à la minute qui suit mais ils sont bien dans la minute présente.*

F. DOLTO ■ Le propre de l'être humain, c'est la mémoire anticipatrice... la mémoire du passé et la mémoire anticipatrice... et la réflexion. Se mettre dans les conditions préventives du sentiment d'agression, préventives de la bousculade...

MICHEL ■ *Nous autres, adultes, avons peut-être aussi une difficulté à saisir vraiment le moment de dire : « C'est maintenant. » Pour reprendre l'exemple du stade, nous nous y rendons avec deux voitures car il est trop éloigné pour y aller à pied. Les premiers arrivants commencent à mettre les filets aux buts. On sort les ballons, les maillots puis la troupe s'éparpille. On ne va pas rester à attendre les autres.*

*Les passagers de la deuxième voiture arrivent. On ne peut pas leur dire : « Allez, dépêchez-vous... » On les laisse descendre, ils prennent le temps de respirer. Les autres, dans l'intervalle, ont commencé à s'entraîner, il y a un moment où l'on se dit : « Bon, maintenant, on commence... »*

F. DOLTO ■ Vous avez le sifflet pour ça ! Il faut siffler...

MICHEL ■ *Siffler ? Le sifflet a une telle connotation que ça me gêne...*

F. DOLTO ■ Il faut que le signal s'adresse à tout le monde. Le sifflet, c'est justement une voix autre que la voix d'un individu. Le sifflet de l'arbitre, c'est la voix du groupe. Et en fait, vous êtes arbitre du temps, arbitre de l'organisation et même arbitre du match... Alors, ce n'est pas vous qui sifflez, c'est l'arbitre. C'est anonyme, ils ne se sentent pas visés : « Il m'a engueulé parce que je parlais. »

Peut-être qu'à table, pour qu'ils apprécient ce que c'est qu'une minute, il faudrait un cadran. Cela doit bien se trouver.

FABIENNE ■ *En réunion, on a la petite clochette.*

F. DOLTO ■ Oui, j'ai vu... Mais c'est tout de même un type qui la tient...

MICHEL ■ *On pourrait commencer toutes les activités de l'école par une minute de silence. Et toutes les réunions, aussi...*

F. DOLTO ■ C'est ça. Et en même temps ça enseignerait la maîtrise de soi, peu à peu les enfants n'auraient pas l'angoisse de parler. Ils sauraient qu'il faut arriver à tenir cette minute. Ils comprendraient ce que c'est qu'une minute, la même pour le monde entier. C'est le Soleil qui détermine cette minute, ce n'est pas nous.

FABIENNE ■ *Ils auront aussi le plaisir de se retrouver dans le silence qu'ils aiment bien, en fait.*

## ▶ Observations sur le terrain

Quelques jours plus tard se tint, à la Neuville, la réunion d'adultes qui clôt chaque période de congé scolaire. On évoqua cet entretien avec Françoise Dolto en s'interrogeant sur la minute de silence qui avait été donnée comme réponse à différents aspects du problème sur lequel nous butions : le bruit, la tension. Le rythme de la journée avait été mis en cause mais sans que l'on puisse imaginer ce que l'on pourrait faire, surtout lorsque les enfants étaient tous regroupés, en réunion ou dans la salle à manger, par exemple. La question ne se posait pas pour la classe ou les ateliers, c'est-à-dire dans des groupes plus restreints et dirigés. On ne prit pas de décisions mais on avait bien envie d'essayer quelques « trucs ».

Le jour de la rentrée, il y a entraînement de football au stade, comme chaque lundi, et Michel utilise un sifflet. Les enfants l'avaient remarqué avant même qu'il ait eu l'occasion de s'en servir. Il explique qu'il n'a plus envie de crier pour informer tout le monde, qu'on va commencer et qu'à l'avenir il sifflera. Le coup de sifflet signifie qu'on laisse les ballons sur place et qu'on vient se regrouper en cercle au milieu du terrain comme on a coutume de le faire.

L'endroit le plus bruyant de l'école est la salle à manger des enfants. Ils sont répartis en cinq tables, qui ont chacune un responsable. Quand la cloche sonne, les enfants pénètrent dans la salle librement et vont s'installer à leur place. Depuis peu, le responsable demande qu'on observe une minute de silence au moment de s'asseoir.

On a suggéré aux enfants de commencer par se rassembler à l'extérieur du bâtiment, par tables, et que les responsables fassent entrer les équipes, une à une, lorsqu'elles sont regroupées et calmes. Une fois tout le monde dans la salle, on observe la minute de silence. Que l'on renouvelle quand les plats arrivent.

Contrairement à ce qu'on pourrait croire, tous les enfants approuvent cette nouvelle façon de faire. Ils le disent en réunion le vendredi. Le paradoxe est que personne n'appréciait ce bruit exagéré, mais qu'on ne trouvait pas le moyen d'agir sur ce problème.

La répartition, assemblée où se décident les ateliers de l'après-midi, pose encore plus de problèmes que la réunion du vendredi. On repense à l'idée de permettre aux enfants d'anticiper sur ce qui va arriver. Une grande feuille est installée sur le bureau du président avec la liste des ateliers du jour... Les enfants peuvent s'y inscrire avant le début de la répartition. Un bon nombre d'enfants réfléchissent ainsi à l'avance à ce qu'ils veulent faire et se comportent plus calmement.

Le jeudi, jour du match de football, tout se passe

mieux qu'à l'ordinaire, mais c'est la première fois que l'on y prête attention. Ce n'est qu'au bout de plusieurs semaines que l'on pourra évaluer les effets de cette nouvelle façon de faire.

La réunion du vendredi commence après une minute de silence. C'est le président qui chronomètre la minute. Nous n'étions pas convaincus par l'idée de la grande horloge parce que ni le début, ni la fin de la minute ne seraient des choses simples et compréhensibles pour tous. Autre problème, lorsque la minute s'achève, le silence ayant pesé à beaucoup d'enfants, le niveau sonore remonte d'un coup. Comme si, contrairement aux intentions, cette privation de parler était une contrainte. Les enfants ne détestent pas se taire mais ils ne se concentrent pas.

Durant les semaines qui suivent, la minute de silence se propage dans l'école. Dans certains cas, notamment en petits groupes, on observe que si personne n'en signale la fin, le silence peut se prolonger jusqu'à deux ou trois minutes sans qu'on le remarque. Les enfants se sentent bien dans ce calme.

Quelqu'un propose que les équipes de football soient constituées pour plusieurs semaines de suite. Double avantage : le travail dans chaque équipe peut être approfondi et l'on supprime cette fameuse séquence hebdomadaire de tirage des équipes. On les compose même à l'école, avant de partir au stade, et on les annonce en répartition. En arrivant, tout le monde sait ainsi ce qui va se passer. Cela fait une grosse différence.

C'est le moment du grand conseil, une institution qui pose le problème du temps de parole imparti à chacun. Certains enfants parlent peu, voire pas du tout, certains autres et les adultes, un peu trop. Les vacances de Noël approchant, nous prenons rendez-vous avec Françoise Dolto avec l'idée d'aborder ce sujet.

## «Se taire, c'est se préparer à dire quelque chose qui, du coup, aura plus de sens...»

La Neuville ■ *On voudrait arriver à faire le silence avant les réunions, créer une ambiance, un peu comme le* la *du diapason annonce l'œuvre musicale ou la répétition...*

F. Dolto ■ C'est très important, le temps de silence... Quelqu'un qui ne dit rien a droit à son temps. Et s'il l'emploie à se taire, tout le monde doit écouter son silence.

La Neuville ■ *On a fait quelque chose de ce genre : quand les enfants ont fini avant le temps de parole qui leur est imparti ou que personne ne souhaite parler, on n'utilise pas ce temps. On le laisse s'écouler pour marquer le silence ou permettre à quelqu'un de rajouter quelque chose...*

F. Dolto ■ On ne comprend pas assez l'importance des temps de silence. Les gens n'ont plus le temps de parler ou plutôt de se taire. Or c'est quand ils se taisent qu'ils font un gros travail de communication, de communication inhibée ; qu'ils se réfléchissent communiquant alors qu'ils n'agissent pas. Je me demande si vous ne feriez pas bien de donner un temps pour cela. Qu'on l'emploie ou non, ce temps est à Untel.

La Neuville ■ *On vous avait parlé de la difficulté à regrouper les gens au début de chaque activité. Maintenant, avec les minutes de silence qui précèdent presque toutes les réunions, c'est beaucoup plus facile. Et les enfants sont intéressés, même si on ne sait pas encore ce que ça va donner...*

F. Dolto ■ On touche là le rôle focalisant et densifiant du silence. Les silences ne se ressemblent pas. Se taire, c'est se préparer à dire quelque chose qui, du coup, aura plus de sens si cela est précédé d'un temps de silence. De même quand on écrit : on laisse un alinéa parce qu'on doit dire quelque chose d'important ; on n'enchaîne pas aux lignes précédentes.

Il serait intéressant que vous mettiez la question du

silence sur le tapis. Puisque vous avez déjà commencé, vous devriez continuer à donner des temps comme cela. Vous diriez ensuite aux enfants : « Vous allez réfléchir et le mois prochain, vous aurez à dire ce que l'expérience du silence a apporté... »

Le silence, cela les intéressera en dehors de l'école, pour eux-mêmes, dans leur vie. Comme un acquis.

Vous les aurez enrichis d'une arme de pacification intérieure et d'ordre, d'un moyen de se réordonner dans les instants de tension.

## ▶ Le sablier, plus qu'un outil, un symbole

Reste à trouver une façon de matérialiser cette idée. Le problème technique est de permettre à chacun de mesurer le temps qui passe, afin de demeurer concentré et en communication avec les autres, de se préparer à reprendre le cours de la vie en société. La fin de cette minute ne doit pas être la reprise du bruit. Il faut qu'il y ait une continuité entre le silence et la parole réfléchie qui va en sortir. L'intrument se doit d'être comme le cadran solaire silencieux et visuel. Et accessible à tous, facile à lire.

On finit par trouver l'idée du sablier : à la fois moyen de fixer l'attention de chacun et outil pour mesurer le temps qui s'écoule. Un grand sablier contenant juste une minute de sable que le président retourne au début de chaque réunion. Et que tout le monde observe, distraitement ou fasciné. Quand le sable s'est écoulé, la réunion commence.

Le sablier est devenu un symbole à la Neuville. Il fournit la preuve que les outils, le plus souvent, existent déjà mais que l'on ne sait pas toujours se les approprier.

Cet instrument ne constitue, en lui-même, la solution d'aucun problème. Il est la touche concrète qui souligne l'importance d'une question sur laquelle nous avons réfléchi — «pour qu'on y pense», comme l'on dit en réunion, lorsqu'on prend une décision ou que l'on donne une sanction.

Répondre à des questions, ce n'est pas trouver une réponse à chacune d'elles, mais envisager le milieu de vie comme un ensemble qu'on ne peut modifier qu'en remettant en cause les comportements de chacun, enfants et adultes. C'est considérer que la mise au point ne sera jamais achevée et que la route est jalonnée d'étapes, de réussites qui ne seront jamais que partielles. Domaine complexe que la pédagogie, où le désir et l'imagination jouent un rôle essentiel.

Tout le monde dans l'école est content, fier du sablier ancien, très bel objet, qu'on a déniché chez un antiquaire. Il mesure près de trente centimètres et se voit parfaitement, même du fond de la pièce. Quand le président le retourne, cela rappelle qu'obtenir le silence avant une réunion ou avant n'importe quelle activité dans l'école ne pose plus de problème insoluble et qu'il n'en a pas toujours été ainsi.

Certains jours, quand on fait la minute de silence, on éprouve une impression de grande unité, de respiration unique, qui est très émouvante. D'autres fois, cela ressemble à un simple exercice de relaxation, mais ça ne fait de mal à personne.

### «Le sablier de silence... c'est la scansion du temps...»

MICHEL ■ *Vous vous souvenez, vous nous aviez parlé d'une grande montre pour nos minutes de silence. Cela posait des problèmes pour lire l'heure, alors on a pensé au sablier, qui matérialise aussi le temps de façon visuelle.*

F. DOLTO ■ Ah, oui ! tout à fait...

MICHEL ■ *Un grand sablier, comme ça (geste de la main indiquant sa taille). On a retiré du sable pour que ça fasse juste une minute...*

F. DOLTO ■ Une minute de silence...

MICHEL ■ *Et effectivement on voit le temps passer. Tous les yeux sont rivés sur le sablier. Les enfants sont fascinés. Et puis, à tout moment, chacun peut évaluer combien il reste de temps...*

F. DOLTO ■ Oui, c'est très bien. Vous avez trouvé ça depuis quand ?

MICHEL ■ *Depuis Noël : on vous avait vue au début des vacances et l'on a décidé ça à la rentrée.*

F. DOLTO ■ On ne s'est pas vus depuis ? Ah, oui ! On s'était téléphoné à propos de cette histoire d'inspecteur.

Alors ce sablier de silence, dites-moi à quel moment vous le mettez...

MICHEL ■ *Il est posé sur le bureau du président, dans la salle de réunion... Avant chaque séance, le président retourne le sablier et tout le monde se tait... C'est là que se fait l'apprentissage du silence et de la vraie minute. Mais à d'autres moments, on fait aussi des temps de silence sans sablier, et ils ne durent pas forcément une minute. On a cherché des solutions spécifiques à chaque activité. Au stade, on se met en rond, mais avant je me sers du sifflet...*

F. DOLTO ■ Et ça marche bien ?

MICHEL ■ *Oui, très bien. Je ne m'égosille plus à crier...*

FABIENNE ■ *À table aussi, les enfants font la minute de silence. Au moment de s'asseoir et quand les responsables vont chercher les plats, pour ramener le calme avant de servir. Mais n'allez pas imaginer pour autant qu'ils mangent dans une ambiance monacale !*

F. DOLTO ■ C'est un peu comme les feux rouges. Il y a des rues où les piétons ne pourraient jamais passer si les feux rouges n'arrêtaient pas les véhicules. Quand les automobilistes sont libres, ils passent trop vite ; il n'y a pas de scansion. Et les feux font la scansion.

MICHEL ■ *L'école donne l'impression d'un flot continuel qui nous emporte, sans jamais un temps d'arrêt.*

F. DOLTO ■ Vous savez, Michel, vous prenez une image dans le temps, j'en donne une dans l'espace, mais le temps et l'espace sont en miroir... Il est sûrement vrai que ces moments de silence calment les gens avant le plat suivant. D'autant que les enfants s'engagent parfois passionnément dans des associations d'idées qui n'ont aucun intérêt. S'arrêter un peu de parler permet de s'en apercevoir.

FABIENNE ■ *Je craignais un peu que les enfants aient le fou rire pendant les minutes de silence. Eh bien, pas du tout. Maintenant ils sont habitués, mais même au début ils ne riaient pas...*

F. DOLTO ■ Ils ne vous ont pas demandé : « Pourquoi on fait ça ? »

FABIENNE ■ *Si, si. On a expliqué...*

F. DOLTO ■ Vous avez dit quoi, alors ?

FABIENNE ■ *On a expliqué qu'il fallait calmer l'ambiance, qu'il y avait trop de bruit et qu'on ne pouvait pas commencer des réunions avec une telle tension.*

F. DOLTO ■ Et votre clochette ?

MICHEL ■ *On s'en sert toujours. Le président agite la clochette pour signaler que ça va commencer, puis il retourne le sablier.*

F. DOLTO ■ C'est très bien, ce que vous avez trouvé. Le sablier de silence... c'est la scansion du temps...

MICHEL ■ *Oui, il manquait vraiment quelque chose. On ne pouvait se défaire de ce parasitage sans un outil symbolique...*

## ▶ Une anecdote

Une anecdote pourrait mieux dire les réflexions que le sablier inspire aujourd'hui aux Neuvillois. Nicolas, l'un de ceux qui parlaient trop, présidait récemment. Il arrive dans la salle de réunion sans le sablier. Il s'en rend compte mais s'assoit au lieu de retourner le chercher. Il règne un brouhaha ordinaire dans la pièce. Nicolas dit :

— Laurianne, tu veux bien aller chercher le sablier ?

Elle se lève et sort. Le silence se fait. Ses pas résonnent distinctement dans le couloir. Elle ouvre la porte du bureau de Fabienne où le sablier est entreposé entre les réunions. On l'entend la refermer puis à nouveau marcher dans le couloir. Elle entre dans la pièce et tend le sablier à Nicolas qui commence à le retourner puis s'interrompt et dit :

— C'est pas la peine, il y a déjà le silence...

# Une séance
# de pédagogie
# neuvilloise
# avec Françoise Dolto

C'est le deuxième trimestre de l'année scolaire, le cœur de l'hiver, un moment où l'on est plus sensible aux incidents provoqués par les enfants parce qu'on se tient plus souvent à l'intérieur des bâtiments et que les incidents, «ça fatigue» le groupe. À la réunion du vendredi, l'on essaie de résoudre au mieux une cascade d'infractions et de conflits mais avec l'impression parfois d'expédier les affaires courantes. Nous avons envie de réfléchir, aussi bien avec les enfants qu'entre nous, à ces questions de fond : ce qui est dit en réunion aux enfants en infraction, en conflits ; comment sont rappelés les règlements et le pourquoi de leur existence ; quel type de décisions sont prises. Cela va dans le sens du travail amorcé récemment avec le président enfant ou le temps de parole au grand conseil. On entame donc un débat dans l'école, sans oublier que tous ces problèmes sont une conséquence somme toute normale, nécessaire, du droit à circuler et à prendre des initiatives. Il ne s'agit pas de remettre en cause le droit de chacun à être en infraction et à en assumer ensuite la responsabilité.

## ▶ Stéphane dérange,
## Fabrice est trop discret

Stéphane, un garçon de onze ans, vif, dynamique, intelligent, « pigeant » tout au quart de tour, provoque parfois des incidents particulièrement bruyants et spectaculaires.

Il « pique des crises » quand il se sent victime d'une injustice ou, plus exactement, de ce qu'il pense être une injustice. Il hurle, se roule par terre, casse des objets, claque les portes et s'en va bouder dans un coin du jardin appelé « le coin des énervés », où il peut rester le temps qu'il veut. En général, on ne le revoit pas avant une heure ou deux.

Enfants et adultes ont la désagréable impression qu'il utilise ces énervements comme une arme pour dissuader les autres d'exercer sur lui, comme sur le reste des enfants, la discipline de groupe.

« Il y a des limites que tu ne peux pas dépasser. Tu peux faire des infractions, mais pas dire n'importe quoi quand on te fait une remarque et penser que cela va être accepté. » C'est ce qui lui a été dit en réunion.

Le groupe tolère bien ses petits écarts tant qu'il reste « dans le coup ». Certains anciens qui comprennent bien l'école savent être indulgents et évitent de lui renvoyer une image systématiquement négative qui bloquerait sa progression. On recommande aussi de ne pas critiquer son comportement de vive voix mais de recourir au carnet, en cas d'agression ou d'infraction. Il se trouvera ainsi placé face à ses responsabilités devant le groupe, en réunion.

— C'est trop difficile d'obtenir qu'il vous écoute ? Eh bien, allez mettre un mot dans le carnet.

Car justement, en réunion, il est très attentif à ce qui se dit, respecte ses sanctions, effectue ses réparations. La parole concrète passe bien. Il progresse au coup par coup ;

ne refait plus les mêmes bêtises... même s'il en fait d'autres !

Stéphane aime le sport, le football en particulier. On essaie de l'intégrer autant que possible. Comme il a provoqué un incident au stade, on a décidé de ne plus l'y laisser circuler hors de la surveillance des responsables. Lui qui est plutôt moyen participe donc toutes les semaines au « match des grands », avec les adultes. En fait, c'est un privilège, une sanction au sens large.

Même sur ce terrain qu'il affectionne, il est difficile d'éviter les heurts avec ses équipiers, qu'il pousse à s'énerver car il recherche l'échec et revient constamment à un de ses comportements préférés : se faire exclure. Cependant comme il s'amuse beaucoup, il se prend au jeu et bien souvent, il oublie d'être désagréable. On le lui fait remarquer quand il demande une appréciation sur sa prestation personnelle :

— J'ai bien joué aujourd'hui, hein ?

— Tout à fait... Et c'est bien agréable, n'est-ce pas ?

Stéphane suscite une certaine admiration de la part d'autres garçons parce qu'il est brillant, qu'il est un leader et que son rôle d'opposant parfois le valorise. Ce qui est plus ennuyeux, c'est qu'il entraîne dans ses infractions de plus jeunes, comme Jérôme. Pourtant aucun des deux, quand il est occupé, ne pose problème. Leur amitié est née du désœuvrement, d'une certaine marginalité. Ils sont souvent sanctionnés mais ne comprennent pas, apparemment, que derrière l'infraction, c'est leur comportement hostile à l'école, à la communauté qui leur est reproché. Ils sont surpris d'entendre un tel discours parce qu'ils sont tous deux contents d'être là. En fait, là non plus, on ne sait pas très bien ce qu'il faut leur dire et lorsqu'on parle avec eux, durant la réunion, on a l'impression fâcheuse de leur faire « la morale ». Sans résultat.

Un enfant, en revanche, ne dérange pas beaucoup les

autres, c'est Fabrice. Cependant il est très difficile de le
faire travailler scolairement. Peu concentré, affectant
d'être sûr de lui et de savoir ce qu'on veut lui faire
apprendre, il progresse peu. Il reste le plus souvent dans
son coin, fuyant les relations avec les adultes et les filles,
snobant les plus jeunes.

Enfin, il semble mal dans son corps et participe très
peu aux activités physiques et sportives. Il se montre
souvent désagréable et insolent. Et cela ne s'arrange pas
avec les mois qui passent, bien au contraire. C'est comme
si tout ce qu'il a acquis, toutes les potentialités que l'on
sent par moments en lui étaient bloquées. Pourquoi ?

## ▶ Des propos tenus
## dans un contexte pédagogique spécifique

Ces observations, et bien d'autres, présentes à l'esprit,
nous nous rendons rue Saint-Jacques pour une de nos
séances habituelles avec Françoise Dolto. Ces trajets à
Paris sont autant de voyages à la recherche d'un discours
sur notre propre travail. Comment raconter notre
recherche, qu'en dire ? Comment isoler certains faits,
privilégier certaines remarques dans cette immensité ?
Comment séparer pour les analyser des éléments apparemment indissociables de l'ensemble ? Des comportements d'individus dans un groupe ?

Nous apprenons à choisir, à éliminer. Nous réussissons
d'ailleurs à résoudre de nombreux problèmes avant même
d'arriver à Paris. Aller voir Françoise Dolto, c'est
formuler et formuler, c'est souvent résoudre.

Les propos tenus par Françoise Dolto durant ces
séances de travail ne sauraient être isolés de leur contexte
bien spécifique. Portant sur une pédagogie particulière,
ils sont prononcés au cours d'une conversation entre

personnes qui se connaissent depuis longtemps, s'estiment, se font confiance et n'ont besoin ni de tout préciser ni d'aboutir à des conclusions immédiatement exploitables. La raison d'être de ces rencontres, c'est de mettre à la disposition des Neuvillois le maximum d'éléments de réflexion pour continuer à faire leur école. Nous venons chercher là ce qui peut nous échapper de la Neuville au quotidien, grâce au recul d'une conversation avec un interlocuteur qui n'est pas un pédagogue. Durant ces entretiens, Françoise Dolto s'essaie aussi à chercher, à réfléchir, en parlant avec nous de notre projet, mais toujours après que nous en avons «discuté devant elle». Par ses propos, elle met en lumière certains aspects — points forts, carences — de notre pédagogie. Autrement dit, s'il s'agit là d'un discours éducatif propre à Françoise Dolto, ce sont aussi et surtout ses commentaires concernant la pédagogie neuvilloise.

## «C'est très utile de nommer ce par quoi l'enfant est possédé parfois.»

FABIENNE ■ *Nous voudrions parler d'un enfant qui nous pose un problème : quel discours lui tenir quand il provoque des incidents ? Très souvent il entre en conflit avec un camarade, voire un adulte, et il part en criant et en claquant la porte.*

MICHEL ■ *À son arrivée, il faisait cela «pour de vrai», il y croyait. Mais depuis qu'il s'est intégré à l'école, ce sont de véritables comédies. On dirait qu'il ne peut s'empêcher de faire cet esclandre...*

*On lui dit parfois : «Stéphane, qu'est-ce que c'est que cette histoire ? Tu n'y crois même pas, comment veux-tu que nous, on y croie ?...» Mais il ne peut pas être naturel, il faut toujours qu'il soit dans un statut particulier.*

F. DOLTO ■ Il a quel âge, huit ans ?

FABIENNE ■ *Non, plus que ça, il a onze ans... Il fait de la provocation... Il essaie justement de savoir jusqu'où vont nos limites, jusqu'où on est capable d'aller pour lui.*

F. DOLTO ▪ Et vous lui avez dit que ça allait être difficile de le garder à l'école ?...

FABIENNE ▪ *Oui, on le lui a dit. On lui a mis le marché en main. C'est vrai qu'on n'arrive pratiquement jamais à ces extrémités et que ça nous coûterait beaucoup, ça il le sent sûrement. Mais on pourrait le faire tout de même parce que parfois, c'est tellement «pompant» que ça nuit au groupe et à l'école...*

F. DOLTO ▪ Est-ce qu'il ne veut pas se faire mettre dehors ?

FABIENNE ▪ *Peut-être... mais en tout cas, il dit qu'il veut rester.*

F. DOLTO ▪ Il ne s'en sortira pas s'il ne va pas en psychothérapie... Pourtant il pourrait peut-être s'intégrer tout à fait, si justement il savait que c'était sa dernière chance.

MICHEL ▪ *Aussi curieux que ça puisse paraître, il est déjà intégré. Ses esclandres, ce n'est pas vraiment lui dans l'école, ce sont comme des résurgences.*

F. DOLTO ▪ Exactement, ce sont des répétitions du passé. Je pense que c'est quelque chose en rapport avec son origine. Il a honte d'être né, honte peut-être de ses parents et je crois que là, il y a une psychothérapie à faire. Il est très important de récupérer ce narcissisme primaire. Il a été rejeté à la naissance, donc il est un caca. Il est toujours à se heurter, hystériquement, entre l'oralité et l'analité ; à cannibaliser tout le monde ou embêter tout le monde... toujours entre ces deux Charybde et Scylla. En fait, il reste comme un bébé de trois ans... Est-ce un vrai garçon ou est-il plutôt neutre comme genre ?...

FABIENNE ▪ *Non, il est vraiment garçon.*

F. DOLTO ▪ Je me demande s'il ne faudrait pas que vous vous serviez de l'image du gorille. Entre trois et quatre ans, quand l'enfant est vraiment insupportable, asocial, qu'il énerve les gens, il faut lui dire : « C'est le gorille qui revient, c'est pas Stéphane... »

Il faut que ce soit sexualisé, gorille pour masculin et guenon pour féminin. Vous pourriez dire à Stéphane quelque chose de ce genre : « C'est le gorille qui revient. Il est furieux que tu deviennes comme un homme. Quand tu étais petit, ta grand-mère ne te disait pas du bien de tes parents, alors tu crois que ce n'est pas bien d'être un homme et tu veux rester gorille. Pourtant tu es quelqu'un de bien. »

Ça, c'est un discours d'éducateur, ce n'est pas un discours de psychothérapeute.

MICHEL ▪ *C'est un discours à lui tenir quand il est de mauvaise humeur ?*

F. DOLTO ▪ Oui, mais pas devant tout le monde. À la sortie d'un atelier où il a fait une scène imbécile... Puisqu'il est bien sexué, je crois que ce serait mieux que ce soit Fabienne qui le fasse, parce que c'est encore le considérer comme un petit garçon qui ne s'assume pas dans la castration de son sexe. Vous voyez, pour le gorille, la loi n'existe pas : « C'est moi qui fais la loi. » C'est une espèce de réaction paranoïaque. À l'âge gorille et l'âge guenon, c'est très utile de nommer ce par quoi l'enfant est possédé parfois.

FABIENNE ▪ *C'est vrai que c'est un garçon avec lequel il est difficile de tenir un discours raisonnable...*

F. DOLTO ▪ Dites-lui : « Moi, j'ai une guenon qui m'obéit... toi, tu as un gorille. Ma guenon, je l'ai matée et elle m'obéit dans les moments où j'ai besoin d'être forte. C'est sa force qui vient à mon secours, mais dans la loi des humains. » Entre trois et cinq ans, l'enfant sent très bien quand il est prisonnier de ses pulsions... « Tiens, on dirait que je vois des poils, c'est plus des mains d'humain, on dirait que c'est des mains qui ont envie de se balancer aux branches... ». Non, non, c'est pas vrai, c'est pas vrai ! » Et ils se ressaisissent...

MICHEL ■ *On utilise souvent l'humour avec lui ; ça marche assez bien...*

F. DOLTO ■ Donc, il peut avoir un certain contrôle... Il ne faut pas que ce contrôle soit moralisateur, dans le sens qu'il ne se sent pas bien dans sa peau, que c'est du sauvage... du sauvage pas fier d'être un humain...

FABIENNE ■ *Mais souvent, au milieu d'une activité, il me regarde et je sens qu'il se demande : « Est-ce que je fais le bazar là-dedans ? » Souvent, il hésite sur l'attitude à avoir...*

F. DOLTO ■ Oui, oui, c'est régressif, mais peut-être pas malsain si on sait le nommer et lui dire qu'il faut qu'il s'en sorte... En fait, depuis qu'il est tout petit, il a toujours entendu sa grand-mère dire que ses parents s'étaient conduits en guenon et gorille. C'est quelque chose qui le raccroche à ses parents en profondeur.

FABIENNE ■ *Dès qu'il a commencé à être « grand », il est devenu violent et a « piqué des crises »... Il savait que c'était une arme contre sa grand-mère parce qu'elle cédait...*

F. DOLTO ■ Ça, c'est l'hystérie... ce n'est pas la psychose, mais ça peut le devenir...

MICHEL ■ *Il y a un autre enfant, Fabrice, dont le comportement nous laisse perplexes. Apparemment, tout va bien. C'est un garçon intelligent, adroit de ses mains.*

F. DOLTO ■ Quel âge a-t-il ?

MICHEL ■ *Quinze ans... Et pourtant, il est « coincé », il ne progresse pas autant qu'il pourrait. On ne sait pas trop pourquoi... C'est l'aîné de la famille, après lui, il y a un frère et une sœur...*

F. DOLTO ■ Qui sont du même père ?

FABIENNE ■ *Oui, oui. Il est l'aîné d'une famille ordinaire... Les deux autres enfants sont aussi à l'école. Eux, ils vont bien.*

F. DOLTO ■ N'est-ce pas tout simplement qu'il se masturbe ?

MICHEL ■ *Oui, peut-être, mais tout de même.*

F. DOLTO ■ ... qu'il se sent coupable de ça...

FABIENNE ■ *J'avais effectivement l'impression qu'il y avait*

*quelque chose de cet ordre. Cela n'aurait-il pas à voir avec le fait
que les parents font du naturisme avec leurs enfants ?*

F. DOLTO ■ Sûrement. C'est terrible au moment des
onze ans. Et ça a un effet complètement inhibiteur...

FABIENNE ■ *Je me souviens qu'on en avait parlé avec la plus
petite... Elle est dégourdie et parle facilement. C'est elle qui nous
a dit : « C'est la barbe, mon père, il nous oblige... » Je me
demande si ce n'est pas ça qui fait qu'il est coincé dans son idée de
grandir.*

F. DOLTO ■ Certainement. Chez les nudistes, les
garçons dès onze-douze ans sont terrorisés à l'idée d'avoir
des érections ; les filles, à l'idée de rougir. Jusque-là, ils
n'avaient pas du tout fait attention au sexe et puis vers cet
âge-là, ça vient... Cela commence probablement par des
rêves et après, ils sont coincés par des affects, philiques ou
phobiques, de certaines manifestations de sexe. Ils
commencent à avoir des poils...

J'ai même vu des choses graves : une fille de treize ans
avait tenté de se suicider. J'étais très jeune externe à ce
moment-là. C'est moi qui ai découvert le pot aux roses, la
troisième fois qu'elle est venue à l'hôpital pour tentative
de suicide. Comme j'étais psychanalysée, j'avais une
façon qui faisait que les enfants pouvaient me parler.

Je lui ai dit : « Ce n'est pas clair, pourquoi voulez-vous
vous suicider ? » Elle n'avait pas encore de petit copain ou
d'histoire d'amour. Comme ses tentatives avaient suivi un
été, j'ai demandé :

— Qu'est-ce qui s'est passé cet été-là ?
— Mais rien, rien. Comme toujours...
— Mais quoi, toujours ?
— Les Houx...
— Qu'est-ce que c'est ?
— Un camp de nudistes...

Et puis là, on a pu en parler. L'assistante sociale a pris
le relais. On a obtenu des parents qu'elle aille en vacances
en colonie. Ils ne se rendaient pas du tout compte : « Mais

qu'est-ce qu'il y a de mal? Il faut que les enfants sachent que le sexe, c'est naturel. » Mais ce n'est pas possible au moment de la puberté.

Pour cette fillette, devenir femme c'était vraiment mourir. Elle aimait mieux mourir tout de suite. Sa scolarité ne marchait pas non plus depuis ce temps-là, et pourtant c'était une fille intelligente. Elle souhaitait que ses parents ne l'emmènent pas mais comme elle se montrait timide, ils décidaient toujours : « Tu ne vas pas aller en colonie de vacances puisque tu es timide. » Il n'y avait plus d'issue. J'ai vraiment compris quelque chose à ce moment-là, alors que je n'avais pas d'opinion sur le nudisme ; au contraire, je trouvai ça plutôt bien. Je me disais : « Peut-être que les enfants de nudistes sont moins culpabilisés par le sexe. » Pas du tout : au moment de la transformation pubertaire, la sexualité est un problème pour tous.

Pour revenir au garçon dont vous me parlez, je pense que l'explication est là. Peut-être ce garçon se sent-il très fautif de ses érections et de ses masturbations ? Si les nudistes n'ont finalement pas de sexe, il y a des gens qui ne sont pas des nudistes et qui vont dans les camps au moment des vacances pour rigoler et pour être voyeurs. Les enfants les voient, d'ailleurs, dans ce rôle de voyeurs. Ce que ne sont pas du tout les vrais naturistes qui, eux, jouent au ballon sexe et nichons au vent, et ne pensent pas du tout à séduire. C'en est même incroyable.

Je me demande si ce garçon ne devrait pas discuter avec l'un de vous. Il pourrait parler du moment où il a commencé à avoir du poil, dire quel effet ça lui fait d'être obligé de continuer à aller chez les nudistes ?

« N'est-ce pas pour ça que tu es timide ? » Il faut lui parler de sa timidité... Parce que finalement, il est timide...

MICHEL ■ *Il est petit pour son âge, mais aussi immature. Il*

*fait des farces, il est très potache, il dit qu'il sait tout, il sait*
*toujours tout.*

F. DOLTO ■ C'est-à-dire qu'il a tout vu... Il croit tout
savoir sur le sexe mais en fait, il ne sait rien du tout. Il sait
l'apparence.

MICHEL ■ *L'autre jour, il passe près de moi, j'étais en train*
*de bricoler. Il me dit : « Mais qu'est-ce que tu fais là ? Tu t'y*
*prends mal. » Je lui réponds : « Tu veux le faire ? D'accord, tiens,*
*prends le tournevis ! » Sans se démonter, il le prend, il essaie et n'y*
*arrive pas. J'étais resté dans le coin. Il me dit : « Oh, j'ai raté*
*mais ce tournevis n'est pas bon » et il continue de m'expliquer ce*
*qu'il fallait faire. Il n'arrive pas à se situer.*

FABIENNE ■ *C'est, effectivement, comme s'il ne voulait pas*
*voir, pas se rendre compte... En classe aussi, on a beaucoup de*
*difficultés à le faire étudier pour les mêmes raisons, il pense qu'il*
*sait déjà...*

F. DOLTO ■ Pas voir, c'est cela. Le moment du
passage à la puberté est très difficile, quand on se croit
dans le regard de l'autre. En fait, ce garçon a un retard
affectif et sexuel. Il est en opposition sans savoir comment
s'en sortir... Est-il malheureux d'être bloqué ?

FABIENNE ■ *Il souffre énormément car ses parents sont très*
*ambitieux pour lui. Il a bien marché scolairement dans le primaire*
*et il n'y arrive plus...*

F. DOLTO ■ Les parents font du nudisme à la maison ?

FABIENNE ■ *Je n'ai pas l'impression...*

F. DOLTO ■ Se promener nu à la maison, pourquoi
pas ? Mais il y a parfois problème quand on ne parle pas
aux enfants des poils pubiens des adultes. À partir de
trois-quatre ans, cela les trouble. Il faut leur expliquer :
« C'est parce que nous sommes des adultes. Ne t'en fais
pas, toi aussi plus tard tu en auras. Moi, quand j'étais
petit, c'était pareil, j'en avais pas. » On annoncera en
même temps la puberté et le rôle des organes sexuels dans
l'avenir. Tout cela se dit et est très bien accepté parce
qu'il ne s'agit pas d'un problème, comment dire,

subjectif, émotionnel. C'est une information. Alors les enfants ne se sentent pas inférieurs de ne pas avoir de poils pubiens. C'est incroyable les choses qu'ils peuvent imaginer au sujet des poils pubiens. Ils se figurent que les adultes ont deux têtes, que les poils sont des cheveux. Certains le dessinent en séance, c'est comme ça que je le sais.

« Veux-tu bien ne pas t'enfermer ? Est-ce que moi, je m'enferme au cabinet de toilette ? », dit la mère. L'enfant s'enferme à clé et ça fait des drames. Lui ne veut pas être vu. C'est une manière de dire : « J'en ai marre de vous voir ! » Cela se passe entre quatre et huit ans, quand on n'en a pas parlé, comme peut-être chez ce garçon-là. Car c'est très fréquent chez les gens qui font du nudisme : sous prétexte qu'on voit tout, on ne parle plus du tout des sentiments qui se jouent à travers le désir sexuel et de l'âge auquel ça commence.

### « Et à la Neuville, quelles lois y a-t-il concernant la sexualité ?

Presque à chaque fois, les thèmes de l'entretien suscitent des questionnements, des demandes de précisions de part et d'autre. Françoise Dolto a souvent envie d'en savoir plus sur notre fonctionnement et de satisfaire sa curiosité. Bon nombre de ses propositions éducatives, qu'elle sait être parfaitement réalisables, ont été qualifiées d'utopies. Elle cherche souvent à vérifier si ce qu'elle a dans l'idée correspond à ce qui se pratique, ou pourrait se pratiquer dans un milieu ouvert.

F. DOLTO ■ Et à la Neuville, quelles lois y a-t-il concernant la sexualité ? Y a-t-il un règlement sur l'exercice de la sexualité entre les enfants ? En avez-vous parlé ?

MICHEL ■ *Oui. On dit que c'est privé. C'est la première chose qui est dite et cela fait force de loi pour tout ce qui touche à la sexualité. Les autres n'ont pas à être au courant de votre sexualité, au moins les adultes pour commencer...*

F. DOLTO ■ Oui. Peuvent-ils poser des questions ? Parce qu'il y a des enfants qui bourrent le crâne de ceux qui ne savent pas, en se posant comme sachant, en racontant n'importe quoi...

FABIENNE ■ *On fait des réunions pour ça, mais pas mixtes. Il y a une réunion de filles et une réunion de garçons...*

F. DOLTO ■ C'est tout à fait bien. Les réunions de filles sont plutôt avec vous, Fabienne ? Il n'y a pas d'homme ?

MICHEL ■ *Et il n'y a pas de femme, non plus, à la réunion de garçons...*

FABIENNE ■ *Les réunions de filles tournent toujours autour de la grossesse, de l'accouchement et un petit peu de la contraception. Très peu autour des relations entre garçons et filles...*

F. DOLTO ■ Elles ne posent pas de questions sur le coït ?

FABIENNE ■ *Très peu... Peut-être que ce n'est pas très intéressant pour les enfants de chez nous, de parler de ça avec moi... Peut-être aussi qu'ils en parlent ailleurs que dans cette réunion. Il y a autre chose encore : le fait de vivre ensemble à longueur d'année ne favorise pas la rêverie. Les fantasmes propices à certaines relations, ils vont plutôt les chercher ailleurs.*

F. DOLTO ■ Ils sont moins comme garçons et filles ensemble. Oui. C'est souvent comme ça dans le type de relations qui existe entre les enfants de chez vous. C'est vrai, tout à fait. Et puis, ils rentrent chez eux, ils ont une vie à l'extérieur.

FABIENNE ■ *Même si les filles ont confiance en moi et viennent me parler de leurs problèmes familiaux, ce genre de choses, elles n'en parlent pas avec moi...*

F. DOLTO ■ Et les garçons ?

MICHEL ■ *Ils posent beaucoup de questions concernant les prostituées. L'homosexualité aussi les intrigue. On parle souvent également du sens des insultes qu'ils se jettent sans les comprendre. Mais ce sujet-là, c'est plutôt les adultes qui l'introduisent.*

F. DOLTO ■ Oui, oui, c'est tout à fait intéressant de leur permettre de dire ce qu'ils ont à dire et de leur répondre...

MICHEL ■ *Ou de leur permettre de se répondre entre eux.*

F. DOLTO ■ Et donc, les règlements relatifs à la sexualité ?

FABIENNE ■ *En fait, le principe est que ça ne doit pas perturber le groupe... S'il y a des problèmes, on en parle en réunion, tous ensemble, comme d'un autre sujet.*

MICHEL ■ *Cela vaut pour les clans, en général... Quand deux ou trois copains du même sexe sont toujours ensemble et que cela dérange, on le dit... Je pense à Stéphane et à l'un de ses camarades.*

F. DOLTO ■ Il faudrait leur dire quelque chose du genre : « Vous êtes là pour être les uns avec les autres, pas pour vous enfermer. Vous avez la chance qu'il y ait des plus petits, des plus grands, profitez-en... » L'idée, c'est de ne pas refaire une situation œdipienne...

MICHEL ■ *C'est un problème d'ailleurs qu'on n'a jamais très bien résolu. Quand deux enfants du même sexe vivent une relation amicale trop exclusive, on n'arrive pas toujours très bien à le leur expliquer...*

F. DOLTO ■ Oui, parce qu'ils ont besoin de cette relation : l'autre est une espèce de moi auxiliaire. En même temps, ils se nuisent l'un à l'autre si un tiers, adulte, ne peut leur parler de cette situation. Ils éprouvent une espèce de fascination déréalisante. Ils vivent dans un monde chauvin, internarcissique. C'est mauvais pour ces enfants. Il faut qu'ils puissent accepter sans jalousie que l'un des deux ait aussi un ami à l'extérieur...

MICHEL ■ *Ce sont toujours des enfants pas très bien intégrés dans l'école ou qui ont du mal à s'y intégrer...*

F. DOLTO ■ C'est ça... Ils construisent un petit univers hostile au reste du social, mais vous pouvez peut-être les prendre ensemble pour leur dire : « Comment se fait-il que, lorsque vous êtes ensemble, le groupe n'a plus le droit de vivre ? » C'est vraiment œdipien : l'un remplace la mère pour l'autre, et le groupe, c'est le troisième qu'on met dehors, qu'on ne veut pas connaître. Le groupe sert de troisième. Je crois qu'on pourrait leur dire : « Il n'y a aucune raison, parce que tu aimes ton camarade, que du coup, tu gênes tous les autres... Et toi, si tu aimes ton camarade, ne le laisse pas gêner... » Il y a celui qui fait le plus de bruit et l'autre se laisse avoir... Ils s'exhibent ensemble : « Nous sommes heureux et on vous emmerde. »

FABIENNE ■ *Oui. C'est tout à fait ça... Mais n'est-ce pas contre l'institution de prendre deux enfants à part et de leur parler ?*

F. DOLTO ■ Je ne sais pas. Ils sont en peine, ils perdent leur personnalité quand ils sont à deux... Leur parler, ce n'est pas aller contre l'institution, c'est leur permettre de s'adapter à l'institution.

Puisqu'ils gênent la société, il faut qu'il y ait quelqu'un de la société qui se sente investi du droit de dire, au nom du social : « Voilà, moi je vous donne le miroir de ce que vous faites dans la société parce que la société n'est pas contente de ça. »

## ▶ À propos de la notion de sanction

Tandis que nous répondons aux questions de Françoise Dolto sur ce qui se dit de la sexualité dans l'école, nous reviennent à l'esprit, sous cet angle imprévu, les relations de Stéphane et Jérôme, et à notre tour nous questionnons la psychanalyste. Cela nous conduit à lui raconter cette décision prise en réunion : pendant deux semaines les deux garçons ne s'assoieront pas côte à côte au ciné-club parce que, lorsqu'ils sont ensemble, ils dérangent les autres. Décision que Françoise Dolto ne comprend pas très bien. Elle conteste le fait que ces deux garçons puissent être contraints de se séparer, qu'ils fassent l'objet d'une sanction. Le groupe ne peut-il se contenter d'une appréciation verbale ? Nous précisons alors le point de vue des enfants : les plaisanteries, les réflexions à haute voix, les moqueries de Stéphane et de Jérôme détériorent à tel point l'ambiance dans la salle que le plaisir de tous en est gâché. Malgré de multiples rappels au silence, Stéphane et Jérôme, loin de se taire, se renforcent l'un l'autre dans leur attitude parasite. Le président a donc proposé qu'ils réfléchissent séparément au désagrément qu'ils occasionnent en certaines circonstances. La question sera remise sur le tapis deux semaines plus tard. Le reste du temps et dans les temps libres, Stéphane et Jérôme pourront, bien sûr, continuer de se fréquenter.

## « Il faut leur apprendre à assumer leurs actes... »

MICHEL ■ *Nous réfléchissons depuis quelque temps au problème des sanctions et à ce qui est dit en réunion quand on donne une sanction.*

F. DOLTO ■ Oui. Allez-y...

MICHEL ■ *Dans notre système la plupart des sanctions sont des réparations : réparations individuelles vis-à-vis du camarade, telles que lui payer quelque chose à l'épicerie de l'école, quand ce sont des conflits personnels...*

FABIENNE ■ *... Quand le manquement est à l'égard de l'école, on doit un travail : remettre le carreau qu'on a cassé, par exemple. Or, on a remarqué qu'on a tendance à assortir la sanction d'une parole, je dirais... moralisatrice... Y a-t-il un moyen de sanctionner un enfant sans lui faire aucunement la morale et sans qu'il se sente coupable ?*

F. DOLTO ■ Il n'y a pas à sanctionner du tout. Je ne vois pas comment la sanction peut aider un enfant... Ce

qui aide un enfant, c'est qu'il reconnaisse qu'il est sorti
des limites qu'il aurait dû garder, comme cela arrive à
beaucoup de gens. Il le reconnaît et puis c'est tout... n'en
parlons plus... mais il faut qu'il l'ait reconnu...

FABIENNE ■ *Mais on ne concrétise par rien ?*

F. DOLTO ■ Par rien d'autre que de dire : « Est-ce que
tu avais envie de faire cette bêtise depuis longtemps ? Est-
ce que ça t'est venu subitement ? » On étudie les pulsions
qui l'ont mené à ça : « Tu t'es vengé d'autre chose, tu n'es
pas content d'autre chose... » C'est un peu un travail
analytique mais dans l'immédiat. Je ne vois pas comment
la sanction peut aider ou alors il faut demander à
l'enfant : « Est-ce que ça t'aiderait d'être puni ? »

MICHEL ■ *On demande toujours s'il accepte la sanction...*

F. DOLTO ■ Il faut lui demander s'il accepte et
comment il la voudrait... « Est-ce que ça te soulagerait
d'être puni de quelque chose ? Comment est-ce que tu
veux être puni ? » Et s'il demande quelque chose : « Bon,
d'accord, la moitié de ce que tu as dit... »

MICHEL ■ *Ils sont parfois trop sévères...*

F. DOLTO ■ Eh oui, ils sont trop sévères, c'est vrai.
Pour être bien vu de l'adulte, quelquefois... Dites-lui :
« C'est pour que tu t'en souviennes, c'est tout, c'est pas la
peine. Tu vas pas t'ennuyer pendant huit jours pour ça ! »

Mais à quoi faites-vous allusion quand vous dites une
sanction ?

MICHEL ■ *Il n'y a pas de punitions dans l'école. Supposons
qu'un enfant casse un carreau volontairement. On lui dit : « Tu as
cassé un carreau... il va falloir le remplacer. » Il va devoir
travailler à quelque chose en rapport avec ce qu'il a cassé. Pour
gagner l'argent de la vitre, par exemple il lavera des carreaux.
Pour cela, il ira en atelier une ou deux fois durant les après-midi...*

F. DOLTO ■ Pourquoi pas ?

MICHEL ■ *Une partie de la sanction peut être aussi de replacer
lui-même le carreau, si cet enfant sait et peut le faire...*

F. DOLTO ■ La sanction est toujours quelque chose d'utile, comme ça ?

MICHEL ■ *Quelque chose d'utile à l'école et si possible quelque chose où l'école aurait eu à payer quelqu'un...*

F. DOLTO ■ Et jusqu'à présent, ça a marché ?

MICHEL ■ *Ça marche très bien !*

F. DOLTO ■ Pourquoi changer alors ?

MICHEL ■ *Justement parce que ce que vous dites va dans le sens de notre inquiétude : nous ne voulons pas du tout insister sur le côté sanction...*

F. DOLTO ■ Tout de même, une réparation, c'est une sanction. C'est assumer la responsabilité d'une bêtise consciente ou inconsciente. Mais il y a des choses qui ne peuvent pas se payer autrement que par de la compassion et des excuses. L'homicide par imprudence, la blessure d'un autre par imprudence. On est navré, on fait des excuses... je ne sais pas, moi. On a fait du mal à un gars, ça ne se punit pas...

FABIENNE ■ *Je crois que pour les conflits personnels, il n'y a pas de problème...*

F. DOLTO ■ Pour les déprédations de la maison, je pense que vous avez raison ; il faut que les enfants qui les ont causées les payent...

MICHEL ■ *En résumé, à titre de réparation, l'enfant payera à un camarade un ou deux francs en bonbons, ou bien il lui rendra un service... Et quand il s'agit d'une déprédation dans l'école, l'enfant répare par un travail.*

F. DOLTO ■ C'est pas mal ça... Rien n'est parfait, hein ? Du moment que les enfants considèrent eux aussi que le système n'est pas si mauvais que ça, il n'y a qu'à continuer.

FABIENNE ■ *Oui mais voilà : on réfléchit sur la notion de culpabilité vis-à-vis du groupe. Pourquoi, par exemple, arrive-t-il parfois qu'un objet soit cassé sans qu'il y ait moyen de savoir qui l'a fait ?*

F. DOLTO ■ Vous trouvez ça dans toutes les familles...

FABIENNE ▪ *Qu'est-ce qu'on fait dans ces cas-là ? Faut-il à tout prix connaître le coupable ou pas ?*

F. DOLTO ▪ Non, pas du tout. Cela ne sert absolument à rien. Tout le monde participe en donnant un franc ou tout le monde fait quelque chose. C'était comme ça dans ma famille où nous étions nombreux et c'était comme ça avec mes enfants qui ne sont que trois. Quand on ne peut pas savoir, la réparation est collective. Mais qu'arrive-t-il quand le responsable se dénonce ? La sanction est-elle très forte ?

MICHEL ▪ *Non... il n'y a jamais de sanction forte.*

F. DOLTO ▪ Il faut apprendre aux enfants à assumer leurs actes...

MICHEL ▪ *La plupart des enfants, notamment les anciens, assument ce qu'ils ont fait... « C'est moi... ben voilà, je l'ai pas fait exprès. » Ou alors : « J'étais énervé, j'ai jeté une orange sur un copain et elle a tapé la fenêtre. C'est idiot. Je suis d'accord pour faire un atelier de réparation... »*

FABIENNE ▪ *Mais quand on ignore qui est responsable de la casse, il y a parfois des moments de très forte tension dans le groupe. On ne sait pas trop quoi faire. Une fille retrouvait ses devoirs déchirés. Je lui ai dit : « Tu as de la chance, tu es jalousée. Et si tu es jalousée, c'est que tu es une bonne élève, tu es admirée en fait. » J'ai dit cela en classe parce que la personne qui avait fait ça était sûrement quelqu'un de la classe. Cette fille s'est retrouvée en vedette devant ses camarades, devant les garçons. L'autre d'une certaine façon avait raté son coup. J'ai ajouté : « De toute façon puisque c'est comme ça, chaque fois que tu auras un devoir déchiré, tu seras payée... tu auras de l'argent pour ton devoir supplémentaire. » Et du coup, ça s'est arrêté... Je savais qui c'était. Mais comme je n'étais pas absolument sûre...*

F. DOLTO ▪ C'était une autre fille...

FABIENNE ▪ *Sa meilleure amie...*

F. DOLTO ▪ Oui, oui...

FABIENNE ▪ *Mais je n'avais pas de preuve, donc je n'ai pas pu en parler avec l'autre fille. Est-ce que j'aurais dû le faire ? lui dire : « Bon, je sais que c'est toi. » Si je me plantais, c'était risqué. Dans ce cas-là, mon discours a marché, mais c'est difficile, ce n'est pas toujours faisable...*

Michel ■ *D'autre part ceux qui n'ont rien fait n'acceptent pas d'être sanctionnés... Ils vivent très mal le « On ne sait pas qui c'est, donc tout le monde paie... » Ils le ressentent comme une injustice...*

F. Dolto ■ Oui, c'est une injustice mais c'est comme ça dans toutes les sociétés... Trois ou quatre font une bêtise et ce sont les autres qui paient...

Michel ■ *Est-ce que c'est bien ?*

F. Dolto ■ Mais oui... Ça fait partie de la société... Je crois que ce qu'il faut, c'est développer le sentiment de l'honneur de soi-même, reconnaître ses infériorités, ses bêtises. C'est cela précisément être un humain : accepter ses contradictions, les reconnaître parce que tout le monde en a et s'entraider pour arriver à être quelqu'un de parole... Quelqu'un qui commet un acte et ne veut pas le montrer est comme un animal. Il vient voler au garde-manger et il s'en va. On ne sait pas que c'est lui. Ou alors, il faut trouver des traces et c'est humiliant pour un être humain d'avoir à trouver ces traces...

Je crois que c'est l'idée d'humanisation de soi, de progrès sur soi-même qu'il faudrait rendre évidente...

Michel ■ *On a cela tout à fait présent à l'esprit...*

F. Dolto ■ Ils doivent s'y faire. Et justement, ce sont les nouveaux qui n'y arrivent pas. Pas encore...

Michel ■ *Je me demande, tout de même, si on n'insiste pas trop sur l'idée de sanction...*

F. Dolto ■ Moi, je le crois. Il faut développer un esprit de famille, un esprit de tribu...

Michel ■ *Mais c'est tout à fait le travail qui est fait...*

F. Dolto ■ Oui, je sais, mais si vous accentuez l'idée de sanction, je crois que vous retournez à un ancien type d'école qui n'est pas le vôtre...

Michel ■ *Si l'on révisait notre position vis-à-vis des*

*sanctions, il n'y aurait que des réparations. En fait, il faudrait*
*distinguer l'idée de sanction de celle de réparation... Les sanctions*
*seraient essentiellement les paroles...*

F. DOLTO ▪ Chacun assume ses actes, aide un autre à
les assumer... Ce qu'il faut, c'est ne pas identifier les gens
à leur acte... Quelqu'un qui a volé n'est pas un voleur. Ou
alors, on en fait un voleur...

MICHEL ▪ *La sanction, comme dit Oury, doit être un peu*
*utilisée comme une contravention. On paie et c'est fini...*

FABIENNE ▪ *Une fille avait volé. On a su que c'était elle parce*
*qu'une copine l'avait surprise la main dans le sac. C'était un vol*
*d'argent assez important commis chez les adultes, ce qui*
*représentait pour les enfants quelque chose de grave... Du coup, on*
*s'est adressé à elle, en particulier, en réunion, mais en tenant*
*compte de son histoire, en ayant tous les éléments en main. On lui*
*a dit : « Bon, tu as volé, tu vas rembourser, voilà comment. » On*
*a expliqué comment elle allait payer sa dette mais en précisant*
*bien : « Ça ne change rien à nos relations avec toi, ça ne change rien*
*à tous les progrès que tu as fait, ça ne change rien à tout ce qu'il*
*y a de positif depuis que tu es arrivée à l'école. » Elle n'a plus*
*jamais volé.*

MICHEL ▪ *Jacques Pain disait que la culpabilité par rapport*
*au groupe est totalement inévitable pour un enfant qui a fait une*
*bêtise...*

F. DOLTO ▪ Le rôle de l'adulte est justement de le
rendre responsable et non coupable. Car l'enfant se sent
coupable et il est divisé. Je suis sûre que s'il était d'accord
avec lui-même, le voleur dirait : « C'est moi ! » C'est parce
qu'il n'est pas fier de ce qu'il a fait qu'il ne le dit pas. C'est
cela d'ailleurs, qu'on peut dire à l'enfant : « Celui qui a
volé, il est deux : l'un fait le vol et l'autre trouve que c'est
honteux de l'avoir fait. C'est pour ça qu'il n'ose pas dire
que c'est lui qui a volé dans un moment de faiblesse, où il
n'a pas été capable de se retenir... »

On peut tenir ce discours en réunion, de façon
indirecte, à propos de quelqu'un d'autre. On peut mettre

en lumière la division qu'il y a dans un être humain par rapport à un acte délictueux, qu'il sait être délictueux et qu'il a pourtant accompli. Quelles sont ses raisons ? Il faut du temps pour qu'une attitude non perverse prenne le dessus et que l'être humain trouve une unité par rapport à ses actes, que la parole soit en rapport avec les actes. On est responsable de ses actes et pas de ses pensées, mais les enfants vont si vite qu'ils ne savent pas qu'ils pensent : ils imaginent et ils agissent. Ils ne s'attendent pas aux suites et quand ils les voient, c'est une expérience. C'est pour cela qu'un acte vraiment assumé sert d'expérience. Pas dans le cas contraire malheureusement : le vol « pas vu, pas pris » n'est pas une expérience... Mais « vu et pris » ne doit pas devenir une expérience de culpabilité. Le sentiment de culpabilité, le sujet l'éprouve de toute façon. Il faut arriver à ce qu'il comprenne la responsabilité vis-à-vis de son acte : « C'est tes mains qui ont volé, c'est pas ta tête, sans ça tu nous le dirais tout de suite. Et tu désavoues tes mains. »

MICHEL ■ *Ils y arrivent, mais pour certains il faut du temps. Après ils savent et ils le disent aux autres placés dans le même type de situations. Le nouveau, lui, ne comprend pas encore. Cela l'aide beaucoup que des enfants le lui disent, beaucoup plus que si c'était des adultes. Mais il lui faudra quand même un certain temps ; il lui faudra aussi, peut-être, voler plusieurs fois...*

*S'il n'y avait pas de sanction, pourrait-il dire plus facilement que c'est lui ?*

FABIENNE ■ *Je n'en suis pas sûre du tout.*

F. DOLTO ■ Je crois aussi que c'est indépendant de la sanction.

FABIENNE ■ *Quelquefois on annonce la sanction à l'avance : « Voilà, ça sera ça. Est-ce que celui qui l'a fait veut le dire ? »*

F. DOLTO ■ Non. Ils ne veulent pas le dire parce que c'est trop enraciné dans une réparation d'autrefois. Une sœur, un frère a été avantagé au moment du sevrage, ce sont des choses aussi vieilles que ça qui reviennent.

Je crois aussi que, même sans en connaître l'auteur, il y a moyen d'interpréter, de donner des interprétations diverses d'un acte qui a transgressé un tabou. Le tabou ici, c'est de ne pas donner à son corps ou au corps d'un autre quelque chose qui peut lui nuire, le rendre malade. Tout ce qui peut nuire à nous-mêmes ou à autrui nous est interdit. Pour l'anal, le tabou c'est : ne pas faire ; pour l'oral, c'est : ne pas dire. Une calomnie, une médisance, cela se place dans l'oral, le faux témoignage aussi. Le tabou de l'anal, c'est ne pas agir de manière à nuire à quelqu'un, à soi-même, ou au bien des autres, et même à son propre bien qui fait partie du bien du groupe. Tous les biens des gens font partie du bien du groupe.

Dans une école comme la vôtre, on peut arriver à parler aux enfants de choses qu'ils n'ont pas faites. On peut leur montrer que certains actes ne sont pas humains mais font ressembler à des animaux, qu'ils sont indignes de gens qui sont élèves de l'école.

MICHEL ■ *Et ça, ce n'est pas un discours moral ?*

F. DOLTO ■ C'est un discours moral mais pas culpabilisant. C'est un discours moral que de sortir les gens du niveau des pulsions à l'état brut pour les faire devenir dans le langage au service de la cohésion sociale, au service de l'expression, enfin de la symbolisation qui fait l'humain. On ne peut pas élever des enfants sans morale mais on peut élever des enfants sans sanctions. Parfois, quand on ne leur en donne pas, les enfants se donnent à eux-mêmes des sanctions parce qu'ils se sentent coupables. Surtout quand l'acte touche de près à l'œdipe, à l'atteinte au père, ou au maître qui représente le père. Mais on peut les faire réfléchir au sens de leur acte à travers une histoire racontée, même si l'on ne connaît pas le responsable.

Cochonner un banc, mettre des tas de papiers partout, rendre laid un lieu naturel qui est beau, ils voient ça partout. Vous pouvez les faire réfléchir à ça. C'est la même chose pour une déprédation dans la maison.

Avant même de chercher le responsable, il faut réparer tout de suite, ne pas laisser une chose abîmée parce que c'est une nécessité pour l'homme de vivre dans un cadre digne de lui.

FABIENNE ■ *C'est vrai, on se rend compte que plus l'endroit est démoli, plus ils démolissent...*

F. DOLTO ■ Si déjà une petite chose est abîmée, on en abîme une autre... Il faut veiller à ça. Vous pourriez peut-être nommer des responsables, par roulement, de l'intégrité des lieux...

FABIENNE ■ *À ce niveau-là, ils sont très concernés : ils sont chacun responsables d'un lieu dans l'école...*

F. DOLTO ■ Une fois qu'on s'aperçoit d'une déprédation, inutile de demander qui l'a faite, il faut réparer... et c'est le responsable de semaine qui le fera... Votre atelier de réparation, il fonctionne tous les jours ?

MICHEL ■ *Oui. L'atelier d'aménagements a lieu tous les jours mais on n'y fait pas que des réparations. Parfois on aménage une pièce, on refait des chambres...*

F. DOLTO ■ C'est bien, étant donné l'âge des enfants que vous avez... Tout le monde a besoin de savoir bricoler. Il faut prévoir cet apprentissage à partir de 14 ans.

FABIENNE ■ *Les grands le font dans l'école comme dans une grande maison à partir de douze, treize ans...*

F. DOLTO ■ Qu'y a-t-il comme autre atelier où l'on peut travailler de ses mains ?

FABIENNE ■ *La cuisine.*

F. DOLTO ■ C'est très bien... Il faudrait au moins une semaine de cuisine par année scolaire pour chaque enfant. Il n'y a pas de lessive et d'autres choses comme ça ?

FABIENNE ■ *Non, mais il y a les postes : on range, on balaie, on passe la serpillière, on fait la vaisselle...*

F. DOLTO ■ C'est très bien, ça. Je pense que pour la

cuisine tous les enfants devraient y aller, ne serait-ce que pour regarder et être là, à côté de ceux qui font. Même sans faire grand-chose, y baigner parce que ça fait partie de la vie...

FABIENNE ■ *La cuisine est justement un des ateliers qui brassent le plus d'enfants. Il a lieu deux fois par jour, sans compter la préparation du petit déjeuner et du goûter que les enfants font seuls...*

MICHEL ■ *Les enfants y passent même quand ils ne sont pas dans l'atelier, pour voir ce qu'il y a à manger, chiper une frite ou goûter le plat. À la fin des ateliers, il y a une espèce de flottement et tous les enfants circulent. La cuisine est tous les jours investie d'un flot d'enfants...*

FABIENNE ■ *Il y a aussi « les chercheurs de plats », les « débarrasseurs », tout le monde débarrasse. De même, le ménage est obligatoire pour tous, du plus petit au plus grand. Toutes ces tâches s'effectuent sans problème, comme quelque chose de tout à fait normal et naturel. Ça marche bien parce que toute l'école les fait en même temps. Du coup tout paraît simple, on sent comme une unité...*

## «Après sept ans, tous les enfants ont leurs parents intérieurs.»

Durant ces discussions surgissaient un certain nombre d'idées que l'on pourrait qualifier de théoriques. Françoise Dolto concrétisait pour nous leur possible application dans le cadre de la Neuville. Pourtant certains de ses points de vue, qui nous intéressaient comme des références, ne nous paraissaient pas applicables. Généralement parce que cela nous semblait trop difficile pour nos compétences, idéal peut-être, mais dangereux. Parce que nous ne sommes pas Françoise Dolto. On le lui expliquait. Elle acceptait très bien notre position. Elle nous faisait toujours confiance a priori.

F. Dolto ▪ Un enfant de cinq ans volait un fruit à l'étalage, je lui ai dit : « Non, mets ça dans le panier de ta mère : elle va passer à la caisse, elle le paiera... » Alors la mère a dit : « Madame, mêlez-vous de ce qui vous regarde. Mon fils, c'est mon fils et il fait ce qu'il veut... » J'ai répondu : « C'est bien dommage... » Et j'ai dit au petit : « Toi, tu sais que ta maman a tort... » Alors il m'a regardé et il a remis le fruit. Les enfants ont le sens moral mais quand leur mère les met dans une telle situation, c'est difficile d'aller contre... C'est pour cela qu'il faut leur en faire prendre conscience :

« Est-ce que tu crois que ta mère et ton père seraient d'accord avec le fait que tu as volé ? C'est très difficile si tu penses que ton père et ta mère seraient d'accord. Peut-être tes vrais parents trouveront-ils que tu es malin d'avoir volé mais les parents que tu as dans ton cœur, certainement pas. »

Tout être humain a une morale qui est tout simplement celle du décalogue. Faire honneur à ses parents, ce n'est pas les aimer. Ce n'est pas dans le décalogue d'aimer ses parents. Heureusement, parce qu'aimer ses parents, c'est très souvent risquer d'être perverti. Du moins si aimer c'est seulement vouloir leur faire plaisir. Les honorer, c'est tout à fait différent. Chaque être humain a un sens du bien d'autrui et du sien, du respect de l'autre et du respect de lui-même. Il n'arrive pas toujours à le mettre en action car il est divisé mais, si quelqu'un fait appel à cette unité intérieure, il la découvre en lui-même.

Fabienne ▪ *C'est vrai, nous ne parlons pas des parents, en fait...*

F. Dolto ▪ C'est bien dommage.

Michel ▪ *Ne serait-ce que parce que certains n'en ont pas.*

F. Dolto ▪ Mais ils ont leurs parents à l'intérieur... Surtout après sept ans, les enfants ont tous leurs parents intérieurs. Le parent extérieur est un détail. Ce n'est pas un vrai parent. Pour l'enfant, le parent, c'est l'image intérieure qu'il en a.

MICHEL ■ *Vous croyez qu'on peut tenir un discours semblable en réunion, à l'école ?*

F. DOLTO ■ Oui, je crois.

MICHEL ■ *Je ne sais pas si je suis compétent pour ça.*

FABIENNE ■ *Moi, j'ai un peu peur de tomber à côté.*

F. DOLTO ■ Je ne sais pas, je n'ai pas l'expérience des enfants dans le collectif comme vous...

MICHEL ■ *Tenir un discours général, sur l'école, sur la collectivité, c'est autre chose...*

F. DOLTO ■ Oui, mais ça n'aide pas à se structurer... Cela a un effet mais à long terme...

FABIENNE ■ *La seule chose que je peux dire à un enfant c'est :* « *Ce n'est pas ton rôle de t'occuper de ta mère, ton rôle c'est de t'occuper de toi. Fais ce que tu as à faire en tant que jeune fille et continue ton chemin. Tant mieux pour ta mère si elle peut s'en sortir...* » *Car, en fait, ils se sentent toujours très coupables quand les parents sont déficients. Mais je n'arrive pas à aller plus loin...*

F. DOLTO ■ C'est difficile quand ce n'est pas au cours d'une analyse.

FABIENNE ■ *Oui, c'est cela. Je l'ai dit à cette jeune fille :* « *Tu peux venir me voir quand tu veux mais moi, je ne pourrai t'aider que sur un plan d'école... Si tu veux vraiment parler de toi et de ta mère, c'est quelqu'un d'autre qu'il faudra que tu ailles voir...* »

F. DOLTO ■ Oui, c'est un psychologue qu'il faut voir... Le psychologue pourra prononcer des paroles qui ne feront pas tort aux parents si l'enfant les leur redit. Vous, vous pouvez dire à tous les enfants la chance qu'ils ont d'être dans une école comme la vôtre :

« Tes parents n'ont pas eu cette chance... et ils t'ont donné l'occasion d'avoir cette chance, la société t'a donné l'occasion d'avoir cette chance, il ne faut pas que tu la gâches. Elle peut faire de toi une fille formidable. Tu as sûrement un très bel idéal en toi, il faut y arriver. Il faut que tu sentes cette étoile intérieure que tu as en toi. C'est ce que tu sens que tu dois devenir. » À une fille, vous pouvez dire : « Peut-être que tu aurais voulu que ta mère soit comme ça mais elle a été élevée difficilement, elle n'a pas eu la chance de rencontrer une école comme celle-là mais toi tu l'as. Alors à toi de travailler à devenir quelqu'un de bien. Moi, je compte sur toi. »

MICHEL ■ *C'est un discours assez proche de ceux qu'on tient...*

F. DOLTO ■ Oui, mais il ne faut pas faire l'économie de parler des parents. Il faut les mêler à votre discours, parce que les enfants croient être de bons enfants s'ils font comme leurs parents. C'est une manière pour eux de les excuser, de les dédouaner... Il faut montrer à ces enfants que leurs parents n'ont pas eu la même éducation, qu'ils ont traversé dans leur enfance des choses qu'ils ne savent pas, et que l'important, c'est que leurs parents leur aient donné une bonne graine de vie : « Tu as choisi ces parents-là, tu n'as pas eu tort mais il faut que tu agisses comme toi tu penses que c'est bien, pas pour les imiter ni pour leur faire plaisir. »

Il y a des mères qui se comportent comme ça avec leur garçon : « Tu peux faire plaisir à ta mère ! » L'une me disait devant son fils : « Il ne veut plus coucher dans mon lit. Monsieur croit que parce qu'il a seize ans, il ne peut plus coucher dans mon lit... Pour qui est-ce qu'il se prend ? C'est tout de même mon petit. Tu seras toujours mon petit. »

> **« La première fois, vous posez la question : "Les autres ont dit ça ; toi, qu'est-ce que tu en penses ?" »**

Ce détour concernant les parents nous ramena à l'un des points de départ de cette séance : le parrainage.

Certains enfants ont observé que Gilda (quatorze ans)
n'est guère indulgente avec sa filleule Amélie (neuf ans).
Elle gronde et secoue la fillette lorsqu'elle n'a pas fini de
faire son lit et de ranger son coin quand la cloche sonne.
Cependant elle s'occupe bien d'elle et l'aide efficacement.
Amélie progresse bien et devient plus autonome. Elle
avait tendance auparavant à se comporter comme une
petite princesse et Gilda, avec quelques autres, lui en
avait fait la critique. Tout compte fait, cela se passe plutôt
bien entre elles : la benjamine ne se plaint pas alors qu'elle
n'hésite pas à mettre des mots dans le carnet. « Peut-être
n'ose-t-elle pas, dans ce cas ? » ont suggéré certains.
Fabienne ne semble pas de cet avis et n'est pas encline à
intervenir dans cette relation particulière.

FABIENNE ■ *À l'école, certains grands s'occupent des plus
jeunes. Ce système, qu'on appelle le parrainage, se passe plutôt bien
dans l'ensemble. On laisse les grands agir assez librement avec les
plus jeunes (à l'intérieur des règles de l'école). Mais je m'aperçois
que les filles ont tendance à reproduire l'attitude maternelle... qui
est, elle-même, plus ou moins bonne. Les jeunes pourtant ne se
plaignent que très rarement...*

F. DOLTO ■ Ils s'accommodent de ce style de relations.

FABIENNE ■ *On en parle entre adultes : « Tu devrais dire à
celle-là qu'elle en demande trop, à celle-ci qu'elle est trop
discrète... » J'hésite à intervenir. Les deux enfants, la marraine
surtout, ne risquent-ils pas de se retrouver sans savoir comment
être ?*

F. DOLTO ■ Marrainer, c'est une façon d'être, oui...
mais ce n'est pas être mère... La marraine doit savoir que
ce qu'elle fait, c'est pour aider la plus jeune... Ce n'est pas
pour commander ni pour exercer un pouvoir. Entre la
mère et l'enfant, il y a un lien génétique, un narcissisme
charnel qui joue. Le parrainage relève beaucoup plus de
l'idée d'éducation. Ce n'est pas : « Je fais comme une mère
avec son enfant » mais : « J'aide une plus petite à se faire

à l'école »... Est-ce ponctuel ou bien tous les grands parrainent-ils un petit ?

FABIENNE ■ *Dans l'ensemble, les enfants sont volontaires pour le faire...*

F. DOLTO ■ Et les jeunes veulent être parrainés ?

FABIENNE ■ *Ils ont le droit de ne pas l'être mais en général, quand ils sont petits et nouveaux, ils sont contents d'avoir un ancien qui s'occupe d'eux.*

F. DOLTO ■ Je connaissais une école qui pratiquait quelque chose de ce genre. J'ai eu des patients, devenus adultes, qui racontaient combien certains avaient souffert de leur parrain. C'était une école de garçons, ce n'est peut-être pas pareil.

MICHEL ■ *Chacun avait son parrain personnel ?*

F. DOLTO ■ Oui, chacun.

FABIENNE ■ *Mais l'avaient-ils choisi ?*

F. DOLTO ■ On imposait à un grand de prendre un petit en charge... Quelle est la tâche des aînés, chez vous ?

FABIENNE ■ *Il y a tout un côté matériel : les marraines s'occupent du linge, aident les petits à faire leur sac, rendent compte aux parents des histoires de chaussettes...*

F. DOLTO ■ Et ça aussi bien les filles que les garçons ?

FABIENNE ■ *Oui... Ils vérifient que tout va bien... S'il y a un problème, par exemple un conflit avec un camarade, c'est le parrain que l'on va voir directement...*

F. DOLTO ■ Comment vous apercevez-vous qu'il y en a un trop négligent ou trop dur ?...

FABIENNE ■ *Ce sont les autres enfants le plus souvent qui en parlent...*

MICHEL ■ *Il y a aussi l'observation des adultes sur le terrain. De façon générale, ça ne pose pas de gros problèmes...*

F. DOLTO ■ Quand les autres l'ont dit, vous pouvez avoir un colloque particulier avec cette aînée, et lui demander : « Est-ce que tu ne crois pas que tu fais soit comme ta maman, soit le contraire ? Comme tu aurais voulu que ta maman soit quand tu étais petite ? Pense que c'est ni l'un ni l'autre que tu dois faire. Ton devoir à l'égard de cet enfant-là est qu'il devienne capable, lui aussi, de faire ce que tu lui enseignes, c'est-à-dire qu'il devienne responsable de lui. »

FABIENNE ■ *C'est vrai, j'hésite souvent à parler comme ça parce que j'ai l'impression que je vais faire une critique des parents.*

F. DOLTO ■ Non, vous faites une critique de la dépendance aux parents. Or, si un enfant de huit-neuf ans ne critique pas ses parents, il ne deviendra jamais un pubère normal. Critiquer, c'est aimer. Critiquer permet de faire autrement, c'est autre chose que constester en faisant le contraire. Il ne faut pas faire pareil non plus. Si on faisait toujours comme les parents ont fait, on en serait encore à Cro-Magnon.

FABIENNE ■ *Mais est-ce qu'on doit leur donner des conseils ?*

F. DOLTO ■ Vous leur demandez d'abord : « Tu as entendu ce qu'ils ont dit... ? »

— FABIENNE ■ *... « Qu'est-ce que tu en penses ? » « Est-ce que tu es d'accord ? Ou bien trouves-tu que c'est injustifié ? »*

F. DOLTO ■ C'est ça ! Le simple fait de lui poser la question l'amènera à réfléchir. Même si elle dit : « Non, non, c'est très bien comme je fais. » Il faut lui laisser le temps. À la deuxième ou à la troisième fois, vous pourrez parler de l'identification ou de la contre-identification à la façon dont eux-mêmes ont été peut-être parrainés en entrant à l'école.

FABIENNE ■ *Gilda, par exemple, a tendance a être un peu rude...*

F. DOLTO ■ Elle a été parrainée, elle aussi, comme ça ?

FABIENNE ■ *Non, c'est sa mère qui est comme ça.*

F. DOLTO ■ Demandez-lui : « Quand tu étais petite, est-ce que ta maman avait la main leste comme ça ? Est-ce que toi tu aimais qu'elle soit comme ça ou tu aurais voulu qu'elle ne le soit pas ? »

Parce qu'il y a des enfants qui aiment ça, et qui provoquent les parents. Mais ne dites pas ça la première

fois... La première fois, posez simplement la question :
« Les autres ont dit ça ; toi qu'est-ce que tu en penses ? »

FABIENNE ■ *C'est vrai que c'est un travail difficile qu'on leur demande là...*

F. DOLTO ■ C'est un énorme travail éducatif pour l'avenir. C'est pour cela que je ne crois pas qu'il faille l'abandonner. Plutôt qu'une motivation pseudo-maternelle ou pseudo-paternelle, il faut développer les motivations d'éducateur. Sans trop de narcissisme...

FABIENNE ■ *J'ai reçu des parents, récemment, dont le fils est à l'école depuis qu'il est petit. Il a douze ans maintenant et a été parrain cette année. La mère disait qu'elle avait senti des changements dans son comportement. Il était très désordonné, il s'est énormément responsabilisé. La mère m'a dit : « Il parle de pédagogie. » Il est venu lui demander des conseils : « Maintenant je suis parrain, je voudrais savoir... »*

F. DOLTO ■ C'est l'effet que cela devrait faire à tous. Si ce n'est pas le cas, c'est parce que les parrains se vengent sur le jeune de ce qu'ils ont subi de leur mère...

J'ai eu en analyse une institutrice. D'abord, si elle est venue en analyse, c'est que ça ne marchait pas très bien... Elle m'a dit comment elle avait été amenée à choisir son métier : « À huit ans j'ai voulu être institutrice pour pouvoir emmerder les gosses comme je m'étais fait emmerder quand j'étais petite... »

FABIENNE ■ *Comme dans « Zazie dans le métro » !*

F. DOLTO ■ Exactement ! D'ailleurs elle me l'a dit... C'était pour les mêmes raisons. Après cela, elle a changé au cours de son analyse. Elle est devenue documentaliste, pensant que les enfants allaient lui casser les pieds... et réciproquement... Mais c'était vraiment une vocation qui datait de son enfance... Puisque les mères ont le droit d'embêter leurs enfants... Pourquoi pas le parrain ou la marraine ? *(Rires)*

MICHEL ■ *Nous sommes très vigilants sur cette institution. Ce n'est pas comme certaines techniques utilisées dans l'école, quelque chose à toute épreuve. Le parrainage est un outil comme le couteau : utile, indispensable même, mais auquel il faut faire attention. On peut se couper...*

F. DOLTO ▪ Ce n'est pas comme le sifflet au stade : ça, c'est une technique de tout repos...

MICHEL ▪ *J'en suis ravi !*

F. DOLTO ▪ Et le sifflet, c'est très football !

# Une école différente, en quoi ?

Depuis notre ouverture, nous avions toujours été classés dans les écoles différentes. Écoles parallèles, disait-on, terme générique qui servait à regrouper des projets éducatifs n'ayant souvent rien en commun. Nous répondions en blaguant : « Nous sommes une école perpendiculaire ! »

Le plus amusant dans ce jeu d'étiquettes, c'est que nous pensions être une école « traditionnelle » alors que cette expression est réservée indûment à « l'école-caserne ». Notre démarche, nous l'avons affirmée, entre autres, par le choix de nos parrains : Fernand Oury et Françoise Dolto.

La Neuville, c'est un peu leur œuvre même s'ils s'en défendent en disant qu'ils n'ont rien fait, avec la simplicité et la modestie qui les caractérisent.

Ils n'ont « rien fait » sinon d'avoir été curieux et disponibles, de nous avoir mis en confiance et permis d'oser et d'entreprendre en leur nom, de nous avoir écoutés et répondu, de nous avoir soutenus et aidés à faire connaître ce que nous avions accompli ensemble.

Certes, ils n'étaient pas à la Neuville chaque jour. Leur présence n'en est pas moins demeurée permanente, comme l'attestent maintenant deux phrases sur la façade du bâtiment principal.

Dans un milieu de tradition orale, ce qui est écrit parle très fort.

## ▶ L'argent, le budget

L'autre spécificité de la Neuville, c'est d'être un établissement scolaire autonome, qui n'existe qu'à un unique exemplaire. L'air de rien, c'est cela qui nous pousse à toujours chercher des solutions originales, tant sur le plan pédagogique qu'économique.

Nous passons un temps certain à nous demander comment faire de notre entreprise un outil de travail fiable et dynamique. Ce n'est ni ennuyeux ni superflu, juste un peu trop encombrant. Être autonome, c'est un choix risqué, mais nous ne l'avons jamais regretté. Nous avons constaté en effet, au fil des années, que la plupart des écoles « nouvelles » dépendent d'un Conseil d'administration où les parents d'élèves sont très influents, souvent majoritaires, ce qui place l'équipe dans une situation de dépendance étrange et difficilement supportable : les « clients » sont en fait aussi les « patrons ».

Souvent aussi, les équipes fonctionnent sous la tutelle d'organismes centraux. Elles appliquent donc une pédagogie qui a été pensée et décidée ailleurs. Presque partout, la marge de manœuvre de l'équipe est restreinte, celle des enfants, quasi inexistante. Ce manque d'autonomie des enseignants est sans doute une des raisons essentielles du petit nombre d'initiatives pédagogiques dans notre pays.

— Pourquoi n'avez-vous pas de subventions ?
— Parce qu'on n'en a jamais demandé...
— Pourquoi ? Mais c'est idiot...
— Ça nous paraît très compliqué...
— Pas du tout ! Il faut aller voir... X de la part de Y et lui dire que...

Combien de fois avons-nous eu cette conversation, généralement sans suite. Il est effectivement très compliqué de « trouver » de l'argent, même lorsqu'on mène une action sociale et que ce qu'on fait est « intéressant ». La recherche de crédits, comme nous l'ont confirmé plusieurs personnes dignes de foi exige quelqu'un à plein temps et, par conséquent, beaucoup de subventions pour amortir un pareil investissement.

Une fois pourtant, nous avons constitué le dossier. Il fallait fournir de nombreux papiers administratifs que nous ne savions pas forcément produire. Devant notre embarras, on nous indique un spécialiste : Service Association[1]. Encore une corvée ? Pas du tout. Nous passons des heures à discuter d'un millier de choses avec Ernest Hountondji et ses collaborateurs. Ils nous simplifient, clarifient les idées, remettent à jour nombre de documents.

C'était tout à fait dans ce sens que nous voulions aller : nous allier des collaborateurs qui pouvaient nous aider à prendre en charge une partie de notre travail sans qu'il soit nécessaire d'alourdir l'équipe de la Neuville. Pendant ce temps, Danièle, une amie, prenait quasiment toutes les démarches à son compte et obtenait pour nous un don de 100 000 francs de la Fondation de France.

## ▶ Une politique d'école, des options sociales

Nous avons toujours les plus grandes difficultés à équilibrer notre budget. Cela ne se borne pas en effet à faire rentrer de l'argent dans les caisses et à couvrir les dépenses prévues pour l'année. Il faut encore le faire suivant un certain nombre de paramètres parfois contrai-

1. Service Association a cessé son activité depuis. Mais une partie de l'équipe a repris sous le nom de CEP-CMR, 2, place du Général-Leclerc à Nogent-sur-Marne.

gnants mais indispensables à long terme, ce que l'on pourrait appeler une « politique sociale et pédagogique ».

Avoir autant de filles que de garçons est une nécessité, non seulement pour une bonne harmonisation des activités, mais parce que les bâtiments réservés à chacun des sexes en internat doivent contenir le même nombre d'enfants pour un bon rendement budgétaire. Difficile de parvenir à cette égalité car il y a cinq fois plus de demandes pour des garçons que pour des filles. Il faut assortir les âges pour qu'il y ait, dans chacun des quatre groupes de classes, environ dix enfants avec un bon équilibre entre garçons et filles, nouveaux et anciens, etc. Fabienne dont c'est l'une des responsabilités est toujours en train de refaire ses calculs pour parvenir à ce que tout marche pour le mieux. Nos élèves restant en moyenne cinq ou six ans, l'incorporation d'éléments nouveaux excède rarement une demi-douzaine pour une année.

Nous avons également compris qu'il faut recruter les enfants très jeunes car il n'est guère possible d'avoir des « grands » qui n'aient pas été formés à l'école. Leur séjour est trop court pour qu'ils puissent bénéficier entièrement de la formation de l'école. Surtout ils bloquent le fonctionnement d'un principe important à la Neuville : les enfants les plus âgés, les plus responsables donc puisque les plus anciens, prennent en charge à leur tour les plus jeunes, comme ils avaient été eux-mêmes soutenus à leur arrivée dans l'école.

Enfin, notre souci de la représentativité sociale de l'effectif nous a conduits à accorder des « subventions » pour permettre aux différents demandeurs de trouver une place en fonction des revenus de leurs parents. Ce système est nécessaire si l'on ne veut pas diriger une école de privilégiés sociaux, mais certainement pas suffisant pour permettre d'accueillir les enfants appartenant aux milieux les plus défavorisés.

Pour que toutes les classes sociales puissent être

représentées, nous avons accepté des enfants placés par l'Aide sociale. Nous accueillons ces enfants à titre individuel, par une démarche d'inscription personnalisée au même titre que les autres.

Les enfants venus par le biais de l'Aide sociale ne représentent pas, comme on pourrait le penser un peu hâtivement, un ensemble de cas sociaux, d'enfants en échec scolaire ou souffrant de troubles du comportement. Il y a de tout. Des éléments très brillants scolairement et intellectuellement et d'autres auxquels leur histoire complexe pose des problèmes pour s'adapter à l'école et, parfois, ils sont les deux en même temps.

Ce qui est certain, c'est que ces éléments ont contribué à dynamiser l'école de la Neuville en lui donnant une assise populaire et vivante. Ces enfants des banlieues ne sont pas blasés. L'enseignement et les activités qui leur sont proposés constituent une chance qu'ils saisissent avec enthousiasme et vigueur.

## ▶ Le dur métier d'enfant

Jacqueline, quinze ans, se souvient :

● « *Je suis arrivée à la Neuville lorsque j'avais huit ans et demi. Je venais d'un foyer d'enfants. À première vue l'école me paraissait très curieuse car les enfants faisaient des travaux du genre déménager leur classe (j'étais venue visiter l'école pendant les heures de cours).*

*Je ne voulais pas venir dans l'école car l'établissement n'était pas en très bon état. Mon éducateur a insisté pour que je fasse les deux semaines d'essai prévues. Je les ai donc faites.*

*Cela m'a plu. Je ne voyais pas l'école comme je l'avais*

*jugée pendant la visite. L'état des lieux ne donnait pas une image exacte de ce qui se passait dans l'école.*

*En classe, on appelait l'instituteur par son prénom (Yves). La classe était composée de plusieurs groupes, les moins forts étaient aidés par les plus forts. On faisait des textes libres, au lieu de répondre à des questions. Avant, j'aimais bien la classe parce que j'avais un bon niveau scolaire et que j'étais "sage" mais là, c'était différent, c'était plus vivant. Et le reste du temps, j'étais contente de faire plein d'activités.*

*Quand j'étais dans le foyer, tous les enfants avaient plus ou moins des problèmes d'ordre familial ou social. Il y avait des enfants de parents divorcés, des problèmes d'argent. On le sentait très fort. Tandis qu'à la Neuville, les enfants avaient envie d'être dans cette école. On leur avait demandé leur avis. Ils avaient dit oui ou non, mais c'était leur avis.*

*Quand mon éducateur avait insisté pour que je fasse un essai dans cette école, j'avais l'impression que ce serait comme d'habitude, mon avis n'allait pas être écouté. Alors à la réunion, quand Fabienne m'a posé les questions et que j'ai vu qu'il n'y avait pas que des adultes dans la pièce mais que les enfants avaient, eux aussi, dit leur avis, on se sentait en sécurité. J'avais envie de dire que je ne voulais pas rester juste pour voir la réaction. Comme j'étais sûre qu'on aurait tenu compte de mon opinion, alors j'ai dit oui.*

*Maintenant, après six ans à la Neuville, j'ai appris que l'école pour moi, ce n'est pas que des jours de classe.*

*À la Neuville, j'ai joué, j'ai étudié, fait la cuisine, imprimé, fait de la musique... J'ai parlé en réunion, discuté en réunion, pris des décisions en réunion.*

*J'ai aussi appris à analyser les moments, ambiances, les réactions des personnes.*

*J'ai participé à des activités, j'ai assisté au commencement de coutumes, j'ai participé à inventer des lois.*

*J'ai vu grandir d'autres enfants.*

*Apprendre à s'occuper d'une petite fille quand on est une fille unique, c'est quelque chose d'intéressant.*

*Je suis sûre que cette petite fille qui vient d'arriver à l'école, qui est ma filleule, et qui a le même âge que j'avais quand je suis arrivée, elle aussi inventera des lois, participera à des activités et s'occupera d'une plus petite qu'elle.*

*Être enfant, c'est quand même un dur métier. »*


## ▶ Assumer ses choix

Nous avions eu l'idée initiale de n'exclure aucun enfant de notre projet éducatif, sans trop savoir ce que cela voulait dire. Plus tard nous avons compris à quel point cela était essentiel dans notre travail de ne pas étiqueter les enfants, les problèmes, les comportements, ne pas exclure a priori. De cela, nous parlions peu publiquement : cela risquait de décourager certains parents d'inscrire leurs enfants à la Neuville, ce qui aurait été dommage pour eux et pour nous ! Au fil des mois, il était en effet possible de montrer à chacun des parents l'intérêt de ce milieu à la population enfantine plus diversifiée. Un peu plus tard, ils pouvaient constater par eux-mêmes que cela avait aidé leur enfant à dépasser et résoudre certaines de ses propres difficultés. La question ne se posait plus dans les mêmes termes : on pouvait commencer à en discuter.

Souvent, des visiteurs croisant dans les couloirs un groupe de jeunes élèves, nous posent la question :

— Est-ce que l'internat, ce n'est pas trop difficile pour les petits ?

Ce qui pourrait, dans bien des cas, se traduire par :

— J'aurai bien du mal à me séparer de mes enfants, surtout des plus jeunes...

Cela paraît légitime. L'internat est, en effet, une solution difficile pour les parents. Il n'est pas aisé de donner à son enfant la possibilité de vivre une partie de son enfance dans la société d'autres enfants. Beaucoup de parents ne peuvent le comprendre : ils considèrent que ceux qui ont fait ce choix sacrifient quelque chose, qu'ils ne sont pas prêts à abandonner eux-mêmes.

Pourtant, une école comme la Neuville ne peut se substituer aux parents. Le rôle éducatif de la famille est irremplaçable pour les enfants, quoi qu'ils vivent par ailleurs. Inversement, ce que ce lieu peut leur apporter, les parents ne pourront jamais le leur fournir. Les enfants de la Neuville profitent des deux apports. Si le temps passé en famille est réduit, il est renforcé en qualité. Chez eux, les enfants bénéficient d'une attention plus soutenue. Et, il ne faut pas l'oublier, presque la moitié de l'année se passe en congés !

Aïda Vasquez posait souvent cette question : combien de parents passent, ne serait-ce qu'une heure par jour, en tête-à-tête avec leurs enfants ?

Récemment encore, à la suite d'un incident avec l'Administration, le zèle d'un inspecteur a menacé l'école dans son bon fonctionnement pédagogique. Il estimait insuffisant l'état d'entretien de certains bâtiments. Sans pour autant désapprouver le travail de responsabilisation entrepris, il ne voulait pas prendre en compte notre objectif éducatif de prise en charge de l'école par les enfants.

Appelée à l'aide, Françoise Dolto nous conseilla de ne rien répondre du tout. Il fallait laisser à cet inspecteur la responsabilité de ses affirmations, l'exercice de ses prérogatives et continuer notre travail, en essayant éventuellement de faire mieux, en expliquant aux enfants quelle était la situation. Ce type d'incident lui était arrivé à la Maison verte et elle n'avait pas réagi autrement. Elle ajouta que son soutien pour la Neuville avait toujours été public et que cela pouvait contribuer à nous éviter certaines tracasseries administratives. À la suite de quoi, elle accepta la place très symbolique de «présidente honoraire» de l'association.

Permettre à la Neuville de survivre a toujours constitué une tâche ardue. Lorsque nous étions trois, nous trouvions que nous travaillions trop. Nous sommes six, à présent, et personne ne travaille moins. Mais l'école, elle, avance davantage. Chaque année qui passe nous trouve plus forts et à chaque rentrée, nous nous attendons à affronter quelque nouvel orage... Où allons-nous?

# Transmission

En raison de l'aggravation de son état de santé, Françoise Dolto ne nous avait reçus qu'une fois depuis Noël. Elle nous avait raconté alors l'incident qui était à l'origine de ses récents ennuis de santé.

Invitée à un colloque, elle avait spécifié qu'elle ne pouvait venir que s'il y avait un ascenseur. Or à son arrivée, elle constata qu'il n'y en avait pas et prit l'escalier, tout en sachant que cela lui était interdit.

A mi-chemin, son cœur lâcha. À l'arrivée du Samu, elle demanda à être ramenée chez elle :

— Vous n'en avez peut-être même pas pour un quart d'heure.

— Raison de plus pour rentrer chez moi !

Quelques jours plus tard, nous recevions une carte.

— Je ne vais pas bien du point de vue du fonctionnement respiratoire. Cela me rend pratiquement infirme quant à la mobilité. Assise ou couchée, je carbure parfaitement. Je suis en examen pneumo et cardio. On verra... Bonne année.

Nous avons fait une séance de travail le 5 mars, au cours de laquelle elle nous dit :

— Je n'ai gardé de mes activités que mes consultations de nourrissons, la Maison verte, vos visites et celles de quelques autres. Si je travaille encore, alors que je devrais m'arrêter, c'est parce que je continue à former, surtout, des psychanalystes pour tout-petits. Mais il y en a suffisamment maintenant, je suis rassurée. J'essaie encore de faire bénéficier de mon expérience les personnes avec qui j'ai collaboré ces dernières années. Mais à partir de Pâques, je vais aller me reposer dans ma maison

d'Antibes. Puis-je faire encore quelque chose pour vous ?
Voulez-vous qu'on se revoie encore une fois ?

— Nous aurions beaucoup aimé filmer une séance de
travail pour compléter notre film.

Un rendez-vous fut pris pour le 29 mars.

Ce même jour, nous lui avions rappelé sa promesse
d'écrire la présentation du livre sur la Neuville que nous
voulions tirer du film. Elle poussa un soupir, sans doute de
lassitude, et dit :

— S'il faut la faire, on la fera... J'écris difficilement,
vous le savez, alors que je parle assez facilement parce que
l'interlocuteur présent me propose d'aller à sa rencontre.
Le lecteur, il faut l'imaginer... Cela fera au moins quinze
jours à ne penser qu'à ça, quinze jours de perdus...

On n'en reparla plus... À tout prendre, nous préférions utiliser le temps que Françoise Dolto pouvait nous
consacrer à poursuivre les séances que nous avions
coutume de faire ensemble.

Le tournage dut, en fait, être reporté. Françoise Dolto
était au lit et ne pouvait plus respirer sans un appareil à
oxygène : elle allait en avoir un en permanence.

Le rendez-vous fut fixé au dimanche 8 mai.

— Le samedi, j'aurai moins de temps. Je déjeune en
famille et je cuisine, ça me prend du temps et je risque
d'être fatiguée. Le dimanche, on pourra prendre tout
l'après-midi. Et il y a une belle lumière dans mon bureau.

Quand l'équipe de tournage arriva, elle n'était pas à
la maison. On débarquait le matériel quand elle arriva en
bas de l'immeuble, en fauteuil roulant, avec sa bonbonne
à oxygène sur les genoux. C'était le jour des élections
présidentielles et, accompagnée de sa fille Catherine, elle
était allée voter. Elle ne se sentait pas très bien, mais dit
qu'on pourrait tourner quand même. Catherine protesta,
ce n'était pas raisonnable. Elle était fatiguée. Cela se
voyait.

Il n'était pas question de filmer dans ces conditions.

Sur le trottoir, elle voulut consulter son agenda pour fixer
une autre date. Michel dit qu'on la rappellerait.
Impressionnés par cette vision d'une Françoise Dolto aux
traits tirés et pratiquement infirme, nous avions renoncé,
sans le dire, à notre projet.

Dans les semaines qui suivirent, Michel appela à
plusieurs reprises pour prendre de ses nouvelles et, le plus
souvent, c'est elle-même qui répondait. Elle, qui avait
toujours abrégé les conversations téléphoniques, nous
parlait longuement de son état de santé, des réflexions que
cela lui inspirait.

Au début de l'été 1988, nous allons rue Saint-Jacques
pour rencontrer une dernière fois Françoise Dolto. Nous
craignions de trouver une femme diminuée. Sa mort nous
faisait peur et, à travers elle, la mort tout simplement, qui
marquerait la fin de cette relation privilégiée. Mais c'est
elle qui, quelques jours auparavant, avait insisté au
téléphone :

— Je vais un peu mieux depuis quelques jours. Venez
dimanche, ça me fera plaisir de vous voir... Voulez-vous
apporter votre caméra ? Je n'en ai peut-être que pour huit
jours, après je ne serai plus là. Alors, il faut en profiter
maintenant...

— Nous viendrons seuls, Fabienne et moi, répondit
Michel.

Pour la première fois depuis que nous la connaissons,
elle ne s'assied pas dans son fauteuil près de la fenêtre
pour nous recevoir. Elle est au milieu de la pièce dans un
fauteuil roulant. Elle porte des lunettes nasales reliées à
une bonbonne à oxygène que l'on vient de lui livrer. Le
nouveau débit d'oxygène lui convient bien et elle dit se
sentir beaucoup mieux. Michel, qui ne veut pas rester
derrière la caméra, la branche en continu et ne s'en
occupe plus.

Comme à son habitude, Françoise Dolto entre dans le
vif du sujet : elle parle de sa maladie et de sa mort

prochaine. Elle est calme, sereine. La maladie, la fatigue
l'ont usée, mais sa présence reste ce qu'elle a toujours été.
Son discours est le même, aussi, il est seulement d'un
ordre plus grave, plus intime.

## «Vous êtes des trouveurs. Pas des chercheurs.»

F. DOLTO ▪ J'avais très envie d'aller en Tunisie, car
Boris qui rêvait de m'y emmener n'avait jamais pu le
faire... On m'y invitait, c'était une occasion d'aller voir ce
pays qui avait été pour lui le berceau de son espérance de
venir en France.

C'est là que j'ai attrapé ce microbe et je crois que s'il
m'a fait tellement de mal, c'est que j'étais très vulnérable.
Vingt-quatre heures après mon retour à Paris, il a fallu
me transporter à la Salpêtrière. J'avais 40°6 et deux fois
par jour à la même heure, je tremblais comme si j'avais le
paludisme. Avec une pneumopathie aiguë terrible, qui
s'est révélée être une fibrose. Sans rien à faire parce qu'on
n'a pas pu identifier la bactérie responsable. Et au bout
de vingt et un jours pile, je n'avais plus que 36°8, j'étais
fraîche comme l'œil, c'était fini. On m'a dit : « Vous avez
une fibrose, on va voir les dégâts. Tout s'est arrêté, sans
qu'on s'y attende, mais cela peut recommencer demain.
Nous ne savons pas. » C'est ainsi que cela a commencé et
j'ai été tranquille pendant quatre ans. Jusqu'en juin 87.
Quand suis-je venue vous voir l'été dernier ?

MICHEL ▪ *Début juillet. C'était le lendemain de la journée
« portes ouvertes »...*

F. DOLTO ▪ C'est ça, c'était tout à fait au début juillet.
*(Elle respire fort et se tait un instant.)*

FABIENNE ▪ *Voulez-vous qu'on arrête de parler un moment ?*

F. DOLTO ▪ Là, je suis mieux. Lorsque je suis depuis

un certain temps assise, cela va mieux... *(Elle respire profondément à nouveau.)*

C'est bizarre, quand on a été tellement actif comme je l'étais, d'être tellement dépendante et d'être obligée de réfléchir avant de faire un pas. J'ai de la chance, je ne suis pas du tout anxieuse. Mon corps est en alerte si je manque d'oxygène, mais c'est mon corps. Moi-même, je m'endors comme un ange tous les soirs, comme toujours : j'ai un bon sommeil. Sauf les jours où je manque d'oxygène, alors j'ai des difficultés à m'endormir. Sans insomnie. Je suis comme en alerte. *(Silence)*

Non, par rapport à la mort, je suis très curieuse, très curieuse, vraiment *(elle rit)*. Je trouve que la vie n'a pas de sens si on ne comprend pas ce qu'il y a après. Alors comme on ne peut le comprendre qu'en le vivant... De même qu'être né, on ne peut le comprendre qu'en ayant quitté le ventre de sa mère.

Alors, c'est bien possible que de l'autre côté, on revive les années qu'on a passées sur terre. Malheureusement, personne ne revient pour vous le dire... *(Silence)*

De quoi voulez-vous que nous parlions... ?

La Neuville ■ *On n'est pas venus avec des sujets précis, plutôt des questions concernant la Neuville et l'école en général... En quoi les méthodes neuvilloises constituent-elle une alternative au système scolaire traditionnel ?*

F. Dolto ■ Les méthodes traditionnelles n'apportent aux enfants que les informations du programme. L'intérêt de la Neuville, c'est qu'il y a une vie personnelle des professeurs avec eux et qu'on peut parler à la personne du professeur d'autre chose que de la scolarité. Et non seulement on lui parle, mais on le voit donner l'exemple d'une vie quotidienne comme à la maison.

La Neuville donne aux enfants des repères dans les relations à la fois sociales et familiales, des repères dans les relations de couple et dans les relations chastes entre adultes et enfants. Alors que l'école traditionnelle ne permet pas aux enfants de voir un maître s'occuper de la cuisine, s'occuper de la peinture, s'occuper de l'entretien de la maison. Et la Neuville permet aussi à l'enfant de parler de ses responsabilités vis-à-vis des diverses activités qu'il entreprend ou auxquelles il participe.

À l'école ordinaire, les activités se déroulent quoi qu'en pense l'enfant et si il n'y prend pas part, c'est comme s'il commettait un délit. À la Neuville, on lui reconnaît le droit de ne pas y prendre part, s'il y a pour lui, comment dire, un contresens entre se sentir bien et participer à cette activité. Comme les parents aimeraient souvent pouvoir le faire mais ne le font pas, les maîtres dispensent cet enfant, ou plutôt acceptent qu'il se dispense de cette activité. L'activité scolaire, par exemple, pour ne prendre qu'elle, n'est pas obligatoire pour les enfants. Il est obligatoire pour le maître de donner ses cours dans les jours et heures qui ont été décidés au programme mais si l'enfant s'y dérobe, il n'est pas mal vu pour ça. On lui explique que c'est dommage pour lui. Mais ça ne gêne pas le reste de sa classe d'âge et ça ne gêne pas non plus le maître ni en tant que maître, ni en tant qu'éducateur. C'est une des particularités de la Neuville que les informateurs, ceux qui dispensent l'information, soient aussi des éducateurs.

Et qu'ils soient aussi père et mère d'enfants qui sont dans l'école. Ils voient ainsi la différence entre être parents et être éducateurs d'enfants issus de parents dont ils ne prennent pas la place. Cela leur donne des repères tout à fait intéressants.

FABIENNE ■ *Vous pensez que c'est important que nos enfants soient élèves dans cette école?*

F. DOLTO ■ Oui. C'est sûr que cela apporte quelque chose. Cela suscite des réflexions. On ne sait pas toujours lesquelles, mais cela n'a aucune importance qu'on ne le sache pas.

FABIENNE ■ *On ne note aucune jalousie des autres élèves vis-à-vis de nos enfants. Au contraire...*

F. DOLTO ■ C'est tout l'intérêt de cette ambiance familiale qui est aussi une ambiance sociale et scolaire. Autrefois, cela arrivait chez des instituteurs qui prenaient en pension des enfants. Mais ces instituteurs ne se sentaient pas payés pour faire l'intendance complètement. Et puis, généralement, ils jouaient aux parents des enfants qu'ils gardaient pensionnaires. Ils mimaient un peu les parents, ce que vous ne faites pas du tout.

LA NEUVILLE ■ *Quelle fonction ne remplit pas l'éducation traditionnelle, l'école traditionnelle ?*

F. DOLTO ■ Elle ne remplit pas la fonction qui jusque-là était remplie par les parents et que la plupart d'entre eux ne remplissent plus depuis environ quarante ans. Elle fait bien, d'ailleurs.

MICHEL ■ *Ça se manifeste comment, cette non-responsabilité des parents... ?*

F. DOLTO ■ Les parents se reposent sur des personnes, comment dire, « mercenaires », pour élever leur bébé : la crèche, les bonnes... mais ce n'est pas la famille, ou presque plus... Autrefois quand on était petit, on restait en famille jusqu'à six ans. Maintenant, c'est la maternelle à trois ans, et avant la maternelle, la crèche. Et si ce n'est pas la crèche, ce sont des gardiennes. L'enfant s'ennuie tout seul avec elles ou même s'il ne s'ennuie pas parce qu'il y a d'autres enfants, il ne reçoit aucune formation des parents, qui sont les siens. Il ne reçoit aucune culture familiale comme lorsqu'il est gardé par un grand-père, une grand-mère ou une tante qui chacun représente la famille. C'est un problème, cette perte complète de culture familiale.

MICHEL ■ *On relisait, récemment, un livre qui date d'avant 68 et dont vous avez écrit la préface : « Premier rendez-vous chez le psychanalyste ». Vous y décriviez le système scolaire traditionnel dans des termes très durs et à mon avis très justes. Vous n'avez pas changé d'avis, je suppose ?*

F. DOLTO ■ Pas du tout. Je l'ai relu il y a encore quelque temps parce qu'on m'a envoyé la nouvelle édition. Et j'étais tout à fait d'accord. C'était culotté de dire ces choses-là ! Cela faisait mal voir les psychanalystes, mais il fallait le dire... C'est effrayant de voir le fossé, tellement ridicule, entre la maternelle et le CP. Alors que la maternelle est une classe qui fonctionne, on peut dire, selon le même système que les études supérieures, on ne voit pas pourquoi toutes les études ne se dérouleraient pas comme à la maternelle, avec des enfants qui grandissent au fur et à mesure...

LA NEUVILLE ■ *À ce propos, quels sont, selon vous, les principes pédagogiques essentiels de la Neuville ?*

F. DOLTO ■ Je crois que c'est la liberté de parole, la liberté de décision dans un cadre donné. Décision pour soi à condition que cela ne gêne pas les autres, ce qui est très important. C'est vraiment cela, la démocratie : fais ce que tu peux et qui ne dérange pas les autres. Ou tu perds ton temps ou tu fais quelque chose d'utile pour toi, l'essentiel, c'est que cela ne te nuise pas et, si possible, ne te fasse pas trop perdre ton temps. Mais c'est tout.

C'est-à-dire qu'à la Neuville, on laisse une liberté d'inventivité, de créativité et on éveille le sens critique en apprenant à respecter les autres qui ne sont pas comme vous, qui s'intéressent à d'autres choses que vous, mais auxquels il ne faut pas nuire dans ce qui est leurs activités à eux. C'est cela, le respect réciproque de la vie des uns et des autres sans démagogie. Ce qu'on voit aussi à la Neuville, c'est que les adultes ne sont pas arrêtés à une spécialisation qui valorise telle ou telle activité.

Au lycée, le type qui ne fait que des maths mais qui ne saura pas mettre le couvert à la cantine, c'est un professeur de maths. Être professeur de maths, c'est paraît-il très bien, mais être cuisinier aussi, c'est très bien.

Chez vous, il y a un respect à tous les niveaux de l'activité des humains pour eux-mêmes et dans le groupe. C'est cela aussi, l'esprit de l'école. Et c'est important pour les enfants parce qu'ils sont habitués à ce qu'il y ait une élite intellectuelle qui n'a que des mains pour écrire et transporter des livres — des pieds aussi parfois pour lancer des ballons de football! : ce sont les maîtres, et, comme tels, ils ne prêtent pas la main, comme on dit, à tous les corps de métier de l'école.

Chez vous, le manuel est aussi valorisé que l'intellectuel.

MICHEL ■ *Croyez-vous que la réussite de notre démarche soit uniquement une question de désir, désir des adultes de vivre et de faire vivre ce lieu?*

F. DOLTO ■ Oui, je le crois. C'est pourquoi une école comme la vôtre est une chose si rare. Justement parce que c'est une question de désir et qu'il n'y a pas beaucoup d'adultes qui se consacrent à leurs désirs. Généralement, ils subissent leur devoir.

LA NEUVILLE ■ *Est-ce la volonté de faire correctement notre travail qui nous pousse toujours à aller plus loin?*

F. DOLTO ■ Certainement. Le désir c'est cela, quelque chose qui est tous les jours nouveau, qui ne se répète pas. Ce n'est pas une question de devoir, c'est une question de plaisir à trouver dans ce que l'on fait, avec les gens avec qui on le fait. C'est-à-dire dans votre cas, avec les enfants. C'est avec eux, et avec les réponses qu'ils donneront trois ans ou cinq ans après être venus dans votre maison, que vous comprendrez comment ils auront vécu tout cela de leur côté, dans cette « triangulation » que forment pour chacun les armes qu'on prend pour la vie, sa propre responsabilité et les maîtres qu'on a eus. Mais ce n'est pas vous tout seuls qui pouvez savoir.

LA NEUVILLE ■ *Peut-on dire que nous sommes des chercheurs?*

F. Dolto ▪ Non. Je ne crois pas. Vous êtes des trouveurs. Pas des chercheurs.

La Neuville ▪ *Oui. Mais c'est difficile à dire : « Nous sommes des trouveurs. » Répondre que nous sommes des chercheurs, c'est indiquer que notre travail dépasse la fonction d'enseignants.*

F. Dolto ▪ Ce que les gens ne comprennent pas, c'est que vous donniez tout votre temps, jour et nuit, à votre travail. Pour eux, on donne à son travail huit heures par jour, le reste du temps on est dans son cercle personnel. C'est tout à fait particulier, votre façon de faire. Je crois que vous vivez ainsi cette situation parce que vous vivez votre vocation personnelle, vous vivez aussi votre désir de mari et femme, d'amants, en même temps que votre désir d'éduquer les enfants. Vous poursuivez le désir à la fois de réussir votre vie conjugale, de réussir votre vie profession-nelle et de réussir des enfants.

Fabienne ▪ *Vous devez savoir que nous ne sommes pas enseignants de formation...*

F. Dolto ▪ Qu'est-ce que ça peut faire ?

Michel ▪ *À partir d'une démarche au départ toute personnelle, on s'est retrouvés dans quelque chose qui est très social, et ceci sans qu'il y ait de hiatus ou de contradiction...*

F. Dolto ▪ Il ne devrait pas y en avoir. S'il y en a, c'est du fait des autres institutions. Parce que les institutions contraignent au lieu d'être au service des citoyens. Les institutions scolaires, la crèche et même la gardienne, l'enfant est obligé de s'y soumettre, de trouver que c'est bien et encore de s'y comporter gentiment. Il ne s'agit en fait que de lieux qui rassurent la mère, tranquillisée à l'idée que l'enfant est à l'abri des dangers. Mais l'enfant n'est pas tenu pour autant de s'y intéresser, surtout s'il se trouve avec des gens qui justement ne sont pas des rencontres pour lui.

L'école devrait être un endroit où l'on s'occupe du corps de l'enfant, où l'on s'occupe de répondre aux curiosités de l'enfant. Or ce n'est pas ça du tout. L'école ne répond pas aux curiosités de l'enfant. Elle oblige l'enfant à avaler un menu de connaissances qui ne l'intéressent pas et à se conformer à des règles d'horaires et de comportement, de besoin, qui ne sont pas les siennes.

Quand un enfant ne mange pas à la cantine, cela fait un drame. Et pourquoi ? Il est bien libre de ne pas manger. Vous voyez : tout fonctionne dans l'obligation. En ce sens il est très rare que cela réponde de façon satisfaisante, même à la moitié des enfants d'une classe d'âge.

Dans tout ce que vous avez créé, la dominante n'est pas l'autorité de l'adulte sur l'enfant, mais le sentiment de responsabilité que les adultes ont à l'égard des enfants et qui suscite en eux le même sentiment de responsabilité. Il ne s'agit pas pour autant de tout accepter. Les enfants, eux, acceptent en vue de ce qu'ils désirent pour l'avenir. Et c'est pour cette recherche de ce qui les intéresse, soit pour l'esprit, soit pour le corps, soit pour l'affectivité, qu'il est important pour eux de vivre à la Neuville, parce qu'ils y sont libres.

La Neuville ■ *À votre avis, quels aspects de notre pédagogie pourraient être appliqués ailleurs ?*

F. Dolto ■ Ce n'est pas applicable. J'y ai déjà pensé. Ce n'est pas applicable parce que ailleurs, les professeurs n'acceptent pas de tout faire. C'est là que tout commence.

La Neuville ■ *Pourtant quand on a voulu recruter des collaborateurs, on a trouvé beaucoup de candidats, des centaines, issus de l'Éducation nationale, qui souhaitaient travailler autrement.*

F. Dolto ■ Tant mieux. Maintenant vous pouvez donc recruter. Et vous allez voir... Il faut pour cela que les gens aient changé, car vous, vous étiez en avance sur votre temps. Mais c'est vrai que les gens changent. Vous allez peut-être trouver maintenant des instituteurs qui comprennent qu'ils étaient complètement coupés des réalités, à ne s'occuper que de papiers. Et en restant assis.

À la Neuville, l'Administration, c'est vous aussi. Dans les écoles habituelles, l'administrateur n'est pas un maître. Ou alors c'est celui qui commande les autres maîtres et tous ont peur de lui. C'est aussi celui qui donnera des notes : l'inspecteur. Tout est une question de pouvoir, de hiérarchie. Chez vous, la hiérarchie c'est comme les fourmis de ce garçon, Sacha : tout le monde est roi, tout le monde est ouvrière. C'est impossible dans une classe ordinaire, avec une hiérarchie d'État. C'est en principe possible dans certaines écoles libres, dites libres, qui ont chacune leur règlement, mais pas toujours ; pas quand le directeur veut du pouvoir, veut que tout le monde soit sous sa coupe. Tout dépend de celui qui est directeur administratif.

Ce qui est important, c'est de préserver la liberté de communication, de paroles et de mouvement. Ce que cet enfant disait très bien : faire des bêtises dont on s'aperçoit qu'elles ne mènent à rien. Comme ces bêtises provoquaient des réactions de la part des adultes, elles lui servaient tout de même à communiquer. Mais c'est une communication qui tombe à zéro, qui n'est pas intéressante, ni pour le sujet, ni pour personne d'autre.

Peu à peu, les enfants mettent leur libido, comme nous disons, c'est-à-dire leur créativité, leur inventivité à des choses qui leur rapportent du plaisir. La bêtise ne rapporte pas de plaisir si personne n'y réagit. Elle ne rapporte du plaisir que dans le cas où un autre vous dit : « Tu me nuis. » Alors, quand on dit à l'enfant qui a fait la bêtise : « C'est à toi que tu nuis, mais pas à moi », il comprend.

Ce que vous faites est difficilement exportable... Vous pouvez « contaminer » les gens, mais il faut que ce soit des gens qui essaiment et qui se groupent pour faire comme vous. On ne peut pas imposer ça à une école libre ou d'État, c'est impossible et c'est dommage. *(Un temps.)*

Vous croyez que j'ai tort ? Que ce serait possible ? Ce

serait possible, mais dans deux ou trois décennies. Il faut le temps.

## ▶ La fin de l'histoire

Après l'entretien, Michel prend quelques photos. Françoise Dolto enlève pour quelques secondes ses lunettes nasales et nous regarde en souriant.

Nous sommes sur le point de partir mais elle nous invite à prendre des rafraîchissements et nous restons à bavarder. Elle évoque ainsi ses propres enfants, leur éducation et ce qu'ils sont devenus. La discussion se prolonge et nous n'osons la suspendre. La très belle lumière qui emplit le bureau commence à décliner.

Nous descendons une partie de la rue Saint-Jacques puis le boulevard Saint-Michel vers le jardin du Luxembourg. Dans un curieux état d'agitation, à la fois bouleversés et euphoriques.

En prenant congé, nous l'avions embrassée en guise d'adieu.

Presque un an plus tard, j'achève le film que nous avons tourné avec Françoise Dolto durant ses derniers mois. Je filme dans son cabinet de psychanalyste, encore inchangé, avant que celui-ci ne soit démoli. Nous sommes revenus à plusieurs reprises, rue Saint-Jacques, dans ce lieu encore tout habité de sa présence : ses écrits, ses photos s'étalent partout puisque Catherine, sa fille, et Colette Perchéminier, une amie, classent et archivent tout ce qu'elle a laissé. Catherine a souvent entendu sa mère parler de la Neuville en termes chaleureux et accepte de nous aider à compléter notre film. Avec les propres mots de sa mère, elle nous raconte la fin de l'histoire :

« Je me suis retrouvée, avant-hier, dans mon bureau où il y a du courrier en retard depuis quinze jours. C'était un bureau dans lequel ça me plaisait d'être, de travailler, d'écrire mais plus rien n'était à moi, je ne tenais à rien. C'est une paix béate que rien ne peut entamer.

Les enfants vont, viennent, jettent la moitié, ils commencent à classer, ils ont raison puisque, de toute façon, je n'ai que quelques semaines à vivre.

On a regroupé sur mon bureau quarante centimètres de hauteur de textes qui n'ont jamais servi. C'est fou ce que j'ai pu travailler et écrire dans ma vie.

J'étais, malgré mon volume de corps, d'une légèreté ! La personne venue me garder a dit : ''Qu'est-ce qu'elle fait pour être aussi gaie ?'' Il y a huit jours j'ai cru mourir. Catherine m'a donné un somnifère. Je ne prends jamais de somnifère. Je ne connais pas ça. J'ai dormi. Je me suis réveillée une autre personne. Ayant vécu dans l'inconscient une expérience.

Jeudi, j'étais morte pour rire. Trois jours, trois heures. Comme si j'étais un esquif dans le vent d'est et d'ouest. Je ne sais pas si vous avez déjà vu ça, être pris sur un bateau entre vent d'est et vent d'ouest. C'est extraordinaire. Des stalactites de mer qui montent jusqu'à trente mètres de haut. On ne peut pas se diriger, on est sur place comme un bouchon pris dans le tourbillon. Et puis tout d'un coup, pour quelles raisons, l'esquif a été échoué comme ça. Comme un débris sur une plage et c'est là que j'ai commencé à me réveiller. Et pour moi, c'était — j'y ai pensé après, c'est une métaphore, ce n'est pas ce que j'ai vécu, c'est pour essayer d'expliquer —, c'était comme si les invisibles et les visibles s'étaient disputés chacun de leur côté et que finalement, c'étaient les visibles qui avaient gagné.

Mes enfants m'ont ramenée mais j'ai compris tant de choses depuis cette fausse sortie : ce n'est pas étonnant que les morts ne reviennent jamais donner de leurs nouvelles, ils ont quitté un état antérieur, on ne revient pas en

arrière. Que dirait-on d'un homme qui voudrait retrouver son état de fœtus ?

Nous, les vivants, nous nous raccrochons au souvenir
de ceux que nous aimons et qui sont partis. Nous
regardons leur photo, essayons de revivre des scènes
vécues autrefois dans l'amour ou la difficulté. Nous nous
raccrochons à ce qui n'est plus, aux gens que nous aimons,
que nous espérons retrouver. C'est folie de notre part,
c'est les retenir dans une image du passé, comme si on
espérait revoir son enfant à trois ans et puis il en a trente,
il est parti au front et on veut le revoir. Ils ont
complètement changé, tellement changé. Ce qui vit est
devant nous, nous précède, est ailleurs. La mort est une
naissance, une mue. J'ai déjà tout quitté. Je suis très
sereine, très confiante, j'attends. »

# La vie quotidienne à la Neuville

Trois enfants, un adulte évoquent l'emploi du temps, l'organisation, les activités... Tout ce qui fait la vie de l'école, au jour le jour.

## ▶ Une journée d'école
### (Hélène, treize ans)

*Le matin, à huit heures, Jacqueline et Sandra crient : "Faut se lever". Mais personne ne se lève tout de suite, on attend que la cloche sonne. Ensuite on descend. C'est le petit déjeuner, Ézéchiel coupe le pain, Christophe distribue le beurre et les confitures et Sacha amène le chocolat. Après manger, chacun débarrasse sa table. Parfois des tables ne sont pas débarrassées parce que personne n'a été désigné le matin, alors le chef de table doit le faire ensuite. Après on monte faire le rangement de chambre. Je fais mon lit et puis je vais me brosser les dents. Quand on a le temps, on se fait des coiffures avec Annël et Hanane.*

*Après, ça sonne pour la classe. On fait cours de 9 h à 12 h 30. On est neuf dans la classe, je suis assise à côté de Jacqueline, on s'entend bien et le soir on fait nos devoirs ensemble.*

*Après, on va se mettre en tenue pour faire sports. Aujourd'hui, il y a athlétisme. Pendant les sports, il y en a qui font la cuisine. Ça m'arrive parfois, surtout l'hiver quand il y a le cross. À deux heures, on mange. Les chercheurs de plats les amènent et les chefs de table distribuent les avertos. À la fin du repas, il y a une équipe,* qui débarrasse toutes les tables. Il y a un grand temps libre *après le repas*, en ce moment on fait le concours de ping-pong et de baby-foot ; sinon l'hiver on va souvent en salle de réunion pour écouter le juke-box ou parfois dans les chambres.

*Après il y a la répartition*, chacun choisit son atelier.

*Moi*, ça dépend, je fais parfois musique, parfois mah-jong, je fais aussi la cusine. En ce moment, je fais presque tous les jours l'atelier de comédie musicale. J'aime bien aussi les essayages de costumes, parce qu'on peut s'amuser avec les tissus à faire des effets bizarres. Des ateliers, il y en a plein.

*Après*, ça sonne, pour le goûter et l'épicerie. J'aime bien y aller, j'aide un peu à l'épicerie, mais je ne suis pas épicière. On voit tout le monde manger des bonbons dans le jardin, c'est rigolo. Il y a aussi Arthur qui sert le goûter.

*En fin de journée*, il y a les postes, chacun fait le sien. Moi je mets le couvert. Il y a des gros postes : les poubelles, la salle de réunion, les W.-C. Tout ce qu'il faut nettoyer. Ça dure une demi-heure à peu près, ensuite c'est le dîner.

*Après manger*, on va jouer dehors. Il y a des jeux dans le jardin, des grands jeux avec presque tout le monde quand il fait beau comme en ce moment. Sinon l'hiver, on monte dans les chambres, on s'amuse, on va prendre une douche et après on se couche. Chez les filles c'est vers dix heures mais ça dépend : le lundi, on se couche plus tôt, parce qu'on est fatigués. Ben voilà, la journée est finie.

## ▶ La journée d'Étienne
(« adulte »)

Quel est le travail des adultes dans l'école ?

*Nous sommes à la fois professeur, cuisinier, comptable, chauffeur, spécialiste d'une discipline sportive, artistique ou technique, etc. C'est notre boulot de proposer aux enfants cette diversité d'activités, des possibilités de réussites et aussi d'échecs sans qu'elles soient globalisantes, et en même temps que chaque adulte ne soit pas identifié à une fonction particulière dans laquelle il serait toujours "le maître".*

Qu'est-ce que tu veux dire?

*En classe un enfant reste bloqué sur un problème de mathématiques. À midi je le retrouve sur le terrain de foot ou à la cuisine, et puis un peu plus tard en atelier construisant un mur de plâtre, et peut-être le soir au poste "poubelles". Tout cela fait qu'il ne va pas s'évaluer absolument mauvais; il va apprécier la situation pour ce qu'elle est, il va relativiser. De plus les enfants peuvent nous voir comme des gens pluriels: à la fois comme des adultes et comme des professionnels, avec des facilités dans des domaines, et moins dans d'autres.*

Peux-tu me décrire le travail d'un adulte dans une journée ordinaire?

*Les enfants s'occupent sans nous de leur lever, de leur petit déjeuner, de leur rangement de chambre. Il y a une répartition du boulot entre les enfants, une organisation, des responsables. Parfois on passe les voir quand ils rangent les chambres pour dire bonjour, pour sentir l'humeur, pour aussi donner son avis sur tel ou tel problème mais notre travail commence vraiment avant 9 heures, avant la classe. C'est aussi vers cette heure-là que je téléphone aux fournisseurs.*

Donc à 9 heures, tu commences à travailler en tant que professeur?

*Oui. Je distribue des outils pour que chacun puisse avancer à sa vitesse mais en même temps la classe doit garder une unité. Il faut du travail collectif et des situations de travail individualisées. Les outils sont rodés pour l'essentiel mais ils demandent toujours des améliorations, de la préparation.*

Après la classe, qu'est-ce que tu fais?

*Cela dépend des jours: atelier, cuisine, sport, parfois temps libre. Encore que dire temps libre est un euphémisme : il a toute chance d'être employé à faire de l'administration ou de la pédagogie dans le couloir, dans le jardin. C'est mon travail de rester disponible pour que des enfants viennent me demander quelque chose. Il est utile parfois qu'on puisse s'adresser à nous hors du contexte collectif, avec un autre point de vue : dans ces moments-là, on est un adulte qui parle à un enfant.*

S'agit-il de reprendre une situation qui s'est passée en classe ou en atelier ?

*Non, en classe, en atelier, il existe des règlements et des réunions pour régler les conflits et les incidents. Nous intervenons dans le cadre de ces institutions pour que les enfants aussi puissent prendre une part prépondérante aux décisions dans la mesure de leur responsabilité.*

Reprenons le fil d'une journée...

*La matinée a été calme, je n'ai pas eu de tuyau qui fuit, de panne de chauffage ou de visite impatiente de créancier. Vient alors le déjeuner. Les enfants mangent seuls et nous mangeons entre adultes tous les jours : on discute d'un contretemps, d'un enfant, on précise une décision.*

*L'après-midi, la répartition des ateliers faite, un groupe d'enfants travaille avec moi dans la bibliothèque ou dans la salle d'ordinateurs. Un autre jour, avec des outils moins intellectuels à la main, on aménage, on répare, on construit.*

*Dernier rendez-vous quotidien avec les enfants : le soir, aux postes où il s'agit de nettoyer, entretenir et ranger les bâtiments pour la journée du lendemain.*

Et la gestion qui s'en occupe ?

*Elle est répartie suivant les aptitudes et les désirs de chacun, mais les analyses, les choix à plus ou moins long terme sont discutés en réunions. Les discussions sont parfois rudes, nous ne sommes pas toujours d'accord et c'est fructueux.*

*On parvient à établir le rythme et l'équilibre d'une année, à tenir compte des saisons ; on invente ou on renouvelle des rituels, des points de repères dans le temps, qui s'inscrivent dans la tradition de l'école, tout en l'enrichissant. On élabore ainsi une sorte de culture propre à l'école.*

C'est comme si l'école était une personne, avait une autonomie propre ?

*Tout à fait. C'est une personne dont les adultes comme les enfants ont la charge, qu'ils font grandir et vieillir aussi bien par leurs responsabilités quotidiennes que par le désir qu'ils ont de la faire vivre, par le désir de s'inscrire dans une sorte de généalogie, de filiation avec le passé et de projection vers l'avenir. Cela est particulièrement évident quand un enfant est sur le point de partir après plusieurs années ici. Avant de commencer sa vie profession- nelle ou de poursuivre ses études, il comprend très bien qu'il est porteur d'un baluchon neuvillois qui l'enrichit, et qu'en même temps il laisse une partie de lui-même qui ne s'oubliera pas, qui sera porteuse d'histoire et de nouvelles inventions.*

▶ **Extrait d'un journal de classe**
**(Anne-Sophie, quatorze ans)**

Mardi 9 mai
   *Hier c'était mon premier jour avec la ceinture marron.*
   *Le foot avec l'école du village était super sur le grand terrain.*
   *Après le cours de maths j'étais complètement endormie.*
   *Les petites filles aussi ne voulaient pas travailler. À la place du cours je les ai emmenées en balade. On a discuté de tas de trucs et on a trouvé un champ chouette où jouer. Pendant la promenade que j'ai faite avec les petites, en passant devant le cimetière, elles ont voulu aller voir "la mort". Je leur ai appris ce qu'on appelait*

un cimetière. Mélanie m'a raconté que les gens qui se promènent beaucoup dans les cimetières attrapent la mort.

Après ça j'ai fait deux heures de rangement avec Fabienne, Claire, Natacha. Le soir il y a eu une réunion de bleus. On a parlé des projets de chacun pour le trimestre, un trimestre de neuf semaines (en comptant la classe de mer).

## Mercredi 10 mai

Neuf heures. La cavalcade des filles dans l'escalier. On se dépêche d'habiller les petites. Il faut réveiller Delphine. Déjà le trio de la chambre en face est sur la route.

Mélanie est prête, on part. Il y a des rires sur le chemin. On croise Manuel qui part chercher le pain à vélo et on entre dans le jardin d'un château qui sommeille. Par la vitre on aperçoit Laurent qui verse le chocolat. Il y a quelques petits qui traînent. Il faut distribuer des bises. Au fond de la réserve il y a des pots de confiture. Le beurre est pris et coupé. Manuel revient. Ses pains sont chauds. Il coupe pendant qu'Elvire lui propose de les mettre dans les corbeilles. Enfin un premier adulte.

On échange des bonjours et quelques nouvelles têtes endormies apparaissent. Tout ce monde se mélange, grands et petits. C'est l'heure et les corbeilles défilent et passent de main en main. On transporte tout sur nos tables. Les premières disputes éclatent. Arthur se précipite avec les cuillères qu'il a oublié de mettre. Au milieu du tumulte général les derniers bols sont posés et c'est toute l'ambiance d'une journée qui commence.

## Jeudi 11 mai

Parfois, à midi, je vais me mettre en tenue pour faire un footing. Au début ça va, je cours. Je continue régulièrement. Je tourne vers le bois, je commence à être fatiguée mais je continue. J'ai envie de courir. Premier tournant, je m'arrête pour reprendre ma respiration. Je marche dans la forêt. Je marche jusqu'à la route. Là, j'ai envie de reprendre mais au stade, je m'arrête. C'est bien quand même, personne ne m'a poussée. J'ai fait comme je voulais. Quand je suis fatiguée, si je m'arrête, je n'aime pas qu'on *me dise : « Allez, allez, continue ! » Alors je marche. Je fais moins de cross. Je suis plus vite découragée, c'est vrai. Je n'arrive pas à suivre les autres, à m'accrocher autant qu'avant, je m'intéresse à d'autres choses.*

## Mardi 15 mai

*C'était vraiment bien cet atelier. Avec Laurent on a lavé les murs (rien de passionnant) en discutant. Après, Pascal m'a proposé de touiller la pâte à tarte avec les mains — la machine ne marche pas. On se marrait avec Elvire, les mains gluantes. Ensuite, j'ai repris l'atelier de lavage. Dans le garage on a scié une planche pour remplacer le trou d'une porte. Thomas nous aidait. Cet après-midi était super ! Toutes les filles quittaient le château une demi-heure après l'heure mais c'est habituel. On entend les cris des grands du château qui couchent leurs petits. Quand on arrive, les petites sont en pyjama. Nous les filles, on discute. Ça couvre le bruit des plus petites. Il y a des bousculades dans l'escalier et tout... On se retrouve dans la classe. Oui, faudrait faire des devoirs. À côté, Mélanie réclame une histoire. Le bruit d'une mob. Les garçons viennent chercher leurs livres. Ils partent. On monte et on trouve les trois petites filles dans la salle de bains. On les couche et tout le monde se retrouve dans une chambre. La lumière d'à côté s'éteint. Les petites filles dorment. Les bavardages commencent.*

## Mercredi 16 mai 1982

*— C'est qui ce Monsieur Oury qui vient ?*

*— Bonne question, qui c'est exactement ?*

*— Tu sais, les ceintures...*

*— Oui.*

*— C'est lui qui a eu l'idée.*

*— Ah bon. Comment ça lui est venu ?*

*— ?*

*Heureusement, il arrivait le lendemain. J'aurais pu donner un peu plus de précisions, mais bon ! Mettez-vous à ma place. Oury, j'en savais pas beaucoup plus que ça, je dois l'avouer.*

*Cet invité tant attendu est arrivé en pleine préparation du petit* déjeuner, l'heure où tout le monde se retrouve dans un désordre ordonné. Mais un visiteur qui se met en plein les pieds dedans ! Je coupais le pain, un peu à part de la foule agglomérée quand il est entré. Le silence. Je n'ai pas compris tout de suite. Il y avait le bruit de ma lame sur le pain et le fouet dans le lait. Je me retourne : tous les regards tournés vers lui et le sien qui nous regarde. Se trouver devant un groupe d'enfants qui vous dévisagent, c'est un truc difficile à réussir. Il est passé et les remarques ont commencé : "Je le voyais plus vieux." "Quel âge a-t-il ?" "Comment il connaît l'école ?"

Après les postes, tout le monde se retrouve dans la salle de réunion. C'était une "conférence-express" avec Oury. On va savoir d'où viennent les ceintures, qu'est-ce qui lui en a donné l'idée parce que c'est principalement ça, l'idée qu'on a de lui : il a inventé le système des ceintures.

Alors on l'écoute. Au début on attend comment il va être, ce qu'il a à nous dire. On apprend comment il a débuté, ce qu'est une classe de perfectionnement. Qu'il fait du judo, c'est de là que viennent les ceintures. Il nous raconte Freinet, ses élèves. Mais sa plus grande découverte, c'était bien avant. La plus grande idée et constatation, c'est celle-là : c'est que nous tous, élèves, on est des personnes différentes. On n'apprend pas à la même cadence, au même rythme et puisqu'on est si différents, il ne faut pas nous prendre, nous parler, nous enseigner, à tous, les choses de la même manière. Voilà, il a pris les enfants différemment. On l'a écouté parler une heure. On a posé des questions et lui aussi nous en a posé. À un moment il a posé ses lunettes et nous a montré deux prises de judo.

Mais c'est dur de raconter. J'aimais bien sa façon de nous parler. Au début, il parlait plus doucement, très clairement. Il répétait pour être sûr de se faire comprendre. C'était bien. Maintenant j'espère que je pourrai mieux répondre à cette question :

— Qui c'était M. Oury, celui qui est venu ?
— Tu sais, il était instituteur.
— Oui.

— *Eh bien, dans son métier il a appris et il a appris aux autres que tous les élèves étaient différents.*

## Lundi 21 mai

*L'emploi du temps est changé. Il y a eu atelier après les cours et le sport passait en fin d'après-midi. J'ai fait la cuisine avec Delphine. En travaillant, on discutait avec Pascal. Il a descendu du Racine pour Delphine. J'aimerais bien le lire. Je crois que je vais m'y mettre. En épluchant des bananes, on a parlé des relations de Delphine avec les petits, de ce qu'il faudrait améliorer. Elle ne se rend pas compte que ça va tout seul en partageant des activités avec eux, et que ça va déjà beaucoup mieux.*

## ▶ Histoire d'un séjour à la Neuville
### (Élise, seize ans)

*À douze ans, je suis arrivée à la Neuville. Parmi les filles, il y avait un groupe qui était à l'école depuis longtemps : Agnès, Julie, Natacha et Joëlle. Elles étaient un peu plus âgées que moi (un an ou deux mais ça faisait beaucoup à mon âge).*

*J'avais très envie de faire partie de ce groupe, d'arriver à la même aisance qu'elles avaient dans l'école, de sentir que les plus petites avaient confiance en vous.*

*Les autres filles, elles étaient beaucoup plus jeunes, et moi, je voulais être des grandes. Je voulais devenir leur amie et aussi arriver au même niveau de responsabilité qu'elles. Or, je sentais qu'il était possible de me faire cette place car à la Neuville, on n'est jamais "catalogué" selon un âge, une classe, une bêtise. Il fallait simplement que je suive mon chemin. J'étais nouvelle mais je voulais aller vite. Je connaissais quand même bien l'école car mon frère y était depuis deux ans.*

*Au bout de deux mois, j'ai été verte et dans la même année, je suis passée bleue. Je me rappelle que Pascal m'avait dit de faire attention de ne pas brûler les étapes. Enfin, moi j'ai été contente de passer bleue, je savais qu'à la rentrée suivante, j'allais être marraine comme Julie, Natacha et Agnès.*

*En septembre, j'ai eu à m'occuper de Mathilde. C'était là un changement pour moi. Dire que la situation était inversée serait exagéré peut-être, mais la première année je m'étais donné des modèles (je ne veux pas dire que j'avais pris pour modèle quelqu'un précisément mais plutôt qu'à travers les personnalités, les règlements et les activités de l'école, je m'étais fixé le modèle de conduite qui me convenait).*

*La deuxième année s'annonçait différemment : Mathilde, ma filleule, était très petite (six ans). Nouvelle dans l'école, elle avait besoin de points de repère. Nous sommes devenues proches très rapidement. On passait des moments importants ensemble. Le lever, les repas (car filleuls et parrains mangent à la même table), le coucher, le rangement des affaires, la douche. Il y a une grande intimité qui s'installe entre une marraine et sa filleule et c'est une relation aussi intéressante pour l'une que pour l'autre. (Je dis cela parce que même si je n'ai jamais eu de marraine, je suis passée par ces deux stades différents).*

*J'allais beaucoup aux ateliers de musique, je jouais du piano. Mathilde m'accompagnait quelquefois. Elle participait, avec d'autres, à la chorale lorsqu'on préparait un spectacle de chant avec Catherine. Joëlle et moi étions aux claviers, certains élèves s'essayaient à la batterie, c'est Jacqueline qui en jouait le plus souvent. Mathilde a commencé à apprendre le piano avec Jean-Paul. À la journée "Porte-Ouverte", j'étais émue de l'entendre jouer (très bien) la "Lettre à Élise".*

*À la fin de ma seconde année, je terminais ma troisième et il était prévu que je partirais de l'école. Avec mes parents, j'avais choisi mon lycée et je devais rentrer en seconde, l'année suivante.*

*J'étais d'accord avec eux, mais en même temps, je n'étais pas d'accord avec moi. Au fond, je voulais rester à Tachy parce que je sentais que je n'avais pas fini d'apprendre.*

*Je me suis retrouvée au mois de juillet, en vacances, inscrite au* lycée de Saint-Maur. Et c'est là que j'ai compris ce que je voulais et ce que je ne voulais pas. Il fallait, de plus, que je me fasse entendre de ma famille. J'avais l'impression de m'être tue trop longtemps et d'avoir attendu trop longtemps et maintenant j'étais partie.

Je téléphonai à Fabienne pour lui demander conseil et s'il n'était pas trop tard pour l'année prochaine. Elle me répondit que non mais insista pour que je fasse cette démarche seule.

J'ai dû batailler et déployer beaucoup d'efforts et d'arguments pour persuader mon père et lui faire accepter que je retourne encore un an à la Neuville. C'était important pour moi de pouvoir donner mon point de vue et d'être écoutée. Je suis arrivée à la rentrée dans d'autres conditions. J'avais envie de profiter au maximum de mon année puisque c'est moi qui avais choisi ce que j'avais envie de faire, comment j'allais dépenser mon énergie cette année-là.

# Épilogue

## Une école encore
## en train de se faire

# Une année scolaire à la Neuville (1988-1989)

▶ L'été

Nous préparons notre seizième rentrée. L'équipe d'adultes s'est enrichie de deux nouvelles recrues : Gladys Cabalo et Maryse, une amie de longue date qui avait envie de travailler avec nous. L'effectif d'enfants, bien rodé, laisse espérer une année « facile » : il y a des anciens « très costauds » et le recrutement d'enfants semble bon.

## Mort de Françoise Dolto

Le 25 août, nous apprenons par la radio la mort de Françoise Dolto. Quelques semaines auparavant, nous l'avions quittée, à la fois certains de ne plus la revoir et rassurés de sentir que les choses pouvaient continuer, sans trop savoir comment... Par on ne sait quel miracle, ce qu'elle nous avait transmis lors de notre dernière rencontre nous guérissait par avance de la souffrance que devait nous occasionner sa mort.

C'est pour cela sans doute que la nouvelle ne nous fait pas vraiment l'effet que nous pouvions redouter. Il y a pourtant une période de deuil : elle fait suite à la perte de la présence physique de Françoise Dolto. À la rentrée des classes, nous sentons, encore plus que d'habitude, que la Neuville est dépositaire de ce qu'ont apporté tous ceux qui y ont collaboré. Ce qui a été vécu, entrepris, trouvé

ici, fait que le lieu lui-même représente un fabuleux
héritage. Nous le savons.

Soudain, la mort questionne quelque chose d'essentiel : le caractère provisoire de cette école, son « éternelle
jeunesse ». Pour une fois, l'événement qui nous saisit n'est
pas discutable. La fable touche-t-elle à sa fin ? La Neuville
peut-elle disparaître à son tour ?

Par une étrange coïncidence, cette rentrée nous met
aux prises avec les plus graves difficultés administratives
et économiques que l'école ait jamais connues.

## Des ennuis d'argent, comme à la Neuville

Les états de frais des séjours d'enfants placés par
l'Aide sociale nous sont réglés environ trois mois après la
date d'envoi des factures. Il nous faut donc « avancer » des
sommes de plusieurs centaines de milliers de francs.
Impossible pour le budget d'une association ne bénéfi-
ciant d'aucune aide ni subvention ! Pour fonctionner nous
avons donc recours, comme beaucoup d'entreprises et
d'écoles, à une ouverture de crédit à la banque en
fonction de nos besoins. Reste à payer les agios.

Un incident fortuit, dû à l'informatisation des services
payeurs, retarde nos encaissements de toute la durée des
mois de juillet et août et entraîne un dépassement
momentané des montants prévus. Ce découvert révèle
que notre survie dépend de la bonne volonté de notre
banque. En digne représentante de notre société, elle
utilise à notre égard l'un des raisonnements que nous
connaissons bien, celui que le système scolaire réserve
encore trop souvent aux enfants : pourquoi chercher des
solutions adaptées à chacun ? Ceux qui ne peuvent pas
suivre la règle commune doivent disparaître.

Soudain, c'est comme si nous n'offrions plus aucune
garantie de solvabilité. Notre banque, malgré la loi Dailly
qui est censée lui faire obligation de tenir compte des

dettes de l'État, se désintéresse totalement de notre situation et ne propose rien. Comment allons-nous éviter le dépôt de bilan ? Cela ne la préoccupe pas le moins du monde. On nous applique le délai minimum légal de six semaines au-delà duquel la banque n'honorera plus nos dépenses.

Nous prenons toutes les mesures d'urgence pour survivre : modestes emprunts personnels à des proches, coupes dans le budget, lettres aux fournisseurs pour les informer des retards dans les paiements sans que soient retardées les livraisons prévues. Il suffit de si peu de choses pour que nous « passions par la fenêtre » ! Malgré toutes ces mesures, notre survie dépend d'impondérables : les caprices d'un ordinateur, la santé d'un fonctionnaire payeur. Nous nous retrouvons dans une situation semblable à celles que nous avions connues à nos débuts, à la différence qu'à présent, cette situation n'est ni supportable ni gérable. Cela nous révolte après tout le chemin accompli. La rentrée est pour le début de la semaine suivante. L'exercice de notre métier relativise, malgré tout, les choses : l'essentiel est bien là. Nous sommes arrivés jusqu'ici, nous allons sûrement trouver les moyens d'aller plus loin encore.

## ▶ L'automne

### « Nous, les bavards des réunions hebdomadaires »

Avec le départ de plusieurs anciens élèves, Jacqueline est, en cette rentrée, la plus haute ceinture de l'école. Chez les garçons, Stanislas, fortement influencé par Florent qui vient de partir, occupe très vite une place prépondérante dans les réunions de chambres des garçons et les temps sans adultes. Il obtient la ceinture bleue en quelques semaines. Stanislas et Jacqueline sont tous les deux en quatrième. Ils entament leur cinquième année à la Neuville. Ce sont des élèves de bon niveau qui ne posent pas de problèmes. Particularité commune : ils sont d'assez petite taille et peu impressionnants physiquement. Les adultes n'intervenant pratiquement jamais pour faire la discipline, Stanislas et Jacqueline vont devoir régler eux-mêmes les inévitables incidents que provoque la coexistence d'une trentaine d'enfants, dont près de la moitié sont plus grands qu'eux, et quelques-uns plus âgés. Cela ne semble pas poser de problèmes insolubles : leur autorité, reconnue par la réunion et le groupe, n'est pas contestée et leur abattage justifie constamment les responsabilités qu'on leur a confiées. Dans la salle à manger, Jacqueline crie très fort. « Un peu trop », disent les enfants. Stanislas est plus calme, il argumente ses décisions et reprend les incidents en réunion quand il a du mal à faire respecter sa fonction. Jacqueline se montre habile pour mettre une bonne ambiance, grâce à ses très bonnes relations avec tout le monde. Les chambres des filles, le soir, portent son empreinte : pleines d'animation, de jeux et en même temps sécurisantes. Calmes sauf les jours où les filles préparent un spectacle ou organisent une fête.

Dans l'autre bâtiment, pendant ce temps-là, Stanislas a fort à faire pour que l'on respecte les règlements : invitations, extinction des lumières, etc. Il ne s'en tire pas trop mal. En réunion, il est un bon président, clairvoyant et capable d'expliquer subtilement les règles. Jacqueline n'aime pas trop présider, mais ses interventions durant les débats sont nettes, justes et nombreuses.

Ils ont alors treize ans chacun.

Stanislas et Jacqueline font souvent découvrir l'école à des visiteurs. Stanislas décrit une visite un peu particulière :

● « *Nous, les bavards des réunions hebdomadaires, allions faire visiter un producteur de France Culture pour une émission de radio sur la Neuville. Parler, c'est facile, mais le faire sans dire de bêtises, c'est plus difficile et je me disais que je devrais faire attention à ce que je dirais. Je suis à la fois un peu timide et très excité à l'idée de parler à ce journaliste. Il est sympathique. Michel fait les présentations.*

*— Voilà, c'est Stanislas et Jacqueline qui vont vous faire visiter.*

*Michel nous laisse. Le journaliste branche son magnétophone, il avait décidé d'enregistrer la visite. On ne sait plus trop quoi dire. Je suis coincé. Jacqueline ne dit rien. Je lui décris l'école. Il posait beaucoup de questions, quelques-unes étaient très embarrassantes. Nous y répondions avec les mots qui nous venaient à l'esprit en essayant d'être le plus clair possible.*

*— Pourquoi c'est vous qu'on a choisis, vous êtes des singes savants ?*

*C'est bizarre comme il cherchait à nous piéger pour qu'on lui dévoile les mauvais côtés des choses. L'école a ses qualités et ses défauts, je n'ai pas peur de le lui dire.*

*Il aborde un sujet sur l'argent, il demande combien coûte l'école et il veut nous faire dire que c'est une école pour les riches, il est mal tombé. Il veut aussi nous faire dire que mettre un mot dans le carnet est une sorte de cafardage envers ses camarades alors que c'est nous qui faisons les lois. Enfin il pose des questions naïves auxquelles on est obligé de réfléchir longtemps avant de répondre. Ce journaliste s'intéressait à l'école mais il était très méfiant, il avait du mal à croire que tous les principes et règlements de l'école existaient vraiment.* »

## L'hommage de la Neuville à sa marraine

Les enfants, les amis de l'école parlaient de la mort de Françoise Dolto comme de celle d'un proche parent. On nous présentait même des manières de condoléances qui nous touchaient car nous étions, effectivement, en deuil. Nous souhaitions associer le nom de Françoise Dolto à celui de l'école et nous en avions obtenu l'autorisation de sa fille Catherine. Cet événement devait se dérouler le 15 novembre à l'occasion du quinzième anniversaire de l'école.

Le jour venu, beaucoup d'anciens sont là. Fabienne et Michel commencent par raconter l'influence de la psychanalyste sur l'école et sur eux-mêmes. On projette des images de Françoise Dolto parlant de la Neuville. Didier évoque de façon très émouvante son souvenir et le travail effectué avec elle et l'école. C'est la fin de la matinée. À ce moment-là, le petit Johanne dérange toute la salle, comme cela lui arrive souvent à cette époque. Il part bouder tandis que tout le monde sort dans le jardin.

On avait fait graver une plaque que l'on devait apposer sur la façade du Château. Jean, un grand garçon noir de seize ans, le plus vieux, et Leïla, fillette blonde de cinq ans, la dévoilent. On écoute ensuite « l'Ave Verum » de Mozart.

Pendant l'audition, Johanne passe la tête par la porte principale devant laquelle se déroule « la cérémonie ». Cette musique venue d'il ne sait où l'a soudain ramené vers le groupe. Il est en larmes. Michel va le chercher et ils reviennent ensemble parmi les autres. Johanne se calme petit à petit, en écoutant la musique. Tous les témoins sont sensibles à cet incident : à ce moment précis, il prend l'allure d'un hommage involontaire, banal et quotidien, à celle qui nous a aidés à voir et à entendre. La musique s'achève, le groupe se disperse dans le jardin. Il fait très beau et doux pour novembre. Michel et Johanne s'assoient ; au-dessus de leur tête, une plaque indique qu'à présent, l'école de la Neuville s'appellera aussi : « Groupe de recherches pédagogiques Françoise-Dolto », en hommage à sa marraine.

À la fin de la journée, les anciens prennent congé. L'une d'entre eux, Élise, laisse sur le bureau de Fabienne, avant de partir, un petit texte qu'elle a griffonné dans le train, en venant. Il traduit quelque chose du sentiment des Neuvillois ce jour-là. Mais sans doute ces impressions ne sont-elles pas de celles qu'on dit à haute voix :

● *« Il était une fois, il y a quinze ans en Normandie, Fabienne, Michel et Pascal. Une école est née.*

*Beaucoup d'enfants y sont venus. En rencontrant les autres, j'ai rencontré moi-même.*

*Le temps a passé mais chaque année est un recommencement car l'école ne vieillit pas. Elle bouge et évolue avec les enfants qui viennent et qui partent un jour.*

*Ce quinzième anniversaire nous donne l'occasion de nous souvenir, de se dire qu'on aime cette école parce qu'elle est active et vivante. Et surtout de penser à une personne qui a continuellement soutenu l'école et qui nous manque à tous : Mme Dolto. »*

## Une visite d'inspection

Quelques jours plus tard, un matin, vers dix heures, nouvelle visite inopinée d'inspecteurs. Ce jour-là, Fabienne est absente pour raisons professionnelles. C'est Michel qui assure la visite. Il est mal à l'aise comme quelqu'un faisant un travail qui n'est pas le sien. En outre, le principe de cette inspection lui paraît inadapté. L'établissement est visité de fond en comble — la promenade d'ailleurs ne se passe pas très bien : ce n'est pas un « bon jour » et il y a un certain désordre — mais on ne lui demande pas à voir les classes. Aucun point de pédagogie n'est discuté. Dommage que ces inspecteurs ne se montrent pas plus curieux : pour une fois qu'ils ont l'occasion de s'intéresser à une école où enfants et adultes sont contents de travailler !

Survient un incident cocasse. Valérie (dix ans) est restée au lit ce matin-là parce qu'elle s'est déclarée malade. Les deux inspecteurs l'interrogent sur son état de santé. Michel explique simplement, devant elle, le principe pédagogique du « droit à la maladie ». Les inspecteurs ne semblent pas le croire. Valérie s'en rend compte. Comme ils continuent de la questionner, elle se croit obligée de justifier son statut de malade de façon plus convaincante :

— J'ai été frappée hier par un camarade, un grand. C'est pour ça que je suis restée au lit.

Les inspecteurs « marchent » comme un seul homme.

— Où as-tu été frappée ?

— Au dos...

Michel essaie de les dissuader de poursuivre leur investigation. Ils passent outre, demandent à Valérie de se retourner et de retirer son pyjama. Elle obéit.

— Mais tu n'as rien... dit l'un des inspecteurs...

— Ben, non, murmure Valérie.

Que se serait-il passé si un camarade l'avait effective-ment frappée la veille ?

Sacha, qui est responsable du poste « couloirs et toilettes des garçons » est inquiet : il n'a pas très bien fait son poste, ce matin-là.

Il demande à sortir de la classe et monte dans les chambres. Trop tard, les inspecteurs sont déjà dans le couloir. Pris d'une inspiration subite, il entre dans les W.-C. et ferme la porte sur lui : ainsi les inspecteurs ne visiteront pas « ses » toilettes ! La solidarité de l'enfant vis-à-vis de son école s'exprime comme elle peut.

La visite s'achève sur une longue séance de critiques

de la part des inspecteurs. Sans être des détails, les points qu'ils soulignent nous paraissent bien mineurs pour servir à l'évaluation d'un établissement scolaire recevant des enfants en internat.

## Réactions à une évaluation administrative

Dès son retour, Fabienne intervient pour expliquer notre point de vue : « Nous acceptons tout à fait de rendre compte de notre travail, de nos méthodes, de nos locaux, et nous trouvons normal d'être évalués. Reste à déterminer selon quels critères. L'Administration confie des enfants à la Neuville parce que ses méthodes donnent des résultats que l'on n'obtient pas ailleurs. Ce travail ne peut, et ne doit donc pas être jugé suivant les normes ordinaires, l'entretien des locaux, notamment. Si l'on admet que le principe de base pour la socialisation des enfants est de les rendre responsables de leur école, il est absurde de demander qu'un personnel d'entretien fasse le travail à leur place ou repasse derrière leur dos ! »

En échange de différents engagements, Fabienne obtient que l'on nous laisse gérer notre pédagogie à notre convenance.

Quelques jours plus tard, nous recevons tout de même un rapport extrêmement sérieux nous menaçant de fermeture si des mesures ne sont pas prises sans délai. Ce document est la seule évaluation de notre travail que l'Administration nous ait adressée à ce jour.

À titre de réponse, on envoie aux inspecteurs un dossier de commentaires pédagogiques concernant la Neuville. Jacques Pain, « chargé de mission » à ses heures, y commente ainsi les suites de cette visite :

> ● *« Il est normal que vous soyez contrôlés, il est normal que vous soyez interpellés. Et il est assez facile de vous soutenir, puisque vous réussissez là où les autres échouent ou*

> *déplacent la question. Il est plus difficile de saisir que la*
> *pédagogie que vous pratiquez est une œuvre collective, où les*
> *problèmes et les erreurs sont traités de l'intérieur, et souvent*
> *à la conscience du groupe. »*

Nous avions repeint les chambres des garçons avec leur concours ; celles des filles sont remeublées et réaménagées complètement. On décide en réunion d'augmenter le temps de rangement, d'entretien, dans les chambres surtout. Le rangement des chambres devient une activité prioritaire, avec la participation de tous les adultes. Deux temps sont prévus chaque jour ; un le matin, avant les cours et l'autre, le soir, avant dîner. Cela modifie de façon importante l'ambiance, les règles, les usages. Les réunions de chambre deviennent des lieux de parole essentiels.

Les inspecteurs auraient été contents du travail pédagogique accompli dans ce domaine. Nous trouvons, pour notre part, que les enfants ont admirablement réagi. Ils auraient pu, à l'image des enfants des écoles traditionnelles, se désolidariser des adultes et de l'établissement, et refuser les contraintes imposées par l'Administration.

Quelques semaines plus tard, il ne sera plus aussi utile de faire porter l'effort sur les locaux ; nous sommes tous conscients des exigences requises. D'une certaine façon, l'école y a gagné quelque chose. Mais elle ne le doit qu'à elle-même.

Courant décembre, une table ronde est organisée à Tachy, à l'instigation du conseiller général. À l'ordre du jour, les différents problèmes bancaires, administratifs et autres. Tous nos partenaires sociaux y sont conviés. Ce type de réunion a, certes, le mérite de poser les questions mais apporte parfois plus de contraintes que de solutions. Ce n'est pas tout à fait le cas de celle-ci. Le conseiller général affirme clairement l'originalité de notre travail de

recherche et le reconnaît comme étant d'intérêt public.
On nous demande cependant de réaliser, immédiatement
et dans les mois suivants, divers travaux d'aménagements.
Aucune aide ne nous est proposée, ni aucune solution
bancaire à nos problèmes de trésorerie.

▶ L'hiver

### D'autres Neuville ?

Michel et Étienne ont présenté un dossier à une autre
banque. À l'étude depuis la Toussaint, il semble en bonne
voie. D'autre part, les démarches pour la cession des
droits sur les films ont abouti à une vente au ministère de
la Culture, mais le versement de la somme (près de
100 000 francs) demandera quelques mois. Maintien du
plan d'austérité.

Comme chaque année, particulièrement à partir de
janvier, Fabienne reçoit des dizaines d'appels de parents
en plein désarroi : leur enfant ne supporte plus l'école ! Il
y a deux cas de figure : soit l'enfant réussit mais se sent
malheureux ; soit il ne parvient pas à suivre le cursus
scolaire et donne l'impression d'être démoli. Dans les
deux situations, les parents, angoissés, se sentent impuis-
sants.

De ces appels, nous ne pouvons que témoigner. Les
dizaines que nous recevions hier sont aujourd'hui des
centaines. Et en même temps, on nous demande pourquoi
nous ne créons pas d'autres Neuville. Il faudrait d'abord
que celle qui existe parvienne à survivre...

## «Mais avant de mourir, ils avaient construit un château»

Gladys a repris la plus petite classe primaire. Elle s'est attachée à redéfinir les ceintures scolaires, en coordination avec la classe de grande section primaire de Jean-Paul. Le document complet, achevé en février, représente plusieurs centaines de pages. Il étayera une réflexion générale sur les modes d'acquisitions dans l'école menée par l'ensemble de l'équipe. À la suite de cela, on modifiera la forme et la durée des réunions d'adultes : faute de place dans la grille hebdomadaire, certaines d'entre elles se tiendront durant les congés scolaires.

À partir de l'hiver, Gladys propose de partager avec Maryse le département cuisine. Cette responsabilité inclut l'économat, la gestion et une bonne partie des ateliers de cuisine.

Qu'est-ce qui fait travailler les adultes comme ça ?

Johanne était élève de la classe de Gladys. Dans l'école depuis plus de deux ans, il nous quitte au beau milieu d'une semaine. À huit ans, il vient d'être adopté et il déménage.

On l'avait vu beaucoup souffrir. On ne peut que se réjouir, même si l'on pense qu'il lui reste beaucoup à faire ici. Il est heureux et content de nous dire au revoir. Reste, sur le mur de la classe, une phrase d'un texte élu, accompagné d'un petit dessin portant sa signature :

«Mais avant de mourir, ils avaient construit un château. »

## ▶ Le printemps

**Allons nous ressourcer !**

En décembre, Fabienne avait esquissé pendant son cours de danse un ou deux ballets dans le style des comédies musicales. Depuis tout le monde disait :

— Ce serait chouette d'en faire une !

Mais aucune date n'a été décidée. Ce projet ne paraît pas devoir être une petite chose que l'on peut « caser » aisément vu le nombre de personnes, adultes et enfants, que cela concerne.

Dix semaines plus tard, c'est la classe de mer. Avons-nous assez de temps et est-ce très raisonnable ? De l'avis des adultes, le risque n'est pas bien grand d'essayer.

On annonce le projet à la répartition. Pas besoin d'avoir recours au vote : avec un programme aussi dynamique, tout le monde est pour. L'argument de la pièce est tiré du « folklore » neuvillois et on en reconnaît aisément le point de départ. Un matin, Valérie se déclare malade, elle ne peut, ou ne veut, aller en classe. On va chercher le docteur. Il ne trouve rien. Les enfants proposent au praticien un remède : de l'eau de la source de Murtoli. Une équipe part en chercher en ateliers et après diverses péripéties, en rapporte. Valérie boit l'eau et elle est guérie. « Elle avale et rit », dira la chanson.

Au fil des jours tous les participants enrichiront ce thème de mille trouvailles, souvenirs, jeux de scènes qui figureront aussi bien dans les textes des chansons, sans cesse remaniés, que dans la mise en scène du spectacle. Chaque matin, le script est remis à jour sur ordinateur et distribué dans tous les ateliers.

Beaucoup veulent que l'on abandonne la scène traditionnelle de la salle de réunion et qu'on joue dehors. Le peu de temps dont nous disposons nous fait hésiter. D'un autre côté, c'est l'occasion ou jamais. Chaque jour apporte une idée... ou une complication nouvelle.

— Mais qui va regarder le spectacle si tout le monde joue?

— Et si on invitait les anciens... ?

Cette proposition est adoptée, mais il faut tout de même de vrais spectateurs, en plus.

— Et si on jouait de nuit ? Pour mettre des éclairages, propose Étienne.

— Pour jouer la nuit, il faudrait répéter la nuit. Il ne reste que quinze jours et la plupart des ateliers ne sont même pas au point. Ne parlons pas de la coordination ! proteste pour la forme Michel, que la proposition séduit.

Le projet en cours de réalisation prend de l'ampleur jour après jour. Et les enfants ne se contentent pas de suivre, ils nous relancent, prennent des initiatives et apportent tout leur enthousiasme. Pendant la dernière demi-heure des ateliers, on se retrouve chaque jour dans la salle de musique puisque Jean-Paul ne peut déplacer tous ses instruments ! Là, dans une salle bondée, devant une assistance ravie et dans un calme impressionnant bien que tout relatif, danseurs, chanteurs et comédiens essaient de jouer ensemble.

Le numéro de Nicolas et Yacine est très drôle, même si Nicolas ne redit jamais deux fois le même texte. Au piano, Ezechiel est vraiment à l'aise dans son quatre mains avec Jean-Paul.

Les chanteurs sont les plus au point et les choristes très drôles, surtout Merad qui sort de sa timidité naturelle. Les danseurs (en fait, surtout des danseuses) ont beaucoup de mal car tous leurs points de repère disparaissent dans cette pièce quatre fois plus petite que la salle de réunion où ils répètent le reste du temps.

Plus qu'une semaine et l'on n'est toujours pas allés sur la vraie scène qu'on construit sous le préau.

On a introduit un numéro de flûte sur le chorus de « A Murtoli » qu'Ezechiel répète tout le temps. On ne savait

pas que Cédric était capable de danser. Son numéro avec
Sandra et Sonia, qui, elles, ont déjà fait leurs preuves,
étonne. On découvre qu'Hanane a une très jolie voix et
l'air de son duo avec Jacqueline est chanté à longueur de
journée par tout le monde :

Docteur — Bonjour ma petite fille
    On dirait que ça ne va pas
    Comptez donc jusqu'à trente-trois
    C'est peut-être une peccadille
Malade — Appelez-moi Valérie
Chœur — Mais ne lui faites surtout pas
    Compter jusqu'à trente-trois
    Car elle ne l'a pas appris...

La dernière semaine, nous devons mettre les bouchées
doubles. Étienne a rapporté de vrais éclairages de théâtre
qu'on lui a prêtés. La lassitude commence à se faire sentir,
d'autant que l'effort demandé ne se cantonne plus aux
ateliers de l'après-midi et aux temps libres. Commencent
les répétitions générales qui durent jusqu'au soir.

Tout semble très approximatif. Qui baissera les
rideaux à la fin de l'acte II ? Qui allumera les fusées que
Nico lance, assis sur le toit du théâtre ? Il n'y arrive pas
tout seul. La veille du spectacle a lieu l'unique répétition
en continuité et dans les décors, mais sans les costumes,
que Gladys n'a pas encore terminés.

Jeudi, les invités arrivent tout au long de la journée.
Le soir, on allume les rampes. On frappe les trois coups et
le rideau se lève à l'heure.

Les coulisses sont comme une ruche. On a oublié un
détail : les filles ne veulent pas que les garçons y entrent.
La musique occupe tout l'espace. Jacqueline entonne le
premier numéro. On retient son souffle.

Une heure plus tard, les spectateurs debout applaudissent la farandole finale.

C'est un succès. Les enfants sont surpris, ravis et fiers.
Ils ont passé, avec l'aide des adultes, des semaines en

initiatives, échanges, répétitions pour raconter, mettre en
scène, jouer une histoire de leur école. Pourtant, cela n'a
pas été un spectacle d'école au sens restrictif du terme,
mais un spectacle créé et interprété par une troupe
d'enfants. Avec le soin, le sérieux, et le matériel de
professionnels. Mais avec des objectifs autres : la représen-
tation n'en est pas l'unique fin, aux deux sens du terme.

Jeudi soir, tard, il plane une atmosphère de fête et de
sérénité dans l'école, comme rarement.

## Bonnes nouvelles

Nous étions plus qu'inquiets : le départ pour la classe
de mer devait avoir lieu la semaine suivante et notre
situation financière n'avait pas évolué depuis la rentrée de
septembre. Heureuse surprise, nous recevons dans la
semaine le virement attendu du Centre national du
cinéma pour la vente des droits des films sur l'école ainsi
que la confirmation de l'emprunt contracté auprès de la
nouvelle banque. L'argent sera crédité sur notre compte
pendant le séjour en Corse. On va pouvoir partir
tranquilles.

## La fragilité des pratiques pédagogiques

C'est notre dixième classe de mer en Corse. Nous
avons acheté aux Domaines un Zodiac, petite embarca-
tion à moteur. Les adultes s'étaient lassés de porter des
charges considérables, surtout pour l'installation du camp
et le transport du matériel qui s'effectue avant l'arrivée
du groupe. Depuis, le Zodiac sert aussi à rapporter les
caisses les plus lourdes, les bonbonnes de gaz et autres
colis accablants chaque fois que nous revenons des
courses. C'est aussi logique que raisonnable. Et cela nous
permet de n'aller plus que deux fois par semaine au lieu
de trois jusqu'à la plage d'Erbaju, au-delà de laquelle ne

peut rouler le minibus. Les temps de baignade et
d'ateliers en sont augmentés d'autant. Mais certains jours
de grand vent, le Zodiac ne peut sortir et le trajet se fait
comme quand on ne l'avait pas. Ce n'est pourtant pas
comme avant, pourquoi ?

Aller chercher la nourriture à dos d'homme était
difficile mais indispensable, c'était clair. À présent qu'un
bateau peut s'en charger, cela transforme cette sortie
collective en une sorte de « corvée ». Jusque-là, si ce
n'était pas un plaisir, c'était tout au moins une activité
populaire et valorisante. De même, on peut imaginer que
s'il y a un jour l'eau courante dans la maison, on perdrait
en n'allant plus à la source une grande partie du charme
de ce séjour. Car ce qui plaît aux enfants à Murtoli, ce
n'est pas seulement le soleil et la mer, ou de se prendre
pour Robinson Crusoé, c'est que le seuil du confort
recule. Rendu austère par les conditions de vie, le travail
quotidien paraît encore plus indispensable, utile,
concret.

C'est cette vie communautaire, aux confins de la
promiscuité supportable, qui donne tant d'intensité aux
instants rares où le labeur débouche sur un plaisir
partagé : le méchoui sur la plage, les danses, de vrais
instants de fête. Si les enfants assument cet effort
quotidien, c'est contraints et forcés par la nécessité, car ils
souhaitent être là. De ce « marché de dupes », ils sortent,
en définitive, gagnants.

Michel en profite pour rappeler l'une de ses boutades,
lancée un jour où tout le monde se plaignait des difficultés
du séjour en Corse : « Le jour où l'on n'ira plus à Murtoli,
les années de l'école seront comptées. » De là à penser que
la fin de l'école surviendra par la faute du Zodiac, il n'y
a qu'un pas !

L'essentiel est de garder à cette classe de mer son
identité : l'aventure poétique, l'expédition imaginaire.
Aller à Murtoli ne pourra jamais devenir une obligation

par le seul fait que ce séjour est issu de notre tradition. Le désir ne se renouvelle pas sur commande. Si la répétition est la principale ennemie des pratiques pédagogiques et révèle leur fragilité, rien n'empêche le milieu de se remettre en question.

Personne ne songe, pour le moment, à ne plus aller à Murtoli. On verra bien...

### D'autres bonnes nouvelles

Pendant le séjour en Corse, une lettre du ministère de l'Éducation nationale nous annonce que l'école est autorisée à employer des fonctionnaires détachés. Mesure rarement accordée en faveur d'une école hors contrat. Jean-Paul, jusque-là en disponibilité pour formation, va pouvoir intégrer complètement l'équipe. L'année s'achève bien mieux qu'elle n'a débuté. Nous nous gardons cependant de nous faire trop d'illusions : l'année à venir apportera sûrement son lot de difficultés. Mais c'est une autre histoire...

## ▶ La dernière semaine de l'année devient celle des anciens

Les « Journées d'enfants » remportent à présent un tel succès que nous voulons essayer d'aller plus loin. Nous avons également envie de faire quelque chose avec les anciens qui reviennent souvent nous voir. Pourquoi ne pas organiser une fête d'école qui se déroulerait en fin d'année ? Où toutes les parties concernées se retrouveraient avec un objectif concret : faire l'école ensemble ? Une semaine de la pédagogie neuvilloise en somme où les adultes, les enfants et les anciens élèves se retrouveraient sur le terrain. On commence à en discuter.

François (dix-neuf ans) évoque l'intérêt des anciens élèves pour ces projets :

● « *Quand on part de l'école, on revient toujours pour voir, on regarde ce qui a changé. Qui sont les nouveaux ? Y a-t-il eu des travaux ? Est-ce que Nicolas dit toujours autant de blagues ?*

*On vient comme invité, souvent pour faire la fête, participer à un foot mais ce n'est pas comme si on "reprenait du service" et on est un peu déçu de voir que tout marche bien sans nous.*

*Cette année, fin mai, j'avais terminé mes examens à la fac. Julien avait fini un tournage et les adultes nous avaient proposé de participer à la classe de mer. Nous étions enchantés de revenir dans ce lieu magique, nous en rêvions souvent, depuis que nous avions quitté l'école quatre ans auparavant.*

*Notre statut nous permit de jouer un rôle intéressant en ce qui concernait l'ambiance puisque nous faisions un lien entre les enfants et les adultes. Nous en avions aussi profité pour apporter des choses nouvelles ou ranimer des traditions.*

*Comme ça s'était bien passé, pour poursuivre sur la lancée, on avait organisé, avec quelques autres anciens élèves, une semaine entière à Tachy. Mais cette fois sans le concours des adultes.*

*Hélio, mon ancien filleul, n'était pas très enthousiaste pour cette "expérience", beaucoup d'autres étaient de son avis. Ils craignaient que ce ne soit pas très sérieux. Est-ce qu'une intervention sur une aussi longue durée n'allait pas poser des problèmes ? On ne pouvait bénéficier du côté "jeu" comme dans la "Journée d'enfants". Il ne fallait pas qu'on essaie de remplacer les adultes ou de les imiter, mais qu'on se fasse aider par les enfants qui avaient occupé le terrain toute l'année et avaient tous leurs domaines, leurs postes. On se débrouilla avec ce qu'on savait faire et*

*notamment, on avait décidé plutôt que de faire des cours*
*"bidons", de les faire travailler sur ce qu'on avait étudié*
*depuis qu'on avait quitté l'école et de parler de l'histoire de*
*l'école, de regarder des vieux films, etc. Finalement, ça*
*s'est si bien passé que tout le monde a demandé qu'on*
*recommence l'année prochaine.* »

Toujours éprouvante, ne serait-ce qu'à cause du
départ des plus « vieux » du groupe laissant place à la
génération suivante, cette dernière semaine de l'année
prend, avec la présence des anciens, une autre dimension,
rassurante et fraternelle. L'histoire se perpétue. C'est un
peu une transition. Les enfants qui partent quittent
l'école à l'issue d'une semaine où ce n'est déjà plus
vraiment l'école. Il s'agit plutôt d'un lieu ouvert où ils ont
vécu une partie de leur enfance et pourront revenir un
jour s'ils le souhaitent.

## Comment faire l'école sans l'apport des enfants ?

Maïté, Didier, Anne-Sophie, Paul, Romuald, Élise et
beaucoup d'autres nous ont aidé à apprendre notre
métier. Leur histoire personnelle est mêlée à celle de ce
lieu ; l'apport de chacun d'eux a été considérable et n'en
finit pas d'avoir des répercussions sur la vie de l'école.
Présider en réunion après Florent, mettre l'ambiance
dans les chambres comme Jacqueline ou courir dans les
bois avec Yacine sont des façons de faire dont on n'a plus
envie de se passer quand on les a connues. De même, ces
derniers avaient repris et amélioré ce qu'ils avaient vu
faire à François, Natacha ou Thomas.

En tant que groupe, les enfants de la Neuville
représentent encore quelque chose d'autre. Ils s'expri-
ment par la parole instituée qui relève de la pédagogie
que nous, les adultes, avons mise en place. Cependant,
nous ne sommes que les témoins de la façon dont ils

forgent, par leurs propres mots et gestes, d'autres comportements individuels et collectifs. Ils sont une force qui puise dans la mémoire collective pour renouveler le projet commun. Nous les regardons et nous les écoutons et nous sommes surpris de tout ce qu'ils savent, de tout ce qu'ils nous apprennent que nous ne leur avons pas enseigné, mais qu'ils ont acquis de la Neuville.

— Je voudrais un vote pour ma ceinture verte, a écrit Ezechiel.

On a pourtant expliqué en son temps qu'on devait écrire : « pour la ceinture verte ». Les enfants persistent pourtant à écrire « ma ceinture verte ». Ils indiquent par là que ce qui compte pour chacun, c'est d'avoir « sa » ceinture verte, celle qui l'attend, ne peut être attribuée qu'à lui. Qu'il s'agit bien de sa façon à lui de comprendre l'école, de se situer, de grandir.

Le vote est favorable et le président confirme ce que chacun a pu constater : Ezechiel a la ceinture verte. Toute la salle applaudit. Cette réaction spontanée marque la fin d'un moment de tension, de très forte concentration dans le groupe. Après le vote, viennent les commentaires de quelques enfants et adultes et le « suspense » de la sanction. Les participants saluent aussi le résultat positif issu d'un long travail auquel ils ne sont pas étrangers.

Pas plus que dans une école traditionnelle, les enfants ne peuvent se passer des adultes. Mais nous, adultes, nous ne pourrions envisager de faire l'école en nous passant de la participation des enfants. Ce sont ces échanges incessants entre les deux parties qui donnent un sens, une épaisseur à ce qui ne serait, sinon, que des velléités, des intentions.

Les seules limites réelles de l'école sont donc celles de notre imagination et surtout de notre courage d'entreprendre. Quant aux enfants, ils n'ont rien de mieux à faire que de s'investir, ils ne risquent pas de se lasser. Surtout quand ils ont compris que participer à gérer le pouvoir, c'est avoir le droit de choisir l'école qu'ils veulent.

Vendredi 30 juin 1989. C'est le dernier jour de l'année. La semaine des anciens s'achève. Quelqu'un propose qu'un ancien préside : Florent est désigné. Cela fait un an qu'il a quitté l'école. Après la minute de silence, commencent les râlages.

Pour une fois, nous les adultes n'avons rien à dire, puisque nous avons pratiquement été absents toute la semaine. Nous en profitons pour regarder tourner cette belle institution dirigée de main de maître.

Presque tout y est : l'écoute, le calme, l'autorité tempérée d'une note d'humour. La parole circule, claire et forte.

La Neuville est toujours une école en train de se faire...

Michel Amram et Fabienne d'Ortoli,
*La Neuville, avril 1990.*

# Repères

▶ **Réflexions de Fernand Oury
et Jacques Pain
concernant le présent ouvrage**

## INVENTAIRE

La coutume voudrait que, de ce témoignage, vous tiriez des conclusions, vous disiez ce qu'il faut faire et comment. Vous vous êtes épargné ce ridicule... Faire la leçon à d'autres supposerait que vous déteniez un savoir et en particulier que vous ayez répondu à cette question toute simple :

« Qu'est-ce qui agit ? Qu'est-ce qui fait qu'en certains lieux, les enfants (et les adultes) retrouvent le désir d'être là et de grandir ? »

Certes vous répondriez : « C'est le milieu qui éduque. » Ou bien : « C'est l'ensemble des activités et des institutions ; c'est le fait que les enfants participent à l'élaboration permanente des règles qui font la loi. » Vous invoqueriez la médiation, l'organisation coopérative, quelques balises psychanalytiques, bref, la pédagogie institutionnelle.

Serions-nous plus avancés ?

Tout agit à la fois et continuellement, admettons-le. Mais ce n'est pas obligatoirement le même objet qui devient cause du désir pour tous les enfants. Chacun trouve chaussure à son pied. C'est le cross qui fait démarrer Thomas, c'est l'imprimerie qui accroche Manu, c'est à la suite d'une mise au point très nette avec ses parents qu'Hélène a retrouvé le sourire. C'est par la vie de groupe que Mathilde a surmonté ses inhibitions, aidée en cela par sa marraine, Élise ; que Didier a cessé d'être un petit garçon qui faisait des bêtises.

Nous pourrions parler d'un milieu riche d'occasions de jeu et d'activité. Nous pourrions aussi parler de milieu riche d'occasions de transferts, de projections, d'identifications, etc.

Un jour, peut-être, la psychanalyse entrera dans l'école en tant qu'élément d'une théorie. Tout au plus pouvez-vous signaler quelques institutions qui vous ont paru aider des enfants à vivre.

En guise de conclusion donc, un inventaire : objets, activités, organisations, institutions, qui, d'après vous, se sont révélés outils d'éducation. Voilà qui risque d'être long et ennuyeux. Il nous suffira de pointer parmi ces « outils » ceux qui nous paraissent, sous leur forme actuelle, spécifiques de l'école de la Neuville.

### ● *L'accueil et la coupure*

Venir à la Neuville, c'est quitter régulièrement papa-maman (ou ce qui en tient lieu), c'est renoncer à un présent connu et accepter un futur inconnu. En réalité, le système actuel permet de décider librement, en connaissance de cause : l'engagement ne vient qu'après une période d'essai.

Une coupure nette avec le passé devient possible car le nouvel arrivé est entouré ; on lui parle, on l'écoute.

Nul ne l'oblige mais nul ne lui interdit de faire comme les autres et de « venir au monde ».

### ● *« Tiens-toi tranquille ! »*

La Neuville reçoit surtout des enfants d'appartement.

« Tiens-toi tranquille ! » L'enfant entend : « N'aie plus

de pieds, n'aie plus de mains. » (F. Dolto) Et l'on s'étonne des troubles psychomoteurs !

Parfois les travaux ménagers, la liberté de circulation et de mouvement peuvent suffire : les troubles de Frédéric ont disparu.

Et puis à la Neuville, on peut taper dans le ballon tant qu'on veut et ici le vrai foot n'est pas interdit, bien au contraire. Or avec ce vrai foot apparaît une règle du jeu qui n'est ni contestée ni transgressée : on ne fait pas n'importe quoi. Voilà qui peut-être favorise l'acceptation des règles de vie commune, le renoncement à l'impossible, à la toute-puissance imaginaire.

Le football comme castration symbolique et comme support de la loi ? Et pourquoi pas ?

### ● « *Rien ne peut advenir sans désir* » *(Catherine Pochet)*

Des adultes vivants, enthousiastes et disponibles. Dans tout groupement, les tensions sont inévitables. Les conflits mal résolus bloquent la machine, interdisent l'activité commune et le développement affectif et intellectuel des participants. La réaction classique est de faire le mort : chacun s'identifie à sa fonction et se crispe sur son statut. Alors, les enfants vivent dans un monde de personnages : un cuisinier, un prof de gym, une Madame la directrice, etc.

Où vont-ils trouver des hommes et des femmes vivants à qui ils pourront momentanément s'identifier ? Ici, à la Neuville, par nécessité, les rôles sont complexes : tel adulte enseigne le français, entraîne les coureurs, prend des photos et participe aux transports des poubelles. On l'entend à la réunion !

Il lui est difficile de s'enfermer dans un rôle. (Il n'est pas plus facile de s'enfermer dans plusieurs rôles.) Il peut garder figure humaine. Les adultes aussi ont besoin d'oxygène.

Question d'organisation, d'institutions adéquates qui permettent à tous de respirer, mais aussi plaisir de travailler dans un contexte institutionnel où les demandes sont entendues.

Et puis, pourquoi ne pas l'avouer ? Désir de faire ce qu'on a envie de faire...

Nous pourrions continuer ainsi...

Fernand Oury

*Ne leur apprends pas à scier si tu ne sais pas tenir une scie.*
*Ne leur apprends pas à chanter, si chanter t'ennuie.*
*Ne te charge pas de leur apprendre à vivre si tu n'aimes pas la vie.*

Fernand Deligny

## La Neuville,
## un moment dans l'histoire de la pédagogie

La pédagogie a toujours eu un drôle de destin. Dire de quelqu'un qu'il est pédagogue, c'est rendre hommage à une certaine sagacité éducative, et en même temps invoquer l'école. Et, du coup, c'est tout le poids du système scolaire qui nous revient en prime, le terme est donc mal aimé.

Et si la pédagogie, c'était l'école moins le scolaire ? Ou plus exactement, moins la « scolastique », comme l'avait nommée Freinet, cette façon stéréotypée, mécanique, ignorant les élèves, de faire cours, bien loin des parcours et des particularités individuelles, des apprentissages.

En fait, l'école d'aujourd'hui termine, avec peine, sa période coloniale, sans bien se rendre compte qu'elle n'est plus de son siècle : la scolarité prolongée, dans le contexte actuel, en fait un lieu de vie ; la récente Convention internationale des droits de l'enfant, l'émergence culturelle de l'adolescence, y engagent une association et une responsabilité en collectif nouvelles et radicales ; la consommation et la modernité arrachent le savoir à l'abstraction, et le basculent dans la technologie.

Enseigner, en fait, c'est un processus à plusieurs, un processus permanent d'instruction accompagnée. C'est ça, la pédagogie : instruire, oui, mais aujourd'hui, et au plus près.

L'école du XXᵉ siècle restera comme celle qui refusa l'éducation nouvelle, ou moderne, dans ce qu'elle avait de meilleur : l'idée d'apprendre en commun, de partager le savoir.

La pédagogie, c'est cet accompagnement, cette suite personnalisée, communautaire, ou collective, qui

condense certains grands moments de l'histoire éducative.

La deuxième moitié du XIXᵉ et le début du XXᵉ
siècle fourmillent de tentatives et de mouvements
pédagogiques. Tant la pédagogie est une affaire de
politique quotidienne, de société, qu'elle redevient
toujours, dans les périodes troubles, de guerre, l'alternative : le désir d'un autre homme, enfin d'un autre
enfant, parle, souvent dans l'urgence.

C'est déjà Johann Heinrich Pestalozzi et son internat d'Éducation mutuelle, où le corps et le milieu, le
groupe, apparaissent comme essentiels à l'apprentissage,
au tout début du XIXᵉ siècle.

Ce sont les écoles « expérimentales » qui essaiment
en Europe au cours du XIXᵉ siècle, et vont produire
l'éducation nouvelle. Sous des formes d'ailleurs aussi
différentes que les écoles nouvelles anglaises, centrées
progressivement sur le développement des élites, comme
Abbotsholme (1889, Cecil Reddie), ou les communautés
françaises libertaires de Cempuis (1880, Paul Robin) ou
de Rambouillet (1904, Sébastien Faure : la Ruche).
Rien de commun semble-t-il entre l'école de Tolstoï à
Iasnaïa Poliana (1848), Alexander S. Neill à Summerhill (1923) et le Makarenko des années 1920. Et
pourtant !

Toutes ces expériences tissent un savoir commun de
l'école, un fantasme humanitaire propre à la naissance
du XXᵉ siècle occidental. Freinet le saisit bien intuitive-
ment, il reprendra des USA, de l'Europe, de l'URSS,
ce qui fera son mouvement : la pédagogie passe par le
groupe et la relation « maîtrisés », c'est ce qui autorise
les technicités enseignantes. Lui décidera de changer
l'école publique, ambition sans précédent. Tous ces
pédagogues se retrouvent en partie sur la même ligne
d'intention, sur la même dérive romantique : faire des
enfants, en nombre, différents des adultes, différenciés et

sans attendre, ici et maintenant; travailler autrement, avec une morale communautaire, les exigences d'un collectif de vie; infléchir ou corriger les références socioculturelles, pour recréer un environnement favorable à une éducation qui prenne. C'est ça aussi, la pédagogie: impatience et utopie. Évidemment, l'inconscient est en jeu!

Ainsi, des écoles viennent, avec les mêmes caractéristiques inconscientes, se fixer dans l'histoire de la pédagogie, et y prendre une place désormais marquante, à part entière. En général elles sont uniques, je parierais même qu'elles le resteront. Mais ce que certains pourraient invoquer contre ces écoles « intégrales » se retourne en enseignements pour l'autre école, la nôtre, celle qui ne veut rien savoir de la relation, de la parole, du monde actuel.

En effet, la vraie modernité en matière d'école, celle de la Neuville notamment, c'est d'y enraciner en quelque sorte « en plus » les sciences humaines. Par là, nous avons appris à tenir compte, au cœur même de l'apprentissage, de la relation, du désir de savoir, du groupe, autant que de l'intelligence. Par là, nous avons compris que les grandes avancées intellectuelles s'opéraient dans la complexité humaine totalement assumée, et non à l'écart du temps et des choses désormais. Par là, nous pressentons que l'enseignement ne suffit plus, pour apprendre. Il faut s'y mettre à plusieurs, encore une fois, et pas n'importe comment. La sociologie, la psychologie sociale, la psychanalyse ont permis de mieux tenir la route, avec une plus grande rigueur, et, surtout, une parole pleine, consciente d'elle-même.

Presque instinctivement, mais avec force, ce groupe s'est fait ses références, son dispositif, où la pédagogie laisse surgir et s'installer l'analyse, où l'enfant et l'adulte sont ensemble, sans jamais se confondre. Ça c'est « l'institutionnel », ce moteur même de la vie,

abordé avec science, car l'institution réclame autant
d'attention que l'enseignant et l'enseignement. Une
école, ça se soigne.

La Neuville prend donc sa place. Et ce n'est pas
n'importe laquelle. Alors que les écoles parallèles,
toujours pensées dans le refus viscéral de l'école
traditionnelle, ont tant de mal à survivre parce qu'elles
ont perdu l'institution de vue, la Neuville poursuit son
travail avec cette obstination et cette modestie qui
caractérisent les vrais novateurs, ceux dont on parle
encore quand les institutions « copie conforme » se sont
tues. Elle réussit l'alliance du mythe et de l'efficacité :
voilà une école où l'on apprend, en apprenant à vivre,
chacun avec l'autre. Où éduquer tient des sciences
appliquées.

Je tiens à l'institution scolaire et à l'école publique.
Et je crois que la Neuville la conforte sur quelques
grandes idées pédagogiques et la questionne sur quelques autres.

En effet, la Neuville démontre avec force à l'école
publique au moins trois choses : la nécessité d'un projet
d'établissement, d'une équipe relativement intégrée, de
références et d'outils pointus et partagés pour la gestion
des apprentissages.

Elle l'interroge sur la quasi-impuissance qui est la
sienne à prendre en charge les cas difficiles, et à
admettre au nœud même de l'apprentissage un travail
éducatif, proprement scolaire, de haut niveau.

Elle lui souffle, enfin, que l'imaginaire et le rêve
restent les grands agitateurs de la réalité et qu'une école
sans désir est une école morte.

Pestalozzi, à Yverdon, Freinet, au Pioulier, Neill, à
Summerhill, Makarenko, à Gorki et Djerzinski. La
Neuville doit beaucoup aux uns et aux autres, à Freinet
en particulier, ce ténor de l'école publique moderne ; à
Françoise Dolto ; à Fernand Oury et à la pédagogie

institutionnelle. Elle leur doit de pouvoir désormais parler à travers l'histoire.

Nous devons à la Neuville de nous rappeler qu'une grande pédagogie reste possible.

Jacques Pain
Maître de conférences en sciences de l'éducation,
directeur du Service universitaire
de formation des maîtres de Paris-X Nanterre.

# Annexes

## L'essai de Romuald (treize ans)

Mon année de cinquième vient de finir. J'en ai marre! Je n'irai plus dans ce lycée l'année prochaine. Si j'y retourne je ferai l'école buissonnière, c'est ce que je me dis mais je ne sais pas si je le ferai. Alors, je le dis à ma mère : « Maman, je n'en peux plus. Je ne veux plus y retourner, d'abord c'est une ancienne caserne ! »

À partir de ce moment, ma mère cherche une autre école, mais pas un lycée, une école pédagogique.

On nous donne une adresse : l'école de la Neuville. On prend rendez-vous. C'est un lundi. Tous les élèves sont en classe. On monte dans le bureau et au bout d'un moment, la directrice me pose des questions : « Pourquoi n'aimes-tu pas le lycée? etc. » Je réponds très vaguement et difficilement car je suis très timide. À la fin de la discussion, elle m'a demandé si je voulais visiter l'école et j'ai répondu que non. Nous avons décidé que je viendrai le lundi suivant faire un essai.

Le dimanche soir, on prépare mes affaires. Tout le monde est inquiet, surtout moi. Le lendemain matin, à six heures, je me réveille. Je suis encore plus inquiet. Le voyage en voiture me

paraît très court et très long en même temps. Nous arrivons à la hauteur de Louviers, et là, un brouillard apparaît devant nous. Plus on avance, plus il est épais. Dans un sens, je suis content.

Nous arrivons devant la grille de l'école, nous sommes tout de même en avance. Fabienne passe, elle nous dit bonjour puis va chercher un papier dans le bureau pour ma mère. Elle redescendait quand tout à coup on entendit un bruit de car. Fabienne nous expliqua que c'était les élèves qui arrivaient. Je demandai à ma mère de partir.

Je vis les élèves défiler devant moi et entrer dans une grande pièce. Ils entrèrent en criant et en bougeant dans tous les sens. Ils me regardaient comme si j'étais une attraction de zoo. Ensuite, pratiquement tous, un par un, me demandèrent mon nom. Et à chaque fois je répondais : « Romuald, et toi? »

Après la répartition, j'étais quand même un peu plus à l'aise. Je commençais à parler avec les élèves (ce n'était pas moi qui engageais la conversation). Il y avait classe maintenant, mon cœur recommençait à battre très fort. On allait me poser des tas de questions sur mon niveau. En entrant dans la classe, j'avais l'impression que tout le monde faisait le bazar mais on ne leur disait rien. Je me disais : « Tant mieux, on ne va pas beaucoup travailler », mais en même temps, je m'inquiétais de ne pas travailler. J'avais toujours cette angoisse des questions. On me donna une place à côté d'un garçon qui avait l'air sympa, Laurent. Puis on a fait cours comme si j'étais là depuis des années. C'était Fabienne qui nous faisait la classe.

Après le cours, une fille de ma classe, Laurie, m'a demandé si je voulais visiter la maison. Le fait que ce soit une fille qui m'ait demandé ça, toute ma timidité est revenue d'un seul coup, je me sentais rougir, ma gorge se serrait, j'ai tout juste réussi à dire oui.

Un garçon, Frankie, m'a fait visiter le château. Il me parlait comme à un nouveau-né, à un véritable bébé. Ça ne m'a pas plu du tout.

À midi, il y avait du sport. Du football. Michel, l'entraîneur, m'a demandé si je savais jouer. Je m'amusais parfois avec mon père mais je n'avais pas l'habitude de jouer en équipe. J'ai quand même dit oui. Sur le terrain, j'avais peur de ne pas être au niveau de ma réponse, mais je m'aperçus que ça allait.

Ensuite, nous avons mangé. C'était sur une grande table, on m'avait mis entre Laurent et Didier. Didier mangeait comme un cochon et il bougeait dans tous les sens. J'essayais d'être drôle et j'y suis très bien arrivé : tout le monde m'écoutait, tout le monde riait. Après le déjeuner, il y avait épicerie. Puis il y eut le cours de Pascal et les ateliers de l'après-midi. Moi, je regardais ce qui se passait, je visitais. Je suis allé voir à la cuisine, des élèves étaient en train de préparer le repas. Je trouvais ça bien.

Au repas du soir, j'ai encore fait rire tout le monde. C'était mon seul moyen de faire disparaître ma timidité. Au moment de se coucher, on m'a proposé plusieurs chambres : j'ai choisi une chambre seul au deuxième, j'étais encore trop timide pour aller avec quelqu'un.

Le reste de la semaine s'est assez bien passé. Tous les autres jours avaient le même emploi du temps. Les journées passaient vite. Pour la première fois, je m'intéressais à l'école. Les cours m'ennuyaient moins et par la suite plus du tout.

Le fait de n'être que cinq en classe me permettait de mieux comprendre ; on me prenait à mon niveau. L'après-midi, en atelier, tout le monde avait son petit travail, son activité, seul ou à plusieurs. Il y avait cuisine, réparations, des jeux, un atelier de bois, de promenades et, surtout, car je m'y intéresse beaucoup, un atelier de photo. Cela m'a agréablement surpris. Il y avait de quoi faire, c'était impossible de s'ennuyer, il y avait toujours quelque chose qui nous plaisait. En tout cas, on ne perdait pas son temps.

Le vendredi, après le déjeuner, il y avait une réunion de toute l'école. On discutait des problèmes de la semaine. Au début, je ne comprenais pas bien à quoi ça servait. Les enfants mettaient des «râlages» et il y avait parfois une «sanction». Je ne comprenais pas pourquoi on faisait une réunion exprès pour ça. Je trouvais qu'on pouvait le faire sans qu'il y ait de réunion. Par exemple, Anne-Sophie dit ce jour-là : «Je fais remarquer à Cyril que les chewing-gums sont interdits à l'école et qu'il n'écoute pas le règlement.» Pourquoi ne le lui dit-on pas sur le moment, quand il mange son chewing-gum ? (Moi, je ne marquais pas de râlage.) Il n'y a qu'une chose que je compris dans la réunion, c'est quand Fabienne demanda aux anciens leur avis sur les nouveaux. Ça, je comprenais qu'on le demande quand il y avait tout le monde. Chacun donnait son opinion : «Frankie pourrait faire plus attention à la façon dont ça se passe ici... Laurent aime bien aider, se rendre utile... Claire-Isabelle est trop réservée.» Sur moi, tout le monde disait que j'étais drôle. C'est ce que je voulais. On me trouvait sympa. Ça m'a beaucoup aidé pour entrer dans le groupe. À la fin de la semaine, j'étais bien, très à l'aise. J'avais encore un peu de

timidité, mais elle ne paraissait pas. Dès que je suis arrivé à la porte de Saint-Cloud, ce soir-là, je m'ennuyais de l'école, de son ambiance, j'avais hâte que l'on soit lundi.

La deuxième semaine s'est bien passée aussi. J'avais moi aussi mon petit travail, mon activité. Je me plaisais dans cette école, je commençais à y trouver ma place, je ne m'ennuyais pas, je trouvais toujours quelque chose à faire.

Je m'entendais bien avec tout le monde, aussi bien les enfants que les adultes. Le vendredi de cette deuxième semaine, à la réunion, j'ai quand même un peu parlé. Je comprenais un peu mieux le sens de ces réunions mais pas assez pour parler à mon aise. Je me souviens qu'à un râlage, je ne sais plus lequel, on avait donné une sanction à Cyril et moi je trouvais que la sanction n'était pas assez forte puisque c'était au moins la troisième fois qu'il ne respectait pas le règlement. On m'expliqua que les sanctions étaient symboliques, que le but n'était pas de punir mais de faire comprendre. Sur le coup, je n'ai pas vraiment compris mais après en réfléchissant, je crois que j'ai compris tout à fait.

Pendant le week-end j'avais toujours la même hâte que l'on soit lundi.

## Le petit garçon qui faisait des bêtises
## (texte de Didier, douze ans)

C'est l'histoire d'un petit garçon qui faisait des bêtises.

Un jour la maman du petit garçon lui dit :

— Va chercher deux litres de lait à la ferme.

— Oui, maman.

Maman lui donne cent francs. En route il déchira son billet.

— Je voudrais du lait s'il vous plaît, monsieur.

Le fermier lui dit :

— Où est ton billet ?

— Je n'en ai pas. Maman va vous payer dans un mois.

Il revient chez lui avec les bouteilles. Il dit :

— J'ai payé le fermier.

Et comme la maman venait de laver le parterre il cassa les bouteilles de lait. Alors la maman dit :

— Et pourquoi es-tu venu dans la cuisine, idiot ?

— Parce que tu l'avais dit.

— Et maintenant tu n'as plus qu'à balayer et tu n'auras pas de clafoutis.

Il finit ce travail.

— Oui, va jouer au ballon.

Il casse les carreaux des fenêtres dans la cour. Tout le monde sort. Il donne une fausse adresse et ils vont chez des gens qu'ils ne connaissent pas.

Le petit garçon rentre chez lui. La maman dit :

— As-tu bien travaillé ?

Le petit garçon dit oui.

La maman dit :

— Je vais voir ta maîtresse.

Elle dit :

— Est-ce qu'il travaille bien ?

La maîtresse dit :

— Nul en français, nul en maths, nul en tout, nul, nul, nul !

La maman n'est pas contente. La maman revient de l'école encore plus en colère.

Chez lui il vole des bonbons. Il casse la vitrine du boulanger. Le boulanger veut lui faire payer 140 francs. Il revient chez lui.

— Maman, dit le petit garçon, j'ai cassé la vitrine du boulanger. Tu dois 140 francs.

La maman dit :

— Va au lit !

Le petit garçon pleure. La maman économise pour payer le boulanger. La maman va chercher le petit garçon dans sa chambre chez sa tante. Il dit bonjour et puis s'en va.

## Un poème d'Anne-Sophie (onze ans)

*Pourquoi l'école*
*pourquoi la vie*
*pourquoi les partis républicains*
*et des hommes politiques*
*qui pensent et croient discuter affaire*
*mais sur quoi*
*sur qui*
*pour quand*
*et où*
*quand on fait monter les prix*
*et l'on dit manque d'argent*
*mais qui manque d'argent*
*qui a besoin d'argent*
*qu'il le dise*
*il y en a ce sont les machines qui fabriquent*
*ces bouts de papier colorés qui n'amusent pas les enfants*
*autant qu'une image*
*mais qui importent aux parents*
*plus que le temps*
*pourquoi une loi*
*pourquoi une heure*
*pourquoi le moi*
*pourquoi le leur*
*il est à nous*
*il est pour nous*
*pourquoi en avoir plus*
*pourquoi en avoir moins*
*ils se sont disputés*
*ils se sont bagarrés*
*eh bien qu'on les console*
*au lieu de se réfugier derrière une apparence*
*d'enfant innocent qui ne se mêle pas aux disputes des grands*
*Alors pourquoi tout ça*
*nous sommes ensemble*
*pourquoi ces sujets sans importance*
*mais qui grandissent aux yeux des plus grands*
*qui l'a décidé*
*pourquoi on le fait*
*pourquoi des gens le suivaient*
*quand avait-on commencé*
*demandez-le leur*
*mais à qui*

*aux contes d'enfants*
*aux livres poétiques*
*où les hommes se réfugient parce qu'ils ont peur de la vie*
*qu'ils ont peur d'aimer, de voir, et de voir quoi*
*de voir qu'ils sont honteux*
*qu'ils se sentent humiliés*
*qu'ils se bagarrent alors qu'ils devraient s'aimer*
*qui l'a dit que je lui parle*
*je veux savoir*
*dites-le moi*
*j'en ai assez*
*de vivre dans l'ignorance du passé*
*et de marcher sur les traces d'autres gens qui savaient*
*dites*
*dites*
*dites*
*Chuut ! l'enfant, chuut laisse, lis, cours,*
*mais laisse ça tranquille, c'est aux autres de voir*
*Non !*

# Bibliographie

ALAIN, *Propos sur l'Éducation : pédagogie enfantine*, P.U.F., 1986.

DELIGNY, Fernand, *Graine de crapule*, éd. Scarabée, 1967 ;
  *Les Vagabonds efficaces*, La Découverte, 1975.

FREINET, Élise, *Naissance d'une pédagogie populaire*, éd. Maspéro, 1969.

LAFFITTE, René, *Une journée dans une classe coopérative : le désir retrouvé*, éd. Syros, 1985.

MAKARENKO, Anton, *Œuvres choisies : Poème pédagogique*, éd. du Progrès, 1967.

NEILL, A.S., *Libres Enfants de Summerhill*, La Découverte, 1982 ; Folio Gallimard, 1985.

OURY, Fernand ; VASQUEZ, Aïda, *Vers une pédagogie institutionnelle*, éd. Maspéro, 1981 ;
  *De la classe coopérative à la pédagogie institutionnelle*, La Découverte, 1981.

OURY, Fernand ; PAIN, Jacques, *Chronique de l'école-caserne*, éd. Maspéro, 1972.

POCHET, Catherine ; OURY, Fernand, *L'année dernière, j'étais mort*, éd. Matrice, 1986 ;
  *Qui c'est le conseil ?* éd. Maspéro, 1979.

# Filmographie

### L'école de la Neuville

Film 16 mm, couleurs. Durée : 105 minutes. Réalisation : Michel Amram (avec le concours d'Étienne Lemasson et Dominique Dubosc).

(*Avant-propos de Françoise Dolto. Une semaine en automne* : la vie quotidienne à la Neuville à travers les activités et les institutions. *Autour de la réunion hebdomadaire* : enfants, adultes analysent les institutions, leur façon de les comprendre et de les vivre.)

*(Distributeur : Éditions Matrice, 71, rue des Camélias, 91270 Vigneux.)*

### Journal scolaire

Film 16 mm, couleurs. Durée : 45 minutes. Réalisation : Michel Amram.

*(Distributeur : Éditions Matrice, 71, rue des Camélias, 91270 Vigneux.)*

### Françoise Dolto, fragments d'un témoignage *(à paraître, titre provisoire)*

Deux films de Michel Amram.

Scénario écrit en collaboration avec Françoise Dolto. De ces films a été tirée une partie de l'ouvrage : *L'école avec Françoise Dolto.*

*(Producteur : École de la Neuville, 1, rue du Château, 77650 Longueville.)*

## Françoise Dolto

### *Sexualité féminine*
#### Libido, érotisme, frigidité                    6023

« L'homme seul, disait Freud, présente une vie érotique accessible aux recherches, tandis que la vie érotique de la femme (...) est encore entourée d'un voile épais. » Vue à travers ce voile, la féminité paraissait se définir comme une construction à partir du manque : résignation à la masculinité manquée, structuration de la libido régie par l'envie de pénis.

Françoise Dolto donne ici, à la sexualité féminine, un tout autre éclairage : la constitution de l'être-femme à partir de l'acceptation de la spécificité de son sexe, suivant une dynamique en marche des figures de la libido. Dynamique qui ressemble étrangement à une combinatoire éternelle, calcul mouvant des pulsions, dynamique souvent heurtée, détournée par les interférences sociales, par les accidents de la relation à l'autre. Partant des données d'une expérience clinique incomparable, l'auteur suit le cheminement de la libido féminine vers la réalisation d'une vie symbolique entière, où jouissance, maternité, amour et leurs harmoniques convergent dans l'humanisation des êtres.

Un texte qui remet en question les idées reçues, forgées par des siècles de civilisation à domination masculine.

### *La Cause des enfants*                    6222

Dans cet ouvrage très original, Françoise Dolto, en dialoguant avec un collectif d'enquête, tente pour la première fois de considérer d'abord le monde selon le point de vue de l'enfant *et dans son seul intérêt*.

En dressant un bilan historique et critique de la condition des enfants et en la confrontant ici à son expérience de psychanalyste, elle nous aide à mieux communiquer avec les nouveau-nés et ouvre les chemins de l'avenir aux enfants d'aujourd'hui.

Françoise Dolto retrace les étapes de son combat quotidien pour « la cause des enfants ». Cinquante années d'écoute exceptionnelle : ses intuitions de petite fille qui voulait être « médecin d'éducation », ses premiers contacts avec ses petits malades, son travail en équipe, l'expérience de la « Maison verte », tout cela constitue un témoignage capital de femme, de thérapeute et aussi de philosophe en acte.

« Bien que je sois psychanalyste, je tiens à dire d'entrée de jeu au lecteur qu'il ne trouvera pas ici un ouvrage, à proprement parler, de psychanalyse.

Il y lira plutôt nombre de réflexions qui l'éveilleront, je l'espère, à la compréhension de ce que tout un chacun peut entendre, sans préparation ni connaissance particulières.

J'ai toujours pensé, pour ma part, que le rôle du psychanalyste ne se limite pas à la cure proprement dite, ni à la capitalisation égoïste d'un savoir, mais s'étend, prenant racine dans son expérience de la souffrance humaine, au-delà de son cabinet et de ses concepts, à ses activités sociales et publiques, à ses interventions quotidiennes.

La parole et l'écrit du psychanalyste doivent s'adresser surtout à ceux qui sont aux prises avec la vie réelle. Ses interventions doivent éveiller les adultes, les pousser à chercher la juste attitude à prendre vis-à-vis des difficultés de leurs enfants.

Cette attitude vivante, toujours en éveil, à l'écoute, prête à réagir selon la vérité, peut prévenir les troubles, canaliser les échanges vers la créativité et le développement et non pas vers des impasses.

Et mieux vaut prévenir que guérir. »                    F.D.

## *Solitude* 6612

« Pédiatre et psychanalyste, toute une vie à l'écoute des autres, des miens et de moi-même, la solitude m'a toujours accompagnée, de près ou de loin. Comme elle accompagne tous ceux qui, seuls, tentent de *voir* et d'*entendre*, là où d'aucuns ne font que regarder et écouter. Amie inestimable, ennemie mortelle — solitude qui ressource, solitude qui détruit —, elle nous pousse à atteindre et à dépasser nos limites.

Deux fils tressent, en se croisant, ce texte : d'une part, mes monologues sur la Solitude retranscrits ici tels qu'en 1975 je les avais couchés sur le papier ; d'autre part, une conversation libre et dérapante avec des personnages qui interviennent : la Praticienne, l'Étranger... sur la Soledad, lieu de solitude, et ses incidences sur nos vies. Ce livre n'est pas un ouvrage de psychanalyse. Ni de science. J'ai essayé cependant de faire profiter le lecteur de ma connaissance, en me référant à mes rencontres cliniques. Toutefois, des faits de ma vie privée, ainsi que des expériences que j'avais considérées comme marginales, se trouvent ici éclairés autrement mieux, bien qu'ils ne fassent pas ''officiellement'' partie d'un savoir. »                    F.D.

« Ce livre est un écrit d'après une conférence faite à des psychologues, des médecins et des travailleurs sociaux. Je désirais faire saisir à ceux qui s'occupent d'éducation, d'enseignement, de soins aux enfants et aux jeunes en difficultés physiques, psychiques, affectives, familiales ou en difficultés sociales, l'importance des paroles dites ou non dites, sur des événements qui marquent la vie d'un enfant, souvent à son insu.

Mon propos est d'éveiller ce public d'adultes, vivant au contact d'enfants, au fait que l'être humain est avant tout un être de langage. Ce langage exprime son désir de rencontrer un autre, semblable ou différent de lui, et d'établir avec lui une communication.

Que ce désir est inconscient plus que conscient, c'est ce que je veux faire comprendre. Que le langage parlé est un cas particulier de ce désir et que, bien souvent, il fausse la vérité du message, à dessein ou non. Que les effets de ce jeu de masques de la vérité sont toujours vitalisants pour l'enfant en cours de développement.

L'enfant a besoin de la vérité, et il y a droit. »                    F.D.

## La Cause des adolescents 6911

Le dernier ouvrage de Françoise Dolto, *La Cause des adolescents*, est d'une portée exceptionnelle. La célèbre psychanalyste lui a insufflé son génie familier, son intelligence visionnaire, sa générosité de femme et de mère. Voici une somme unique d'informations, de témoignages, d'expériences, de conseils, de propositions, qui va permettre aux parents et aux éducateurs de revivifier leur dialogue avec les jeunes.

Dans une nouvelle approche des grands dossiers de notre société en crise : fugues, suicides, drogue, échec scolaire, sexualité, Françoise Dolto interpelle les responsables, éclaire les problèmes, dénoue les drames, et parle enfin le langage qu'attendent les adolescents. Elle livre un ultime combat pour donner la parole à ceux qui ne l'ont pas encore et introduire, dans une Éducation nationale en faillite, une éducation à l'amour, au respect de l'autre et de soi-même.

Ce livre inaugure de nouveaux rapports avec la jeunesse et un grand projet de société.

Composition réalisée par COMPOFAC - PARIS

IMPRIMÉ EN FRANCE PAR BRODARD ET TAUPIN
Usine de La Flèche (Sarthe).
LIBRAIRIE GÉNÉRALE FRANÇAISE - 6, rue Pierre-Sarrazin - 75006 Paris.

ISBN : 2 - 253 - 06144 - 1                    ✛ 30/9501/5